U0946795

JOSEPH RUDYARD KIPLING

THE JUNGLE BOOKS

老虎！老虎！

[英] 吉卜林 著　杨立新 冷枞 译

上海文艺出版社

图书在版编目(CIP)数据

老虎！老虎！/(英)吉卜林著；杨立新，冷枞译.
—上海：上海文艺出版社，2014
(企鹅经典丛书)
ISBN 978-7-5321-5247-6

Ⅰ.①老… Ⅱ.①吉… ②杨… ③冷… Ⅲ.①童话-作品集-英国-现代 Ⅳ.①I561.88

中国版本图书馆 CIP 数据核字(2014)第 052442 号

Joseph Rudyard Kipling
The Jungle Books

总 策 划：黄育海　陈　征
特约策划：邱小群
责任编辑：李珊珊
封面设计：丁威静

老虎！老虎！
〔英〕吉卜林　著
杨立新　冷　枞　译
上海文艺出版社出版、发行
地址：上海绍兴路 74 号
新华书店经销　利丰雅高印刷(深圳)有限公司印刷
开本 890×1240　1/32　印张 12.25　字数 321,000
2014 年 6 月第 1 版　2014 年 6 月第 1 次印刷
ISBN 978-7-5321-5247-6/I·4152　定价：45.00 元

企鹅经典丛书

出版说明

这套中文简体字版“企鹅经典”丛书是上海文艺出版社携手上海九久读书人与企鹅出版集团（Penguin Books）的一个合作项目，以企鹅集团授权使用的“企鹅”商标作为丛书标识，并采用了企鹅原版图书的编辑体例与规范。“企鹅经典”凡一千三百多种，我们初步遴选的书目有数百种之多，涵盖英、法、西、俄、德、意、阿拉伯、希伯来等多个语种。这虽是一项需要多年努力和积累的功业，但正如古人所云：不积小流，无以成江海。

由艾伦·莱恩（Allen Lane）创办于一九三五年的企鹅出版公司，最初起步于英伦，如今已是一个庞大的跨国集团公司，尤以面向大众的平装本经典图书著称于世。一九四六年以前，英国经典图书的读者群局限于研究人员，普通读者根本找不到优秀易读的版本。二战后，这种局面被企鹅出版公司推出的“企鹅经典”丛书所打破。它用现代英语书写，既通俗又吸引人，裁减了冷僻生涩之词和外来成语。“高品质、平民化”可以说是企鹅创办之初就奠定的出版方针，这看似简单的思路中植入了一个大胆的想象，那就是可持续成长的文化期待。在这套经典丛书中，第一种就是荷马的《奥德赛》，以这样一部西方文学源头之作引领战后英美社会的阅读潮流，可谓高瞻远瞩，那个历经磨难重归家园的故事恰恰印证着世俗生活的传统理念。

经典之所以谓之经典，许多大学者大作家都有过精辟的定义，时间的检验是一个客观标尺，至于其形成机制却各有说法。经典的诞生除作品本身的因素，传播者（出版者）、读者和批评者的广泛参与同样是经典之所以成为经典的必要条件。事实上，每一个参与者都可能是一个主体，经典的生命延续也在于每一个接受个体的认同与投入。从企鹅公司最早出版经典系列那个年代开始，经典就已经走出学者与贵族精英的书斋，进入了大众视野，成为千千万万普通读者的精神伴侣。在现代社会，经典作品绝对不再是小众沙龙里的宠儿，所有富有生命力的经典都存活在大众阅读之中，它已是每一代人知识与教养的构成元素，成为人们心灵与智慧的培养基。

处于全球化的当今之世，优秀的世界文学作品更有一种特殊的价值承载，那就是提供了跨越不同国度不同文化的理解之途。文学的审美归根结底在于理解和同情，是一种感同身受的体验与投入。阅读经典也许可以被认为是对文化个性和多样性的最佳体验方式，此中的乐趣莫过于感受想象与思维的异质性，也即穿越时空阅尽人世的欣悦。换成更理性的说法，正是经典作品所涵纳的多样性的文化资源，展示了地球人精神视野的宽广与深邃。在大工业和产业化席卷全球的浪潮中，迪斯尼式的大众消费文化越来越多地造成了单极化的拟象世界，面对那些铺天盖地的电子游戏一类文化产品，人们的确需要从精神上作出反拨，加以制衡，需要一种文化救赎。此时此刻，如果打开一本经典，你也许不难找到重归家园或是重新认识自我的感觉。

中文版“企鹅经典”丛书沿袭原版企鹅经典的一贯宗旨：首先在选题上精心斟酌，保证所有的书目都是名至实归的经典作品，并具有不同语种和文化区域的代表性；其次，采用优质的译本，译文务求贴近作者的语言风格，尽可能忠实地再现原著的内容与品质；另外，每一种书都附有专家撰写的导读文字，以及必要的注释，希望这对于帮助读者更好地理解作品会有一定作用。总之，我们给自己设定了一个绝对不低的标准，期望用自己的努力将读者引入庄重而温馨的文化殿堂。

关于经典，一位业已迈入当今经典之列的大作家，有这样一个简单而生动的说法——“‘经典’的另一层意思是：搁在书架上以备一千次、一百万次被人取下。”或许你可以骄傲地补充说，那本让自己从书架上频繁取下的经典，正是我们这套丛书中的某一种。

上海文艺出版社编辑部

上海九久读书人文化实业有限公司

二〇一四年一月

目　录

丛林故事

第一章

莫格里的兄弟们

蝙蝠芒[①]释放了黑夜，
鸢鹰兰恩把夜带回了巢——
畜群都被关进了牛栏和棚屋，
因为我们要恣意放纵直到黎明。
这是耀武扬威的时刻，
尖牙利爪巨钳一齐进攻。
哦，听那呼唤——祝大家狩猎成功，
遵守丛林法则的全体生灵！

——《丛林夜歌》

这是西奥尼群山中一个非常暖和的夜晚，七点钟，狼爸爸从白天的睡眠休整中醒过来。他搔了搔痒，打了个哈欠，然后把爪子一只接一只地舒展开来，以便赶走爪尖上的睡意。狼妈妈还卧在那儿，不时用她那灰色的大鼻子碰一碰那四只滚来滚去嗷嗷尖叫的幼崽。月亮的清辉映入了他们一家居住的洞口。"噢呜！"狼爸爸说，"又该出去打猎了。"他正要纵身跃下山坡，一个长着毛茸茸大尾巴的小个子身影跨进了洞口，用乞怜的声音说道："愿好运与您相伴，狼大王，愿您高贵的孩子们也走好运，长一口坚硬的白牙，好让他们永远也不会忘记这个世界上还有挨

① 芒（Mang），蝙蝠，发"*Mung*"的音，是一个虚构的名字。——原注

饿的。”

他是豺——那只专门舔食残羹剩饭的塔巴基[①]。印度的狼都看不起塔巴基，因为他到处挑拨离间、搬弄是非，还到村里垃圾堆上寻找破布和碎皮革来吃。不过，他们也怕他，因为塔巴基与丛林里任何一个其他生灵相比，都更容易犯疯病。他一犯病，就会忘记自己曾经怕过的所有人。他会在森林里横冲直撞，遇见谁就咬谁。就连老虎遇上小个子塔巴基犯疯病的时候，也会躲藏起来。因为野兽们觉得最丢脸的事，就是犯疯病。我们管这种病叫“狂犬病”，可是动物们管它叫“狄瓦尼”[②]——就是“疯病”的意思——遇上便赶紧躲开。

“那么，进来瞧瞧吧，”狼爸爸语气生硬地说，“但是这里什么吃的都没有。”

“对一只狼来说，的确没有什么可吃的，”塔巴基说，“但是对于像我这么一个卑微的家伙来说，一根干巴巴的骨头就是一顿盛宴了。我们是什么？一伙‘吉德尔-洛格（豺民）’[③]，我们还有什么资格挑肥拣瘦呢？”他一溜烟地钻进洞的深处，在那里找到一块上面带点肉的雄鹿骨头，便坐下来美滋滋地啃起了残骨。

“多谢这顿美餐。”他舔着嘴唇说，“您家高贵的孩子们长得多漂亮啊，他们的眼睛可真大呀！而且还这么年轻！的的确确，我早该记起那句话：王家的孩子，生来就是男子汉。”

其实，塔巴基跟其他任何生灵一样明白，当面恭维别家的孩子是最不吉利的一件事，看着狼爸爸和狼妈妈一副不自在的模样，他心里可得

---

① 塔巴基（Tabaqui），那只豺，“Tabaqui”发“*Tabarky*”的音（重音在“*bar*”上）。我想是我本人虚构了这个名字。——原注

② 狄瓦尼（dewanee），这个词有“疯狂”的意思，也有“民事案件”的意思，常用作双关语。

③ 吉德尔-洛格（Gidur-log），字面意思就是“豺民”。“Gidur”发“*Geeder*”的音，是印度对豺的一种称谓；“log”始终发“*logue*”的音，尾音与“*vogue*”相同，“log”就是“民众，人民”的意思。——原注

意啦。

塔巴基一动不动地坐在那里，为自己对别的丛林居民造成的伤害而高兴不已。接着，他又不怀好意地说：

“大头领谢尔汗[①]把狩猎场挪了个地方。从下个朔望月开始，他就要在这一带的山里打猎了。他就是这样跟我说的。”

谢尔汗就是住在二十英里以外韦恩根格河[②]畔的那只老虎。

“他无权这样做！”狼爸爸气呼呼地开了口，“按照丛林法则，他如果不事先公开通知，是没有权利改换地盘的。他会惊吓到方圆十英里之内的所有猎物；可是我——我眼下还得猎杀双份的食物呢。”

“他的母亲管他叫‘拉格里（瘸腿）’[③]，不是没有原因的。”狼妈妈轻声地说，“他自打生下来就瘸了一条腿，所以他一向只猎杀家畜。韦恩根格河一带的村民都被他激怒了，现在他又到这儿来惹怒我们这里的村民。等他一走了之后，村民们准会到丛林里来搜捕他，等他们点着茅草以后，我们和孩子只有逃命的份了。是啊，我们真该为此感激谢尔汗！”

“要我向他转达你们的感激之情吗？”塔巴基说道。

“滚！”狼爸爸厉声吼道，“滚出去和你的主子一块打猎吧！一整晚你干的害人的事已经够多了。”

“我就走，”塔巴基不慌不忙地说，“你们可以听见，谢尔汗这会儿正在下面的灌木丛中。我原本用不着给你们报信的。”

狼爸爸侧耳细听，在下方通往一条小河的谷地斜坡上，他听见一只老虎那干涩、愤怒、暴躁、节奏机械的哼哼声。显然这只老虎什么也没

---

① 谢尔汗（Shere Khan），发“*Sheer Karn*”的音。在印度的某些方言中，“Shere”是老虎的意思。“Khan”是一个有些声望的头衔，表明他是老虎的首领。——原注

② 韦恩根格河（Waingunga River），是印度中部一条真实存在的河流。“Waingunga”发“*Wine-gunger*”的音。——原注

③ 拉格里（Lungri），发音跟单词拼写一致。字面意义是“瘸腿”，跟“谢尔汗（Shere Khan）”类似。——原注

有逮着，而且，哪怕整个丛林的居民都知道这一点，他也不在乎。

“傻瓜！”狼爸爸说，“刚开始打夜食就弄出那么大的响动！难道他以为我们这里的雄鹿都像他那些肥肥的韦恩根格小公牛一样蠢吗？”

“嘘！他今晚捕猎的不是小公牛，也不是雄鹿，”狼妈妈说，“他捕猎的是人。”哼哼声变成了低沉的呼噜呼噜声，仿佛从四面八方汹涌而来。正是这种吼声，把露宿的樵夫和流浪汉吓得晕头转向，有时候会让他们自己跑进老虎嘴里去。

“人！”狼爸爸龇着满口白牙说，“呸！难道池塘里的甲虫和青蛙还不够他吃的，他非要吃人不可？——而且还要在我们这块地盘上吃人！”

丛林法则从来不做出任何没有原因的规定。丛林法则禁止每一个野兽吃人，除非他是在给他的孩子演示如何捕杀猎物，即使那样，他也必须在自己所在兽群或是部落的捕猎场以外的地方去做这件事。这条规定的真正原因在于：杀了人就意味着迟早会招来骑着大象、带着枪支的白人，以及数百个手持铜锣、投掷式烟花和火把的褐色皮肤的人。到时候住在丛林里的兽类全得遭殃。而兽类自己对这条规定是这样解释的：因为人是所有生物中最软弱和最缺乏自卫能力的，所以去碰他是不符合狩猎精神的。他们还说——说得一点也不假——吃人的野兽皮毛会长癞痢，还会掉牙齿。

呼噜呼噜声愈来愈响，最终变成了老虎扑食时一声洪亮的吼叫：“噢呜！”

接着是谢尔汗发出的一声号叫，一声缺乏虎气的号叫。“他没有逮住，”狼妈妈说道，“怎么回事？”

狼爸爸跑出去几步，听见谢尔汗在灌木丛里乱撞一气，嘴里怒气冲冲地咕哝个不停。

“这傻瓜竟然蠢得跳到一个樵夫的篝火堆上，把脚烫伤了。”狼爸爸轻蔑地哼了一声说，“塔巴基跟他在一起。”

“有什么东西上山来了，”狼妈妈的一只耳朵抽搐了一下，说道，

“准备好。”

树丛的枝条发出轻微的簌簌声，狼爸爸蹲下身子，准备纵身前扑。接下来，你要是在当场观看的话，你就可以看见世界上最令人称奇的情景啦——狼向空中一跃，半路上硬生生地收住了脚。原来他在没有看清他要扑的目标时就跳起身来，紧接着，他又设法让自己止住脚步。其结果是，他笔直地跳到四五尺高的空中，几乎又落在他原来起跳的地方。

“人！”他猛吸了一口气说，“一个人类的小娃娃，瞧呀！”

就在他的正前方，正握住旁边一根低矮的枝条站着的，是一个全身赤裸、棕色皮肤、刚会走路的小娃娃——从来还没有一个这么柔嫩而面带笑靥的小东西在夜晚的时候来到狼窝。他仰头望着狼爸爸的脸，笑了。

“那是人类的小娃娃吗？”狼妈妈问道，“我还从来没有见过呢。把他叼到这里来。”

狼习惯于用嘴叼自己的小狼崽，如果必要的话，他可以用嘴叼住一只蛋而不会把它咬破。因此，尽管狼爸爸的的确确咬住了小娃娃的背部，当他把娃娃放在狼崽中间的时候，他的牙齿连小娃娃的一点皮都没有擦破。

“多么小呀！多么光溜溜呀！又是多么大胆呀！”狼妈妈柔声说道。小娃娃正向狼崽中间挤过去，好靠近暖和的狼皮。“哎呀！他跟他们一块吃起来了。原来这就是人类的娃娃。那么，难道曾经有一只狼夸口说自己的小崽中间有个人类的小娃娃吗？”

“我偶尔听说过这样的事，可要说是发生在我们的狼群里，或是在我的这一辈子中，那倒从来没有听说过。”狼爸爸说道，“他浑身没有一根毛，我用脚一碰就能把他踢死。可是你瞧，他抬头望着，一点也不害怕。”

洞口的月光被挡住了，因为谢尔汗的四方大脑袋和宽肩膀挤进了入口处。塔巴基在他身后尖着嗓门告密：“我的老爷，我的老爷，它就是进到这里面去了。”

“承蒙谢尔汗大驾光临，”狼爸爸说，但是他的眼睛里却充满了怒意。“谢尔汗想要的是什么呢？”

“我要我的猎物。一个人类的娃娃从这里进去了，”谢尔汗说，“它的父母都跑掉了。把它给我吧。”

正像狼爸爸说过的那样，刚才谢尔汗跳到了一个樵夫的篝火堆上，烧伤的脚疼得他脾气暴躁。但是狼爸爸知道洞口非常窄，老虎进不来。即使谢尔汗的头和肩膀进来了，他的肩膀和前爪也挤得没地方挪动，一个人要是想在一只木桶里打架，就会尝到这种滋味。

“狼是一群不受奴役的生灵，”狼爸爸说道，“他们只听狼群头领的命令，不会随便听哪个身上带条纹的家畜猎杀者的话。这个人类娃娃是我们的——要是我们愿意杀它，我们自己会动手的。”

“什么你们愿不愿意！那是什么话？以我杀死的公牛起誓，难道要我忍受进入你们的狗窝来查找我应得的东西吗？听着，这是我谢尔汗在说话！”

老虎的咆哮声像雷鸣一般，充满了整个山洞。狼妈妈抖了抖身子，摆脱了狼崽们的纠缠，跳上前来，她的眼睛像黑暗中的两轮绿莹莹的月亮，直视着谢尔汗极其愤怒的眼睛。

“这是我，拉克舍（魔鬼）① 在回答。这个人类娃娃是我的，拉格里（瘸腿）——是我的！谁也不许杀死他。他必须活下来，跟狼群一起做伴，跟狼群一起猎食。瞧着吧，你这个猎取赤裸娃娃的家伙，你这个吃青蛙——杀鱼的家伙，总有一天，他会来捕猎你的！你马上给我滚开，滚回你妈那里去，丛林里挨火烧的畜生！否则以我杀掉的黑鹿起誓（我可不吃挨饿的家畜），我要让你比你出世时瘸得更厉害！滚！”

狼爸爸目瞪口呆地看着眼前发生的这一切。他几乎已经忘记了昔日的时光，当时他和五只狼公平决斗之后才赢得了狼妈妈的芳心。她当时

---

① 拉克舍（Raksha，“魔鬼”），一旦有谁胆敢乱动狼妈妈的幼崽，她就会变成“拉克舍（魔鬼）”。“Raksha”发“*Ruk-sher*”的音（重音在“*Ruk*”）。——原注

在狼群里被称作“魔鬼”，那可不是什么随便恭维的话。谢尔汗也许能和狼爸爸对着干，但是他可没办法对付狼妈妈。他很明白，在这里，狼妈妈占尽了地利，一旦打起来，就必定要拼个你死我活。于是他低声咆哮着，退出了洞口。全身退到洞外之后，他才大声嚷嚷道：

“每条狗都只会在自己院子里汪汪叫！我们走着瞧，看看狼群对于收养人类的娃娃该怎么说吧。这个娃娃是我的，总有一天他会落进我的牙缝里，哼，蓬松尾巴的小偷们！”

狼妈妈气喘吁吁地躺倒在幼崽中间。狼爸爸郑重地对她说：

“谢尔汗说的倒是实话。小娃娃一定得带去让狼群看看。你还打算收留他吗，妈妈？”

“收留他！”她充满渴望地说，“他是在黑夜里光着身子、饿着肚子、孤零零的一个人来的；可是他一点也不害怕！瞧，他已经把我的一个小崽挤到旁边去了。何况那个瘸腿的屠夫会杀了他，然后逃到韦恩根格，到时候这里的村民就会来寻仇，会把我们的窝全都搜个遍！问我是否收留他？我当然要收留他！躺着别动，小青蛙。噢，你这个莫格里[①]——我要叫你青蛙莫格里。就像谢尔汗曾经捕猎你一样，有朝一日你定会捕猎谢尔汗！”

“可是我们的狼群会怎么说呢？”狼爸爸问道。

丛林法则规定得非常明确，任何一只狼结婚的时候，都可以退出他从属的狼群；只是一旦他的崽子长大到能够站立起来的时候，他就必须把他们带到狼群大会上去，好让别的狼认识他们。这样的大会通常每个月召开一次，在月圆的那一天举行。经过了检阅之后，狼崽们就可以自由自在地到处奔跑。在狼崽们亲自猎杀第一头雄鹿以前，本狼群里的成

① 莫格里（Mowgli），是我编造的一个名字。在我所知道的任何语言中，它都不是“青蛙”的意思。“Mowgli”发“*Mowglee*”的音，重音在“*Mow*”，其尾音与“*cow*”相同。——原注

年狼决不能以任何借口杀死一只狼崽。否则的话，只要找出凶手，就会立即就地处决；只要你略加思索，就会明白必须这么做的道理。

狼爸爸等到自家的狼崽们稍微能跑一段路以后，才在举行狼群大会的晚上，带上他们、莫格里，以及狼妈妈，一同来到“会议岩”——一个覆盖着大大小小的石块和巨岩的小山头，那里足可以藏得下一百只狼。阿凯拉[①]，就是那只独身的大灰狼，凭借自身的力量和智谋领导着狼群中的所有狼。此时他正全身平展地卧在他的岩石上。在他下方，蹲着四十多只形形色色的狼，从毛皮呈獾毛色的能单独对付一只公鹿的老狼，到自以为也能杀死一只公鹿的三岁大的年轻黑色皮毛的狼不等。孤狼率领他们已经有一年了。他年轻的时候，曾两次落入捕狼陷阱，有一次还被人打了一顿，丢在那里等死；因此他很了解人们的风俗习惯。

在会议岩上，大伙都很少交谈。狼崽们在他们父母围坐的圈子中间相互打闹，滚来滚去。不时有只老狼不声不响地走到一只狼崽跟前，仔细地打量他一番，然后又轻手轻脚走回自己的座位。有时候，一个狼妈妈会把她的狼崽远远地推到月光下面，免得他被漏看了。阿凯拉在他那块岩石上喊道，“大家都懂得丛林法则——大家都懂得丛林法则。好好瞧瞧吧，众狼们！”那些有些担心的狼妈妈们会随身附和：“都瞧瞧——好好瞧瞧，众狼们！”

终于，时候到了，当狼爸爸把“青蛙莫格里”——他和狼妈妈是这样叫他的——推到圈子中间的时候，狼妈妈脖颈上的鬃毛都竖起来了。莫格里坐在那里，一边笑着，一边玩着几颗在月光下闪闪发亮的鹅卵石。

阿凯拉始终没有把头从爪子上抬起来，只是不停地喊着那句单调的话，“好好瞧瞧吧！”岩石后面响起了一声瓮声瓮气的咆哮——是谢尔汗在叫嚷：“那个崽子是我的，把他还给我。自由的狼民要一个人类的娃

---

① 阿凯拉（Akela），这个词就是“独身”的意思，发“*Uk-kay-la*”的音（重音在“*kay*”上）。——原注

娃干什么?"

阿凯拉连耳朵也没有抖动一下，只是说："好好瞧瞧吧，众狼们！自由的狼民凭什么要听从狼群以外的生灵号令呢?！好好瞧瞧吧！"

狼群中响起了一片低沉的嗥叫声，一只四岁的年轻狼再次向阿凯拉抛出谢尔汗提过的问题："自由的狼民要一个人类娃娃干什么?"

当时的丛林法则规定：如果狼群就某个崽子的收养权问题产生了任何争议，那么，除了他的爸爸妈妈，至少得有狼群中的其他两位成员为他说话才行。

"谁来替这个娃娃说话?"阿凯拉说，"自由的狼民们，有谁要出来说话?"没有人回答。狼妈妈作好了战斗的准备。她知道，如果事情发展到非得搏斗一场的话，这将是她这辈子的最后一次战斗。

就在这时，惟一被允许参加狼群大会的异类动物——巴卢[①]，一头总爱打瞌睡的棕熊，他专职教狼崽们学习丛林法则。老巴卢可以自由自在地在丛林里出没，因为他只吃坚果、植物块根和蜂蜜——用后脚直立起来，咕哝着说话了。

"人类的娃娃——人类的娃娃?"他说道，"我来替人娃娃说话。一个人娃娃一点害处也没有。我笨嘴拙舌，不会讲话，但我说的是实话。让他跟狼群一起为伍好了，让他跟其他狼崽子一块加入狼群。我自己来教他。"

"我们还需要一位替他说话的，"阿凯拉说，"巴卢，也就是我们幼崽的老师，已经为他说话了。除巴卢之外，还有谁要出来说话?"

一个黑影跳入了圈子，是黑豹巴吉拉[②]。他浑身的皮毛都是漆黑的，

---

① 巴卢(Baloo)，"Baloo"是印度斯坦语中对"熊"的称呼，发"*Bar-loo*"的音，重音在"*Bar*"上。——原注

② 巴吉拉(Bagheera)，"Bagheera"是印度斯坦语中对"黑豹"或"豹子"的称呼，是一种小型的"巴格(Bagh，印度斯坦语中对'猫科动物'的称呼)"，发"*Bug-eer-a*"的音，重音在"*eer*"上。——原注

可是在某些亮光下面，就会显出波纹绸一般的豹纹。大伙都认识巴吉拉，谁都不愿意招惹他；因为他像塔巴基一样狡猾，像野水牛一样鲁莽，像受伤的大象那样不顾死活。可是他的嗓音却像树上滴下的野花蜂蜜那么柔和悦耳，他的毛皮比绒毛还要柔软。

“噢，阿凯拉，还有诸位自由的狼民，”他愉快地柔声说道，“我无权参加你们的大会，但是丛林法则的规定，如果对于处理一个新崽子产生了疑问，而又不到把它杀死的地步，那么这个崽子的性命是可以花高价买下来的。丛林法则并没有规定谁有权购买，谁无权购买。我说得对吗？”

“好哇！好哇！”那些经常饿肚子的年轻狼喊道，“都听巴吉拉说。这崽子是可以赎买的。这是法则规定的。”

“我知道我在这儿没有发言权，所以我请求你们准许我说话。”

“那就说吧，”二十条嗓子一齐喊道。

“杀死一个赤身裸体的娃娃是可耻的行为。何况等他长大了，也许会给你们捕猎更多的猎物呢。巴卢已经替他说了话。现在，除了巴卢的话，我要再加上一头公牛，一头刚刚杀死的肥壮大公牛，就在离这儿不到半英里的地方，只要你们愿意按丛林法则的规定接受这个人娃娃。这事难办吗？”

几十个声音乱哄哄地一起嚷嚷道，“留下他有什么关系呢？他可能会被冬天的雨淋死，他可能会被太阳烤焦的。一只光着身子的青蛙能给我们带来什么害处呢？让他跟狼群一起做伴吧。公牛在哪里，巴吉拉？让我们接纳他吧。”随即响起阿凯拉低沉的喊声，“好好瞧瞧吧——好好瞧瞧，众狼们！”

莫格里还在玩着鹅卵石，丝毫没有留意到群狼一只接着一只跑过来仔细端详他。最后，他们全都下山去找那头死公牛了，只有阿凯拉、巴吉拉、巴卢和莫格里自己家里的狼留了下来。谢尔汗仍然在黑夜里不停地咆哮，他十分恼怒，因为狼群并没有把莫格里交给他。

“唉，你就吼个痛快吧，”巴吉拉在胡须掩盖下低声说，“因为总有一天，这个赤裸的家伙会让你换一个调子号叫的，否则就算我对人类一无所知。”

“这件事办得不错，”阿凯拉说道，“人和他们的幼崽非常聪明，他迟早能成为我们的帮手。”

“不错，到急需的时候，他还真是个帮手。因为谁都不能永远当狼群的头领。”巴吉拉说。

阿凯拉默不作声。他在想，每个兽群的首领总会迎来这样的时刻，到时候他会年老体衰，变得愈来愈衰弱，直到最终被狼群杀死，于是会出现一个新的首领——总有一天，又轮到这个新首领被杀死。

“带他走吧，”他对狼爸爸说，“把他训练成一名合格的自由兽民。”

就这样，凭着一头公牛的代价和巴卢说的好话，莫格里为西奥尼的狼群所接纳。

现在，你一定愿意跳过整整十年或者十一年的时间，只能去猜想这些年莫格里在狼群中度过的所有美妙时光了，因为要是把这段生活都写出来，那得写满好几本书。他是和狼崽们一块成长起来的，尽管差不多在他还是一个孩子的时候，他们自然已经是成年狼了。狼爸爸教给他各种本领，让他熟悉丛林里一切事物的含义，小到草叶的每一声响动，夜间的每一股温暖的风，头顶上猫头鹰的每一声枭叫，在树上暂时栖息片刻的蝙蝠脚爪的每一声抓擦，以及每一条小鱼在池塘里跳跃溅起的每一个水花的声响，都向他传达了非常重要的意义，就像商人营业所里的事务对商人的意义一样重要。在不学本领的时候，他就待在外面的阳光下睡觉，吃饭，吃完又睡。当他觉得身上脏了或者热了的时候，便跳进森林里的池塘中游泳。他想吃蜂蜜的时候（巴卢告诉他，蜂蜜和坚果跟生肉一样美味可口），就爬上树去取，是巴吉拉教会他如何取蜜的。

巴吉拉会四腿伸展地卧在一根树枝上，叫道：“过来，小兄弟。”起初，莫格里像只树懒一样死死搂住树枝不放，但是到后来，他已经能像灰人猿一样，在树枝间大胆地攀缘跳跃。狼群开大会的时候，他也在会议岩占有一席之地。他发现，如果自己死死地盯着其中任意一只狼看，就会迫使那只狼垂下眼帘，所以他常常紧盯着他们看，以此来取乐。

在另外一些场合，他会帮他的朋友们从他们脚爪肉垫里拔出长长的刺，因为扎在狼的毛皮里的刺和刺果让他们非常痛苦。夜里，他会走下山坡，来到耕田地带，非常好奇地看着村舍里的村民。但是他并不信任这些人，因为有一次巴吉拉指给他看一只在丛林里隐蔽得非常巧妙的方形箱子，上面还装有吊门，他差一点就走了进去。巴吉拉告诉他说，那是陷阱。

与其余任何事情相比，他更喜欢和巴吉拉一块进入幽暗温暖的丛林中心地带，懒洋洋地睡上一整天，晚上再看巴吉拉怎样捕猎。巴吉拉饿了的时候，见到猎物就杀，莫格里也是如此——只有一种猎物除外。莫格里刚刚懂事的时候，巴吉拉就告诉他，永远不要去碰牛。因为他是以一头公牛的代价加入狼群的。“整个丛林都是你的，”巴吉拉说，“只要你本领足够大，猎杀什么都可以；不过看在那头赎买过你的公牛份上，你千万不能杀死或吃掉任何一头牛，不管是小牛还是老牛。这是丛林法则。”莫格里切实遵守着这条法则。

像别的男孩一样，莫格里长大了，而且越长越强壮。他不知道他正在学习很多东西，在这个世上，除了吃的东西以外，他什么都不用考虑。

有那么一两回，狼妈妈对他说，谢尔汗不是一个值得信赖的家伙；还对他说，总有一天，他一定得杀死谢尔汗。不过，尽管一只年轻的狼会时刻谨记这则忠告，莫格里却把它忘了，因为他只是个小男孩——尽管要是他会说任何一种人类的语言的话，他会把自己称作“狼”。

谢尔汗现在总是在丛林里露面，因为随着阿凯拉越来越年老体衰，这只瘸腿老虎逐渐和狼群里那些年经的狼成了好朋友。他们会跟在他后面，吃他剩下的食物。如果阿凯拉敢于严格地执行他权限的话，他是绝不会允许他们这么做的。另外，谢尔汗还吹捧他们，说他感到奇怪，为什么这么出色的年轻猎手会心甘情愿地让一只垂死的狼和一个人类娃娃来领导他们。“他们跟我说，”谢尔汗说，“你们在狼群大会上都不敢正眼看他。”年轻的狼听了都气得毛发竖立，不住地咆哮。

巴吉拉的耳目众多，因此多多少少听说了这件事。有一两次，他十分明确地告诉莫格里，说总有一天谢尔汗会杀死他。莫格里听了总会笑着说，“我有狼群，有你；还有巴卢，虽说他非常懒，但是为了我，他也会助一臂之力的。我有什么可害怕的呢？”

在一个非常温暖的日子里，巴吉拉有了一个新想法——是他听说了一件事情以后想到的，也许是豪猪伊基[①]告诉他的。当巴吉拉和莫格里待在丛林深处，那个男孩的头枕着他漂亮的黑豹皮躺在那里的时候，他对莫格里说，“小兄弟，我有多少次对你说谢尔汗是你的敌人了？”

“你说过的次数跟那棵棕榈树上的坚果一样多。”莫格里回答道，他当然不会数数，“那有什么相干呢？我困了，巴吉拉，谢尔汗不就是尾巴长、爱吵嚷，跟孔雀莫尔[②]一样吗？”

“现在可不是睡大觉的时候。这事巴卢知道，我知道，狼群知道，就连那头很傻、很傻的鹿也知道。塔巴基也曾告诉过你。”

“哈哈！”莫格里说，“前不久塔巴基来找我，有些不礼貌地说我是个赤身裸体的人类娃娃，都不配去挖花生；可是我一把拎起塔巴基的尾巴，朝棕榈树上甩了两下，好教他放规矩点。”

“你干了蠢事，虽说塔巴基是个挑拨离间的家伙，但是他能告诉你一些和你密切相关的事。把眼睛睁大些吧，小兄弟。谢尔汗是不敢在丛林里杀死你，因为他畏惧这里那些爱你的生灵。但你要记住，阿凯拉已

---

① 伊基（Ikki），豪猪。我想我虚构了这个名称，尾音与“sticky”相同。——原注

② 莫尔（Mao），发音有些像“*Mor*”，是印度本地人对孔雀的称谓。——原注

经非常老迈，他没法杀死雄鹿的那一天很快就要到来了。到那时，他就不再是狼群的头领了。况且在你第一次被带到狼群大会的时候，那些仔细端详过你的狼也都老了。而那帮年轻的狼听了谢尔汗的教唆，都认为狼群里不该有人娃娃的地位。再过不久，你就该长大成人了。”

“长大成人又怎么样，难道成年人就不能和他的兄弟们一起做伴了吗？”莫格里说，“我生在丛林；我一向遵守丛林法则；我们狼群里的任何一只狼，我都帮他拔出过爪子上的刺。他们当然都是我的兄弟啦！”

巴吉拉伸展着肢体，闭上了眼睛。“小兄弟，”他说，“你摸摸我的下巴颏。”

莫格里抬起他棕色的结实有力的手，就在巴吉拉那光滑的下巴底下，在遮住起伏不平的大块肌肉的光滑的毛皮那里，摸到一小块光秃秃的地方。

“丛林里谁也不知道我巴吉拉身上有这个记号——戴过颈圈的记号。小兄弟，我也是在人群中间出生的，我的母亲就死在人群中间——死在乌代浦王宫的笼子里。就是为了这个缘故，当你还是一个赤身裸体的小崽子的时候，我在大会上为你付出了那头公牛的代价。没错，我也是在人群中间出生的。我那时从来没有见过丛林。他们把我关在铁栅栏里面，用一只铁盘子给我喂食。直到有一天晚上，我意识到我是巴吉拉，一头黑豹，不是人类的玩物。我用爪子一下子砸开了那把不中用的锁，离开了那里。正因为我懂得人类的行事方式，所以我在森林中比谢尔汗更加可怕。你说是不是？”

“是的，”莫格里说，“丛林里谁都害怕巴吉拉——只有莫格里不怕。”

“哦，你是人类的小娃娃，”黑豹非常温柔地说，“正如我终于回归丛林一样，你也终将回到人群中去——回到你的人类兄弟中间去——要是你在狼群大会上没被杀死的话。”

“可是为什么——为什么，有谁想杀死我？”莫格里问道。

“看着我，”巴吉拉说，莫格里死死地盯着他的眼睛。还不到半分钟，大黑豹就把头转开了。

“这就是原因，”他挪动了一下踩在树叶上那只爪子说，“就连我也没法用正眼瞧你，我还是在人群中间出生，况且我还是爱你的呢，小兄弟。别的动物恨你，因为他们不敢正视你的眼睛；还因为你聪明，因为你替他们拔出脚上的刺——就因为你是人。”

“我之前一点也不懂得这些事情。”莫格里愠怒地说，同时紧锁着两道浓黑的眉毛。

“什么是丛林法则？先动手再出声。就是因为你非常粗心大意，他们才看出你是个人。但你可得聪明点啊。我心里有数，如果下一次阿凯拉没逮住猎物——现在每一次打猎，他都要费更大的劲才能制服一头雄鹿——狼群就会起来反对他和反对你了。他们会在会议岩那里召开丛林大会，到那时……那时……有啦！”巴吉拉跳起身来说道，“你赶快下山到谷地里人住的小屋里，去取一点他们种在那儿的‘红花’来，这样一来，到时候你就会有一个比我、比巴卢、比狼群里那些爱你的伙伴都更强有力的朋友了。去取来红花吧！”

巴吉拉所说的“红花”，指的是火。只不过丛林里的动物都不知道“火”这个固有名称。每一个活着的动物都对火怕得要命，他们还发明了上百种方式来形容它。

“红花？”莫格里说，“不就是傍晚种在他们的小屋外面的那些东西吗？我去取一点回来。”

“这才像人类娃娃说的话，”巴吉拉引以为荣地说，“记住，它是种在一个个小盆里的。快去拿一盆来，留在你身边，以便在需要的时候能用上它。”

“好！”莫格里说，“我这就去。不过，你确定吗？噢，我的巴吉拉，”他滑动他的手臂，搂住巴吉拉漂亮的脖子，仔细打量着巴吉拉的大眼睛说，“你能肯定这一切全都是谢尔汗教唆的吗？”

“凭着我获得自由时砸开的那把锁起誓，我非常确定，小兄弟。”

“好吧，凭着赎买我的那头公牛发誓，我一定要为此跟谢尔汗算总账，或者还要多算一点呢。”莫格里说完，跳跃着跑开了。

“这才是一个人呢，彻头彻尾是个人了。”巴吉拉自言自语地说着，然后又躺了下来。“哼，谢尔汗哟，没有哪次打猎比你十年前猎捕青蛙那回更不走运了！”

莫格里已经远远地穿过了森林，他奋力地奔跑着，他的心情是急切的。傍晚的薄雾升起时，他已来到了狼穴前面。他深吸了一口气，向山谷下面望去。狼崽们都外出了，可是狼妈妈没有，她待在山洞的最里面。一听喘气声，她就知道她的青蛙正在为什么事发愁呢。

“怎么啦，儿子?”她问道。

“是有关谢尔汗的一些闲话，”他对着洞穴深处喊道，“我今晚要到耕地那儿去打猎。”于是他匆匆穿过下方的灌木丛，来到谷底的那条小溪边。他在那里停住了脚步，因为他听见狼群狩猎的嘶吼声，还听见一头被追赶的大公鹿的咆哮声和他走投无路原地打转的喷鼻声。接着是一群年轻狼发出的不怀好意的刻薄号叫声：“阿凯拉！阿凯拉！让孤狼来显显威风，给狼群的头领让开道！扑过去呀，阿凯拉！”

孤狼一定是扑过去了，但却没有逮住猎物，因为莫格里听见他的牙齿咬空的声音，然后是黑鹿用前蹄把他踢翻在地时，他发出的一声痛苦的叫唤。

他不再等着听下去了，而是继续赶路。当他跑到村民居住的耕地那里时，背后的叫喊声渐渐听不清了。

“巴吉拉说的是真话，”他在一间小屋窗外家畜草料堆上舒舒服服地躺下，喘了口气说，“明天，对于阿凯拉和我都是个重要的日子。”

然后他把脸紧紧贴近窗户，瞅着炉膛里的火。夜里，他看见农夫的妻子起来往炉子里添入一块块黑乎乎的东西；到了早晨，薄雾染白了一切，寒气逼人，他又看见那个男人的孩子拿起一个里面抹了泥的柳条罐，往里面装上一块块烧得通红的炭，把它塞在自己身上披的毯子下面，就出去照看牛栏里的母牛去了。

“原来就这么简单！”莫格里说，“如果一个小崽子都能鼓捣这东西，又有什么可怕的呢。”于是他迈开大步转过屋角，刚好跟那个男孩遇个正着。他从男孩手里夺过罐子，当男孩吓得大哭大叫起来的时候，他已经消失在薄雾中。

“他们长得倒挺像我。”莫格里一面学着昨晚看到的女人的样子吹着罐子里的火，一面说，“要是我不给它点东西吃，这家伙就会死掉的。”于是，他往这红红的东西上面扔了些树枝和干树皮。走到半山腰时，他遇见了巴吉拉，清晨的露珠像月光石一般，在他的皮毛上闪闪发光。

“阿凯拉没有逮住猎物，”黑豹说，“他们本想昨晚就杀死他，可是他们也想连你一块杀死。刚才他们还漫山遍野地找你呢。”

“我当时在耕地那里。我已经准备好了。瞧！”莫格里举起了装着火的罐子。

“很好！喂，我见过人们把一根干树枝戳进那东西里面去，很快，干树枝的一头就开出了‘红花’。难道你不害怕吗？”

“不怕。我为什么要怕呢？我现在记起来了——不知道是不是在做梦——在我成为狼之前，我记得自己躺在‘红花’旁边，既温暖又舒适。”

那天，莫格里一整天都坐在狼穴里照料他的火罐，把一根根干树枝放进火罐里，看它们烧起来是什么样子。他找到了一根令他满意的树枝，因此当晚上塔巴基走进狼穴，极其无礼地通知他去会议岩开会的时候，他放声大笑，一直笑到塔巴基落荒而逃。随后，莫格里前去参加狼群大会时，仍旧大笑不止。

孤狼阿凯拉卧在原本属于他的那块岩石附近，表明狼群首领的位置空缺。谢尔汗和那些追随他吃残羹剩饭的狼明目张胆地走来走去，一副小人得志的神气。巴吉拉紧挨莫格里趴在那里，那只火罐放在莫格里的两膝中间。群狼到齐以后，谢尔汗开始发言——在阿凯拉年富力强的时期，他是从来不敢这么做的。

“他无权讲话，”巴吉拉悄声说道，“你直接站出来讲话吧。他是狗娘养的。他会吓得要命。”

莫格里跳起身来。“自由的兽民们，”他喊道，“难道是谢尔汗统领了狼群？我们狼群推选头领，跟一只老虎有什么干系？”

“因为狼群头领的位置还空着，所以我被请来发言……”谢尔汗开口说道。

“是谁请你来的？”莫格里质问道，“难道我们全都是豺狗，非得讨好你这只专杀家畜的屠夫不可吗？群狼的头领由我们狼群自己决定。”

狼群中响起了一片叫嚷声，有的说，“住嘴，你这个人类的崽子！”还有的说，“让他接着说，他一向是遵守我们丛林法则的！”最后，狼群中几头年长的狼高声怒喝：“让‘死狼’讲话吧。”

当狼群的头领没能杀死他的猎物时，如果他还活着，也会被称作“死狼”，而通常来说，这只狼是活不了太长时间的。

阿凯拉疲惫不堪地抬起他那老迈的头。

“自由的兽民们，还有你们，谢尔汗的走狗们。十二年来，我带领你们去打猎，又带领你们回来，在我当头领的这些年里，从来没有一只狼落入陷阱或受伤致残。这回我没能杀死猎物。你们明白这是如何设下的圈套。你们明白，你们想方设法把我引到一头年轻力壮的公鹿那儿，还向他泄露了我的弱点。干得可真聪明啊。现在，你们有权在会议岩上杀死我。因此，我的问题是：‘哪一个要来结果我这条孤狼的命呢？’因为根据丛林法则的规定，我的权利是让你们一个接一个地上来和我单打独斗。”

有相当长一段时间的沉默，因为没有哪一只狼愿意单独跟阿凯拉作决死的搏斗。于是谢尔汗咆哮起来：“呸！我们干吗理会这个老掉了牙的傻瓜？他注定要死的。倒是那个人崽子活得够久啦。自由的兽民们，他打一开始就是我的肉。把他交给我，我对这种既是人又是狼的荒唐事早就厌烦透了。他已经烦扰丛林里的兽民十个年头了。把这个人崽子交给我，否则我就一直在这块地盘上打猎，还不会分给你们一根骨头。他是一个人——一个人崽子，我对他恨之入骨！"

随后，狼群里一半以上的狼都吵嚷起来，"一个人——一个人！人跟我们有什么干系？让他滚回属于他自己的地方去。"

"好让他鼓动所有村民来跟我们作对吗？"谢尔汗怒喝道，"不，把他交给我。他是个人，我们谁都不敢正眼盯着他瞧。"

阿凯拉再次抬起头来说，"他跟我们一道吃，一道睡，他还替我们驱赶猎物，况且他并没有违反丛林法则。"

"还有，当初狼群接纳他的时候，我曾为他付出过一头公牛。一头公牛倒不值什么，但是巴吉拉的荣誉可是大事，说不定我要为了荣誉而战呢。"巴吉拉用他最柔和的嗓音说道。

"居然为了十年前付出的一头公牛！"狼群咆哮道，"我们才不管十年前的什么牛骨头呐！"

"要是为了十年前的誓言呢？"巴吉拉说道，他露出嘴唇下面的白牙说道，"称你们为不受约束的'自由兽民'，真是再恰当不过啦！"

"人崽子是不能和丛林的兽民为伍的。"谢尔汗号叫道，"把他交给我！"

"虽说和我们血统不同，他却也是我们大家的兄弟，"阿凯拉接过话头，"而你们却想在这儿杀掉他！说实话，我活得已经够长的了。你们中间的一些狼，成了吃牲口的家伙；我还听说另外一些狼，居然在谢尔汗的教唆下，黑夜里到村民家门口去叼走小孩。因此，我知道你们都是胆小鬼，我正在对你们这群胆小鬼说话。毫无疑问，我必须得死。可惜我的命不值钱，要不然，我就会代替这个人类娃娃献出生命。可是为了狼群的荣誉——这件小事，你们因为没了首领，已经把它忘记了——我保证，如果你们让这个人类娃娃回到他自己的地方去，那么，等我的死期到来时，我连牙都不对你们龇一下。我会毫不抵抗地赴死。那样的话，狼群里至少有三头狼可以免于一死。我能做的只有这么多了；如果你们愿意这样做，我就能使你们免于为了杀害一个没有过错的兄弟而丢脸——一个按照丛林法则，有人替他说话，并为他付了代价赎买进狼群来的兄弟。”

“他是一个人——一个人——一个人！”狼群嗥叫着；大多数的狼开始聚拢到谢尔汗周围，他也开始摆动起尾巴来。

“现在，就看你的了，”巴吉拉对莫格里说道，“除了打以外，我们没什么别的办法了。”

莫格里站直身子——双手捧着火罐。接着他伸直胳臂，在与会众兽民面前打了个哈欠；但是，由于愤怒而悲伤，他义愤填膺，因为，身为一群狼，他们是永远不会告诉莫格里他们是多么仇恨他的。

“你们听着！”他大喊道，“你们不用再像狗那样咋呼个没完了。今天晚上你们告诉我了太多遍我是一个人了（尽管我倒真愿意和你们在一起，一辈子做一只狼），所以我觉得你们说得很对。因此，我再也不把你们称作我的兄弟了，我要像人应该做的那样，称呼你们为野狗。你们想干什么，你们不想干什么，可就由不得你们了。这事全由我来决定。为了能让事情看上去更简单些，我，这个人，带了一些你们这些野狗惧怕的‘红花’来。”

他把火罐扔到地上，几块炭火点燃了一簇干苔藓，火苗一下子蹿了起来。此时，面对着跃动的火苗，群狼畏惧地退后了。

莫格里把他那根已经熄灭的树枝再次戳进火里，直到那些枝杈全都噼啪作响地燃了起来，然后他把树枝举过头顶，在畏缩的群狼面前一圈一圈地挥动着。

“现在你说了算，”巴吉拉低声说道，“让阿凯拉免于一死吧。他自始至终都是你的朋友。”

阿凯拉，这个一辈子从来没有求过饶的倔强老狼，此刻也惹人哀怜地看了莫格里一眼。这个男孩赤身裸体地站在那里，一头黑黑的长发披在肩后，在熊熊燃烧的树枝的映照下，斑驳的黑影随着火光跃动。

“好！”莫格里不慌不忙地环顾一周，下唇前撅地说，“我看得出，你们是一群狗。我要离开你们，到我自己的族人中间去——如果他们是我的族人的话。丛林再也容不下我，我必须忘记你们的语言，你们的友谊；但我会比你们更加仁慈。因为除了血统以外，我完全是你们的兄弟，所以我保证，等我回到人类中间，做回一个人以后，我绝不会像你们背叛我那样，把你们出卖给人类。”他用脚踢了一下火，引得火星四溅。“我们哪一个都不会跟狼群交战。可是，在我离开之前，还有一笔账要清算。”他大踏步地走到谢尔汗面前，后者正傻呆呆地对着火焰眨巴着眼睛。莫格里抓起他下巴上的一簇虎须，巴吉拉则紧跟在莫格里身后，以防不测。“站起来，你这条卑鄙的狗！”莫格里大叫道，“站起来，我是以一个人的身份在说话，否则我就把你这身皮毛烧掉！”

谢尔汗的两只虎耳朵平平地贴在脑袋上，也闭上了双眼，因为炽烈燃烧的树枝离他太近了。

“这个专门捕杀家畜的屠夫说，他要在狼群大会上杀掉我，就因为我是个娃娃时，他没能杀得了我。如此这般，那么，我们人类无论什么时候，一定都会打狗的。看你敢动一动胡须，瘸鬼拉格里，我就把‘红花’塞进你喉咙里去！”他用树枝抽打起谢尔汗的脑袋来，在极端恐惧中，老虎哼哼唧唧地哀求着。

“呸，你这只燎光了毛的丛林野猫——马上给我滚！可是你们记住，下一次，当我以人的身份来到会议岩时，我的头上一定顶着谢尔汗的皮。至于其他的事嘛，阿凯拉可以获得自由，可以随心所欲地生活。你们不准杀掉他，因为那违背了我的意愿。我也不想看到你们再坐在这里，一个个伸着舌头，好像是什么重要人物，而不是我想撵走的一群狗似的——就这样！滚吧！”

树枝顶端的火焰此时燃烧得十分猛烈，莫格里拿着树枝在圈里左右挥舞，被火星点燃皮毛的狼嗥叫着逃走了。最后，只剩下阿凯拉、巴吉拉，还有支持莫格里的十来只狼。接着，莫格里的心里的某个地方痛了起来，他这一生中还从来没这么痛苦过。他倒吸了一口气，抽泣起来，泪珠儿滚下了他的面颊。

“这是什么？这是什么？”他问道，“我不愿意离开丛林，我也不知道这是什么。我要死了吗，巴吉拉？”

“不会的，小兄弟。这只不过是人类常用的眼泪罢了。”巴吉拉说，“现在，我看出你已经是大人，不再是个人类娃娃了。从今以后，丛林的确再也容不下你。让它们往下淌吧，莫格里，这只不过是泪水。”于是莫格里坐在地上，放声痛哭，好像心都快要碎了；他这一生中还没哭过呢。

“那么，”莫格里说，“我要到人住的地方去了。但是首先，我必须跟妈妈告个别。”于是，他来到狼妈妈和狼爸爸住的洞穴，趴在她身上哭了起来，四个狼崽也一同悲戚地号叫起来。

“你们不会忘掉我吧？”莫格里问道。

“只要能追踪到你的行迹，我们是绝不会忘掉你的。”狼崽们说，“你做了人以后，一定要常到山脚下来啊，我们可以在那里和你谈天；在夜里，我们还会到庄稼地里去跟你一块玩。”

“尽早来吧，”狼爸爸说，“噢，聪明的小青蛙，尽早回来吧，因为我和你妈都已经老了。”

“早点来吧，”狼妈妈也说，“我的光着身子的小儿子；因为，你听我说，人类的孩子，与疼爱我的那些狼崽相比，我更疼爱你一些呢。”

“我一定会来的。”莫格里说，“下次我回来的时候，就是把谢尔汗的虎皮铺在会议岩的时刻。一定不要忘了我！也告诉丛林的伙伴们永远别忘记我！”

天将破晓，莫格里独自走下山坡，到耕地那里去见那些叫做人的神秘生物。

西奥尼狼群的狩猎之歌

破晓时分，黑鹿呦鸣
一声，两声，三声！
一头母鹿跃起，一头母鹿
从野鹿啜饮的林中池塘跃起。
这是我，独自追踪、观望的时机，
一次，两次，三次！

破晓时分，黑鹿呦鸣
一声，两声，三声！
一只狼偷偷返回，一只狼偷偷
把消息带给等候的狼群，
我们搜寻，我们发现，我们跟在他身后嗥叫
一声，两声，三声！

破晓时分，群狼嗥叫
一声，两声，三声！
轻巧的狼足没在丛林里留下任何痕迹！

目光可以穿透黑暗——穿透黑暗！
嗥叫——冲他嗥叫！听！噢，听！
一声，两声，三声！

第二章

卡阿[1]的狩猎

斑点是花豹的乐事；犄角是水牛的骄傲。

要保持整洁干净，因为可以从皮毛的光泽度看出狩猎者的实力。

若你发现，小公牛都能冲向你，鹿角巨大的黑鹿都可以撞向你；

你不用停下来提醒我们；我们知道那已是十年前的事。

不要欺压陌生动物的幼崽，而是像敬重兄弟姐妹一样欢迎他们，

因为尽管他们又矮又小，也可能是熊的孩子。

“没有哪个能比我棒！”第一次狩猎的人娃娃如是说；

然而丛林巨大，人娃娃渺小。

让他思考，保持沉默。

——巴卢的箴言

这里要讲的所有故事，都发生在莫格里被逐出西奥尼狼群以前，或者说发生在莫格里亲自向老虎谢尔汗复仇之前。故事发生在巴卢教莫格里学习丛林法则的那段日子里。这头体型巨大、认真严谨的老棕熊，能有如此聪明的一个学生，很是高兴，因为那些年幼的狼，只愿意学习适用于自己狼族的丛林法则；他们刚能背诵《狩猎之歌》——“四脚不会发出任何响动；双眼能够穿透黑暗；两耳可以听到穴中风，白白的牙齿

---

① 卡阿（Kaa），Kaa 发“*Kar*”的音。是根据大个头的蛇张嘴时发出的奇怪声音编造出的名字。——原注

尖又利，所有这些都是我们狼族兄弟的标志，而我们痛恨的豺狗塔巴基除外”，便溜得无影无踪。不过，因为莫格里是个人类娃娃，所以必须学会比狼崽多得多的丛林法则。有时候，黑豹巴吉拉会悠闲地穿过丛林，来看看他的宝贝人娃娃过得怎么样；在莫格里给巴卢背诵当天学习内容时，黑豹会用头抵住树干，发出满意的呜呜声。这个男孩爬树简直就像游泳一样快，游泳几乎又跟奔跑一样迅捷。因此巴卢，这位教授法则的老师，不仅教他丛林法则，也教他水泽法则：如何区别一根腐坏的树枝和一根长势良好的树枝；当他攀上距离地面五十英尺的蜂房时，如何礼貌地同野生蜜蜂交谈；正午时分，他惊扰了树枝之间的蝙蝠芒的时候，该对芒说些什么；还有在跳入池水之前，如何对水蛇们发出预警信号。没有哪个丛林居民喜欢受到惊扰，他们时刻准备着对入侵者进行攻击。于是，莫格里也学习了外来者的“狩猎口号”；无论哪一个丛林居民，要想在自己的领地之外狩猎，务必要大声重复这句口号，直到得到回答。这句口号翻译成人类语言，意思就是“请允许我在这里打猎，因为我饿了”，得到的回答是“那么，为了食物打猎吧，但不要为了好玩而狩猎”。

所有这一切表明，莫格里要学会并记住的东西多么多呀！因此他越来越厌烦这种把同一句话念叨上百遍的学习了。然而，就像有一天莫格里被打了几巴掌，一气之下跑掉时，棕熊巴卢对巴吉拉说的那样，“人类娃娃就是人类娃娃，他必须学会丛林里的所有法则。”

“不过，你也要想想，他还那么小，”黑豹说道，要是按照他的心思来，他一定会把莫格里惯坏的，“他那个小脑瓜里怎么能装得下你所有的长篇大论呢？”

“难道在这片丛林里，有谁因为太小而不被猎杀吗？没有。那就是我教他这些东西的原因，也是他忘记时，我非常轻柔地打他的缘故。”

“轻柔！你知道什么是轻柔吗，老铁掌？”巴吉拉不满地咕哝道，“今天，他的整张脸都被你打得青肿不堪——还说什么‘轻柔’,哼！”

“被疼爱他的人打得从头肿到脚，也好过因为无知而惨遭不测。”巴卢郑重其事地回答说，“我正在教他丛林号令语，可以确保他免受鸟类、蛇族和所有狩猎的四足动物的攻击，只是他自己所属的人类除外。现在，只要他能记住这些号令语，就有权要求得到任何丛林种群的保护。教了他这么多，难道抵不过一顿小小的惩戒吗？”

“好吧，可要当心别把那个人类娃娃打死。他可不比用来磨你那几只钝爪的树干。不过，那些号令语都是怎么讲的？我倒是更愿意帮忙，可不是存心要问，”巴吉拉伸出一只爪子，欣赏着他那细长凿子般钢青色的爪尖，“不过，我还是挺想知道。”

“等我叫回莫格里，他能够说得出——要是他愿意的话。回来吧，小兄弟！”

“我的头里就像做了蜂巢的空心树一样嗡嗡作响，”一个闷闷不乐的稚嫩嗓音从头顶传来，莫格里愤愤不平地从一棵树干上溜下来，落到地面又加了一句，“我是冲着巴吉拉才下来的，可不是冲着你，老胖子巴卢！”

“对我来说都一样，”巴卢说，可是听了伤他的话还是很痛心，“那么，告诉巴吉拉，我今天教你的丛林号令语都怎么说。”

“哪一类居民的丛林号令语啊？”莫格里问道，他很愿意炫耀一番。“这片丛林里有很多种丛林号令语。我全都知道。”

“你知道的全都算上，也只是一小部分，而不是全部。你瞧啊，巴吉拉，学生们从来不知道感谢老师。教了那么多东西，没有哪个狼崽肯回来感谢我老巴卢。那么——大学者，说一说追猎居民的号令语吧。”

“我们拥有同一血脉，我和你。”莫格里模仿着这只老棕熊的腔调，发出了所有追猎居民通用的号令。

“很好。现在说说鸟类的号令语。”

莫格里重复了鸟类号令语，末尾还带着鸢鹰的啸叫声。

“现在说说蛇族的。”巴吉拉说道。

得到的回答是一声完美的、妙不可言的“嘶嘶”声。莫格里先是向后踢着脚，为自己鼓掌喝彩，然后跳上巴吉拉的后背，侧身坐着，脚后跟击鼓似的踢蹬着巴吉拉光滑的皮毛，冲着巴卢做自己能想到的最难看的鬼脸。

“喂——喂！看你那样子，就该再打一顿。”老棕熊柔声说道，“总有一天，你会念我的好的。”说完，他转头告诉巴吉拉，自己是如何从最了解这类事情的野象哈蒂[①]那里求来的号令语，哈蒂又是如何带领莫格里跳入水池，从水蛇那里问出了蛇族的号令语发音；因为巴卢自己发不出蛇族的音。还说莫格里是多么的安全，能够应付丛林里所有的意外事故，因为如今蛇族、鸟类和兽民都无法伤害他了。

“那么，他现在谁也不用怕啦。”末了，巴卢骄傲地拍着自己毛茸茸的大胸脯说道。

“只是他自己所属的族类除外。”巴吉拉压低嗓音说道；随后大声对莫格里嚷道，“当心我的肋骨，小兄弟！你这么上下踢蹬究竟是怎么回事？”

莫格里一直拉扯巴吉拉背膀上的皮毛，踢蹬得更加起劲了，目的是想让他俩听自己说话。当那两位终于可以听他说话了，他用最高的嗓门吵嚷道，“因此，我要拥有一支我自己的部族，终日率领着他们在树枝间穿行。”

“这个新的蠢念头是什么呀，想入非非的小梦想家？”巴吉拉问道。

“没错，还要往老巴卢身上扔树枝和粪便，”莫格里接着说，“他们已经答应我了。啊哈！”

“扑哧！”巴卢的大熊掌一下子把莫格里从巴吉拉的后背上绰了起来；这个男孩躺在两只前掌上时，他看得出，这只熊真生气了。

“莫格里，”巴卢说，“你刚才一直跟猴群里的狭鼻猴说话来着。”

---

① 哈蒂（Hathi），发“*Huttee*”的音，是印度人对大象的称呼之一。——原注

莫格里瞟了一眼巴吉拉，想看看黑豹有没有生气，而巴吉拉的眼神像玉石一样严厉。

“你居然跟猴群——那群灰人猿——什么都吃的家伙待在一起。真丢脸！”

“当时巴卢打伤了我的头，”莫格里（此时他又坐回巴吉拉的背上）说，“我就逃走了，只有那些灰人猿从树上下来，对我表示同情，别的人都不关心我。”他略带鼻音地抱怨说。

“猴群的同情！”巴卢喷着鼻息，轻蔑地说，“真是山溪静止了，夏日的骄阳变冷啦！然后呢，人类娃娃？”

“然后，然后，他们还给我坚果和其他好吃的东西，他们——他们还抱着我攀上树梢，说我是他们的同族兄弟，只是我没长着尾巴；还说，总有一天，我会成为他们的领袖。”

“他们从来就没有领袖，”巴吉拉说，“他们在说谎。他们一向爱撒谎。”

“他们非常友好，还邀请我再去他们那里。为什么你们从没把我带到猴群中间？他们跟我一样用双脚站立。他们不会用硬实的巴掌打我。他们成天玩。让我爬上去！坏巴卢！让我上去！我还要跟他们一起玩。”

“听着，人类娃娃！”那头熊说道，他的嗓音仿佛闷热夜晚的隆隆雷声，“我教过你丛林中所有种群的丛林法则——只有住在树上的猴群除外。他们没有任何法则。他们是丛林里的无赖。他们没有自己的语言，而是使用他们等在树枝上偷看时听来的语言。他们跟我们不是一路的。他们从来没有领袖。他们也没有记性。他们自吹自擂，装成丛林里想要做大事的伟大族群，可是一颗坚果落地，他们的念头就变了，大笑着把所有的事情都忘个精光。我们丛林兽民从来不和他们来往。我们不在猴群喝过水的地方喝水；我们不去猴群去过的地方；我们不在他们猎食的地方狩猎；我们也不死在他们死的地方。到今天为止，你听我提过猴群半个字吗？”

“没有。”莫格里小声说道，因为等巴卢说完这番话，树林里一片死寂。

“丛林兽民嘴上不提他们，心里也不想他们。他们的数量非常多，他们无恶不作，卑鄙下流、寡廉鲜耻。他们希望，要是他们有任何固定不变的希望的话，他们只希望引起丛林兽民的注意。我们从来不去注意他们，即使他们往我们头上扔坚果和垃圾，也不会引起我们的关注。”

还没等他说完，树顶上就扔下来一些坚果和小树枝；他们可以听见头顶高高的树梢上，传来咳嗽、嘶吼和生气地跳来跳去的声音。

“猴群令人生厌，”巴卢接着说，“丛林兽民从不跟他们来往。要记住！”

“对，从不来往，”巴吉拉说，“不过，我还是认为巴卢早该提醒你提防着他们。”

“我——我？我怎么想到他会跟这群脏东西一起玩呢？这群脏猴,呸！”

树顶又洒下一阵东西来，他们俩连忙带上莫格里，小跑着离开了。巴卢说的那番关于猴群的话，真是一字不差。猴群生活在树上，而丛林兽民很少抬头向上看，所以猴子和兽民没有机会在路上相遇。可一旦猴群发现一只生病的狼，或者一只受伤的熊、老虎，他们就会折磨他；他们还朝每个兽民扔木棍和坚果取乐，就是希望引起兽民的关注。随后，他们会大喊大叫，哼着毫无意义的调子，逗引该兽民爬上树跟他们打架；或者毫无缘由地开始激烈地混战，就那么把死猴的尸首留在兽民们能看到的地方。他们总是计划要自己的领袖，想制定自己的法则和习俗，但是他们从来没有执行过；因为他们的记忆无法从今天保持到明天，所以他们就编了一句俗语来遮丑，说什么“猴群此刻所思，乃兽民日后所想”，这样他们就自觉得到了莫大的安慰。没有一个兽民能够逮住他们，不过，话又说回来，也没有一个丛林兽民会去关注他们。这正是莫格里前去跟他们玩，令他们极其高兴的原因；也是听到巴卢非常暴怒，他们自鸣得意的缘故。

他们从来没打算还能有所作为——事实上，狭鼻猴群根本不打算做任何事；但是其中一只猴子想出了一个主意，在他看来，这个主意非常英明。他告诉其他猴子，要是把莫格里留在猴群里，就会成为一个很有用的帮手，因为莫格里会挥舞一捆树枝来抵御强风。因此，如果猴群抓住莫格里，就可以让他教给他们这个技能。当然了，莫格里作为一个樵夫的孩子，遗传了父辈的所有本能，根本想都不用去想，自然而然就能用掉落的树枝搭起小棚屋。那群在树顶上的猴子，把这一切都瞧在眼里，认为莫格里这种玩法最令人赞叹。因此这一回，他们真得拥有一位领袖，从而成为丛林中最聪明的一群——聪明得足以让每个其他种群的居民都关注他们，嫉妒他们。因此，猴群轻手轻脚地尾随着巴卢、巴吉拉、莫格里穿过丛林，一直等到他们午睡的时间。此时，睡在黑豹和棕熊中间的莫格里，正对自己先前的行为感到非常羞愧，所以打定主意，不再跟猴群有任何来往。

他能够回忆起的下一件事，就是很多手抓住了他的胳膊和腿——是一些强硬的手——接着是树枝纷纷撞击到他的脸颊。再后来，当莫格里的目光穿过摇曳的树枝往下望时，巴卢也惊醒了，发出了特有的低吼声，黑豹巴吉拉则跳上了树干，龇出了满口的尖牙。猴群发出了得胜的号叫，纷纷上蹿到巴吉拉不敢攀缘的顶层树枝，高声呼喊着，“他注意到我们啦！巴吉拉已经注意到我们啦！所有丛林居民都会钦佩我们的才能和诡计的！”然后他们开始了猴群的飞奔腾跃；他们这种穿树越枝如履平地的飞跃，是一种没人能够用语言形容得了的技能。他们有自己固定的路线和岔路，穿山岭，下谷地，所过之处都在距离地面五十到七十英尺的高处，有时甚至是上百英尺。如有必要，即使在夜间，他们也能够沿着这些路行走。两个最壮实的猴子，一边一个架住莫格里的胳膊，像荡秋千一般掠过树顶，每一次腾跃，都能跳出二十英尺远。要是让他们独自腾跃，他们一下子能够跳出两倍的距离，可是这个男孩的重量阻碍了他们。头晕眼花，恶心得想吐，可是莫格里不得不消受这种狂野的飞跃，尽管每次朝下方的地面一瞥，都让他心惊胆战；腾跃结束时的停顿和再次跃起没有踏到任何实物，完全是在空中转换，让他的心都提到了嗓子眼。他的两个护卫会架着他跃上一棵树，等到他感觉他们脚下最细的树梢噼啪作响，向下弯曲时，随着一声咳嗽或呐喊，他们会跃出这棵树，向下荡去，用他们的上肢或者下肢攀住另一棵树较低的树杈，再次停下。有些时候，莫格里能够放眼望到数英里之外的寂静的绿色丛林，就像一个站在桅杆顶上的人能够看到几英里以外的海面一样；另外一些时候，枝杈和树叶会横扫过他的脸颊，而他和他的两个护卫几乎又下到了地面。就这样，起起落落，呼喊尖叫，整个狭鼻猴群带着他们的俘虏莫格里，一阵风似的沿着他们的路线飞奔着。

有那么一会儿工夫，莫格里担心自己被他们丢下去。接下来，他变得异常恼怒，可是知道自己最好不要挣扎，于是他开始思索对策。最重要的事情，就是要给巴卢和巴吉拉捎去口信，因为他知道以猴群的飞奔速度，他的两个朋友肯定被远远地甩在了后面。往下看毫无用处，因为他只能看到一棵棵树冠的上半部分；于是他开始盯着上方仔细观察，在深远的高空中，鸢鹰兰恩依靠盘旋平衡着身体，两眼盯住下方的丛林，等待着将死的猎物。兰恩也看见了猴群携带着什么东西，他飞低了几百码，想看看他们带的东西值不值得猎食。当鸢鹰看见莫格里被拖着跃上一棵树顶，还听到他对自己发出号令——“我们拥有同一血脉，我和你”的时候，兰恩惊讶地轻啸起来。摇动的树枝遮住了那个男孩，不过兰恩平衡住身体，飞到了下一棵树上空，刚好看到那张再次露出的棕色小脸。“在我路过的地方做标记！”莫格里大叫道，“然后告诉西奥尼狼群里的巴卢，还有会议岩上的巴吉拉。”

“以谁的名义告诉他们，兄弟？”在此之前兰恩从来没有见过莫格里，尽管他自然听说过他。

“莫格里，青蛙，人娃娃，他们是这样称呼我的！快在我路过的地方留下标记！”

最后几个字是尖叫出来的，因为他正被带着荡到空中，不过兰恩点了点头，上升到高空中，一直到从下方看上去，不比一粒微尘更大。然后他就停在空中，当莫格里的护卫队飞速前进时，用他那双望远镜一般的利眼，留心观察着摆动的树顶。

“他们决不会走得太远，”兰恩低声轻笑着说，“他们着手去做的事情，从来就没完成过。永远追逐新的事物，才是狭鼻猴群的本色。这一回，要是他们有些远见的话，他们就能看出自己已经惹上了麻烦，因为巴卢虽然毫无经验，但巴吉拉是个老手，就我所知，巴吉拉可不止会猎杀山羊那么简单。”

于是兰恩扇动翅膀，双脚蜷缩在身下，在空中等待着。

与此同时，巴卢和巴吉拉因为愤怒和担忧而狂躁不已。巴吉拉向上爬到了他从未爬过的高度，但是细树枝在他的重压下折断了，他一失足溜了下来，爪子里满是树皮。

“你为啥不事先警告人娃娃？”他冲着可怜的巴卢怒吼道，后者开始笨拙地小跑起来，希望能够追上猴群。“要是你不警告他，把他打个半死又有什么用呢？”

“快跑！噢，快点！我们——我们或许还能追上他们！”巴卢喘息着说。

“就你那个速度！连一头受伤的母牛都追不上。丛林法则老师——打人娃娃的家伙——像你这样来回摇摆上一英里，会把你给累散架的。坐下别动，好好思量思量吧！想出一个主意来。现在可不是追赶的好时机。如果我们跟得太紧了，他们会把他扔下来的。”

“哎呀！呜呜！他们很可能因为厌倦带着他，已经把他给扔下来了。谁能信任一群狭鼻猴呢？把死蝙蝠扔在我的头上！让我吃发黑的骨头！让我滚进野蜂巢里，被蜜蜂蛰死，然后把我跟鬣狗葬在一起，因为我是这世上最差劲的熊！哎呀！呜呜！噢，莫格里，莫格里啊！为啥我打肿了你的头，而不是警告你别跟猴群待在一起呢？现如今，也许把你打得忘了一天的课程，独自留在丛林深处，记不起一句丛林号令语啦！”

巴卢双掌紧紧抱住头，滚来滚去地哀号着。

“至少一段时间以前，他还正确地对我说出了所有的号令语。”巴吉拉不耐烦地说，“巴卢，你既不记事，也不值得尊重。要是我，一只黑豹，也像豪猪伊基那样，蜷起身子来哀号，丛林里的居民该怎样看待我？”

“我还管什么丛林居民的看法？他现在可能已经死啦。”

“除非他们在腾跃过程中把莫格里从树枝上丢了下来，或者由于闲来无事把他给杀了，否则我丝毫不为人娃娃担心。他非常聪明，而且训练有素，更重要的是，他有一双让丛林居民畏惧的眼睛。但是（极其不幸的是），他在猴群的手中，而他们这群猴子，因为生活在树上，所以一点不怕我们这些兽民。”巴吉拉舔着一只前爪，若有所思地说。

“我真是个傻瓜！噢，肥胖的、只会挖块根的棕色傻瓜！”巴卢一边说，一边猛地伸直身体，“野象哈蒂说得很对，‘一物降一物’；而他们这群狭鼻猴，最怕岩蟒卡阿。他可以爬得跟他们一样高。他能在夜里偷走年幼的猴子。只要小声说出卡阿的名字，都能让他们从头顶凉到尾巴尖。让我们去找卡阿。”

“他能帮我们做什么呢？他和我们不是一类，他没长脚——却长着一双最邪恶的眼睛。”巴吉拉说道。

“他非常明智，非常狡猾。最重要的是，他总是处于饥饿状态，”巴卢乐观地说，“我们可以答应给他很多只山羊。”

“他吃过一顿以后，睡起来就是一整月。现在，他可能还睡着呢，即便他醒着，要是他宁愿自己猎杀山羊呢？”巴吉拉不太了解卡阿，自然心存疑虑。

“要是那样的话，你和我一起去，老猎手，可能会让他看到帮助我们的理由。”说到这里，巴卢用他那褪了毛色的浅棕色肩膀碰了碰黑豹，于是他们一同前去寻找岩蟒卡阿了。

他们发现卡阿时，他正伸展着卧在一处暖和的岩架上，晒着午后的太阳，欣赏着他那漂亮的新外套。因为在过去的十天里，他一直在蜕皮，所以他眼下看上去漂亮极了——沿着地面飞快地移动着他那有着迟钝鼻子的硕大的头，他把三十英尺长的身体，一圈一圈地盘成奇妙的圆盘，咂着嘴，想着他即将到来的大餐。

“他还没有吃东西。”巴卢一看到卡阿那漂亮的棕黄相间的外套，就如释重负地咕哝道，“当心，巴吉拉！他每次蜕皮以后，眼神总不好使，所以攻击起来更加迅捷。”

卡阿不是一条毒蛇——事实上，他非常看不起有毒的蛇，认为他们都是懦夫——而他的实力在于他的拥抱，一旦他那巨大的身体一圈圈地盘住任何猎物，那东西就再也发不出声来了。“狩猎愉快！”巴卢一屁股坐下来，大声打着招呼。像所有蛇族一样，卡阿非常聋，一开始他并没有听到这声问候。随后，他盘起身体以防不测，头也压低了下来。

“大伙都狩猎愉快！”卡阿回了一声。“喔，巴卢啊，你来这里干什么？狩猎愉快，巴吉拉！我们中间至少有一个需要进食。有正等着被杀死的任何猎物的消息吗？这次是一头母鹿，还是一只年轻的公羊？我肚子空得像一口排干了水的井。”

“我们正在打猎途中，”巴卢漫不经心地说。他知道，一定不要催促卡阿，他的个头太大了。

“请允许我跟你们一起狩猎，”卡阿说，“一次出击对你巴吉拉或巴卢来说，几乎不算什么，但是我——我不得不在一条树顶路线等上好几天，费力地向树上攀爬半宿，仅仅指望也许能逮到一只年幼的猿猴。哼！那些枝条可跟我年轻时不一样啦，尽是一些腐烂的小树枝和干枯的粗树杈！”

“也许你那超大的体重跟这件事有点关系吧。”巴卢说道。

“我相当长——相当长，”卡阿不无得意地说道，“可尽管如此，也都是这些新长出的树的错。上一回我差点就扑到猎物了——确实只差一点——因为我的尾巴没有紧紧缠住树干，所以我滑动的声音惊扰了猴群，他们用最恶毒的名称来称呼我。”

“无脚虫，黄蚯蚓，”巴吉拉公然说道，装作正在回忆什么事情。

“嘶嘶！他们曾那样称呼过我吗？”卡阿问道。

“上个朔望月里，他们冲着我们嚷嚷过类似的话，但我们从来不去关注他们。他们啥话都能说得出——甚至说你已经老得没了牙，除了一只小羊羔之外，你对付不了任何更大的猎物，说是因为（他们实在厚颜无耻，这群狭鼻猴）——因为你害怕公山羊的犄角。”巴吉拉用他那甜美的嗓音滔滔不绝地讲着。

身为一条蛇，尤其像卡阿这样一条机警的老蟒蛇，鲜有机会表现出他的愤怒；但是巴卢和巴吉拉可以看出，卡阿喉咙两侧的吞咽肌都鼓了出来，还滚动着。

“这群狭鼻猴已经换了地盘，”卡阿镇静地说道，“今天我爬到阳光里来时，我听见他们在树顶上吵嚷这件事来着。”

“我们追踪的就是——就是这群狭鼻猴。”巴卢说，不过这句话好像哽在了他的喉咙里，因为在他的记忆中，一个丛林兽民还是第一次承认他对猴群的所作所为感兴趣呢。

“毫无疑问，能让这么优秀的两位猎手——我确信是他们各自种群的头领——追踪这群狭鼻猴，我想肯定不是小事情。”卡阿奉承地回应道，因为他心里充满了好奇。

“的确，”巴卢开口道，“我只是一个老迈的教西奥尼狼群幼崽的老师，有时候还相当愚蠢，而这位巴吉拉……”

“说到巴吉拉，”黑豹说着，上下牙关“啪”的一声咬合在一起，因为他不认为谦卑有什么作用，“我们的麻烦事是这样的，卡阿。那群偷坚果、摘棕榈叶的家伙，把我们的人娃娃给偷走啦，也许你曾听说过他。”

“我从伊基（他的硬毛让他肆无忌惮）那里听来了一点消息，说一个人类加入了狼群，不过我不相信。伊基满口道听途说的传闻，而且讲得还非常差劲。”

“但这一件是真事。他是一个绝无仅有的人娃娃，”巴卢说道，“是人类娃娃中最杰出、最聪明、最胆大的一个——是我的学生，他会让我巴卢在整个丛林扬名立万的；除此以外，我——我们——都爱他，卡阿。”

“啧！啧！”卡阿来回摆动着头说，“我也知道什么是爱。我能讲出好多类似的故事呢……”

“那需要找上一个晴朗的夜晚，等我们大伙都美餐一顿以后，再彼此夸奖才合适，”巴吉拉快速插话说，“现如今，我们的人娃娃还在猴群手中呢，而我们都知道，在所有的丛林居民中，猴群唯独畏惧卡阿。”

“他们只怕我一个，是非常有道理的。”卡阿说道，“唠唠叨叨，愚蠢透顶，爱慕虚荣——爱慕虚荣，愚蠢透顶，唠唠叨叨，就是这群猴子的特点。但是，一个人类落到他们手中，可算倒了霉。他们厌倦了手里摘到的坚果，就会把它们扔下来。他们拿着一根树枝，一拿就是半天，本打算用它做些大事，接下来却把树枝折成两段。那个人类现在可不是值得羡慕的对象。猴群还称呼我——‘黄鱼’，是不是？”

“长虫——长虫——蚯蚓，”巴吉拉回答说，“还有其他一些称谓，我现在都耻于说出口。”

“我们一定得提醒他们，说些称赞他们征服者的话。啊哈！我们一定得治好他们错乱的记忆。那么，他们带着那娃娃去哪里啦？”

“只有丛林知道答案。我想，他们朝着太阳落下的方向去了，”巴卢说道，“我们本以为你知道呢，卡阿。”

“我？我怎么会知道？只有猴子闯入了我的领地，我才会逮住他们，但事实上，我并不追猎猴群，或者蛙类——或者死水潭里的绿色浮渣之类的东西。”

“抬头，抬头！上头，上头！喂！喂！喂！往上看，西奥尼狼群里的巴卢！”

巴卢抬起头，想看看这声音发自哪里，原来是鸢鹰兰恩正俯冲下来，上翘的翅膀边缘映着太阳的光辉。这会儿差不多到了兰恩就寝的时间，但是他搜遍了整个丛林，来找寻这头棕熊，先前在枝叶茂密的地方错过了他。

“有什么事？”巴卢问道。

“我看到猴群带走的莫格里啦。是他吩咐我来告诉你。我留心观察，看到猴群把他带到河那边的猴子城——到‘寒穴’[①]去啦。他们可能在那里停留一整夜，也可能停留十天，或者待上一个小时。我已经告诉了那群蝙蝠，天黑后一直盯着他们。这就是我的口信。狩猎愉快，下方众居民！”

“祝你吃得饱饱的，睡个好觉，兰恩！”巴吉拉高喊道，“下次打猎我会记得你的，会把猎物的整个头都留给你独自享用，噢，最好的鸢鹰！”

“不必客气，不必客气。那个男孩掌握了号令语。我责无旁贷。”兰恩又在空中盘旋了一周，回到了他的栖息处。

“他还没有忘记使用他的号令语，”巴卢骄傲地咯咯一笑说，“想想看吧，这么小的一个娃娃，在被猴群拉扯着穿过树林时，还能记起鸟类的号令语！”

“号令语牢牢地印在他的心里啦，”巴吉拉说，“不过，我也为他骄傲。现在，我们一定得赶往‘寒穴’去了。”

他们都知道‘寒穴’在哪里，不过，鲜有丛林居民去过那里。因为

---

① 寒穴（Cold Lairs），印度有许多废弃的古代城市，看上去跟丛林中的“寒穴”差不多。之所以称为“寒穴”，是因为任何动物离开了它的巢穴，那地方自然会变得寒冷。那么人类也跟这些动物一样。——原注

那个被称为‘寒穴’的地方，是一座古代废弃城市，隐藏在丛林深处，不为人知，而动物们是很少使用人类曾经居住过的地方的。野猪可能会使用人类住过的地方，但狩猎的族群不会。除此之外，说起来，猴群住在这里比住在任何其他地方的时间都要久，因此没有哪个有自尊心的兽民肯踏进它的范围之内，除非在干旱季节，因为那时城里废弃的贮水箱或者蓄水池里，还有少量的水。

“全速前进的话，还得赶上半宿的路呢。”巴吉拉说道。而巴卢看上去神情庄重，“我会以我最快的速度赶路。”他焦虑不安地说。

“我们不敢冒险等你。跟在后面，巴卢。我们——卡阿和我必须以最快的速度赶过去。”

“不管有脚还是没脚，我都能跟得上你们所有四足动物。”卡阿简短地应了一句。巴卢拼力赶了一段路，可还是不得不坐下来喘口气，因此他俩把巴卢留在后面，让他随后赶到。此时巴吉拉以黑豹最快的速度，疾速前奔。卡阿二话没说，尽管巴吉拉奋力向前，这条巨大的岩蟒还是能够跟他并驾齐驱。他们来到一条山涧时，巴吉拉略胜一筹，因为他一跃而过，两只前爪都没有沾水，而卡阿得游过去。但在平坦的土地上，卡阿逐渐赶了上来。

“凭着还我自由的那把破锁发誓，”当黎明来临时，巴吉拉说道，“你跑得一点也不慢！”

“我饿了，”卡阿说，“再说，他们居然称我是‘带斑纹的青蛙’！”

“长虫——蚯蚓，还说你全身都是黄的。”

“都一样。让我们接着赶路吧。”卡阿似乎把自己当做倾泻在地上的水一样，用坚定的眼神找到最近的路，然后毫不偏向地向前流去。

在“寒穴”里，猴群根本没想起莫格里的朋友们来。他们把这个男孩带进了这座无人知晓的城市，当时他们真是得意极了。在此之前，莫格里从来没见过一座印度的城市，尽管它差不多已经是一堆废墟，但是看上去还是气势恢宏。很久以前，某个国王把这个城市建在一座小山上。你仍旧可以沿着石砌道路，走向废弃的城门，大门那最后几块破碎的木片，仍旧悬吊在城门的铰链上。城墙内外长满了树木；碉堡上的城垛全都倒塌了，野生藤蔓植物从塔楼的窗户上垂吊下来，一簇簇浓密地挂在墙上。

一座巨大的没了屋顶的宫殿伫立在小山顶上。庭院中的喷泉和大理石全都开裂了，上面沾满了红红绿绿的污迹。国王的大象们居住过的庭院，铺路的大圆石都突了出来，被小树和杂草隔开了。从宫殿那里，你可以看到一排排失去屋顶的房屋，使这座城市看上去像是黑洞洞的蜂巢。那块立在四条道路交会的广场上的形状怪异的石头，先前曾是一尊神像；街角那些深坑和凹洞，从前曾是公共水井，野生无花果树在大大小小神庙的破败圆顶上，生了根发了芽。猴群把这地方称作是他们的城市，还以此为理由轻视那些丛林居民，就因为他们住在树林里。可是，他们从来也搞不懂，那些建筑是用来做什么的，又该如何使用它们。他们会在国王的会议大厅里，围成一圈，抓挠着跳蚤，冒充人类；或者，他们会进进出出那些没了屋顶的房屋，把灰泥碎片和旧砖头集中在一个角落里，可接着就忘了把那些东西藏在了哪里，并为此嘶吼着混战成一团，然后又突然停止打斗，在国王花园的露台上跑上跑下地玩耍起来。在那里，他们会摇晃玫瑰和橘子树，比赛看谁能让水果和花掉落下来。他们在宫殿里的所有走廊和幽暗的地道探险，还会到上百间暗室里探察一番，但是，他们从来也记不住自己看过什么，没看过什么；因此他们一个、两个或者成群结队地游荡着，彼此昭告着，说他们正做着人类做过的事情。他们在贮水池边饮水，把池水弄得满是泥浆，于是他们为此打起架来，接下来却一起飞奔着，叫嚷着，“在丛林里，没有哪个种群像猴群一样如此明智，如此优秀，如此聪明，如此强壮，又是如此文雅！”随后，这一系列动作会再来上一回，直到他们厌倦了这座城市，返回树顶，希望丛林居民会关注他们为止。

莫格里，一直接受丛林法则的教育，不喜欢也不理解他们这种生活。傍晚时分，猴群拖拽着莫格里进入了‘寒穴’，他们并不像莫格里那样，经过一段长途跋涉之后，会躺下来睡觉，而是手拉着手，胡乱地跳起舞来，嘴里还唱着他们那些愚蠢的歌。其中一只猴子，发表了一通演讲，他对他的伙伴们说，俘获莫格里，标志着猴群历史上的一个新篇章，因为莫格里将会向他们展示，如何通过挥舞一捆木棍或者藤条来抵御暴雨和寒冷。莫格里拾起一些藤条，开始来来回回地挥舞着，群猴试着模仿；但还没过几分钟，他们就失去了兴趣，开始拉扯同伴的尾巴，四肢着地地蹿上跳下，发出刺耳的噪音。

“我想要吃东西，”莫格里说，“在丛林的这块地盘上，我是一个外来者，给我拿来食物，或者放了我，让我在这里打猎。”

二三十只猴子蹦蹦跳跳地走开，去给他取坚果和野生木瓜。可是他们在路上便开始打斗起来，况且带着剩下的水果返回来也太麻烦了。莫格里气恼之极，同时也非常饿，于是他在这座空城里四处走动，时不时地发出外来者的“狩猎口号”，可是没有得到回音，因此莫格里感到，他真是来到了一个糟糕的地方。“巴卢说的关于猴群的一切，都是真的，”他自己寻思着，“他们没有法则，没有‘狩猎口号’，没有领袖——只有愚蠢的话，以及小偷小摸的手。因此我在这里饿死或者被杀，那都是我自己的错。不过，我必须想方设法返回我自己的丛林。巴卢肯定会打我，但那样也比跟着猴群追逐愚蠢的玫瑰花瓣要好。”

可是，他刚走到城墙那里，猴群就把他拉了回来，同时跟他说，他不知道自己目前有多么幸福，还捏他拧他，让他表示感谢。他咬紧牙关，一个字也没说，而是跟着吵吵嚷嚷的猴群，来到红砂岩蓄水池上方的一个平台，池子里存了半池雨水。平台的中央有一座破败的大理石凉亭，是为数百年前就已死去的王后建造的。圆形的亭顶已经塌落一半，阻塞了昔日王后从宫殿直接进入凉亭的秘密通道。不过，凉亭的墙是由大理石花格——精美的乳白色回纹饰——隔扇构成的，其上镶嵌着玛瑙、碧玉、红玉髓和天青石，当月亮从小山后面升起来时，月光穿过这些镂空的花格，在地上投下黑天鹅绒刺绣品一样的光影。虽说莫格里浑身酸痛，又困又饿，但是当猴群里的二十多只猴子一起对他说，他们是多么伟大，多么英明，多么强壮，多么文雅，而他希望离开他们是多么傻时，莫格里还是禁不住哈哈大笑起来。“我们伟大，我们自由，我们卓越非凡，我们是所有丛林种群中最优秀的居民！我们大家都这么说，所以这肯定是事实。”他们吵吵着，“既然你是个新听众，可以把我们说的话传给那些丛林兽民，这样他们在未来就会关注我们了，我们会把我们所有最卓越的本质都告诉你。”莫格里并没有表示反对，于是成百上千只猴子聚集到平台上，来听他们中间的演说家颂扬猴群，每到一位演说家停下来喘口气的当儿，众猴子就会一起大叫：“这是事实；我们都这么说。”每当他们向莫格里提问时，他都点点头，眨着眼睛回答“是”，猴群喧闹的声音搞得他头昏脑涨。“这些猴子肯定全都被豺狗塔巴基咬过，”莫格里心想，“眼下他们都犯了疯病，当然就是‘狄瓦尼’，也就是‘狂犬病’。难道他们永远也不睡觉吗？现在，那块云彩快要遮住月亮了。要是有足够大的一块乌云就好了，那样我就可以趁着黑暗逃走了。可是我真累啊。”

在城墙下面废弃的壕沟里，两个好朋友也正在望着这同一片云彩，因为巴吉拉和卡阿都很清楚，一大群猴子有多么危险，他俩可不想冒任何风险。猴子只有在一百个对一个的时候，才肯打架，不过在丛林里，很少有谁会计较这种势力不均的状况。

“我要到最西面的城墙那里去，”卡阿小声说，“从那里倾斜的地面疾速冲下去，对我来说最有利。他们不可能几百个都一齐猛扑到我背上，但是……”

“我知道，”巴吉拉说，“要是巴卢也在就好了，不过我们势必要尽力而为。等那片云彩遮住月亮，我就到平台上去。他们正在那边召开跟那孩子有关的什么会议。”

“狩猎愉快！”卡阿冷酷地说道，然后悄悄地向西墙爬过去。不巧那段墙刚好是所有城墙中毁坏程度最轻的，因此这条大蟒蛇在找到爬上石墙的办法前，耽误了一些工夫。云彩遮住了月亮，正当莫格里想着接下来会发生什么的时候，他听到了巴吉拉的四足轻轻落到平台上的声音。这只黑豹几乎是毫无声息地蹿上了斜坡，立即展开了突袭——他知道，最好不要把时间浪费在撕咬上面——一上来就开始在猴群中左奔右突，后者正围着莫格里坐成了五六十圈。猴群中响起了一阵又惊又怒的号叫，随后，当巴吉拉被滚到他脚下又踢又打的身体绊了一下时，一只猴子大叫道："这里就他一个！杀了他！杀！"一大群猴子加入了混战，他们又抓又咬，又拉又扯，完全将巴吉拉淹没在中间。与此同时，五六只猴子控制住了莫格里，把他拖到凉亭顶上，顺着圆顶的破洞将他推下去。换作一个人类养育的男孩，肯定会严重摔伤，因为这一落足有十五英尺深；但是莫格里按照巴卢教过的方法下落，双脚稳稳地站在地面。

"就待在那里，"那几只猴子冲他喊道，"直到我们把你的朋友们全都杀死为止，然后我们再跟你一起玩——要是那'有毒一族'能让你活命的话。"

"我们拥有同一血脉，我和你。"莫格里迅速地发出了蛇族的号令。他能够听到废墟中发出的沙沙声和嘶嘶声，全都朝着他聚拢过来；他再次发出了号令，以确保安全。

"既然这样，嘶，都把帽兜收起来吧！"有五六个嗓音低声说道（印度境内的每一座废墟，迟早都会成为蛇族的居所，这座古老的凉亭下面，则住满了眼镜蛇）。"站着别动，小兄弟，因为你的脚有可能踩伤我们。"

莫格里尽可能一动不动地站着，透过镂空的花格向外看，凝神听着群猴围战黑豹那激烈的打斗声——吵嚷声、唠叨声、扭打声，还有巴吉拉在一堆堆的仇敌下面，退后、跃起、转身、前冲时，发出的低沉、嘶哑的咳嗽声。自打出世以来，巴吉拉第一次为了活命而战。

"巴卢定会很快到来；巴吉拉不会独自前来。"莫格里想到。于是他大叫："到水箱那里去，巴吉拉。滚到那些水箱那里。滚过去，跳下去！跳进水里！"

巴吉拉听到了他的叫喊，喊声也表明莫格里安然无恙，这给了巴吉拉新的勇气。巴吉拉拼尽全力，默不作声、一瘸一拐地逐渐朝蓄水池方向推进。正在此时，最靠近丛林的废弃城墙那里，响起了巴卢那低沉的战斗口号。这头老熊已经尽了全力，可是直到现在才赶到。"巴吉拉，"棕熊大喊，"我来啦。我要爬上去！我要加快速度！哎哟哟！我脚下的石头太滑啦！等着我进来，噢，你们这些最臭名昭著的狭鼻猴群！"等棕熊气喘吁吁地爬上平台，不料竟会被一群猴浪淹没得只露出了头。不过，他一屁股坐了下来，同时伸出前爪，尽可能地抱住更多的猴子，然后开始啪—啪—啪有节奏地拍打起来，好似蒸汽船上的桨轮击打水浪一般。跳落和溅起水花的声音告诉莫格里，巴吉拉已经跳入了水箱，猴群就无法再围追他了。那只黑豹上气不接下气地站在水中，他的头刚好露出水面；而那些猴子在红砂岩台阶上站成三排，又急又怒地上蹿下跳，要是黑豹胆敢出来给巴卢帮忙，他们随时准备从四面八方向他扑去。此时，巴吉拉扬起他湿淋淋的下颚，万分绝望中，他发出了蛇族的号令语——"我们拥有同一血脉，我和你"——寻求保护，因为他认为，卡阿已经在最后关头逃走了。身处平台边缘的巴卢，尽管在众猴的围攻下快要窒息了，可听到巴吉拉居然会呼救，还是禁不住咯咯笑出声来。

卡阿刚好克服重重困难爬过西墙，猛一扭动稳住身子时，把墙顶的一块石头碰落下去，掉入壕沟里。他丝毫也不想浪费掉任何场地的优势，所以有那么一两次，他把自己的身体盘好又松开了，为的就是让自己那长身体的每一寸都能正常发挥功能。在此期间，巴卢的战斗一直持续着；众猴子围住蓄水池中的巴吉拉，不住声地叫喊；蝙蝠芒飞来飞去，把这场伟大的战役的消息传遍了丛林；到了这时，甚至连野象哈蒂也引鼻长鸣，驱散了远处惊醒后赶来帮助他们"寒穴"里的同类的一群群猴子。此时此刻，卡阿直接、迅速、急切地展开了猎杀行动。一条巨蟒的战斗力，就在于在他身体的重量和力量的支撑下，驱动头部来打击对手。如果你能想象出一条长矛，一个攻城槌，或者一把近一吨重的铁锤，在一个毕生都在熟练使用它的冷静头脑的操纵下的状态，那么你就能大致想出卡阿作战是个什么样子。如果正好击中一个成年男子的胸部时，一条四五英尺长的蟒蛇都能把他击倒，何况像你知道的那样，卡阿是一条身长三十英尺的巨蟒。卡阿的第一次出击，就杀入了围住巴卢混战的猴群的核心地带。这一下子就把猴群打击得闭嘴沉默了，根本不需要第二次出击。群猴四散奔逃，嘴里叫喊着——“卡阿！是卡阿！快逃！快逃！”

一代代的猴子都被他们长辈讲述的有关卡阿的故事吓得举止得体起来。卡阿，这条猴子眼中的夜贼，会像杂草生长一样，悄无声息地顺着树干爬上来，偷走有史以来最强壮的猴子；对于老卡阿来说，他可以让自己看上去像一根枯死的树干，或是一段腐烂的树桩，那是他最聪明的骗术，其结果，这根“树枝”会抓住他们。猴群在丛林里最怕卡阿了，因为他们都不知道卡阿到底有多大能量，没有一只猴子胆敢直视卡阿的脸，也从来没有一只猴子能够活着逃脱卡阿的拥抱。因此他们四散奔逃，因为极度恐惧而结结巴巴。等他们都逃到城墙和屋顶上面以后，巴卢才如释重负地深吸了一口气。他的毛皮比巴吉拉厚实得多，但是在与群猴的打斗中也饱尝了皮肉之苦。此时，卡阿张开嘴，第一次发出了一串长长的嘶嘶声，而远处正赶来保卫“寒穴”的猴子，原地站住，畏缩不前，直到他们脚下的树枝不堪重负，“咔嚓”一声折断了。城墙上和空房子里的猴子停止了叫喊，在这片静寂中，被困城中的莫格里听到巴吉拉从水池中走出，还听到他抖落身上水珠的声音。接着喧闹声又起。群猴纷纷跳到城墙的更高处。他们抱住巨大石头神像的脖子，跳上城垛，发出阵阵的尖叫。与此同时，莫格里在凉亭里跳着舞，把脸紧紧贴在隔扇上，门齿缝间发出猫头鹰一样的枭叫声，以此来表达他对猴群的嘲笑和蔑视。

“把那个人娃娃从陷阱里弄出来；我可不能再打架了，”巴吉拉气喘吁吁地说，“让我们带着人娃娃离开吧。他们可能还会进攻。”

“没有我的命令，他们哪一个都不敢动。站着别动，嘶！”卡阿发出嘶嘶声，这座荒废的城市再次安静下来。“我没能赶到你前头，兄弟，不过我想，我听到了你的叫喊”——卡阿这句是对巴吉拉说的。

“我——在战斗中，我可能大吼来着。”巴吉拉回答说，“巴卢，你受伤了吗？”

“我不确定群猴在战斗中是不是把我拉扯成了一百块。”巴卢一面说，一面一只接一只地抖落着四肢。“哇！我疼得可厉害了。卡阿，我们欠了你的情，我认为你救了我们——巴吉拉和我的命。”

“不足挂齿。那个人娃子在哪里？”

“我在这里，在一个陷阱里，我爬不上去。”莫格里喊道。圆顶上破了的圆洞刚好在他头顶上方。

“快把他带走。他像孔雀莫尔一样跳着舞。他会踩碎我们的蛇宝宝的。”陷阱里的眼镜蛇说道。

“哈哈！”卡阿咯咯一笑说，“他到哪里都能交上朋友，这个人娃子。退后，人娃子。躲起来，有毒的蛇民们。我要把墙撞破啦。”

卡阿仔仔细细地打量，直到在大理石的花格装饰上发现了一条变了色的裂缝，表明那里不太结实。他用头轻轻撞击了两三下，然后退开一段距离，足足抬起了六英尺的身体，鼻子朝前，使出浑身的力气，重重地撞击了六下。隔扇破了，倒塌时激起了一阵烟尘，变成了一堆废墟。莫格里从破裂处跳了出来，猛地冲到巴卢和巴吉拉中间，一边一个，搂住了他们两个的脖子。

“你受伤了吗？”巴卢问道，一边轻柔地抱住他。

“我浑身疼痛，饥肠辘辘，不过连皮都没有擦伤。可是，噢，他们把你们伤得很重，我的兄弟们！你们都在流血。”

“其他的也一样。”巴吉拉说着，舔了舔嘴唇，看着平台上和水箱周围的猴子尸体。

“没关系，没关系，只要你安全就好，噢，所有小青蛙中最值得我骄傲的一个！”巴卢哽咽着说。

“关于这个，我们稍后再下结论，”巴吉拉用莫格里一点儿也不喜欢听的干巴巴口气说道，“不过，这位是卡阿，他挽救了我们的战争，还救了你的命。莫格里，按照我们的传统，对他表达谢意。”

莫格里转过身，看到这条巨蟒的头就在自己头上一英尺的地方摇摆着。

“那么说，这就是那个人娃子啦，”卡阿说道，“他的皮肤非常柔滑，跟那群猴子不一样。当心了，人娃子，等我哪次换了新外套以后，可别让我在黄昏时错把你当成一只猴子。”

“我们拥有同一血脉，我和你，”莫格里答话说，“今天夜里，我因为你保住了这条性命。无论你何时感到饥饿，我的猎物就是你的猎物，噢，亲爱的卡阿。”

“多谢，小兄弟！”卡阿说道，不过他的眼睛还是眨巴眨巴的，“我倒想看看，这么勇敢一个猎手会猎杀什么猎物？我请求，他下次外出打猎时，我要跟去看看。”

“我什么都不杀——我太小了——但是，我可以把山羊驱赶到可以享用的地方。要是你下次肚子饿了，就来找我，看看我说的是不是真的。我在运用这上面有些技巧（他伸出了双手），要是你们落入了陷阱里，我就可以偿还我这次欠你的，欠巴吉拉的，欠巴卢的情了。祝你们狩猎愉快，我的老师们！”

“说得好，”巴卢咕哝了一句，因为莫格里的答谢语说得非常漂亮、得体。那条巨蟒把头轻轻放在莫格里的肩上，停留了片刻。“勇敢的心和礼貌的言语，”蟒蛇说道，“这些会让你在丛林里所向披靡的，人娃子。不过，现在还是跟你的朋友们离开这里，回去睡觉吧，因为月亮落下去了，而接下来要发生的事情，不太适合你观看。”

月亮落到群山后面去了，一排排战栗的猴子在城墙和墙垛上挤作一团，看上去仿佛城墙和墙垛粗糙的、晃动的边缘。巴卢下到蓄水池那里去喝水，巴吉拉开始整理他的皮毛。与此同时，卡阿静静地爬到平台中央，“啪”的一声，把上下颚响亮地合在一起，吸引了所有猴子的目光。

“月亮落山了，”卡阿说道，“还有足够的光亮能看清东西吗？”

从墙上传来一阵仿佛风吹过树梢的哀叹声——“我们可以看清，噢，卡阿呀！”

“很好。现在开始跳舞——猎手卡阿的舞蹈。坐着别动，看我跳舞。”

卡阿围成一个大圆圈转了两三圈，同时左右晃动着他的头。接下来，他翻转身体，跳出了“8字舞”的花式，随后形成软泥般的三角形，再软化成正方形、五边形，最后盘绕成一堆，从未停歇，从未着慌，从未止住他低哼的歌曲。天色越来越暗，直到最后，这堆盘在一起、缓缓舞蹈的身体消失了，但是他们根本没听到爬动时鳞片的沙沙声。

巴卢和巴吉拉像两块大石头那样站住不动，他们喉咙里发出隆隆的低吼声，脖子上的鬃毛竖立起来；而莫格里定睛观瞧，想要知道接下来会发生什么。

“猴群，”终于又听到了卡阿的声音，“没有我的命令，你们敢动动手和脚吗？回答我！”

“没有您的命令，我们不能移动手和脚，哦，卡阿呀！”

“好！全体朝着我迈进一步。”

成排的猴子不甚整齐地、无助地向前迈了一步；巴卢和巴吉拉也僵直地向前迈了一步。

“再近一些！”卡阿嘶嘶地命令道，他们全体又往前挪动了一步。

莫格里把手搭在巴卢和巴吉拉的身上，带着他们脱了身，这两只体型硕大的野兽仿佛刚从梦中惊醒一般。

“把你的手一直放在我的肩上，”巴吉拉小声说道，“别拿开，否则我肯定会再回去——肯定会回到卡阿那里去的。真险啊！”

“只不过是老卡阿在尘土里转圈圈，”莫格里说道，“我们走吧。”于是他们三个悄悄地从城墙的一个缺口走出来，进入了丛林。

“呜呼呀！”重新置身寂静的树林，巴卢才开了口，“我绝不会再跟卡阿结盟啦。”他浑身颤抖地说。

“他知道的比我们多，”巴吉拉心有余悸地说，“要是我还待在那里，不消几分钟，我就会走进他嘴里。”

“等到月亮再次升起的时候，很多动物都会沿着那条大路向他走去，”巴卢说，“他的狩猎会有很多收获——完全合了他的心意。”

“可是，所有这一切有什么含义？”莫格里问道，他对巨蟒的魅惑力一无所知。“我只看到一条大蛇傻不啦叽地转着圈子，一直转到天色暗下来。而且他的鼻子上布满伤口。哈哈！”

“莫格里，”巴吉拉愤怒地说，“他的鼻子受伤完全是因为你，就像我的耳朵、体侧和爪子，巴卢的脖子、肩膀被咬伤一样，全都是因为你。在接下来的好几天中，我和巴卢都不可能开开心心地狩猎。”

“没关系，”巴卢说，“我们成功地找回了人娃娃。”

“这话不假，但是他也让我们损失惨重，在我们本该好好狩猎的时间里，他却让我们多处受伤，还掉了好多毛——我后背的毛被拔去了一半——最不该的，是令我们丧失了荣耀。记住了，莫格里，因为我，这只黑豹，居然迫于无奈，去寻求卡阿的保护，还有我和巴卢都被那段充满欲望的舞蹈，弄得跟两只傻鸟似的。所有这一切，人娃娃，都是你和猴群玩耍的后果。”

“没错，你说得对，”莫格里满心悔恨地说，“我是个惹麻烦的人娃娃，我心里非常难过。”

“唔！丛林法则怎么规定来着，巴卢？”

巴卢不希望莫格里再次陷入麻烦之中，可他也不能篡改丛林法则，因此他含糊地咕哝着："悔过也阻止不了惩罚。不过要记得，巴吉拉，他还非常小呢。"

"我会记得。不过他已经闯下了祸，现在一定得打他一顿。莫格里，你还有什么要说的吗？"

"没有。我做了错事。让巴卢和你都受了伤。挨顿打是应得的。"

在黑豹巴吉拉看来，自己只是爱抚地轻拍了莫格里六下（这几下子几乎都无法将一个黑豹幼崽拍醒），然而对一个七岁大的男孩来说，它们实际上是你会想方设法避免的一顿痛打。这顿打结束之后，莫格里打了个喷嚏，一言不发地自己站起身来。

"喂，"巴吉拉说，"跳到我背上来，小兄弟，我们要回家了。"

丛林法则的优点之一，就是一次惩罚可以清算所有的账。在此之后，就不再批评、唠叨了。

莫格里躺在巴吉拉的后背上沉沉睡去，直到被放进狼穴里都没有醒来。

猴群路线之歌

我们像拉花装饰一样结伴前行，
行走在距离嫉妒的月亮半程的空中！
你不羡慕我们这群欢腾雀跃的队伍吗？
你不想具有额外的技能吗？
难道你不愿意将尾巴——这样——
弯成丘比特之弓的形状吗？
瞧，你生气了，但是——不要介怀，
兄弟，你的尾巴耷拉在身后！

此时，我们坐成不甚整齐的一排，

考虑着我们知道的最美丽的事情；
幻想着我们打算完成的丰功伟绩，
在一两分钟之内，全部完成——
某些高贵、英明、优异的事情，
我们能做的也只是想想。
我们已经忘掉，但是——不要介怀，
兄弟，你的尾巴耷拉在身后！

我们听过所有的语言
都是蝙蝠、野兽和小鸟说的——
兽皮或鱼鳍或鳞片或羽毛——
含混不清地一股脑飞快说出来！
卓越的！优异的！再来一次！

瞧，我们正像人一样说话！
让我们假装是人……不要介怀，
兄弟，你的尾巴耷拉在身后！
这就是猴类的习惯。

那么，请加入我们蹦跳的行列，掠过松林上方，
从那里轻巧地蹿上，野葡萄摇曳的高处。
清醒时，我们用垃圾制造出高贵的噪音，
一定，一定，我们一定会做出辉煌的事迹！

第三章

老虎！老虎！

打猎顺利吗，勇敢的猎手？
兄弟，我守候猎物，既寒冷又长久。
你要捕杀的猎物怎么样？
兄弟，它还躲在丛林里。
你引以为傲的威力去了哪里？
兄弟，它正从我的肋腹和两肋间消失。
你急匆匆地要去哪里？
兄弟，我回我的兽穴——去死在那里！

莫格里在会议岩上与狼群打过一架后，动身离开了狼穴，下山朝村民区附近的耕地走去。然而，他并没有在耕地上停留，因为这里距离丛林还太近，他也知道自己在大会上至少树立了一个死敌。于是，他继续向前走，沿着山谷中崎岖不平的大路，缓缓地走了大约二十英里，来到一片他不熟悉的乡村。山谷变得豁然开朗，眼前出现了一大片平原，其上岩石星罗棋布，沟壑纵横。平原的一头，坐落着一个小村庄，另一头则是茂密的丛林，连着大片的草场。草场与丛林之间界限分明，好似用锄头割开的一般。平原上，黄牛和水牛正在吃草，放牛娃们见到莫格里以后，都大叫着逃走了。那些经常在印度村庄里徘徊的黄毛野狗也狂吠起来。莫格里继续往前走着，因为他觉得饿了。走到村口的时候，他看见每晚用来挡住村口道路的一捆荆棘正挡在路上，于是将它挪到了一边。

“哼！”他说，因为他晚上吃饱后出来闲逛时，好几次都遇到了这样的路障。“看来这里的人也惧怕丛林里的动物。”他在村口坐了下来。看到有个人走过来，他就站起身来，大张着嘴巴，同时用手指着自己的嘴巴，意思是想要吃东西。那个人呆呆地看了他一会儿，然后沿着一条路向村里跑去，大声叫来了祭司。祭司是一个高高胖胖的人，穿着白色的衣服，前额上还涂着红黄色的印记。祭司来到村口，后面至少还跟了一百多个村民。他们都盯着他，大声地议论着，吵嚷着，还对莫格里指指点点。

“他们一点礼貌都没有，这些称为‘人’的家伙。”莫格里心里想着，“只有灰人猿才会这么做。”他把长发往后一甩，皱着眉头看着大伙。

“有什么好害怕的？”祭司说，“看看他胳膊和腿上的伤疤。都是被狼咬的。他只是个打丛林里跑出来的狼孩罢了。”

当然，一起玩的时候，狼崽们常常会啃得重了一点，所以他的腿上、胳膊上都是苍白的疤痕。但是无论如何，这也称不上是咬啊，因他知道真正的咬是个什么样子。

“啊呀！啊呀！”两三个女人一同叫了起来。“他被狼咬了，可怜的孩子！他真是个英俊的小男孩。他的眼睛像红红的火焰。我敢发誓，梅丝瓦[①]，他真像你那个被老虎叼走的孩子。”

“让我瞧瞧，”一个手腕上、脚腕上带着沉甸甸铜镯子的女人说道，她用手掌遮住阳光，盯着莫格里看了半天。“还真有点像。他比较瘦一些，但神情还真像。”

祭司是个聪明人，他知道梅丝瓦是这一带最富有村民的妻子。于

---

① 梅丝瓦（Messua），那个女人的名字，发“*Mess-wa*”的音，重音在“*Mess*”上。——原注

是，他抬起头看了天空一会儿，然后庄重地说："丛林从你这里夺走的，现在又归还给你了。把男孩带回家吧，我的姊妹，别忘了向能看透人类命运的祭司表达你的敬意。"

"我以赎买我的那头公牛起誓，"莫格里自言自语地说，"所有这些谈话只不过像另外一个被狼群接纳的审查仪式一样！好吧，如果我是个人，那么我就必须变回人样。"

妇女招手让莫格里去她的小屋，人群也就散开了。屋里放着一张刷了红漆的床架，一只陶制的存放粮食的大箱子，上面有许多有趣的凸起花纹，还有六只蒸煮用的黄铜罐，一尊安放在一个小型壁龛里的印度神像。墙上挂着一面真正的镜子，就像农村集市上卖的那种。

她递给他一大杯牛奶和一些面包，然后她把手放在他的头上，凝视着他的眼睛，因为她正在想，也许真是她的那个被老虎叼进丛林里的儿子，现在又回来了。于是她说："纳索，噢，纳索！"看莫格里的样子，似乎没听过这个名字。"你还记得我给你穿上新鞋的那天吗？"她抚摸着他的脚，那脚底板却坚硬得像牛角。"不是，"她痛苦地说，"这双脚从来没有穿过鞋子，但是你真的很像我的纳索，你就给我当儿子吧。"

莫格里觉得很不自在，因为他从来没在屋顶下待过。不过，当他抬头看到屋顶上盖的茅草时，他便知道，只要他想离开，任何时候他都能够把它撕开，而且窗户上也没有窗拴。"如果听不懂别的人在说什么，"他自言自语地说，"那做人有什么好处呢？现在我就像个进入丛林跟我们一起生活的人一样，既愚蠢又不懂他们的语言。我必须学会他们说的话。"

这可不是为了好玩。以前在狼群里的时候，他也模仿过丛林里公鹿的挑战声和小野猪的呼噜声，不过那都是为了好玩。于是，每当梅丝瓦说出一个字，莫格里几乎都能丝毫不差地学着说。在天黑以前，他已经学会了屋里许多东西的名称。

但到了睡觉的时候，麻烦就来了，因为莫格里可不愿意睡在那个像捕猎黑豹的陷阱一样的小屋里。等他们关上门的时候，他便从窗口跳出去。“随他去吧，”梅丝瓦的丈夫说道，“别忘了，他还从来没有在床上睡过觉。如果他真的是上天派来代替我们儿子的，他就一定不会逃走。”

所以莫格里就在耕地边上一片高高的、干净的草地上躺下来。但还没等他闭上眼睛，一只柔软的灰鼻子就开始拱他的下巴。

“呸，”灰兄弟说（他是狼妈妈的孩子中最年长的一个），“追踪了你二十英里，就得到这样的回报啊。你身上都是篝火和水牛的气味——你已经像个真正的人了。醒醒，小兄弟，我带来了消息。”

“丛林里一切都还好吧？”莫格里抱了抱他说道。

“都好，除了被‘红花’烫伤的那些狼。现在，听着，谢尔汗跑到很远的地方去狩猎了，一直要等到他的毛皮重新长出才能回来，因为他的皮毛烧焦得很厉害。他发誓说等他回来，要把你的尸体摆在韦恩根格。”

“他能不能还两说呢。我也许下了一个小小的诺言。但是，有消息总是好的。今晚，我很累了——学新东西学得太累了，灰兄弟——记住要常常给我带消息来啊。”

“你不会忘了你是狼吧？那些人会不会让你忘了这一点？”灰兄弟急切地问道。

“永远不会。我会永远记得我爱你和我们山洞里所有的狼，但是我也会永远记得我被驱逐出了狼群。”

“那么你也有可能被另外一个群体驱逐出去。人就是人，小兄弟，他们说话就像池塘里的青蛙似的。等我再次下山来的时候，我会在草场旁边的竹林里等你。”

在那以后的三个月里，莫格里几乎没有走出过村子，他忙着学习人类的生活方式和生活习惯。首先，他得在身上缠一块布，这使他觉得非常碍事；其次，他得学学钱的事情，这他压根就无法理解；他还得学习耕种，虽然他一点也看不出这有什么用。此外，村里的小娃娃总惹他生气。幸好，丛林法则教会了他如何控制自己的脾气，因为在丛林里生活和猎食都需要冷静的性情，但是每当他们因为他不会玩游戏或者不会放风筝，或是因为他某些字发音错误而嘲笑他的时候，仅仅凭借杀死这些光着身子的小娃娃是不正确的认知，就使他没有伸手抓起他们，把他们撕成两半。

他丝毫不了解自己的力量。他知道在丛林里，与其他野兽相比，他的力量很弱，但是村里的人都说他力气大得像公牛。

莫格里也丝毫不了解人与人之间在种姓上的差别。有一次，他看到制陶工人的驴滑进了粘土矿坑，莫格里拽着它的尾巴把它拖了出来。他还帮制陶工将陶罐码好，以便拉到坎伊瓦勒[①]的市场上去卖。这事让人们大为震惊，因为制陶工是个低等种姓的人，而他的驴子的地位就更加低贱了。祭司为此斥责莫格里的时候，莫格里还威胁说也要把他也放到驴背上。牧师跟梅丝瓦的丈夫说，最好尽快打发莫格里去干活。村长对莫格里说，第二天他得赶着水牛出去放牧。这可把莫格里给高兴坏了。当天晚上，因为已经被指派为村里服务，莫格里就有资格去参加村里的集会了。每到晚上，人们都会在一棵巨大的无花果树下的一块石台上围坐成一圈，这里是村民的集会场所。村长、巡夜人和剃头师傅，他们三人知道村里的所有小道消息；还有老布尔迪欧[②]，村里的猎手，他拥有一枝塔尔牌步枪。他们几个一起在这里聚会、抽烟。一群猴子坐在高高的枝头，唧唧咕咕地说个不停。石台底下有个洞，里面住着一条眼镜蛇，因为被认为是神蛇，人们每天会给它送上一小盘牛奶。老人们围坐在树下，聊着天，抽着巨大的水烟袋，一直到深夜。他们经常谈论一些关于神、人和鬼的趣事，而布尔迪欧讲得更多的，是一些关于丛林里野

---

① 坎伊瓦勒（Khanhiwara），是地图上一个真实的地名。我想它发“*Kan-i-warrer*”的音。——原注

② 布尔迪欧（Buldeo），那个猎人，发音几乎跟拼读一样，只是“*o*”的音较轻，重音在“*Bul*”上。——原注

兽的生活方式的趣事，直听得坐在圈子外面的孩子们的眼珠子都快要鼓出眼眶来了。其中大部分的故事都是关于动物的，因为丛林就在他们家门口。鹿和野猪偷吃他们的庄稼，老虎不时在黄昏的时候出现，在离村口不远的地方叼走一个人。

莫格里当然十分清楚他们谈论的这些东西，他不得不遮着脸，以免他们看见他在笑。而布尔迪欧，膝盖上搁着他那把塔尔步枪，一个接一个讲着故事，莫格里的肩膀便晃个不停。

布尔迪欧正在解释为什么说叼走梅丝瓦儿子的老虎是个鬼虎，因为那只老虎被一个几年前去世的、邪恶的放债人的鬼魂附了体。“我知道这是真的，”他说，“因为在一次暴动中，普伦·达斯的账本被烧，人也被打瘸了。我说的那只老虎也是瘸的，因为它的爪印有的深有的浅。”

“真的，真的，那一定是真的。”灰胡子的老人们一起点着头。

“所有的故事都是异想天开、瞎编乱造的吗？”莫格里说，“那个老虎是瘸的，因为他生下来就是瘸的，这一点丛林里的动物都知道。说放债人的魂附到那个比豺狼胆子还小的野兽身上，这完全是你想象出来的。”

布尔迪欧吃惊地停了会儿，村长回头盯着看是谁。

“哦嗬！是那个打丛林里回来的小鬼，是吗？”布尔迪欧说，“如果你那么聪明，最好把它的皮带到坎伊瓦勒，因为政府正在悬赏一百卢布要它的命呢。长辈说话时，小孩最好别插嘴。”

莫格里站起来走了。“整个晚上我都躺在这儿听，”他回头说道，“布尔迪欧说的关于丛林的事情，除了一两句以外，其他都不是真的。可丛林就在他家门口呀。这样的话，我怎么能够相信他说他见过的其他那些鬼呀，神呀，和妖怪的故事呢？”

“这孩子确实该去放牛了。”村长说。布尔迪欧被莫格里的顶撞气得大口地抽着烟，鼻子里发出哼哼的声音。

按照大多数印度村庄的习惯，几个男孩一大早就赶着牛群和水牛出去放牧，晚上再把它们赶回来。这群足可以把一个白人活活踩死的牛，却任由不及它们鼻子高的孩子们打骂、威吓。只要孩子们跟着牛群，他们就很安全，因为即使是一只老虎也不敢冲撞牛群；但是，如果有的孩子落在后面去采花或是捉蜥蜴了，有时就会被野兽叼走。破晓时分，莫格里骑在头牛拉摩①的身上，穿过村里的街道。那些青灰色的、长着向后弯曲的牛角与充满野性的眼睛的水牛，都站起身，一头接一头地跟着它从牛棚里走出来。莫格里明确地告诉跟他一起放牛的孩子们：他是头领。他用一根又长又光滑的竹竿，鞭打着水牛。他还告诉其中一个叫卡姆亚的小男孩，在他放牧水牛的时候，让他带着孩子们去放牧黄牛，并叮嘱他们要小心，不要离开牛群。

印度的草场到处都分布着岩石、低矮灌木、杂草丛和小河谷，牛群一到草场就分散开来。水牛总是待在水塘和泥泞的地方，它们往往在温暖的泥浆中一躺就是几个小时，打打滚，晒晒太阳。莫格里赶着水牛一直走到平原边上，韦恩根格河就是从这里流出丛林的。然后他从拉摩的脖子上跳下来，一路小跑地来到一片竹林，找到了他的灰兄弟。“哈，”灰兄弟说，“我在这里等你好多天了。这个放牛的工作是什么意思啊？”

“这是个命令，”莫格里说，“我现在暂时给村里放牛。有谢尔汗的消息吗？”

“他已经回到丛林了，而且等了你很长时间。现在这里猎物太少，他又走了。不过他打定主意要杀了你。”

“很好，”莫格里说，“只要他没回来，你或者四个狼兄弟当中的一个就坐在那块岩石上，让我一出村子就可以看到。等他回来了，就在平原中间达克树②下的河谷里等我。我们千万不要落到谢尔汗的嘴里。”

---

① 拉摩（Rama），水牛群里的头牛，发“*Rar-mer*”的音，重音在“*Rar*”上。——原注

② 达克树（dhak tree），紫矿树的俗称，豆科植物紫矿属下面的一个树种，主要分布在南亚、东南亚地区，我国的云南、广西等地也有分布。

然后莫格里找了一块背阴的地方，躺下来睡着了，水牛则在他身边吃着草。

印度的放牧工作是世界上最懒惰的事情之一。牛群走动着，嘎吱嘎吱地吃着草，然后躺下来休息一会，接着又往前走。它们甚至都不哞哞地叫，只是哼哼着。水牛也很少说什么，只是一个接一个地下到泥潭里，慢慢地让身子沉下去，直到只有鼻子和瞪大的青瓷色的眼睛露在外面，随后，它们躺在那里一动不动。太阳晒在岩石上，使得它们看上去好似在热浪中上下舞动一般。放牛娃们听见一只鸢鹰（永远只有一只）在他们头顶上看不见的地方枭叫着。他们知道，如果他们死了，或是一头牛死了，那只鸢鹰就会俯冲下来，数英里以外的另一只鸢鹰看到它冲下来，便会紧随其后。就这样，一只接一只，不等他们断气，就会聚集来不知道从哪里冒出来的二十多只饥饿的鸢鹰。放牛娃们睡了又醒，醒了又睡。他们用干草编成小篮子，把蚱蜢放到里面；或是捉来两只螳螂，让他们打架；或是用红色、黑色的干果串成一条项链；或是看蜥蜴在岩石上晒太阳；或是在泥沼旁看一条蛇吞噬青蛙。然后，他们唱起了一只长长的歌谣，还带着当地人奇怪的颤音。他们这一天似乎比很多人的一生还要漫长。或许，他们会堆一个烂泥城堡，还会用泥捏出人、马和水牛的形状，然后在泥人的手中放上芦苇，假装他们是国王，其余泥人是他们的军队，或者是被敬仰的神。傍晚来临，孩子们大声地叫喊着，水牛从湿热的泥泞中笨拙地爬出来，发出一声接一声如枪响一般的声音。它们排成一列，穿过灰色的平原，回到暮色中灯火闪烁的村庄。

日复一日，莫格里带着水牛们来到泥地里；日复一日，他都能看见灰兄弟在平原对面一公里半的地方坐着的背影（于是，他便知道谢尔汗还没有回来）；日复一日，他会躺在草地上听着周围的声音，缅怀着过去在丛林里的日子。在那些漫长而安静的上午，如果谢尔汗胆敢在韦恩根格河边的丛林里迈出他瘸爪的一步，莫格里就能够从他的狼兄弟那里得到消息。

终于有一天，他没有在该留信号的地点看见灰兄弟。他哈哈大笑着带领水牛来到达克树下的河谷边。树上开满了橘红色的花。灰兄弟坐在那里，背上的每一根鬃毛都竖了起来。

“他躲了一个月，目的就是让你放松警惕。昨天晚上，他和塔巴基翻山越岭，就为了追踪你的足迹。”狼兄弟喘着气说。

莫格里皱着眉说，“我不怕谢尔汗，但是塔巴基却很狡猾。”

“不用怕，”狼兄弟边说边舔了舔自己的嘴巴。“我破晓时分碰到了塔巴基，现在他应该正在向鸢鹰卖弄他的聪明呢！不过在我打断他的背脊骨之前，他把一切都告诉了我。谢尔汗的计划是今天晚上在村口等你——只等你，不等别人。他现在正在韦恩根格那条干枯的大河谷里隐藏着呢。”

“他今天吃过东西了，还是空着肚子出来打猎的？”莫格里问，因为这个答案对他来说生死攸关。

“早上他下了杀手——杀了一头猪，他也喝过水了。我记得，谢尔汗从来不禁食，即使是为了复仇也不会。”

“哦，傻瓜，白痴！真是狗崽子！吃了东西，还喝了水。他还以为我会等他睡醒呢！现在，他藏在哪里？要是我们有十个，我们就可以在他躲藏的地方制服他。可这些水牛只有嗅到他的气味，才会冲上去，我又不会说它们的语言。我们能不能绕到他的背后，让水牛循着他的踪迹嗅到他呢？”

“为了不留下自己的踪迹，他跳下韦恩根格河游了很长一段。”灰兄弟说。

“我知道，这肯定是塔巴基教他的方法。他自己决不可能想出来。”莫格里站在那里，咬着手指头，思索着。“韦恩根格河的这段大河谷，在距离这里不到半公里的地方便融入了一片平原。我可以带着我的牛群绕过丛林，到大河谷的入口，然后横扫下来——不过，这样他就会从另一端的出口溜走。我们必须堵住出口。灰兄弟，你能帮我把牛群一分为二吗？”

“我可能不行，但我带了一个聪明的帮手来。”灰兄弟快步走开，跳进了一个洞里。随即，从洞里探出了一个莫格里十分熟悉的大个灰脑袋。炎热的空气里响起了一声丛林里最凄厉的叫声——一头在正午猎食的狼的嗥叫。

“阿凯拉！阿凯拉！”莫格里拍着手叫道，“我就知道你不会忘了我。我们手头有个很重要的事情。阿凯拉，把牛群分成两半。母牛和小牛一群，老公牛和青壮的公牛一群。”

两只狼在牛群里穿进穿出，像跳女子连手式舞蹈似的；牛群喷着鼻息，抬起头，很快被分成了两堆。一堆是母牛，它们将小牛护在了中间，瞪着眼睛，蹄子蹭着地面。如果有一头狼稍稍停顿一下，它们就准备立刻冲上去把他踩死。另一堆是老公牛和年轻的公牛。它们喷着鼻息，跺着脚，虽然它们看上去更加吓人；但实际上并没有看上去那么危险，因为它们没有小牛要保护。就算有六个成年男子也不能这么干净利落地把牛群分开。

“还有什么指示！”阿凯拉喘息着说，“它们还想要汇成一群。”

莫格里爬上拉摩的背。“阿凯拉，把公牛赶到左边。灰兄弟，等我们走了，把母牛聚到一块，将它们赶到河谷的出口去。”

“从出口走进多远距离啊？”灰兄弟喘着气急促地问道。

“一直到沟壑的两边高得谢尔汗跳不上去为止。”莫格里喊道，“让它们就待在那里，直到我们下来为止。”随着阿凯拉的嗥叫声，公牛飞奔离去。灰兄弟站在母牛前面挡住它们。母牛向着他冲过去，他就在前头跑，一直把它们引入河谷出口。与此同时，阿凯拉正赶着公牛往左边走去。

“做得很好！公牛准备要进行下一次冲撞了，你小心点——现在，要小心喽，阿凯拉。你驱赶得太厉害，公牛就要向你反扑过来了。哟嗬！这可比赶印度黑背羚要有意思多了。你从来没想到过这些动物能跑这么快吧？”莫格里叫道。

“我以前也——也捕猎过这种动物。”阿凯拉在尘埃中喘着气说，“要把它们赶到丛林里去吗？”

“啊！赶吧，快点赶它们！拉摩已经气疯了。哦，要是我能告诉它我今天需要它帮什么忙该多好啊！”

这次公牛被赶到了右边，它们冲进了高高的灌木丛里。在半公里外放牧黄牛的其他的放牛娃们看到了这一切，拼命地跑回村里，嘴里喊着，水牛发了疯，都跑掉了。

不过，莫格里的计划其实相当简单。他想做的只是绕个大圈来到山上河谷的入口，然后带着公牛沿着河谷冲下去，把谢尔汗困在公牛群和母牛群之间。因为他知道吃饱喝足了的谢尔汗是不适合作战的，更爬不上河谷的两岸。他用声音稍稍地安抚了一下水牛，此时阿凯拉已经远远地落在了后面，偶尔低吼一两声催促落在后面的公牛。他们绕开很大很大一个圈，因为他们不想离河谷太近，让谢尔汗有所警觉。最后，莫格里把迷惑而纷乱的牛群带到了河谷的入口，来到一片草地上。从那里可以急转直下俯冲入河谷。从那个高度，你的视线可以越过树顶看到下面的平原，然而，莫格里更加关注河谷两侧的崖壁。他满意地看到，两侧非常陡峭，几乎是直上直下的，其上长满了爬山虎之类的藤蔓植物，一只想逃生的老虎在上面是找不到立足点的。

“让它们歇口气，阿凯拉，”他抬起手说，“它们还没嗅到谢尔汗的气味呢，让它们歇口气。我一定要让谢尔汗看看是谁来了。我们已经把他围困住了。”

他把双手拢在嘴边，冲着下面的河谷大喊——那情形就像冲着地道喊一样——回声从一块岩石传到另一块岩石。

过了很长时间，才传来一头吃饱了、刚被惊醒的老虎充满睡意的、有气无力的吼叫声。

“是谁在叫啊？”谢尔汗说，一只漂亮的孔雀吓得尖叫着从河谷里拍着翅膀飞了出来。

“是我，莫格里。是时候让你返回会议岩去了，偷牛贼！冲下去——快点赶着它们冲下去，阿凯拉，冲啊！拉摩，冲啊！”

牛群在斜坡边上停顿了片刻，但是阿凯拉扯着嗓子吼出了追猎时的嗥叫声，群牛便像轮船冲破急流一般，一个接一个地向下俯冲过去，脚下沙石飞溅。一旦跑起来了，它们就不可能停下来。它们还没跑到谷底的河床那里，拉摩就闻到了谢尔汗的气息，它怒吼起来。

“哈！哈！”莫格里骑在拉摩的背上，“现在你知道了吧！”由黑色牛角，泛着白沫的牛口牛鼻，瞪起的眼睛组成的洪流高速旋转着沿着河谷冲下去，就像山洪暴发时裹挟着砾石滚滚冲下河谷一般。较弱的水牛被挤到河谷两翼，它们拼力穿过两侧的攀缘类植物。它们知道眼下该做什么——没有一只老虎愿意面对一群水牛的疯狂进攻。谢尔汗听到它们雷鸣般的蹄声，站起身来，缓慢地往河谷下方走去，边走边东张西望地寻找逃脱的地方。但是河谷两侧都太陡了，他只好继续往前走。他肚里装满了吃的喝的，一点都不想战斗。牛群冲过了他刚栖身的池塘，激起了许多水花。它们吼叫着，回声在狭窄的河谷里回荡着。莫格里听到河谷另一端出口处传来回应的吼声，看到谢尔汗转过身来（谢尔汗知道，如果最坏的事情发生，面对公牛总比面对带着小牛的母牛要好）。拉摩被绊了一下，跌跌撞撞地踩在什么软绵绵的东西上冲了过去。其他公牛则跟在他后面，全速冲进了另一群牛中间。那些较弱的水牛被撞得飞离了地面。这次冲撞让两群牛都冲进了下方的平原，它们相互用角抵着，用蹄子踏着，喷着鼻息。莫格里瞅准时机，从拉摩的脖子上滑了下来，用棍子在他周围乱打。

“快点，阿凯拉！把它们分开。把它们散开，否则它们一定会相互打起来的。把它们赶开，阿凯拉。嘿，拉摩！嘿，嘿，嘿！我的孩子们。现在平静下来，平静下来！一切都结束了。”

阿凯拉和灰兄弟来来回回地跑着，咬着水牛的腿。虽然牛群转身想再次冲进河谷，但是莫格里设法让拉摩掉转了头，其他的牛也都跟着它走下了洼地。

谢尔汗不再需要牛群去践踏了。他已经死了，鸢鹰们早已经飞下来啄食他的肉了。

“兄弟们，他死得就像一条狗似的。”莫格里说，一边摸着他的刀。自打他和人类生活在一起以后，这刀就一直放入挂在脖子上的刀鞘里。“不过，他也从未显示过斗志。他的皮毛放在会议岩上一定会很不错的。我们得快点动手。”

一个在人类教养的环境下长大的孩子，做梦都不会想到要独自一人去剥掉一头十英尺长的老虎的皮；但是莫格里比任何人类都清楚地知道，动物的皮是怎么长的，又怎么能剥下来。但这是一项艰苦的工作，莫格里用刀又砍又扯，嘴里还哼哼着，忙活了一个小时。而两只狼只是在一旁伸着舌头，或是当莫格里命令他们的时候，走上前去帮住他用力地拖拉。不久，有只手搭在莫格里的肩膀上，他抬起头来，看到拿着那把塔尔牌步枪的布尔迪欧。原来，放牛娃们告诉村里人，水牛都惊跑了。布尔迪欧就怒气冲冲地跑出来，急着想教训莫格里没有照顾好牛群。一看到有人来了，两只狼就跑得无影无踪了。

“你在干什么蠢事？”布尔迪欧生气地说，“你以为你能剥下一张老虎皮吗！水牛是在哪里踩死它的？原来还是那只瘸腿虎啊，它的头还悬赏了一百卢比呢。好吧，好吧，我们就不责怪你放跑了牛群这件事情了。等我把虎皮拿到坎伊瓦勒去，也许我还会从赏金中拿出一个卢比给你呢。”他摸索着从腰上围着的布里取出了打火石和火镰，弯下腰去烧谢尔汗的胡须。为的是不让老虎的鬼魂缠着他们。

“哼！”莫格里似乎是对自己说，一边扯下老虎前爪的皮。“这么说你是要带着老虎皮去坎伊瓦勒领赏喽，也许还会给我一个卢比？可是我自己心里另有打算，这张老虎皮我自己有用。喂，老头，把火拿开！”

“你这是在和村里的猎人首领说话吗？是你的运气加上水牛的蠢劲

才帮你杀了这只老虎。这老虎刚吃饱，否则现在它早已逃到二十英里外了。你连剥皮都剥不好，乳臭未干的小叫花子！像我这样的人，我布尔迪欧，绝对不会听从别人的命令而不烧它的胡须的。莫格里，我连一个安那[①]的赏钱都不会给你，而且还要好好地揍你一顿。离尸体远点！”

“我以赎买我的那头公牛发誓，”莫格里说，他正剥到老虎肩膀的地方，“我必须整个中午听着老猴子烦个没完吗？过来，阿凯拉，这个人烦死我了。”

正蹲在谢尔汗的脑袋旁边的布尔迪欧，突然发觉自己仰面朝天地倒在草地上，而一头灰色的狼就站在他旁边。而再瞧莫格里，他继续剥着虎皮，仿佛整个印度就只有他一个人似的。

“好——吧，”他低声说，“你都是对的，布尔迪欧，你连一个安那的赏钱也不会给我的。这是我和这个瘸腿虎之间长久以来的恩怨——非常久远的恩怨，而——我赢了。”

说句公道话，如果布尔迪欧年轻十岁的话，在森林里遇到阿凯拉，也许还能碰碰运气。但是，这只狼听从这个男孩的命令，而这个男孩和一只吃人的老虎有着私人恩怨，那么，这头狼就不是普通的动物了。布尔迪欧认为这是妖术，最厉害的妖术，他不知道自己脖子上的护身符是不是能够保护他。他躺在那里一动不动，随时准备看着莫格里也变成一只老虎。

“王公啊！伟大的国王，”终于他用嘶哑的嗓子低声喊道。

“嗯，”莫格里头也没回地应着，暗自发笑。

“我是个老人家。我不知道你不是普通的放牛娃。我可以站起来离开吗？或者你要让你的仆人把我扯成碎片？”

“走吧，一路走好。但是，下次别再乱动我的猎物。让他走吧，阿凯拉。”

---

① 安那（anna），印度和巴基斯坦旧时使用的货币名称，十六个安那等于一卢比。

布尔迪欧步履蹒跚地拼命跑回村里，不时地回头看看，惟恐莫格里变成什么可怕的东西。等他回到村里的时候，他讲了一个关于魔法、妖术和巫术的故事。听着听着，祭司的神情变得非常严肃起来。

莫格里继续做着他的事。不过，直到将近黄昏的时候，他和那两只狼才把巨大而华丽的老虎皮整张地剥下来。

"现在我们得把虎皮藏起来，把水牛赶回家。阿凯拉，帮我把水牛赶到一块。"

在薄雾笼罩的暮色中，牛群被聚到了一起。当莫格里引着牛群走近村子时，他看到了火光，听到了海螺吹响的声音，庙宇里也响起了钟声。似乎将近一半的村民都在村口等着他。"那是因为我杀了谢尔汗。"他心里想道。但石头如阵雨般在他耳边呼啸而过，村民们大声喊道："巫师！狼崽子！丛林里的魔鬼！滚吧！快点滚，否则祭司要再次把你变回狼！开枪，布尔迪欧，快开枪！"

那支破旧的塔尔步枪"砰"地响了一声，一头年轻的水牛痛苦地呻吟着。

"那也是巫术！"村民们喊道，"他可以使子弹转向，布尔迪欧，那是你的水牛。"

"这是怎么了呀？"莫格里困惑地说。此时，石头却越扔越多了。

"你的这些弟兄们和狼群没什么两样，"阿凯拉镇静地坐下来说，"在我看来，子弹已经说明了一切，他们是要把你赶走。"

"狼！狼崽子！滚吧！"祭司手里挥着一枝神圣的圣罗勒[①]枝，大声地喊道。

"又一次叫我滚？上次是因为我是一个人。而这一次，却因为我是一只狼。我们走吧，阿凯拉。"

---

① 圣罗勒（tulsi），又名"神罗勒"，一种热带生长的半灌木植物，种子和叶子可入药。

一个女人——那是梅丝瓦——朝牛群跑过来。她喊道：“噢，我的儿子，我的儿子！他们说你是巫师，能随意把自己变成野兽。我不相信，但是你走吧，要不然他们会杀了你。布尔迪欧说你是个巫师，但是我知道，你为死去的纳索报了仇。”

“回来，梅丝瓦！”人群喊道，“回来，否则我们也朝你扔石头了。”

莫格里难看地冷笑了一声，因为一块石头刚好砸在他的嘴巴上。“跑回去吧，梅丝瓦。这是他们黄昏时在大树下编出来的另一个愚蠢的故事。至少，我已经为你儿子的死报了仇。再见了，快点跑回去，因为我要把牛群赶过去了，那比他们扔的石块要快多了。我不是巫师，梅丝瓦。再见了！”

“现在，阿凯拉，再来一次，”他喊道，“把牛群赶进村。”

水牛们早就急着要回到村子里去了，不等阿凯拉吼叫，它们就像旋风般冲进村口，把人群冲得七零八落。

“好好数清楚！”莫格里轻蔑地喊道，“也许我偷了一头呢。数清楚了，我再也不会给你们放牛了。再见吧，人类的孩子们，你们要感谢梅丝瓦，因为她，我才没有带着我的狼群在你们的街道上到处捕猎你们。”

他转过身，和那只孤狼一起走了。当他抬头看着星星时，他觉得心情非常愉快。“我不用再睡在陷阱里了，阿凯拉。我们去取谢尔汗的虎皮，然后离开这儿。不，我们不要伤害这个村子，因为梅丝瓦对我很好。”

月亮从平原上升起，使一切看上去都是乳白色的。受了惊吓的村民看着莫格里，身后跟着两只狼，头上顶着一捆东西，以稳健的狼步快速地跑着，像一阵火烧过那样，很快便跑出了很长一段距离。于是他们把庙里的钟敲得更响了，海螺也吹得更响了。梅丝瓦还在哭泣，布尔迪欧还在编造着他在丛林里冒险的故事，编到最后，竟然说阿凯拉用后脚站立，像人一样说话。

莫格里和两只狼回到会议岩上时，月亮已经慢慢地落下山去。他们先在狼妈妈的洞口前停了下来。

“他们把我从人群中赶出来了，妈妈，”莫格里喊道，“但是我信守诺言，带来了谢尔汗的皮。”

狼妈妈从洞里艰难地走出来，身后跟着狼崽们。看到虎皮时，她眼睛一亮。

“那天他把脑袋肩膀塞进这个洞里，要猎取你这个小青蛙性命的时候，我就告诉过他，捕猎者总有一天要被猎杀。做得很好！”

“小兄弟，做得很好，”灌木丛里传来一个低沉的声音，“没有了你，我们在丛林里很寂寞。”巴吉拉跑到光着脚的莫格里跟前。他们一起爬上了会议岩，莫格里在阿凯拉过去常坐的那块平坦的石板上摊开虎皮，用四片竹条钉牢。阿凯拉在上面趴下来，用以前召集开会的声音说：“看看吧——好好看看，众狼们！”就像莫格里第一次被带到这里的时候一样。

自从阿凯拉被赶下台之后，狼群就没了首领，他们随心所欲地打猎和打架。但出于习惯，他们回应了那声召唤。他们中有些因为掉进了陷阱而瘸了腿；有些中了枪伤，走起路来也一瘸一拐地；有些因吃了不干净的东西而长了疥癣；还有许多失踪了。但是剩下的狼都来到了会议岩，看到岩石上谢尔汗的花斑纹皮毛，巨大的爪子在空荡荡的虎腿皮筒上悬荡着。就在此时，莫格里编了一首歌，歌声很自然地从他的喉咙里唱了出来。他大声地唱着，在发出格格响的毛皮上跳上跳下，用脚后跟打着拍子，直到喘不过气来为止。灰兄弟和阿凯拉不时为他的独唱吼上几声伴奏。

“好好看看，众狼们。我是否遵守了诺言？”莫格里说。所有的狼齐声叫嚷：“没错！”其中一只毛发凌乱的狼嗥叫着：

“再领导我们吧，尊敬的阿凯拉。再次领导我们，尊敬的人娃娃，因为我们已经厌倦了群狼无首的生活。我们要再次成为享有狼权的狼民。”

“不，”巴吉拉说，“不行。等你们吃饱了，疯劲又要上来了。你们一点也称不上享有狼权的狼民。你们为自由战斗过了，现在自由是你们的了。享受它吧，群狼。”

“人群和狼群都把我赶出去了。”莫格里说，“现在我要独自在丛林里狩猎。”

“我们和你一起狩猎。”四只狼崽说。

于是从那一天起，莫格里离开了那里，和四只狼崽在丛林里狩猎。但是他并非终生孤身一人，因为数年以后，他长大成人，还结了婚。

但那就是一个该讲给大人们听的故事了。

莫格里之歌

（就是莫格里在会议岩上，踏着老虎皮跳舞时唱的那首歌）

莫格里之歌——我，莫格里，正在歌唱。
让丛林居民倾听我做过的事情。

谢尔汗说，他要猎杀——要猎杀！拂晓时分
他在洞口说要猎杀青蛙莫格里！

他吃过喝过。喝得很足，谢尔汗，
至于说下一次什么时候喝？
你这个睡觉做梦都在猎杀的东西。

我独自待在牧场上。灰兄弟，快过来！
快过来，老孤狼，因为这只巨大的猎物正等待猎杀！

调来巨大的公水牛，藏青皮色、怒目圆睁的

公牛群。按照我们的命令将他们来回驱赶。

你睡死啦，谢尔汗？醒来，噢，快醒来！
我来啦，身后还跟着公牛群。

拉摩，水牛之王，不断顿着它的牛蹄。
韦恩根格河的河水哟，谢尔汗到哪里去啦？

他不是会打洞的伊基，也不是会飞的孔雀莫尔。
他不是倒悬在树枝上的蝙蝠芒。
吱嘎作响的嫩竹，告诉我，他逃到哪儿去啦？

哎哟！他在这儿。呀吼！他在这儿。在拉摩的脚下
躺着瘸虎一个！起来，谢尔汗！

起来猎杀！这里有肉；来咬断公牛的脖子！

嘘！他睡着了。我们不要吵醒他，因为他的力气非常大。
鸢鹰们飞下来定睛观瞧。黑蚁群爬到他的身上了解情况。
好大一群前来向他致意。

哎呀呀！我没有虎皮遮体。鸢鹰们会看到我的裸体。
我耻于见到所有这些丛林居民。

把你的虎皮借给我，谢尔汗。把你华丽的斑纹大衣
借给我，我要前往会议岩。

凭着赎买我的那头公牛，我发誓——一个小小的誓言。
我将信守我的誓言，只是缺了你的虎皮。

用那把刀，那把人类使用的刀，用那把猎人的刀，
我弯下腰来取我的礼物。

韦恩根格河的河水啊，谢尔汗把他的大衣给了我，
因为他对我怀有欲望。拉呀，灰兄弟！拉呀，阿凯拉！
谢尔汗的虎皮可真重啊！

人群发了怒。他们扔过来石头，还说了幼稚的话。
我的嘴角流血了。我们逃走吧。

穿过黑夜，穿过炎热的黑夜，我和兄弟们跑得飞快。
我们丢下了村子的灯火，来到了黯淡的月亮地。

韦恩根格河的河水哟，人群已将我驱逐出来。
我对他们毫无害处，但他们还是惧怕我。为什么？

狼群，你们也已将我驱逐。丛林对我关闭了大门，
村庄也对我关闭了大门。为什么？

就像芒带着兽类、鸟类的特征飞来飞去，
那么我也将在丛林和村庄之间奔来奔去。为什么？

我的身体在谢尔汗的皮上舞蹈，可我的心非常沉重。
我的嘴角有伤口，村民们扔来的石头打伤了我，

而我的心情相当轻松，因为我回到了丛林。为什么？

这两件事在我的思绪里打架，就像春天打架的蛇。
泪水涌出了我的双眼；而我在泪水掉落时还在笑。为什么？

我不是两个莫格里，而谢尔汗的虎皮就在我脚下。

所有丛林居民都知道我杀死了谢尔汗。都瞧瞧——
看好了，噢，众狼们！

啊！我内心沉重，里面装满了我不明白的事情。

第四章

白海豹

哦！嘘，轻点，我的宝贝，黑夜在我们身后，
黑色的海水闪烁着绿色的光芒。
月亮，在海浪上方，俯视着我们，
看着我们在起伏奔涌的海浪中休憩。
浪头一个接着一个，那是你柔软的枕头。
啊，长鳍的小家伙，自在地蜷着身子！
风暴不会把你吵醒，鲨鱼也不会将你追赶，
在轻轻荡漾的海水怀抱里睡吧！

——《海豹摇篮曲》

这些事情几年前发生在一个叫诺瓦斯图什纳，或称东北岬的地方，它位于白令海深处的圣保罗岛上。这个故事是冬鹪鹩林默尔辛告诉我的。它被风吹到驶往日本的轮船的缆绳上，我把它带进船舱，给它暖暖身子，喂养了几天，直到它有充足的体力再飞回到圣保罗岛。林默尔辛是一只非常离奇有趣的鸟儿，但是它会说实话。

除非有事情可做，否则没有人会到诺瓦斯图什纳来。经常在这里活动的是那些海豹。夏季的那几个月，来自冰冷、灰暗的海里的成千上万只海豹在这里上岸，因为诺瓦斯图什纳海滩是世界上最适合海豹居住的地方。

西卡奇[1]深知这一点。每年春天——不论身在哪里——他都会像鱼雷艇一样，笔直游向诺瓦斯图什纳，在那里花上一个月的时间和同伴打架，争夺岩石上的好地盘，越靠近海的越好。西卡奇十五岁了，是一头巨大的灰皮毛海豹，肩上的鬃毛已经快长满一圈了，还长着长长的、凶狠的犬牙。用两只前鳍把身子撑起来的时候，他的头距离地面足有四英尺高。说到他的体重，如果真有人敢称一下的话，应该将近七百磅。他满身都是凶狠地打架时留下的疤痕，但他总会随时为下一次打架做好准备。他会故意把头歪向一边，装成好像害怕得不敢正视他的敌人的样子；然后他像闪电一样冲出去，当他那大牙齿紧紧咬住另外一头海豹的脖子时，这头海豹只有逃命的份了，但西卡奇是不会让他逃走的。

不过，西卡奇从来不追逐一头被打败的海豹，因为那是违反“海滩法则”的。他只想在海边找好一处适合育儿的地方。但因为每年春天都有约四五万只海豹一同来这里找窝，所以海滩上到处都是可怕的啸叫声、咆哮声、怒吼声、打架声。

站在那座名叫哈奇森的小山上，你可以看到方圆三英里半的地方都是正在打架的海豹。海浪里也聚拢来海豹那密密麻麻的头，他们正匆匆忙忙地赶往海滩，加入到打架的行列里。他们在浪花里打架，在沙地里打架，在磨光的用来做小海豹窝的玄武岩上打架，因为他们和男人一样愚蠢好斗。他们的妻子要到五月底至六月初才到岛上来，因此他们可不想被扯成碎片。那些年轻的还没组成家庭的两三岁、三四岁的海豹，从打架的成年海豹中间穿过，往小岛深处走上大约半英里，然后成群结队地在沙丘上玩耍，把地上长的所有绿色的东西都蹭得精光。他们被称为霍卢斯奇科——单身汉的意思——光是在诺瓦斯图什纳一处，大概就有二三十万只。

---

① 西卡奇（Sea Catch），发“*Sea Catchee*”的音，俄语中对一只成年海豹的称谓。——原注

有年春天，西卡奇刚打完第四十五场架，他那皮毛光滑油亮、眼神温柔的妻子穆特克[①]便从海里爬上来。西卡奇抓住妻子颈背上的皮把她拎起来放在自己抢到的位置上，粗鲁地说："又这么晚。你去哪里了？"

西卡奇通常可不是这个样子。因为在海滩上作战的四个月里，西卡奇是不吃东西的，所以他的脾气往往变得很暴躁。穆特克当然知道最好不要顶撞他。她转过身，轻柔地说："你想得真周到啊！你又占了老地方。"

"我当然应该找老地方，"西卡奇说，"你看看我！"

他的身上被抓得伤痕累累，有二十处地方在流血；一只眼睛都快掉出来了，身体两侧被扯得像一条条缎带似的。

"哦，你们这些男人啊，你们这些男人！"穆特克说，她用后鳍给自己扇着风。"你们就不能理智一点，和平地解决地盘的问题吗？你看上去好像和虎鲸打过架一样。"

"我从五月中旬开始，除了打架什么也没做。这个季节海滩上挤得太不像话了。我至少碰到了一百多只从卢卡农海滩转移到这里找窝的海豹，为什么他们就不能待在自己的地盘呢？"

"我常常想，如果我们不到这个拥挤的地方，而是转移到海獭岛去，我们会更快乐的。"穆特克说。

"呸！只有霍卢斯奇科才去海獭岛。如果我们也去那里，他们会以为我们害怕了。我们必须维护颜面，亲爱的。"

西卡奇骄傲地把头埋在他肥胖的肩膀中间，一动不动地假装睡了几分钟，但他一直警惕地看着四周，随时准备打架。现在所有海豹和他们的妻子都在沙滩上了，在离海边几英里的地方，你都可以听见他们的吵闹声，这声音盖过了最猛烈的风暴。在这片海滩上，少说也有一百万只

---

① 穆特克（Matkah），发"*Mut-ker*"的音，重音在"*Mut*"上，就是"海豹妈妈"的意思。——原注

海豹——成年海豹、海豹妈妈、小海豹和霍卢斯奇科，他们打架混战，嗷嗷地叫着，爬来爬去，一起玩耍——成群结队地游到海里，又浮出海面。满眼望去，海滩上躺满了海豹，他们在雾气笼罩中打着群架。诺瓦斯图什纳几乎一直都是雾蒙蒙的，只有当太阳出来的时候，一切看上去才是珍珠般明亮和五彩缤纷的。

穆特克的孩子科蒂克[①]就是在这片混乱状态中出生的。像所有小海豹那样，他的脑袋和肩膀特别大，长着一双苍白的水汪汪的蓝眼睛。但是他的皮毛不对劲，使得他的妈妈不得不仔细地查看一番。

“西卡奇，”她终于说道，“我们的孩子将来会长成白色的海豹！”

“瞎说！”西卡奇哼着鼻子说，“世界上从来就没有白色的海豹。”

“我也没办法，”穆特克说，“但从这以后就有了。”然后她开始低声地轻唱起所有的海豹妈妈都会唱给她们孩子听的歌：

不到六个月大，你千万不要去游泳，
否则你会头朝下鳍朝天沉到水里；
夏天的风暴和虎鲸，
会伤害我们的小海豹。

会伤害我们的小海豹，我们亲爱的小东西，
它们坏透了；
但是戏水吧，快快长大吧，
你会功成名就的，
大海的孩子！

---

① 科蒂克（Kotick），发“*Ko-tick*”的音，重音在“*Ko*”上，就是“海豹宝宝，小海豹”的意思。——原注

当然小家伙开始听不懂这些话。他拍打着四鳍在妈妈身边爬来爬去，他还学会了在爸爸和其他海豹吼叫着打架，在光滑的岩石上滚来滚去的时候，躲到一边。穆特克常常到海里去找吃的，小家伙只要两天喂一次就够了，但是每次他都吃得饱饱的。就这样，他茁壮地成长起来了。

科蒂克学会的第一件事情就是往内陆爬去。在那里，他遇到了成千上万和他一样年纪的小海豹。他们像幼犬那样一起玩耍，在干净的沙地上睡觉，醒来后又一起玩耍。待在窝里的成年海豹们不理会他们，霍卢斯奇科也总是待在自己的地盘上，因此小海豹们玩得可高兴了。

穆特克从深海捕鱼回来以后，总是径直地走向他们玩耍的地方，然后像母羊呼喊小羊羔那样喊着他的名字，直到听见科蒂克嗷嗷地叫着回应她，然后这位妈妈才会笔直地朝他的方向走去。她用前鳍开辟道路，把小海豹们左右推开，翻倒在地。总是有几百只海豹妈妈在小海豹玩耍的地方寻找着她们的孩子，所以小海豹们总是不得安宁。但是，正如穆特克告诉科蒂克的那样，“只要你不在泥水里玩耍，不染上疥癣，不把硬沙子揉进抓破的伤口里，也不到波涛汹涌的大海里游泳，这里没什么能伤害你。”

小海豹和小孩子一样不会游泳，但是不学会游泳他们总觉得心里不舒服。科蒂克第一次下海的时候，一个浪头把他冲到没顶深的地方。他的大脑袋沉了下去，而小小的后鳍就像他妈妈在歌里告诉他的那样升了起来。如果第二个浪头没有把他再冲回岸边的话，他可能已经淹死了。

那件事发生后，他学会了趴在沙滩上的水坑里，让涌上岸的海潮刚好把他淹没，使他拍打着鳍浮起来，但是他总是小心地留意着可能会伤害他的大海浪。他花了两个礼拜学会了使用他的鳍。在那段时间里，他挣扎着在水里浮上浮下，有时被水呛得直咳嗽。他哼哼着，有时爬上沙滩，在沙滩上打个瞌睡，然后又回到水里，直到最终，他发觉自己果真是属于海洋的。

接下来，你就可以想象他和他的同伴们一起度过的快乐时光了。他们像鸭子一样突然一头扎进浪头里；或者踏着海浪，随着浪峰冲向海滩，猛地一下落在沙滩上，水花四溅；或者像成年海豹那样用尾鳍站立，用前鳍搔搔自己的脑袋；或者在海滩上凸出的、长满野草的滑溜溜的岩石上玩“我是城堡之王”① 的游戏。时常，他会在水面上看到一个薄薄的鳍，很像大鲨鱼的鳍，向海边越漂越近。他知道那是虎鲸格兰普斯，要是它抓到小海豹的话，就会把他们吃掉。每当这个时候，科蒂克会像一枝箭一样向海滩冲去，而那个鳍就装作没事似的，慢慢地游开了。

到了十月末，海豹们开始一家家地，或者一群群地离开圣保罗岛，向深海游去。这时他们不再为抢窝而打架，霍卢斯奇科们也可以自由自在地在海里玩耍了。“明年，”穆特克对科蒂克说，“你就是一只霍卢斯奇科了，但今年你必须学会如何捕鱼。”

他们一起出发横渡太平洋，穆特克教他怎样仰面躺在海面上，把鳍贴着身子收起来，只让他的小鼻子露在水面上。没有什么摇篮能比太平洋上摇晃的长波浪还要舒服了。当科蒂克感到全身的皮肤有些刺痛时，穆特克说他感受到了“海水的感觉”。那种刺痛的感觉意味着坏天气就要来了，他必须奋力游离这片海域。

“很快，”她说，“你就会知道该往哪里游，但是现在我们就跟着海豚希皮格吧，因为他们非常聪明。”一群海豚在水里扎着猛子，飞快地游着，小科蒂克拼命地跟着他们。“你们怎么知道该往哪里游呢？”他喘着气问。海豚的首领转动着他的白眼睛，一头扎进水里。“我的尾巴有点刺痛，年轻人，”他说，“那就是说在我身后有一场风暴。快点游！不

---

① 我是城堡之王（I’m the King of the Castle），是西方小朋友常玩的一种游戏的名称，也配有同名传统童谣，前两句是这样的，“我是城堡之王，下去，你这个卑鄙的无赖，/下去，下去，下去，你这个卑鄙的无赖”。边玩边唱，类似于我们小时候玩的“占山头”“占高地”游戏。

过，当你在‘黏糊糊的海水’（他指的是赤道海域）南面的时候，如果你的尾巴感到刺痛，那就是说在你面前会有一场风暴，因此你必须往北面去。快点游！我觉得这里的海水不太对劲。”

这是科蒂克所学的许多事情当中的一件，而他总在不断地学习。穆特克教他如何沿着海底的沙洲追猎鳕鱼和大比目鱼，从海草丛中的洞穴里挖出五须鳕鱼来；教他如何避开水下一百英寻[①]深的失事船只的残骸，像鱼群那样，犹如一颗步枪子弹一样，从一扇舷窗穿进，从另外一扇穿出；教他在天空电闪雷鸣的时候，如何在浪尖上跳跃，并彬彬有礼地向顺风而行的短尾巴信天翁和军舰鹰挥挥他的鳍；教他如何像海豚那样，把鳍贴着身子收起，卷起尾巴，跳出水面三四英尺高；教他不要去理会那些飞鱼，因为它们瘦骨嶙峋；教他在距离海面十英寻深的地方，全速前进的同时一口咬下鳕鱼肩头的肉；教他永远不要停下来看一艘小船或者是海船，特别是划艇。六个月以后，关于深海捕鱼的知识，只剩下一些不值得学的东西了。在那段时间里，他的鳍都没有碰过干燥的土地。

然而有一天，他正半梦半醒地躺在距离胡安费尔南德斯群岛不远处的温暖海水里，突然觉得全身软弱无力、懒洋洋的，就像人们感觉到春天即将到来一样。他又想起了七千英里外诺瓦斯图什纳美好而坚实的沙滩，想起了他和同伴们一起玩的游戏，想起了海草的味道、海豹的怒吼和斗殴。就在那一刹那，他一转身，朝着北方坚定地游过去。一路上，他碰到了几十只同伴，都朝同一个地方奔去。他们说：“你好啊，科蒂克！今年我们是霍卢斯奇科了，我们可以在卢卡农那里的浪花上跳火焰舞了，也可以在新长出草的草地上玩耍了。但是你从哪里弄来的这身皮毛？”

科蒂克的皮毛现在几乎是纯白的了，尽管他对此十分自豪，但他只

---

① 1 英寻≈1.83 米。

是回答说："快点游！我的骨头想陆地都想疼了。"于是，他们一起来到他们出生的海滩上，听到了老海豹，也就是他们的父亲们，在飘忽的雾气中争斗着。

当天晚上，科蒂克和一岁的海豹们跳起了火焰舞。夏天的晚上，从诺瓦斯图什纳到卢卡农的海面上，到处撒满了火焰，因为每一头海豹身后都留下了一条痕迹，就像燃烧着的油。当他们跳起来的时候，身后便留下一道闪光，波浪化成了一条条亮闪闪的条纹和漩涡。接着他们跑到内陆，来到霍卢斯奇科的地盘上，在新长出的野小麦地里滚来滚去，互相讲述着他们在海上发生的故事。他们谈起太平洋的样子，就像一群男孩子在谈论他们采坚果的小树林一样，如果有人能听懂他们的语言的话，那么他回去一定可以画出一副前所未有的海洋图来。一群三四岁的霍卢斯奇科从哈奇森的小山上嘻嘻哈哈地蹦下来，喊着："让开，小家伙们！大海可深了，里面你们不知道的东西还多着呢。等你们绕过了合恩角再谈论吧。嘿！那个一岁的小家伙，你从哪里弄来的这身白皮毛？"

"我没从哪里弄来，"科蒂克说，"它自己长出来的。"他正要把说话的这个海豹掀翻，两个黑头发，长着扁平的红脸颊的人从沙丘后面走出来。科蒂克以前从来没见过人，他干咳着低下了头。这群霍卢斯奇科匆匆逃开几码远，傻坐在那里看着。那两个不是别人，正是捕猎海豹的首领科里克·布特林和他的儿子帕达拉蒙。他们是从一个距离海豹聚集的海滩不到半英里的村子里来的。他们正在考虑把哪些海豹赶到屠宰场去——因为海豹和羊一样，是赶着走的——稍后，他们会把它们变成海豹皮外套。

"嚯！"帕达拉蒙说，"看！那里有只白海豹！"

科里克·布特林尽管脸上蒙着油烟，脸色还是一下子变得苍白。他是阿留申人①，阿留申人都不怎么清白。然后他开始低声祈祷。"别碰它，

---

① 爱斯基摩人的一支。

帕达拉蒙。从——从我出生到现在，从没看到过一只白色的海豹。也许这是老扎哈罗夫的鬼魂。他去年在大风暴里失踪了。”

“我不会走过去的。”帕达拉蒙说，“它很不吉利的。你真的认为它是老扎哈罗夫回来了？我还欠他几只海鸥蛋呢。”

“别看它，”科里克说，“去赶那些四岁大的吧。工人们今天原本应该剥两百只海豹皮，但是这一季还刚刚开始，他们又都是新手，一百只就够了。快点！”

帕达拉蒙拿着一副海豹的肩胛骨在一群霍卢斯奇科面前敲得格格响，他们都呆在了那里，一动不动，呼呼地喘着粗气。等他走近一些，海豹们便开始移动了。于是，科里克赶着他们往内陆走了，他们也没想过要回到他们的同伴那里。几十万只海豹就眼睁睁地看着他们被赶走，可他们还继续像往常一样玩耍着。科蒂克是惟一一个提出疑问的海豹，但是没有一个同伴能给出答案，只是说每年这个季节的六周或者两个月里，人们都会这样驱赶海豹。

“我要跟着他们，”他说，当他拖着步子跟在海豹群后面的时候，他的眼睛都要从眼眶里瞪出来了。

“那只白海豹在跟踪我们，”帕达拉蒙叫道，“我还是第一次看到有只海豹自己走向屠宰场呢。”

“嘘！别回头看，”科里克说，“那是扎哈罗夫的鬼魂！我得和牧师谈谈这件事。”

从这里到屠宰场只有半里路，但是得走上一个小时。因为科里克知道，如果海豹走得太快，它们的身体就会变热，稍后剥皮的时候，它们的毛皮便会一块块地掉下来。因此他们走得很慢，经过了海狮岬，走过了织布房，一直走到海滩上的海豹们看不到的腌渍房。科蒂克跟在后面，喘着粗气，诧异极了。他以为自己走到世界尽头了，但是身后的海豹窝传来的像火车穿过隧道那样震耳欲聋的吼叫声，将他拉回到现实中来。然后，科里克在苔藓上坐了下来，拿出一块很重的锡质怀表，让海豹群凉快了三十分钟。科蒂克都能听到露水从他的头上流下来的声音。接着，有十到十二个男人走了过来，每人手上拿着一根三四英寸长的包着铁皮的棍子。科里克把海豹群里一两只被同伴咬伤的海豹和仍然太热的海豹指给他们看，他们抬起穿着海象颈皮做的厚靴子的脚，把这些海豹踢到一边。然后科里克说："动手吧！"那些人就用棍子狠狠地敲着海豹们的头。

十分钟以后，小科蒂克再也认不出他的朋友们了，因为他们的毛皮从鼻子一直到后鳍都被剥了下来，扔在地上堆成了一堆。科蒂克再也看不下去了。他转过身，飞奔起来（一头海豹能飞奔一小会儿），朝着海边跑过去，他新长出来的小胡子吓得都竖了起来。跑到海狮岬，他鳍朝上，一头扎进清凉的海水里，在那里颤抖着，痛苦地喘着气。大海狮们正坐在那里的海岸边上。"这是什么？"一只海狮生硬地问道，因为通常海狮不和别人打交道。

"斯库奇尼！噢，斯库奇尼！"（"我很寂寞，非常寂寞！"）科蒂克说，"他们把沙滩上所有的霍卢斯奇科都杀死了！"

大海狮把头转向海岸。"胡说八道！"他说，"你的朋友们还是像往常一样那么喧闹呢。你肯定是看到老科里克杀死了一群海豹。他这么做都已经有三十年了。"

"太可怕了，"科蒂克说道，这时一个浪头打过来，他倒退着用鳍划水，接着将鳍一转，在离参差不齐的岩岸三英寸的地方站稳了。

"对一只一岁的小海豹来说，干得不赖！"海狮说，他很欣赏他高超的游泳技术。"我想从你的角度来看，这很可怕。但是要是你们海豹年年都来这里，人类当然都会知道了，除非你能找到一个人类从来没有去过的小岛，否则人们总是会来赶走你们的。"

"有这样的小岛吗？"科蒂克问道。

"我跟着波尔冬（大比目鱼）有二十年了，还从来没有找到过这样的一个地方。但你听我说——你似乎挺喜欢和比你身份高的长辈们说话——我想你可以去海象岛，找西维奇[①]谈谈。他可能知道些什么。别马上出发，你得游上六英里呢。如果我是你的话，我就先上岸睡上一觉，小家伙。"

科蒂克认为这是个好建议，于是他游回到自己的海滩上，爬上岸，睡了半小时。像所有的海豹那样，他睡着的时候全身抽搐着。醒来后，他就径直朝海象岛游去。海象岛是位于诺瓦斯图什纳正东北方的一座低矮多岩的小岛。岛上都是岩脊、岩石和海鸥巢，海象在那里成群地生活。

他在靠老西维奇——一头北太平洋的又大又丑的海象——很近的地方上了岸。西维奇身材臃肿，身上长满了脓包，还长着肥肥的脖子和长长的象牙。他对别人毫无礼貌，除非他睡着了——那时候，他正在睡觉，他的后鳍一半露在水面上，一半在水下。

"醒醒！"科蒂克大声地喊道，因为海鸥正发出很响的噪音。

"哈！嗬！哼！谁啊？"西维奇说，他用自己的象牙拱了一下旁边的海象，把他弄醒，旁边的海象又把下一头海象叫醒。就这样，直到所有的海象都被弄醒了，他们东张西望，就是不往该看的方向看。

"嗨！是我！"科蒂克喊道，他在浪花中上蹿下跳，看上去就像一条小小的白色鼻涕虫。

"哎呀！天哪——剥了我的皮吧！"西维奇说。所有的海象都看着科蒂克。你可以想象一下，这就像在一个俱乐部里，一群昏昏欲睡的老绅士看到一个小男孩的情景。科蒂克那时不愿再听到任何有关剥皮的事情，他已经看够了。所以他喊道："有没有一个人类从来没去过的地方可以让海豹去呢？"

"你自己去找啊，"西维奇说完又闭上了眼睛，"走开，我们这里忙着呢。"

---

① 西维奇（Sea Vitch），俄语中对"海象"的称谓。——原注

科蒂克像海豚一样凌空跳起，大声地喊道："吃蛤蜊的家伙！吃蛤蜊的家伙！"他知道，尽管西维奇总是装成很吓人的样子，但他这一生中从未捕到过一条鱼，总是用鼻子拱土找蛤蜊和海草吃。当然，那些一有机会就表现粗鲁的奇基、古维卢斯基和伊帕特卡——领头鸥、三趾鸥和角嘴海雀马上就响应了，然后——林默尔辛是这样告诉我的——在接下来的五分钟里，即使有发炮弹打到海象岛上也听不见了。所有的岛上居民都在喊着："吃蛤蜊的家伙！斯达里克（老家伙）！"西维奇把身子翻来翻去，咕哝着，咳嗽着。

"现在你能说了吧？"科蒂克说道，他已经喘不过气来了。

"去问海牛吧，"西维奇说，"如果他还活着，他能够告诉你你想知道的。"

"我碰到他的时候，怎么知道他是海牛呢？"科蒂克转过身子问。

"他是整个大海里惟一比西维奇还要丑陋的东西，"一只领头鸥尖叫道，他在西维奇的鼻子下盘旋，"更丑陋，而且更加没有礼貌！斯达力克！"

科蒂克往诺瓦斯图什纳的方向游回去，留下这群海鸥在那里尖叫。回到岛上，他发现尽管他尽了自己的微薄之力去为海豹们寻找一块宁静的地方，可是这里却没有一只海豹同情他。他们还告诉他，说人类一直都在驱赶霍卢斯奇科——那就是他们每天工作的一部分——还告诉他，如果他不想看到这些丑陋的事情，他就不应该去屠宰场。但是，其余所有的海豹，都没有看过屠杀，这也是他和他的朋友们产生分歧的原因。此外，科蒂克还是只白海豹。

"你必须做的事情，"老西卡奇在听完儿子的冒险经历后说，"就是快点长大，长成和你爸爸一样的大海豹，在海滩上有个自己育儿的窝，然后它们就不会来理睬你了。再过五年，你应该可以为自己作战了。"即使是温柔的穆特克，也就是他的妈妈，也说："你永远无法阻止杀戮。去海里玩吧，科蒂克。"科蒂克游开了，带着一颗小小的但是沉重的心，跳着火焰舞。

那年秋天，他早早地离开了海滩，独自出发了，因为他圆圆的脑袋里有了一个信念。他要去寻找海牛，如果海里真有这样一个东西的话；他还要去找一个安静的小岛，上面有坚实的沙滩，海豹可以在上面生活，而人类又捉不到他们。于是他独自从北往南沿着太平洋一路寻找，最多的时候一天一夜游了三百英里。他经历了数不清的危险，差点被姥鲨、斑点鲨和锤头双髻鲨抓住，他也遇到了所有在海里游来荡去的不值得信赖的流氓，还遇到了身体笨重但彬彬有礼的鱼和红色的斑点扇贝。那些扇贝几百年来都住在同一个地方，为此它们还非常骄傲。但是他从未碰到过海牛，也从来没有找到一座他想象中的小岛。

有时他找到一个沙滩美好而坚实的小岛，后面还有一个斜坡可供海豹们玩耍，可是他也总是会在地平线那里看到一艘冒着烟的捕鲸船，船上煮着鲸油，科蒂克知道那意味着什么。有时他发现了海豹们曾经来过的某个小岛，但是他们都被杀光了；科蒂克知道人类来过一次的地方，肯定还会再来。

他结识了一只短尾巴的老信天翁，信天翁告诉他凯尔盖朗岛是个十分宁静和平的小岛。但是当科蒂克到那儿的时候，他遇上了电闪雷鸣的雨夹雪。在黑乎乎的险恶的悬崖上，他差点被闪电击得粉身碎骨。然而当他顶着风暴出发的时候，他发现即便是这种地方，也曾经有海豹来做过窝。他去过的所有其他小岛都是这种情形。

林默尔辛列举了很长一串海岛的名称，因为它知道科蒂克花了五年的时间在寻找新的小岛。每年在诺瓦斯图什纳海滩上休息的那四个月中，其余的霍卢斯奇科们总是会嘲笑他和他理想中的海岛。他去过加拉帕戈斯群岛[①]，那是赤道附近的一个崎岖不平、非常干燥的群岛；在那

① 加拉帕戈斯群岛（Galapagos），在《白海豹》这个故事里提到的所有岛屿和地名，都能够在地图中找到。大家最好去地图上找一找。——原注

里，他差点被烤死。他去过乔治亚群岛、奥克尼群岛、绿宝石岛、小南丁格尔岛、高夫岛、布维岛、克罗赛特群岛，甚至去过好望角以南的一个丁点大的岛。但是不管他到哪里，海里的居民都告诉他同样的话：海豹曾经来过那些岛，但是人类把他们都杀光了。他甚至离开太平洋，游出几万英里远，来到了一个叫科连特斯角的地方（那是在他从高夫岛往回游的路上发现的），他也看到岩石上有几百只长了疥癣的海豹，他们告诉他人类也去过那里了。

那情景令他心碎，于是他绕过合恩角，朝自己的海滩游了回去。在他往北面游回去的路上，他爬上一座长满绿树的小岛休息。在那里，他碰到了一只非常非常年迈，已经奄奄一息的海豹。科蒂克抓了些鱼给他吃，还把自己的伤心事讲给他听。“现在，”科蒂克说，“我准备回诺瓦斯图什纳了，如果我和其他霍卢斯奇科一起被赶到屠宰场去，我也不在乎了。”

老海豹说，“再试一试吧。我是已经灭绝的玛撒夫厄拉海豹家族的最后一名成员。在人类成千上万地猎杀海豹的岁月里，海滩上流传着这样一个故事。这个故事说，有一天，会有一只白海豹从北方来，带领海豹们找到一个宁静的地方。我已经老了，我不可能活着看到那一天了，但是其他海豹可以。再试一次吧。”

科蒂克卷起了自己的胡须（胡须很漂亮），说道：“我是有史以来海滩上出生的惟一一只白海豹。不管是黑的还是白的海豹，我才是惟一那个想寻找新海岛的海豹。”

这件事情大大地鼓舞了他。那年夏天他返回诺瓦斯图什纳的时候，他妈妈穆特克要求他结婚，安顿下来。因为他不再是霍卢斯奇科了，他已经是一头成年海豹了。他的肩膀上长着卷曲的白色鬃毛，像他的父亲一样高大、健壮、勇猛。“再给我一年的时间吧，”他说，“记住，妈妈，第七个浪头总是离海边最远。”

说来也奇怪，另外还有一只海豹认为自己可以等到下一年再结婚。

在科蒂克出发去进行最后一次探险的前一个晚上，科蒂克和这头母海豹在卢卡农的海滩上跳了一夜的火焰舞。这一次，他往西面去了，因为他跟在一大群大比目鱼后面，每天至少要吃一百磅鱼才能使他保持良好的身体状态。他一直追踪着他们，直到疲倦了，他才把身子蜷起来，躺在冲向科皮尔岛的波浪中睡着了。他十分了解那里的海滩，所以到了半夜的时候，他感觉到自己轻柔地撞在海草丛上了，于是就说，“唔，今晚的潮水真厉害啊。”他在水下翻了个身，慢慢地睁开眼睛，伸了个懒腰。然后突然猫一样跃了起来，因为他看到水中有些硕大无比的家伙，正在东嗅西闻地咀嚼着茂密的海草丛边上的草。

“以麦哲伦海峡的巨浪[①]起誓，”他的嘴在胡须底下悄声说，“那些家伙到底是深海里的什么种族啊？”

他们不像科蒂克以前见过的海象、海狮、海豹，也不像白熊、鲸、鲨、鱼、鱿鱼或者扇贝。他们大约有二十到三十英尺长，没有后鳍，但是有一条像是用潮湿的皮革切割出来的铁锹状的尾巴。他们的脑袋是你所见过的样子最愚蠢的东西。当他们不吃草的时候，他们在深水里用尾巴末端支撑起身体，互相庄重地鞠着躬，挥动着他们的前鳍，就像一个胖男人挥动着他的手臂。

“呃哼！”科蒂克说，“做得好，先生们？”那些大家伙像青蛙仆人那样用鞠躬和挥动前鳍来回答他。当他们又开始吃东西的时候，科蒂克看到他们的上嘴唇是裂成两半的。他们可以把嘴张开一英尺宽，在裂口里塞进整整一蒲式耳[②]的海草，然后再把嘴合上。他们把食物全都塞进嘴里，然后认真而满足地咀嚼着。

“这种吃法真是邋遢，”科蒂克说道。他们又开始鞠起了躬，科蒂克

---

① 麦哲伦海峡的巨浪，指从南极出发，涌向巴塔哥尼亚高原边上的海滩和暗礁（麦哲伦海峡就在此范围内）的巨浪。——原注

② 一蒲式耳约 36.37 升。

逐渐失去耐心了。“很好，”他说，“即便你们的前鳍碰巧比别人多出一节，也不用那样炫耀吧。我看到你们鞠躬很优雅啦，但是我很想知道你们的名字。”裂开的嘴唇翕动着，一张一合的，但是他们没有说话。

“好吧！”科蒂克说，“你们是我见过的惟一比西维奇还要丑陋的动物——而且更加没有礼貌。”

突然，他想起了在他一岁的时候，在海象岛上领头鸥对他尖叫的那些话。他跌跌撞撞地回到海里，因为他知道他终于找到了海牛。

海牛们继续在海草丛里撕扯、吞食、咀嚼着，科蒂克用他在历险途中学会的每一种语言向他们提问；海里动物使用的语言种类几乎和人类一样多。但是海牛们没有回答，因为海牛不会说话。他们本来应该有七根颈椎，但实际上只有六根，据说在海里，他们甚至不能和同伴进行交流。但是，你要知道，他们的前鳍比别人长出一节，他们把前鳍上下左右地挥动，这也算是一种笨拙的电报代码式的回答方式吧。

到天亮的时候，科蒂克的鬃毛都竖了起来，他的耐心也早跑到死螃蟹该去的地方去啦。这时，海牛开始慢慢地往北走了，还不时地停下来笑容可掬地鞠着躬互相商量着。科蒂克跟着他们，自言自语道：“像他们这样的笨蛋，如果不是发现了某个安全的海岛，早该被杀光了。对海牛来说足够好的地方，对海豹来说也一定够好。不过，我希望他们最好走快点。”

跟着海牛对科蒂克来说，可是件令人厌烦的事情。海牛一天最多走四五十英里，晚上还要停下来吃东西。他们一直沿着靠近海岸的地方行走，不管科蒂克是绕着他们游，还是游到他们上头，或者是他们身下，都不能让他们走快半英里。他们越往北面走，越发会每隔几个小时便鞠着躬互相商量一番。科蒂克不耐烦得差点要把自己的胡子全都咬光了，可后来他发现他们跟随着一股暖流走，于是对他们多了些敬重。

一天，他们从闪着光的海面上沉了下去——像石头一样沉了下去——自从他认识这些海牛以来，他们第一次迅速地游起来。科蒂克赶紧跟上，海牛的速度让他感到吃惊，因为他从来没想过海牛会是游泳健将。他们朝着海边的一个悬崖游去——这悬崖的底部一直延伸到海水的深处——他们钻进了悬崖底部的一个距离海面约二十英寻的黑洞里。他们游了很长的一段距离，科蒂克跟着他们，在钻出那条黑暗的隧道之前，他一直憋得难受。

“我的天哪！”他钻出坑道另一头的水面，站起身来，呼呼地喘着粗气。“这次潜水真够长的，不过还真值得。”

海牛们已经散开了，在科蒂克所见过的最棒的沙滩边上懒散地吃着草。这里有几英里连绵不绝的光滑的岩石，正好适合做海豹窝，岩石后面是一片可以用来做游乐场的坚实沙地，倾斜着伸向内陆。海边有滚滚卷浪，可以让海豹们在里面跳舞；也有长长的草地，可以让海豹在里面打滚；还有可以让海豹爬上爬下的沙丘。最重要的是，科蒂克凭他对海水的感觉，因为这是瞒不过一头真正的海豹的，他知道从来没有人类来过这里。

他做的第一件事情就是确定这里可以捕到大量的鱼，然后他沿着海滩一路游去，数着美丽的薄雾里若隐若现的一座座低矮的沙岛。北面出海的地方是一排沙洲、浅滩和暗礁，这样的话，靠近海滩六英里之内，任何船只都无法进入。在小岛群和大陆之间是一片深水，一直延伸到陡峭的悬崖边，而悬崖下的某个地方就是坑道的出口。

“这儿就是另外一个诺瓦斯图什纳，但是比那里还好上十倍，”科蒂克说，“海牛比我想象的要聪明得多。人类如果能爬得上悬崖的话，他们也不能从悬崖上下来；而临海的那些浅滩能把船撞得粉碎。如果海里真有什么安全的地方，那么就是这里了。”

他开始想起那些留在家里的海豹们了，但尽管他急着返回诺瓦斯图什纳，他还是将这个新天地彻底地勘探了一番，这样回去他就可以回答所有的提问了。

然后，他潜到海里，找到了坑道出口的位置，快速地穿过坑道往南游去。除了海牛或是海豹，没有别的生物会想到还有这样的地方存在。当他回头看着悬崖的时候，即使是科蒂克也不敢相信自己是从那下面穿过来的。

尽管他游得并不慢，但他还是花了整整六天时间才回到家。当他爬出水面时，第一个看到的是一直在等他的那头母海豹，后者从他的眼神里看得出，他终于找到了他的海岛。

但是当他把他的发现告诉霍卢斯奇科、他爸爸西卡奇和其他所有的海豹时，他们都嘲笑他。一头和他年纪相仿的年轻海豹说："你说得都不错，科蒂克，可是你不能从一个谁也不知道的地方跑到这儿来，就这样命令我们离开。你别忘了我们一直在为小海豹窝战斗，那可是你从来没做过的事情。你更喜欢在海里四处徘徊。"

其他海豹都笑了起来，那头年轻的海豹开始左右摇晃起脑袋。那一年他刚刚结婚，因而对这件事格外关注。

"我无需为小海豹窝战斗，"科蒂克说，"我只是想把你们带到一个安全的地方。打架有什么用？"

"哦，如果你打算退出的话，我当然就没什么好说的了。"年轻的海豹奸笑着说。

"如果我赢了，你会跟我去吗？"科蒂克问。他的眼里闪过一道绿光，因为他为不得不打架而感到十分气恼。

"很好，"年轻的海豹漫不经心地说，"如果你赢了，我就去。"

他没时间改变主意了，因为科蒂克的脑袋已经探出来，他的牙齿深深地插入年轻的海豹脖子上的那块赘肉里了。然后他往后一仰，背部贴到了腰上，把他的对手拖到沙滩上，摇晃着他，将他打翻在地。然后科蒂克对着其他海豹怒吼："我在这过去五年里，一直在尽自己最大的努力寻找海岛。我已经找到了可以确保你们安全的海岛，但除非你们愚蠢的脑袋被从你们脖子上拽下来，否则你们是不会相信的。我现在要给你们点颜色看看，你们自己当心啦！"

林默尔辛告诉我在它的一生中——林默尔辛每年都见到上万头大海豹打架——在它短短的一生中从来没有见过像科蒂克这样冲向海豹窝的。他朝他能找到的最大个子的海豹扑上去，掐住他的脖子让他透不过气，一阵拳打脚踢直到他咕咕求饶为止，然后把他扔到一边，再冲向下一头。你要知道，科蒂克从来不像其他大海豹那样每年禁食四个月，而且在深海里的巡游也让他的身体保持了理想状态。最重要的是，他以前从来没有打过架。他卷曲的白鬃毛气得竖立了起来，他的眼睛里冒着火，他的大犬牙闪着光，看上去神气十足。他的爸爸老西卡奇看着他飞奔过去，把灰色的老海豹们像大比目鱼一样拽来拽去，把周围一圈的年轻的单身汉都撞倒在地，怒吼了一声道："他也许是个傻瓜，但他是所有的海滩上最棒的勇士！别打你爸爸，我的儿子！我和你是同一战线的！"

科蒂克吼了一声作为回答，老西卡奇摇摇摆摆地走过去，胡子都竖了起来，吼得像一个火车头。而穆特克和准备嫁给科蒂克的那只海豹退到一旁，欣赏着她们的男人。这是一场精彩的战斗，因为他们两个一直打到没有一只海豹敢把头抬起来。然后他们肩并肩、大摇大摆地在海滩上走来走去，吼叫着。

晚上，当北极光在雾气中一闪一闪发着光的时候，科蒂克爬上一块光秃秃的岩石，看着下面乱七八糟的海豹窝和被咬得遍体鳞伤，仍在流着血的海豹们。"现在，"他说，"我已经给你们教训了。"

"我的天哪！"老西卡奇说，他费力地撑起身体，因为他也伤得很厉害。"虎鲸也无法把他们伤得更厉害了。儿子，我为你骄傲，而且，我要跟你到你的海岛上去——如果真的有这么一个地方。"

"你们听着，海里的肥猪们。谁要跟着我去海牛的隧道？回答我，否则我会再教训你们的。"科蒂克咆哮着说。

下面响起了一片细语声，就像海滩上潮水拍岸的涟漪。"我们跟你去，"成千上万个疲倦的声音说，"我们会跟随白海豹科蒂克的。"

于是，科蒂克把脑袋埋在肩膀里，骄傲地闭上了眼睛。他不再是一头白海豹了，从头到尾都是血红色的。即便这样，他也不屑于看一眼，或者舔一舔自己的伤口。

一个星期以后，他和他的大部队（大约一万多头霍卢斯奇科和成年海豹）往北出发，向海牛的隧道游去，科蒂克在前方带路。而那些留在诺瓦斯图什纳的海豹称他们为白痴。第二年春天，当所有的海豹在太平洋捕鱼区碰面的时候，追随科蒂克的海豹们讲述着在海牛隧道那里的新海滩的故事，于是有更多的海豹离开了诺瓦斯图什纳。当然，这个转移过程不是一蹴而就的，因为海豹们都不是非常聪明，需要相当长的时间才能改变旧有的观念。但年复一年，每年都有更多的海豹从诺瓦斯图什纳、卢卡农，以及其他岛屿，来到这块宁静的、隐蔽的海滩。科蒂克每年夏天都坐在沙滩上，一年年长得更大、更胖、更壮。霍卢斯奇科们在他的身边玩耍，在人类没有涉足的海里游弋。

卢卡农之歌

这是一首伟大的深海之歌，圣保罗岛的海豹们每年夏季返回他们的海滩时，都要唱这支歌。这是一首十分忧伤的海豹“国歌”。

清晨我遇到了自己的同伴（哎呀，可是我老啦！）
在海边的岩架上，夏日的涌浪咆哮着；
我听着他们合唱般地升起，淹没了小浪花的歌——
卢卡农的海滩——两百万个声音逐渐增强。

盐水湖边快乐的驻地之歌，
拖着脚走下沙丘的气喘吁吁的编队之歌，
搅动海面燃起火焰的午夜舞者之歌——

卢卡农的海滩——猎海豹的人到来之前的情景！

清晨我遇到了自己的同伴（他们的数目多得数不清！）；
他们成批到来，整个海岸都是黑压压一片。
遍及涌起泡沫的近海，远至声音可以抵达的地方
我们欢迎先头部队，我们在海滩上卖力歌唱。

卢卡农的海滩——冬小麦已长得非常高——
湿淋淋、起皱的苔藓地衣和海雾浸润了一切！
我们所有的运动场地，全都露出不毛和用旧的模样！
卢卡农的海滩——我们出生时的家园！

清晨我遇到了自己的同伴，一支杂乱不堪、四散奔逃的队伍。
人类射杀水中的我们，棒打陆上的同伴；
人们把像绵羊一样愚蠢顺服的我们赶到腌渍房前，
我们依然唱着卢卡农之歌——在猎海豹人到来前。

转身下沉，转身下沉向南飞；噢，三趾鸥们，走！
去把我们悲哀的故事告诉远洋的总督；
像从前暴风雨冲击海岸、掏空鲨鱼卵一样，
卢卡农海滩再也无法牢记它们的歌！

第五章

里基–蒂基–塔维[①]

在他进入的洞中
红眼睛猫鼬对皱皮肤眼镜蛇叫喊。
听一听这个小“红眼睛”怎么说：
“纳格[②]，出来跟死神跳舞吧！”

眼瞪眼，头对头，
（保持节制，纳格。）
一个死后舞蹈马上终结；
（随心所欲，纳格。）
为了转动而转身，为了盘绕而扭动——
（逃走，藏起来，纳格。）
啊哈！有兜帽的死神失手啦！
（大祸临头了，纳格！）

---

① 里基–蒂基–塔维（Rikki-tikki-tavi），发“*Rikky-tikky-tar-vi*”的音。像我力争描述出来的那样，猫鼬是一种胆大聪明的动物，他们常常住进一所房子，甚至住进一间办公室，跟着人进进出出，与人们成为好朋友。一只完美至极的野生猫鼬习惯性来到我在印度的办公室，坐在我的肩膀上。就像故事中的里基一样，又一次我的雪茄烟把它那好奇的鼻子烫伤了。——原注

② 纳格（Nag），发“*Narg*”的音，是印度本地人对眼镜蛇的称呼。他的妻子纳盖娜（Nagaina），发“*Na-gy-na*”的音，重音在“*gy*”上。——原注

这个故事讲述的是里基–蒂基–塔维单枪匹马进行的一次伟大的战役，地点是在塞戈里营地一幢孟加拉式平房的浴室里。长尾缝叶莺[①]达齐[②]帮助了他，从来都只敢沿着墙边跑，不敢走到房间中央的麝鼠楚纯德勒[③]给他提了些建议，但是，真正战斗的只有里基–蒂基一个人。

他是只猫鼬，皮毛和尾巴更像是只小猫，但他的头部以及他的习性却像黄鼠狼。他的眼睛和他那永远动个不停的鼻尖都是粉红色的。只要他高兴，他会用任何一条腿，不管前腿还是后腿，去抓身上的任何一个地方。他还会抖松他的尾巴，把他抖得像一把刷瓶子的蓬松的圆刷子。他在长长的草丛里飞奔时喊出的战斗口号是："里克—蒂克—蒂基—蒂基—恰克！"

一天，盛夏的一场大洪水把他从他和父母共同居住的地洞里冲了出来。他踢着腿，咯咯地叫着，被冲进了路边的水渠里。他看到有一小捆草漂在那里，就紧紧地抱住了，直到失去了知觉。等他恢复知觉的时候，烈日当空；他发现自己躺在一条花园小径的中央，全身又脏又湿。一个小男孩正在说，"这里有只死猫鼬，让我们来为它举行葬礼吧。"

"不，"他妈妈说，"我们把它带进屋里，把它擦干。兴许它还没死呢。"

他们带着他进了屋。一个高大的男人用拇指和食指把他拎了起来，说他还没有死，只是呛了水。于是，他们用棉絮把他包裹起来，举到一堆小火上面给他暖身子。他睁开了眼睛，打了个喷嚏。

"现在，"这个高大的男人说（他是刚刚搬进这栋平房的英国人），"别吓到他，让我们来看看它会做些什么。"

要吓到一只猫鼬恐怕是这个世界上最困难的事情了，因为他全身从

---

① 长尾缝叶莺（tailorbird），生活在旧大陆的一种鸟，其特征是能用植物纤维将叶子缝起来做成巢穴。

② 达齐（Darzee），就是"裁缝"的意思，发"*Dar-zy*"的音。——原注

③ 楚纯德勒（Chuchundra），发"*Chew-chun-drer*"的音。——原注

鼻子到尾巴尖都充满了好奇。所有猫鼬家族的座右铭都是："跑去看看发生了什么事情。"而里基–蒂基可是只地地道道的猫鼬。他瞅瞅棉絮，认为这不好吃。于是，他绕着桌子跑了一圈，然后坐下来整理了一下自己的毛，又抓了抓痒，然后跳到了小男孩的肩膀上。

"别害怕，特迪，"他爸爸说，"那是它交朋友的方式。"

"哎哟！它弄得我下巴直痒痒。"特迪说。

里基–蒂基顺着男孩的领口向下瞧了瞧，又在他的耳朵边嗅了嗅，然后才爬下来坐在地板上，开始揉他的鼻子。

"天哪，"特迪的妈妈说，"这就是人们说的野生动物啊！我猜它这么听话是因为我们对它很友好。"

"所有的猫鼬都是这样的，"她丈夫说，"如果特迪不捏着它的尾巴把它拎起来，也不把它关到笼子里，它会整天在屋里跑进跑出的。让我们给它点东西吃。"

他们给了他一小块生肉，里基–蒂基非常喜欢吃。吃完以后，他便跑到外面的露台上，坐在阳光能直接晒到的地方，蓬松开浑身的毛，让它们彻底晒干。然后，他觉得舒服多了。

"这个屋子里有这么多事情可以探究啊，"他心里想，"比我们全家人一辈子看到的东西加到一起还要多。我当然要留下来，一探究竟。"

那一整天，他就在屋子里漫游、闲逛。他差点把自己淹死在浴缸里，还把鼻子探进了放在写字台上的墨水里，还差点被那个高大男人的雪茄烟头烫到鼻子，因为当时他爬到男人的大腿上，准备瞧瞧字到底是怎么写出来的。黄昏时分，他跑进特迪的儿童室，想看看煤油灯是如何点燃的。而当特迪上床睡觉时，里基–蒂基也爬上了他的床。可是，他是个好动的伙伴，因为整个晚上只要一有响声，他就会爬起来，留心倾听那声音究竟来自何方。特迪的爸爸妈妈在睡前要做的最后一件事，就是来看看他们的孩子，而当时里基–蒂基正警觉地站在枕头上。"我不喜欢那样，"特迪的妈妈说，"它可能会咬孩子的。""它不会做这样的事情，”爸爸说，“特迪和这个小生灵待在一起很安全，比有一头大猎犬看着他还安全。现在如果有条蛇爬进儿童室——”

但是特迪的妈妈不相信会发生这么可怕的事情。

一大早，里基–蒂基就骑在特迪的脖子上，到露台上吃早饭。他们给他吃了香蕉和一些煮鸡蛋。他轮流地坐到他们每个人的腿上，因为每一只有着良好教养的猫鼬都希望有朝一日能成为一只家养动物，可以在房间里跑进跑出；里基–蒂基的妈妈（她曾住在塞戈里营地的将军家里）详细地告诉过他，如果他碰见白人该怎么做。

接着里基–蒂基跑到外面花园里，看看那里有什么好看的东西。这是个大花园，只有一半的面积种上了花草。这里有像避暑别墅占地那么大的一片灌木丛，其中有尼尔元帅玫瑰[①]、酸橙树、橘树、竹子和几丛高草。里基–蒂基舔了舔嘴唇想：“这真是个狩猎的好地方。”一想到狩猎，他的尾巴就像刷瓶子的圆刷子一样蓬松开啦。他在花园里跑来跑去，这里嗅嗅，那里闻闻，直到他听到荆棘丛里传来悲伤的哭泣声。

那是长尾缝叶莺达齐和他的妻子。他们本来把两片大叶子拉到一起，用纤细的植物纤维把叶子边缝起来，还在缝隙中填入了棉絮和松软的绒毛，做成了一个漂亮的鸟巢。但现在鸟巢在空中荡来荡去，他们则坐在巢穴的边上哭呢。

“发生什么事了？”里基–蒂基问。

“我们太可怜啦，”达齐说，“昨天我们的一个孩子从鸟巢里掉了下去，被纳格吃掉了。”

“唔，”里基–蒂基说，“那真是很悲惨——但是我是新来的，谁是纳格啊？”

达齐和他的妻子只是把身子蜷缩在鸟巢里，没有回答，因为在灌

---

① 尼尔元帅玫瑰（Marshal Niel rose），一种花朵很大的黄玫瑰，以法国元帅阿道夫·尼尔（Adolphe Niel）的名字命名。

木丛下茂密的草丛里传来一个低沉的嘶嘶声——这个可怕冰冷的声音让里基–蒂基往后整整跳了两英尺。随后，大黑眼镜蛇纳格的脑袋和展开的颈部从草丛里一寸一寸地抬起来。从舌尖到尾巴，纳格总共有五英尺长。此时，他将三分之一的身体抬离了地面，就像风中的蒲公英一样摇摆着保持平衡。他用邪恶的蛇眼看着里基–蒂基。不管蛇在想什么，他们的表情总是一成不变。

“谁是纳格？”他说，“我就是纳格。当第一条眼镜蛇为正在睡觉的大神梵天展开脖子上的兜帽遮挡太阳的时候，伟大的梵天就在我们的家族身上留下了他的记号。看，恐怖吧！”

说着，他将颈部展得更宽了。里基–蒂基看到了他背上那处就像风纪扣的扣眼一样的眼镜记号，害怕了一小会儿。但是想要让一只猫鼬惧怕太长时间，是不可能的事情。虽然里基–蒂基以前没有见过一条活的眼镜蛇，但是他妈妈曾用死的眼镜蛇喂过他，而且他知道一个成年猫鼬一生中的主要事情就是与蛇战斗，吃掉蛇。纳格也知道这一点，所以在他冰冷的内心深处，还是害怕的。

“好吧，”里基–蒂基说，他的尾巴又一次蓬松起来了，“不管有没有记号，吃掉一只掉到鸟巢外面的雏鸟，你认为你做得对吗？”

纳格正在打着主意，注意着里基–蒂基身后草丛里极其细微的动静。他知道花园里有只猫鼬，便意味着他和他的家族迟早得死；但是他想让里基–蒂基放松警惕。所以他把头放低了一些，并歪向一边。

“让我们谈谈吧，”他说，“你可以吃鸡蛋，为什么我就不能吃鸟呢？”

“身后！小心你身后！”达齐唱道。

里基–蒂基当然知道不能浪费时间回头看，他立即尽可能高地跳起来，纳盖娜，纳格那个邪恶的妻子的脑袋从他的身下“嗖”地滑过。纳盖娜在里基–蒂基说话的时候，悄悄地爬到他的身后，想趁机结果了他的性命。他听到了纳盖娜一击未中后发出的暴怒的嘶嘶声。他落下来时，差不多正好落在纳盖娜的背上。如果他是只老练的猫鼬的话，他就应该知道，那时是一口咬断她的后背的最好时机，但是他惧怕眼镜蛇会用尾部扫过来可怕的一击。他的确咬了，但是咬的时间不够长，随后便跳起来躲过了横扫过来的尾巴，留下被咬伤的纳盖娜在那里怒不可遏。

“可恶，可恶的达齐！”纳格叫道，把尾巴尽量抬高，向着荆棘丛里的鸟巢用力地扫过去。但是达齐把鸟巢筑在蛇够不到的地方，鸟巢只是在空中荡来荡去。

里基–蒂基感觉自己的眼睛变红了，变热了（当一只猫鼬的眼睛变红时，意味着他生气了）。他像一只小袋鼠那样坐在自己的尾巴和后腿上，看着周遭的环境，并发出生气的咯咯声。但是纳格和纳盖娜已经消失在草丛中了。当一条蛇一击未中时，他不会说什么，也不会表明他下一步打算做什么。里基–蒂基不想跟着他们，因为他没把握一次对付两条蛇。于是他跑到屋子旁的砾石路上，坐下沉思。这对他来说可是一件大事。

如果你读过旧时关于自然历史的那些书，你会发现书上写着，当猫鼬和蛇打斗的时候，如果被咬了，他就会跑开去吃一些药草来治疗。但那不是真的，取得胜利的关键就是眼疾脚快——蛇的攻击 VS 猫鼬的跳跃——因为当蛇攻击的时候，没有什么东西的眼神能够跟得上蛇头的运动。因此眼疾脚快比神奇的草药更加令人惊叹。里基–蒂基深知自己仅仅是一只没经验的猫鼬，一想到自己躲过了蛇从背后发起的攻击，他就兴奋不已。这给了他自信心，而当特迪从小路上跑过来的时候，里基–蒂基已经准备好接受他的爱抚了。

然而，当特迪弯下腰的时候，尘土里有什么东西微微扭动了一下，一个细小的声音说：“当心啊，我是死神！”那是克赖特[①]，一种喜欢生活在尘土里，身上布满灰尘的棕色小蛇。他和眼镜蛇一样危险，但由于

① 克赖特（Karait），发“*Ker-ite*”的音，重音在“*ite*”上。——原注

他体型非常小，没有人会注意到他，所以他对人类的危害更大。

里基–蒂基的眼睛又一次变红了，他以家族传承下来的独特的晃动摇摆姿势跳向克赖特。这姿势看上去很滑稽，但这是一种非常有条不紊的步态，可以让你自如地从任意角度跳出去。对付一条蛇的话，这种步态是一个优势。不过里基–蒂基不知道，他正在做一件比和纳格战斗要危险得多的事情。因为克赖特体型非常小，能够迅速转身，所以除非里基在靠近蛇头的背部咬上一口，要不然他的眼睛或嘴角便会遭到反击。然而，里基当时并不知道这一切。他完全红了眼，来回地摇摆着，寻找着适合的机会下口。克赖特先出击了，里基跳到一侧，打算从侧面攻击。但是克赖特那邪恶的、布满灰尘的灰脑袋突然扫过来，如果不躲开的话，肯定会击中他的肩膀。他不得不跃过蛇身，蛇头也尾随而至。

特迪对着屋子里大喊："嗨，快来看啊！我们的猫鼬正在杀一条蛇呢。"里基–蒂基听到特迪妈妈发出一声尖叫。他爸爸拿着一根棍子跑出来，但等他跑到近前的时候，由于克赖特的一击扫出得太远了，里基–蒂基已经跃起，跳到了他的背上，将头深埋在两条前腿中间，在他抓住的蛇背上狠狠咬了一口，随即滚到一旁。那一口咬得克赖特瘫痪了。里基–蒂基正要按照他们家族的饮食习俗，从尾巴开始把他吃掉，但突然记起，一顿饱餐会使猫鼬行动迟缓；如果他想将体力和敏捷度都维持到最佳状态的话，他就必须确保体型苗条。

他跑开了，在蓖麻丛下享受了一番泥土浴，而特迪的爸爸还在鞭打死去的克赖特。"那有什么用啊？"里基–蒂基想，"我都已经把他给解决了。"然后特迪的妈妈把他从泥土中抱起来，搂着他，哭着说是他救了特迪的命。特迪的爸爸说他是上天派来的，而特迪则瞪大了眼睛惊恐地看着这一切。里基–蒂基对他们的大惊小怪感到很可笑，当然，他并不理解这是怎么回事。要是特迪在泥土里玩的话，他的妈妈可能也会爱抚地拍拍他吧。里基感到快活极了。

那晚吃饭的时候，里基在桌子上的酒杯间走来走去。他本来完全可以用这些好吃的东西把自己塞得膨胀三倍，但是他想到了纳格和纳盖娜。虽然受到特迪母亲的轻拍和爱抚，也坐在特迪的肩膀上，这些都令他很开心，但是他的眼睛还时不时地会变红，然后爆发般地喊出他长长的战斗口号："里克—蒂克—蒂基—蒂基—恰克！"

特迪把他抱上床，坚持要里基-蒂基睡在他的下巴底下。里基-蒂基有良好的教养，他从来不会咬人，也不会抓人。但特迪刚一睡着，里基就起来围着屋子进行每晚例行的散步。在黑暗中，他碰到了麝鼠楚纯德勒，后者正在墙边爬行。楚纯德勒是一只伤心的小家伙。他整夜哀诉般地吱吱叫着。他虽下定决心准备跑到房间中央，但是他从没到过那儿。

"别杀死我，"楚纯德勒说，几乎是带着哭腔。"里基-蒂基，别杀死我！"

"你认为一个捕蛇杀手会杀死一只麝鼠吗？"里基-蒂基轻蔑地说。

"杀蛇的人也会被蛇杀死。"楚纯德勒更加伤心地说，"而且我怎么能确定纳格不会在某个黑夜里错把我当成你呢？"

"这种危险一点也不存在，"里基-蒂基说，"纳格是在花园里，而我知道你不会去那里。"

"我的堂兄老鼠楚尔[①]告诉我——"楚纯德勒说了一半停下了。

"告诉你什么？"

"嘘！纳格无处不在，里基-蒂基。你应该在花园里与楚尔谈过了吧。"

"我没和他谈过——所以你必须告诉我。快点，楚纯德勒，否则我咬你了。"

楚纯德勒坐下哭了起来，直哭得眼泪都从胡须上掉下来了。"我是个可怜的人，"他哭着说，"我从来没有足够的勇气跑到房间中央去。嘘！我不该告诉你任何事情的。你听得见吗，里基-蒂基？"

---

① 楚尔（Chua），发"*chew-er*"的音。——原注

里基–蒂基侧耳细听。房间里寂静一片，但是它觉得自己能够听到最微弱的沙沙声——整个世界最微弱的沙沙声——声音小得就像黄蜂在窗玻璃上爬似的——那是蛇的鳞片蹭到砖墙上的沙沙声。

“不是纳格就是纳盖娜，”他自言自语道，“他正爬进浴室的下水道。你是对的，楚纯德勒，我得去和楚尔谈谈。”

他轻手轻脚地跑进特迪的浴室里，但是没发现什么，接着跑进特迪妈妈的浴室里。在光滑的灰泥墙根处，有一块砖头被抽了出来，做成了浴室放水的下水道。当里基–蒂基悄悄地溜进浴室，站在放澡盆的砖石槽旁边时，他听到了纳格和纳盖娜在外面月光下的窃窃私语。

“等这个屋子没人住的时候，”纳盖娜对她丈夫说，“他就不得不离开这里了，然后花园就又是我们的天下啦。悄悄地溜进去，记住，第一个就咬那个杀了克赖特的高大男人。然后跑出来告诉我，我们一起去猎杀里基–蒂基。”

“但是，你肯定杀死人对我们有任何好处吗？”纳格说。

“好处可多了。以前平房里不住人的时候，我们会在花园里碰到猫鼬吗？只要平房是空的，我们就是花园里的国王和王后。别忘了，等我们瓜地里的蛋孵化出来（可能明天它们就孵化出来了），我们的孩子需要空间，需要安定的生活。”

“我原本倒没想到这些。”纳格说，“我去，但是之后我们不需要猎杀里基–蒂基。我会杀了那个高大的男人和他的妻子，如果可能的话，还有他们的孩子，然后悄悄地溜走。然后平房就不会有人住了，里基–蒂基也一定会离开的。”

听到这里，里基–蒂基又气又恨，浑身发抖；接着，他看到纳格的脑袋从下水道里伸出来，紧跟着是他五英尺长的冰凉的身体。尽管很生气，但当里基–蒂基看到大眼镜蛇巨大的身躯时，还是非常害怕。纳格将身体蜷起来，抬起头，看着黑暗中的浴室。里基能看到他闪闪发光的眼睛。

“现在，如果我在这里杀了他，纳盖娜马上就会知道的。而如果我们在开阔的地板上打斗的话，很有可能他就占了优势。我该怎么做呢？”里基–蒂基–塔维想。

纳格把身子摆来摆去。接着，里基–蒂基听到他正在喝用来给澡盆里添水的大水罐里的水。“味道不错，”蛇说，“克赖特被杀死的时候，高大男人手里拿着一根棍子。现在他有可能还留着那棍子，但是等他早上进来洗澡的时候，他肯定不会带着棍子。我就在这里等着他进来。纳盖娜，你听到我说的没有？——我要找个凉快的地方等到天亮。”

外面没有纳盖娜的回音，因此里基–蒂基知道纳盖娜已经走了。纳格将身体沿着大水罐底部凸肚的地方一圈一圈地盘起来，而里基–蒂基则待在那里一动不动，就像死了一样。过了一小时，他开始一点点向水罐移去。纳格睡着了，里基–蒂基盯着他那粗大的后背，思索着哪里是下口的最佳位置。

“如果我第一次跳起时没有咬断他的背，”里基想，“那么他还是能战斗的。要是他还能战斗——噢，里基！”他看着眼镜蛇颈部兜帽下的粗脖子，一下子咬断也太困难了。要是一口咬在靠近尾巴的地方，只会让纳格发狂。

“一定要咬头部，”他终于打定主意，“颈部兜帽上面的头部。而且一旦咬住了，我一定不能松口。”

于是，他跳了起来。蛇头就在离水罐很近的位置，在水罐颈部弯曲处下方。咬住蛇头时，里基把背紧紧靠在红色陶罐凸起的地方，以便压制住蛇头。他只占了一秒钟的先机，不过他也充分地利用了这一秒钟。然后他就像一只被狗在地板上甩来甩去的老鼠一样，被来来回回、上上下下、转着圈地摔打着。但是他两眼发红，咬住蛇头不松口。蛇身在地板上像赶马车的鞭子一样鞭打着地面，把锡质舀子、肥皂盒和洗澡刷都打翻了，还撞到了澡盆的锡质边沿。此时，他的上下颚越咬越紧，因为他认定自己会被这么撞死的。然而为了家族的荣誉，他宁愿人们看到他至死也没松口。他觉得头晕目眩，浑身疼痛，整个身体好像被摇得散了架。就在这时，他听到身后如同霹雳般的一声巨响。一阵热风让他失去了知觉，红色的火焰烤焦了他的皮毛。原来那个高大的男人被吵醒了，他拿着双管猎枪对着纳格颈部兜帽的后面开了一枪。

里基-蒂基双眼紧闭，仍然死死地咬着不松口，因为他认为自己现在肯定是死了。不过，蛇头一动不动了，高个男人把他抱起来说，"又是猫鼬，爱丽丝。现在这个小家伙也救了我们俩的命。"

特迪的妈妈脸色苍白地走了进来，看了看纳格的尸体。里基-蒂基艰难地走回特迪的卧室。整整后半夜，他一直在轻轻地晃着身体，他想看看自己是不是像想象中那样，被摔得碎成了四十块。

天亮的时候，他还是全身疼痛，但一想起自己所做的事情，他就非常开心。"现在，我要和纳盖娜算总账了，她可比五个纳格还要难对付，而且也不知道她所说的蛋什么时候会孵化出来。天哪，我必须得去见见达齐。"他说。

不等吃过早饭，里基-蒂基就跑到荆棘丛那里。达齐正高唱着胜利之歌，纳格已死的消息早已传遍了整个花园，因为清洁工把尸体丢在了垃圾堆上。

"哦，你这个一堆羽毛的傻瓜！"里基-蒂基生气地说，"现在是唱歌的时候吗？！"

"纳格死啦—死啦—死啦！"达齐唱道，"勇敢无畏的里基-蒂基咬住了他的头，死死地咬着。高大男人带来了'砰砰'作响的棍子，纳格就被打成了两半！他再也不能吃我们的孩子啦。"

"那都是事实。但是纳盖娜在哪里？"里基-蒂基边问边警惕地看着四周。

"纳盖娜到浴室的下水道里去呼唤纳格，"达齐继续唱着，"可纳格被挑在棍子的一头上出来了——清洁工用棍子的一头挑起了他，把他扔到了垃圾堆上。让我们歌颂伟大的、红眼睛的里基-蒂基吧！"达齐吸了口气又唱起来。

“如果我能爬上你的鸟巢，我就把你的孩子都摇下来。”里基–蒂基说，“你不知道如何在恰当的时间做恰当的事情。你站在树上的鸟巢里是很安全，但对站在下面的我来说，还有一场战争要打呢。把你的歌声停下来——会吧，达齐！”

“为了伟大的、美丽的里基–蒂基，我会停下来的，”达齐说，“有什么事情？我亲爱的杀死了可怕的纳格的猎手？”

“第三次问你了，纳盖娜在哪里？”

“在畜棚旁边的垃圾堆上，她正在哀悼纳格呢。有着洁白的牙齿的里基–蒂基真伟大！”

“别为我的白牙操心！你知道她把自己的蛇蛋藏在哪里了吗？”

“在最靠近墙角的瓜地里。那里整天都晒得到太阳。她三个星期前把它们藏在那里的。”

“你就从来没想过你最应该把这事告诉我吗？你是说，最靠近墙角的地方？”

“里基–蒂基，你不是打算去吃她的蛋吧？”

“确切地说，不是吃。不是，达齐，如果你有一点头脑的话，你就飞到牛棚那里，假装你的翅膀受伤了，让纳盖娜追着你来到这个荆棘丛里。我必须去瓜地，如果我现在去，她会看到我的。”

达齐是个头脑愚笨的小家伙，他的脑袋里一次最多不能超过一个念头。正是因为他知道纳盖娜的孩子和自己的孩子一样，都是从蛋里孵出来的，所以一开始，他认为杀死它们是不公平的。但是他妻子是只聪明的鸟，她知道眼镜蛇的蛋就意味着不久就会从里面孵出小眼镜蛇来。因此，达齐的妻子从鸟巢里飞出来，让达齐温暖着孩子们，继续唱着“纳格之死”之歌。在某些方面，达齐与男人非常相像。

她拍着翅膀飞到垃圾堆旁的纳盖娜面前，喊道：“哦，我的翅膀折断了！房子里的男孩朝我扔石头，打断了我的翅膀。”然后她更加拼命地拍打着翅膀。

纳盖娜抬起头，发出嘶嘶的声音，“本来我可以杀死里基–蒂基的时候，是你们警告了他。说真的，你折断翅膀的地方可选得真糟糕。”然后她滑过尘土，朝着达齐的妻子扑了过去。

“男孩用石头把它打折的！”达齐的妻子尖叫着。

“很好！告诉你我会去找那个男孩算账的，这足以在你死的时候起到安慰作用了。今天早上我的丈夫躺在垃圾堆上了，但是在天黑以前，屋子里的男孩会躺得更安静。逃跑有什么用？我肯定能抓到你。小笨蛋，看着我！”

达齐的妻子当然十分清楚，自己不能那么做，因为一只鸟看着蛇的眼睛会吓得迈不动步子。达齐的妻子继续拍打着翅膀，尖着嗓子哀伤地号叫着。不过，她没有飞离地面，于是纳盖娜加快了速度。

里基–蒂基听到她们离开了牛棚，往小路上去了，于是飞快地跑到靠墙的瓜地尽头。他在那里找到了二十五只蛋，它们被巧妙地藏在瓜地上的暖褥草堆里。这些蛋都像矮脚鸡的蛋那么大，但是代替蛋壳的，是一层发白的外皮。

“我来得正是时候。”他说，因为他可以看到蜷缩在皮下的小眼镜蛇；他也知道，一旦它们孵出来，它们每一条都能够杀死一个人或者一只猫鼬。他飞快地咬掉蛋壳的顶部，小心地将小蛇碾碎。他还不时地翻转褥草，看看是否漏下了一只。最后，仅剩下三只蛇蛋了，里基–蒂基开始“咯咯”地笑出声来。这时，他听到达齐的妻子在喊：

“里基–蒂基，我把纳盖娜引到房子那里去了，她已经爬上露台了——哦，快点来——她要咬人了！”

里基–蒂基碾碎了剩下的两只蛋，把第三只蛋衔在嘴里，一个后空翻滚下瓜地，快步如飞地向露台跑去。特迪和他妈妈、爸爸正在那里吃早饭，但是里基–蒂基看出他们现在什么都没吃。他们一动不动地坐在那里，脸色发白。纳盖娜在特迪椅子旁的草席上蜷着身子，从那里她可以轻易地咬到特迪赤裸着的腿。她的身子晃来晃去，唱着胜利之歌：

“杀死纳格的高大男人的儿子，”她嘶嘶地叫着，“待着别动。我还没准备好，再等一下。你们三个，都别动！如果你动了，我就咬你，如果你不动，我还是会咬你。哦，愚蠢的人，杀了我的纳格！”

特迪的眼睛盯着他的爸爸，而他爸爸能做的只是小声地说，“坐着别动，特迪。你绝对不能动。特迪，待着别动。”

这时里基–蒂基跑上前来叫道，“转过身来，纳盖娜。转过身来打上一架！”

“所有的都凑齐了，”她说道，并没有移开她的目光，“我一会再和你算账。看看你的朋友们，里基–蒂基。他们一动也不敢动，面色发白。他们都害怕了，他们一动也不敢动。如果你再走近一步，我就咬了。”

“去看看你的蛋，”里基–蒂基说，“墙边的瓜地里。快点去看看，纳盖娜！”

那条大蛇转过半个身子，看到了露台地面上的蛇蛋。“啊！把它给我！”她说。

里基–蒂基用两只前爪抱住蛇蛋，他的眼睛变得血红。“为了一只蛇蛋，为了一条小眼睛蛇，为了一条小眼睛蛇王，为了最后一只——你这一窝里的最后一只蛇蛋，你会出什么价码？瓜地里蚂蚁正在吞噬其他的蛇蛋呢。”

纳盖娜完全转过了身子，因为惟一的那只蛋，她把其他的事情都抛到了脑后。里基–蒂基看到特迪的爸爸伸出一只大手，抓住特迪的肩膀，把他从放茶杯的桌子上拽了过去，放到纳盖娜够不着的安全地方。

“上当了！上当了！上当了！里克—恰克—恰克！”里基–蒂基咯咯地笑了。“男孩已经安全了。昨天晚上在浴室里，是我—我—我咬住了纳格的脖子。”然后他开始上蹿下跳地蹦，四条腿一齐蹦，还将头靠近地面。“纳格把我甩来甩去，但就是没能把我甩掉。在高个子男人开枪把他打成两半之前，他就已经死了。是我干的！里基—蒂基—恰克—恰克！来吧，纳盖娜。来跟我作战吧。你做寡妇也做不了多久啦。”

纳盖娜眼看着已经错过了杀死特迪的机会，而蛇蛋还躺在里基–蒂基的爪子中间。“把蛋给我，里基–蒂基。把最后一个蛇蛋还给我，我马上离开，永远不再回来，”她低下头说。

“是的，你会马上离开的，而且永远不再回来。因为你将到垃圾堆上和纳格作伴。战斗吧，寡妇！高个子男人已经去拿枪了！战斗吧！”

里基–蒂基在纳盖娜咬不到的地方，围着她跳来跳去。他的小眼睛就像烧红的煤炭一样火红。纳盖娜打起精神，朝他扑了过去。里基–蒂基跳起来往后退。一次，一次，又一次，纳盖娜向他发起攻击，每一次，她的头都会重重地撞在走廊的草席上，然后她就缩得像个钟表的发条。此时，里基–蒂基绕着圈跳到她身后，而纳盖娜则转过身子让自己的头正对着里基的头；她的尾巴扫过草席发出的声音，就像风吹过干树叶似的。

里基已经忘了那只蛇蛋，那只蛋还在露台上，纳盖娜越走越近。最后，趁着里基–蒂基喘息的功夫，纳盖娜猛地把蛋衔在嘴里，转身向露台的台阶游走过去，像一枝离弦的箭一样沿着小路拼命逃走，里基–蒂基则在身后紧追不舍。当一条眼镜蛇逃命的时候，他跑得就像一匹背上挨了马鞭狂奔的马。

里基–蒂基知道自己必须抓住她，否则所有的麻烦又会从头再来。纳盖娜径直朝荆棘丛旁边的高草丛游走过去，里基–蒂基一路追了上去。在追的时候，他听到达齐还在唱着自己那首愚蠢的胜利小曲。但是达齐的妻子就比她丈夫聪明多了。看到纳盖娜跑过来，她飞到纳盖娜头部上方，拍打着翅膀。如果达齐也肯帮忙的话，他们或许能够拦住纳盖娜。但此时，纳盖娜只是低了低头，继续逃命。然而，就是这一小会儿的迟疑，里基–蒂基便赶上了她。就在纳盖娜正要跃入与纳格曾经一起居住的老鼠洞里时，里基的小白牙齿一口咬住了她的尾巴，于是随着纳盖娜一起进了洞——不管有多聪明，多有经验，很少有猫鼬愿意尾随眼镜蛇追到洞里。洞里漆黑一片，里基–蒂基也不知道这个洞的什么地方会突然变宽，让纳盖娜有转身攻击自己的空间。他死死地咬住蛇尾不放，伸出自己的脚抵在闷热、潮湿、黑暗的斜坡上，当做刹车。

终于，洞口的草停止了摇摆，达齐说："里基–蒂基肯定完蛋了！我们得为他唱哀歌了。勇敢无畏的里基–蒂基死了！因为纳盖娜一定会在地洞里杀死他的。"

于是，他唱起了一首自己临时编造的、非常凄凉的悲歌。正当他唱到最感人的部分时，草丛又一次微微颤动了，里基–蒂基浑身是泥地从洞里一步一捱地走了出来，出洞以后还舔着他的胡子。达齐轻轻地叫了一声，停止了歌唱。里基–蒂基抖落了皮毛上的一些泥土，打了个喷嚏。"一切都结束了，"里基说，"那寡妇再也不会出来了。"生活在草丛中的那些红蚂蚁听到他的话，开始一个接一个地排着队下到洞里，看看他说的是不是实话。

里基–蒂基在草上蜷缩着身子睡着了——睡啊，睡啊，一直睡到傍晚，因为他已经完成了艰难的一天里的全部工作。

"现在，"醒了以后他说道，"我要回到屋子里去了。把这消息告诉铜匠鸟[①]，达齐，他会让整个花园都知道纳盖娜死了。"

铜匠鸟是一种鸟，他发出的声音就像小锤子击打铜罐的声音一样。他总是发出这样的声音，是因为他是印度每个花园里的公告传播员，他会把所有的消息告诉给每一个愿意听的人。当里基–蒂基跑上小路的时候，听到铜匠鸟发出了"注意"的声音，那声音就像一只小小的就餐铜锣。然后是平稳的"叮—咚—当！纳格已经死了！纳盖娜也死了！叮—咚—当！"这个好消息让花园里所有的鸟儿都放声歌唱起来，青蛙也呱呱地叫了起来，因为纳格和纳盖娜过去也曾吃过青蛙和小鸟。

当里基跑回屋子里的时候，特迪和特迪的妈妈（她还是脸色发白，

---

① 一种产于亚洲东南部的色彩鲜艳的鸟，叫声清脆而带金属声。

因为她刚才晕过去了）、特迪的爸爸都跑了过来，他们也几乎要为他唱哀歌了。那天晚上，里基把所有为他准备的东西都吃掉了，直到再也吃不下为止，然后躺在特迪的肩膀上睡着了。等特迪妈妈晚上很晚进来看他的时候，他仍然躺在特迪的肩膀上呼呼睡大觉呢。

"它救了我们的命和特迪的命。"她对她丈夫说，"你想想，他救了我们全家。"

里基–蒂基猛得跳了起来，醒了，因为猫鼬都是容易惊醒的动物。

"噢，是你们啊，"他说，"你们还在担心什么？所有的眼镜蛇都死了。如果没死，还有我在这儿呢。"

里基–蒂基有权为自己感到骄傲。不过，他也没有太得意忘形。他就像一只猫鼬该做的那样，用牙齿、跳跃和撕咬保护着花园，之后再也没有眼镜蛇敢在围墙内露面了。

达齐的赞歌

（为了向里基–蒂基–塔维致敬而唱的歌）

我是歌唱家兼裁缝——
我享受着双倍的乐趣——
我轻快活泼的歌曲直冲蓝天，我骄傲，
我为我缝制的鸟巢而自豪——
上下交织，我这样编排我的乐曲——
我也这样缝好我的鸟巢。

我再次对你们这些羽毛初长的雏鸟歌唱，
鸟妈妈，噢，抬起你的头！
让我们遭殃的恶魔已被屠戮，
花园里的"死神"躺在那里死去啦。

玫瑰丛中隐藏的威胁解除了——被扔到粪堆上，死掉了！

谁拯救了我们，是谁？
把他的巢和他的名字告诉我。
里基，勇敢而忠诚的里基，
蒂基，拥有闪着火焰的双眼的蒂基，
里克–蒂基–蒂基，有着乳白色的尖牙，
拥有闪着火焰双眼的猎手！

把鸟类的谢意转达给他，
展开尾羽向他鞠躬！
用夜莺的话将他赞颂——
不，我要自己来把他赞扬。
听吧！我要对你颂唱长着瓶刷尾巴的里基，
长着红眼睛的里基！

（唱到这里，里基–蒂基打断了他，歌曲余下的部分遗失了。）

第六章

大象们的图梅

我会记得我是谁，我厌恶绳索和铁链——
我会记住我从前的力量和我所有的丛林韵事。
我不会为了一捆甘蔗把后背出卖给人类：
我要出去跟我的同类，跟巢穴里的丛林居民在一起。

我要出去，直到那一天，直到破晓时分——
去接受风那无玷污的吻，去接受水那清澈的爱抚；
我会忘掉我脚上的环套，我会折断拴住我的尖木桩。
我会重访我的旧爱，以及没有主人控制的伙伴！

卡拉·纳格，就是“黑蛇”的意思，他用一头大象所能提供的服务，为印度政府尽职尽责地服务了四十七年；当他被逮住时，已年满二十岁，这样算下来，如今他已年近七十——对一头大象来说，已是高龄。他记得，自己曾用前额铺着皮垫子的地方，去推深陷在泥浆里的大炮。那还是在一八四二年阿富汗战争之前发生的事情，当时他还没到壮年。

他的妈妈拉达·皮阿里——亲爱的拉达——在那次围赶行动中与卡拉·纳格一同被捕获——在他掉乳牙之前就曾告诉他，胆怯畏缩的大象会不断受伤。卡拉·纳格明白，这条忠告非常正确，因为第一次看到一发炮弹爆炸时，他尖叫着后退到架在一起的步枪堆里，步枪上的刺刀把他浑身柔软的地方全都戳破了。因此，在二十五岁之前，他就摒弃了害怕的念头，于是他便成了为印度政府服务的一只最受喜爱、最受照顾的大象。在上印度的一次行军途中，他曾运送过帐篷，那些帐篷重达一千两百磅。他曾被蒸汽起重机的一端吊起来，放到船上，花了好几天时间漂洋过海，目的就是在远离印度的异国多岩的土地上，驮运一口迫击炮；他还曾目睹了特沃德罗斯皇帝死在马格达拉；后来又乘坐汽船返回印度，士兵们都说，这艘船被授予了阿比尼西亚战争勋章。① 十年以后，在一个名叫阿里清真寺 ② 的地方，他亲眼看到自己那些大象伙伴死于寒冷、饥饿、中暑和癫痫。后来，他曾南下数千英里，在毛淡棉的贮木场里拖拽成堆的柚木木材。在那里，他几乎杀死了一头年轻大象，就因为后者逃避自己分内的工作。

那件事情以后，人们取消了他拖拉木材的工作，利用他和几十头专门受过围捕野象训练的大象，帮助人们在伽罗一带的群山里捕获野象。大象受到印度政府非常严格的保护。政府里一整个部门的人，其他什么事都不干，只负责围猎、捕获、训练大象，然后把他们送往国内各个需要大象工作的地方。

卡拉·纳格站立时，从肩头到脚下足有十英尺高。他的象牙被切短了，只剩下五英尺长，末端被包裹起来，为了防止它们开裂，还镶了铜边。然而，这对残缺的象牙没什么用，他再也不能像那些未经驯服的大象那样，用真正锋利的象牙有所作为了。他们围赶着分散的野象翻山越岭，经过数周小心谨慎的工作，最终有四五十头野象被赶入围栏，随着树干捆成的大门“砰”的一声在他们身后落下，卡拉·纳格会遵照命

---

① 这里所说的这场“阿比尼西亚战争”，是指 1867 年英国远征军从印度出发，远征阿比尼西亚（埃塞俄比亚的旧称）的战争，最终，以阿比尼西亚皇帝特沃德罗斯二世战败自杀而告终。

② 这里指“第二次英阿战争”中，英军在开伯尔山口最狭窄处——阿里清真寺建的要塞。

令，加入这场火光摇曳、号角齐鸣的混战（通常在夜间进行，那时火把闪烁的火光使得很难判断远近），他会选出野象群中个头最大、最野蛮的家伙，连顶带撞，直到那家伙安静下来为止。与此同时，人们会骑在其余大象的背上，用套索拴住个头较小的野象。

至于说这头聪明的老“黑蛇”卡拉·纳格在作战方面有什么长处，我们不得而知，不过在他的一生中，曾不止一次地在受伤老虎的猛攻中站稳了脚跟，把柔软的鼻子上卷到安全的高度，然后将那只跳起来的畜生撞向一旁，在半空中用一把锋利的镰刀去砍它的头，而这一系列动作，都是他自创的；随后将这畜生撞翻在地，用巨大的双膝跪在它身上，直到随着一阵喘息和号叫，它没了生命的迹象，地上只剩下一堆蓬乱皮毛之类的东西，等着卡拉·纳格去拉着尾巴将尸体拖走。

“没错，”赶象人大图梅说，他是把卡拉·纳格带到阿比西尼亚的“黑图梅”的儿子，目睹他被捕获的“大象们的图梅”的孙子，“‘黑蛇’什么都不怕，就怕我。它曾看着我们一家三代喂养它，照看它，它会活着看到我家第四代的。”

“他也怕我，”小图梅说，挺着他那最多也就四英尺高的小身板，身上只围了一块破布。他今年十岁，是大图梅最年长的儿子。根据习俗，等他长大以后，将会接替父亲在卡拉·纳格背上的位置，会接手那把被他的父亲、祖父、曾祖父磨平了刺的笨重的赶象刺棒。

这孩子知道自己在说什么，因为他是在卡拉·纳格的庇护下出生的，在他没学会走路之前，一直跟大象的鼻子头玩耍，他刚一学会走路，就带着大象去嬉水。而卡拉·纳格不像当大图梅把这个棕色小婴儿抱到他的象牙下面，要他向这个未来主人致敬那天，自己梦想着杀死这个婴儿那样，他不再梦想着不服从孩子那尖声喊出的命令了。

“是的，”小图梅说，“它怕我。”说完大踏步向卡拉·纳格走去，管他叫“老肥猪”，还让他一只接一只地抬起脚。

“哇！”小图梅接着说，“你是一头巨大的大象。”然后摇着毛茸茸的脑袋，援引了他爸爸的话，“政府也许为大象付了钱，但它们是属于我们看象人的。等你老了以后，卡拉·纳格，就会有一些富庶的土邦王公，由于你的个头，也看着你比较守规矩，会把你从政府手中买下来；在那以后，你就什么都不用做了，只用带着金耳饰，背着黄金象舆，身披缀满金饰的红布，走在王公出行队伍前头就行啦。那时我会骑在你的脖子上，噢，卡拉·纳格，众人会手持金色棍棒，跑在我们前面，嘴里喊着，‘给王公的大象让出地方！’那种生活也不错，但却不如这种丛林猎象的生活有趣。”

“劲头十足！”大图梅说，“你是个男孩，却跟个水牛犊一样野。这样上上下下的翻山越岭，可不是政府里最好的活计。我老了，何况我也不喜欢野象。”给我几间砖砌的象舍，每头大象一间，有粗大的树桩将它们拴得牢牢的，还有可以用来驯象的平坦、宽阔的大路；我可不想再过这种居无定所的野营生活。啊哈，坎普尔的兵营也不错，附近就有一个集市，而且每天只需工作三个小时。

小图梅记得坎普尔的那些象舍，因此他什么也没说。他非常喜爱野营生活，讨厌那些宽敞平坦的大路，还得每天在粮草贮备里翻找草料，一连好几个小时无事可做，只能看着用尖木桩拴住的烦躁不安的卡拉·纳格。

小图梅喜欢的就是，骑着大象攀上只能容一头象通过的骑象专用通道；喜欢在象背上俯瞰下方的山谷；喜欢瞥上一眼在数英里外吃草的野象；喜欢看着卡拉·纳格脚下惊走的那些野猪和孔雀；喜欢使人辨不清方向的温热雨天，那时群山全都笼罩在雨幕之中；喜欢那弥漫着美丽薄雾的清晨，那时谁也不知道晚上会在哪里露营；喜欢稳扎稳打、小心谨慎地围赶野象，以及昨夜那种火光摇曳、喧哗吵闹的疯狂冲撞，当时那些野象好似泥石流中的巨石一样，一股脑地涌入围栏以后，才发觉再也无法出去，只好用身体冲撞那些粗重的木桩，不料竟会被高声的叫喊、通明的火把和齐鸣的空爆弹给逼了回去。

即使一个小男孩也能派上用场，何况小图梅能顶三个小男孩用。他会拿起火把挥舞着，竭尽全力地大吼着。然而最兴奋激动的时光，还是在捕象围场里——也就是用栅栏围起来的一处场地——驱散野象的行动开始以后，那情形看上去就像一幅世界末日的画卷，人们不得不打着手势，因为他们听不到对方说的话。此时此刻，小图梅会爬到一根微微颤动的围栏木桩顶上，那头被太阳晒得发白的褐色头发，全都松散地飘在肩后，样子看上去就像一个手持火把的小精灵。只要这里有片刻的平静，你就能够听到他那高分贝地催促卡拉·纳格的声音，盖过了号角声、冲撞声、绳索扯断声，以及被套住的野象的呻吟声。“冲啊，冲啊，黑蛇！用你的象牙刺它们！小心，小心喽！去撞它，撞它！当心木桩！噢，噢！嗨！呀！啊—呀—呀！”他会这样高喊着，而卡拉·纳格和一头巨大野象之间的大战，则在围场里奔来突去地进行着。这头老象捕手，会甩掉滴落在眼睛上的汗珠，找准时机，冲着站在木桩上兴奋地扭动的小图梅点头致意。

小图梅所做的可不仅仅是扭动。有天夜里，他从木桩顶上溜下来，飞身奔入野象群中，拾起耷拉在地上的绳子一端，扔给赶象人。那根绳子是赶象人在设法套牢一头乱踢乱踏的小象（与成年野象相比，小野象往往会制造更多的麻烦）时，掉在地上的。卡拉·纳格看到小图梅，用鼻子把他卷起来，递给了大图梅，大图梅当即打了他的屁股，然后把他放回木桩顶上。

第二天早上，大图梅训斥儿子说：“连砖砌象舍里的大象都看不好，也拿不动一顶小帐篷，你觉得自己偏偏能捉住大象吗，不中用的小东西？如今那些赚钱还没我多的愚蠢猎手，已经把这件事报告给了彼得森老爷。”小图梅吓得要命。他不太了解白人，不过在他看来，彼得森老爷是这世上最有权势的白人。他是围场里大小事务的负责人——他替印度政府捕获了所有大象，他比这世上任何活人都了解大象的习性。

“会发生什么——什么事呢？”小图梅问道。

“还问发生什么事！会发生最糟糕的事！彼得森老爷是个疯子。不然的话，他为啥要追猎这些野象恶魔啊？他甚至可能要把你变成一名捕象手，在这个充满热病的丛林里到处露宿，直到最后被野象踩死在围场里。还好这些愚蠢的举动的确要结束啦。下个星期，捕象行动就会结束，我们这批打平原上来的，就会被打发回驻地。可是，儿子，我气的是，你居然会插手这些肮脏的阿萨姆丛林居民分内的事。卡拉·纳格除了我之外，谁的话也不会听，所以我逼不得已才骑着他进入围场，可卡拉也只是一头战象，它是不会帮那群人去捆野象的。因此，我也可以像一个看象人那样，自由自在地坐在象背上——我要说，我不仅仅是个猎手——而是一名看象人，是一个在服役结束后，能领到一份养老金的人。难道看大象的图梅家族的人非得踏上围场那肮脏的土地吗？坏小子！捣蛋鬼！不中用的儿子！去给卡拉·纳格冲洗一下，连耳朵都要洗干净，确保它脚上没有扎进一根刺。要不然，彼得森老爷一定会找到你，把你变成一个野象捕手——一个追踪大象足迹的人，一个丛林莽夫。呸！真丢脸！走开！”

小图梅一声不响地走了。不过，等他检查卡拉·纳格的脚底板时，向这头大象吐露了所有的冤屈。“没关系，”小图梅掀起卡拉·纳格巨大右耳的边缘说，“他们已经把我的名字告诉给彼得森老爷，或许——或许——或许——谁知道呢？嘿，这是我拔过的最大一根刺！”

接下来的几天时间里，人们把大象聚在一处，让新捕获的野象在一对驯好的大象中间走过来走过去，以防它们在下到平原的途中制造太多的麻烦，同时估算一下用坏或者遗失在山林中的毯子、绳索和其他物品的数目。

彼得森老爷骑着他那头名叫普德米妮的聪明母象过来了，他已经付清了山里其他帐篷里的人的薪水，因为这个季节已近尾声。有一个土著人职员坐在一棵大树底下，正在给赶象人发薪水。每个领完薪水的人骑回大象背上，加入站立不动等待出发的队伍；捕象手、猎象人、猎象人助手，也就是经年累月留在丛林里的围场常驻人员，会骑在属于彼得森的常备力量的大象背上，或者手里横着枪斜倚在树干上，取笑这些即将离开的赶象人，等到那些新捕获的大象扰乱了队形或者到处乱跑，他们就在边上哈哈大笑。

大图梅朝那个土著人职员走过去，身后跟着小图梅。马楚阿·阿帕，也就是那帮追踪者的头目，压低声音对他的一个朋友说，“走过来的两人中，至少有一块猎象的好材料。让这只‘小公鸡’去平原上‘换毛’，真是可惜了。”

当时的彼得森真可谓浑身是耳，这是一个倾听所有活物中最安静的动物——大象的声音必备的本领。他转动躺在普德米妮背上的身体问道，“你说什么？我不知道这些来自平原的赶象人中间，有哪个具备足够拴住一头象、甚至一头死象的机智呢。”

“他不是一个成年人，是个男孩。在最后一次围猎过程中，他冲进了围场，把掉在地上的绳头扔给了巴冒，当时我们几个人正设法把那头肩膀上有一块黑斑的小象跟它妈妈分开。”

马楚阿·阿帕指着小图梅说，彼得森顺着他指的方向望过去，小图梅一躬到地。

“他能扔绳子？他还没有一根木桩高呢。小家伙，你叫什么名字？”彼得森老爷问道。

小图梅吓得不敢答话，不过卡拉·纳格就跟在身后，大图梅朝着他做了个手势，这头大象便用鼻子卷起小图梅，举到与普德米妮额头平齐的高度，正好在有权有势的彼得森老爷面前。小图梅这时用双手捂住脸，因为他只是个孩子，除了那些跟大象有关的事情之外，他在别的事上和其他孩子一样害羞。

“哦嗬！”彼得森赞叹了一声，暗自笑了一下，“你怎么教了你的大象这一招？难道是等人家把玉米穗放到屋顶晾晒时，让它去帮你偷包着绿叶的苞谷？”

“不是去偷绿苞谷，穷苦人的守护神，而是偷西瓜。”小图梅回答说，周围坐着的一群人立即爆发出一阵大笑。他们中的大部分人，在儿时都教过大象这一招。此时此刻，小图梅悬在八英尺的空中，他真希望自己藏到地面以下八英尺的地方去。

“他叫图梅，我的儿子，老爷。”大图梅代他回答说，“他是一个非常调皮捣蛋的孩子，末了会进监狱的，老爷。”

“对于这一点，我表示怀疑，”彼得森老爷说道，“在这样小的年纪，就敢面对整个围场的人，最终是不会进监狱的。瞧，小家伙，这里有四个安那，拿了买糖去，因为你那一大堆乱蓬蓬的头发下面，长着一颗有天分的小脑瓜。”大图梅的眉头皱得更紧了。“可要记得，围场可不是孩子玩耍的好地方。”彼得森接着说。

“我决不能到围场里面去吗，老爷？”小图梅猛地吸了一大口气，问道。

“是的。”彼得森又笑了一下。“等你看过大象跳舞了，才是合适的时间。等你看过大象跳舞，再来找我吧，到时候我会让你进入所有的围场。”

人群中又是一阵爆笑，因为那是捕象手之间的一个古老的玩笑，其实就是“永远，不能”的意思。山林中隐藏着大片大片干净平坦的地方，人们称这种地方为大象的“跳舞场”。不过，就连这种地方也是偶尔才能遇到，更没有人看到过大象跳舞。当一个赶象人吹嘘他的技巧和勇气时，别的赶象人就会问：“你啥时候看到过大象跳舞啊？”

卡拉·纳格把小图梅放到地上，他又是一躬到地，然后跟着他的爸爸走开了。他把那四安那银币交给妈妈，后者正在照看他那襁褓中的弟弟。等一家人都被举到卡拉·纳格的背上以后，大象队伍咕噜着，嘶鸣着，浩浩荡荡地走下山路，向平原进发。由于新捕获的野象的加入，这真是一支活跃的队伍，他们每一步都要制造麻烦，因此每隔几分钟，都需要哄骗或敲打一番。

大图梅心怀愤恨地用象棒击打着卡拉·纳格，因为他非常生气，可小图梅却开心地说出不话来。彼得森老爷已经注意到他，还给了他钱，因此他的感觉就像一个被总司令叫出队列来称赞的士兵一样。

“彼得森老爷说的大象跳舞是什么意思？”最终，他小声询问妈妈。

大图梅听到了他的问话，生气地咕哝道，“意思就是，你永远也成为不了一个山里头捕水牛的家伙。那就是他的用意。喂，你们那些走在前面的人，是什么挡了路？”

一个阿萨姆赶象人和两三头大象走在前面，他生气地回过头来吵嚷着：“让卡拉·纳格过来，把我手下这头小象撞得行为规矩起来。也不知道彼得森老爷为啥选中我来跟着你们这群来自稻田里的笨蛋？！让你的畜生横靠过来，图梅，让它用象牙刺这头小象。凭着山里的所有神灵发誓，我敢说这些新大象都发了疯，要不然他们就是闻到了丛林里同伴的气味。”卡拉·纳格撞到那头新大象的肋骨处，打消了它的气焰，与此同时，大图梅说道，“上次捕象行动中，我们已经将这一带山里的野象一网打尽。怪只怪你赶象时粗心大意。难道非得让我给整支队伍维持秩序吗？”

“听他说的！”另一位赶象人说道，“居然说我们已经把山里的野象一网打尽啦！哈！哈！就你聪明，你这个平原人！任何人，只要脑子里没进泥浆，即便从没见过丛林，也知道这个季节的围捕活动结束了。因此所有的野象今天晚上会——我为啥要浪费时间给这个‘河里的海龟’说这些话呢？”

“它们会怎么做？”小图梅大声问道。

“噢，小家伙，你也在吗？好吧，那我就告诉你，因为你有个冷静的头脑。它们会跳舞，应该告诉你爸爸，给他的拴象木桩加上双倍的锁链，他还以为把山里的野象给一网打尽了呐！”

“这说的是什么话？”大图梅回应道，“四十多年来，我们父子两代人一直照看着大象，就从来没听说过这种大象跳舞的蠢话。”

“有句话真对；一个住在棚屋里的平原人只知道他棚屋的四壁。好吧，那就解开你的大象的锁链，看看今天夜里会发生啥事。至于说到大象跳舞，我曾见过一个地方，那里——哎呀呀！这条底杭河[①]到底有多少道弯啊？这里又是一处浅滩，我们必须让小象游过去。你们后面的人，站着别出声！”

就这样，他们交谈着、争辩着，溅着水花过了河，他们第一段行军路到达了一处算作接收新大象营地的地方。然而，在到达那里之前，他们早就大为光火。

接着，人们把大象的后腿拴在巨大的拴象桩上，给那些新大象额外加缚了绳索，又给他们面前添上成堆的草料，然后，山里来的赶象人，趁着午后的日光，返回到彼得森老爷驻地去了。走之前，他们还嘱咐平原来的赶象人，当天夜里一定要加倍小心，可当平原赶象人问他们原因时，他们却嘲笑这些平原人。

小图梅照看着卡拉·纳格吃过晚餐，等夜幕降临以后，他在营地里漫步，想找到一面手鼓，心中溢满难以言喻的快乐。当一个印度男孩内心充满喜乐时，他不会以不合礼仪的方式四处乱跑乱跳、大声欢呼。他会独自坐下来感受这种狂喜。小图梅居然跟彼得森老爷讲过话啦！要不是他最终找到了他想要的东西，我相信，他会因此害病的。不过，营地里卖糖果的人借给他一面小手鼓——一种用手掌面拍击的鼓。于是他在卡拉·纳格面前盘膝而坐，此时星星刚刚出来，他将手鼓搁在大腿上，敲呀，敲呀，敲呀，他心里想的自身所受的巨大荣耀越多，他就独自坐在大象的草料堆前敲得越起劲。没有曲调，也没有歌词，而这种击鼓使他感到幸福。

---

① 底杭河（Dihang River），这条河发源于我国喜马拉雅山麓，在我国境内称“雅鲁藏布江”，进入印度阿鲁纳恰尔邦后称“底杭河”，随后流入阿萨姆邦与其他两条河汇流后，始称“布拉马普特拉河”。

那些新大象拉扯着拴他们的绳索，时不时地鸣叫几声。他能听到营地棚屋里的妈妈为了哄小弟弟睡觉，哼着一支歌颂大神湿婆[①]的很老、很老的歌谣；湿婆神曾经指点所有的野兽，告诉他们应该吃什么。这是一首非常舒缓的催眠曲，开头几句是这样唱的：

湿婆，源源不断地送来丰收的果实，还送来风，
很久以前的一天，大神坐在门口，
分给每人一份食物、辛劳和命运，
上至王座上的君主，下至门边的乞丐。
万物造就了他——湿婆，保护神。
大神啊！大神！他创造了万物——
驼峰分给了骆驼，草料分给了母牛，
妈妈的心分给了熟睡的人儿，噢，我的小儿子！

小图梅也加入进来，在每句歌词的结尾都敲击一下，直到后来他感到困倦，舒展身体躺在卡拉·纳格的草料堆一侧。最终，大象们按照他们的习惯，一个接一个地卧倒了，只有这排大象最右边的卡拉·纳格仍旧站在当地。他把身子左右摇晃着，支棱起耳朵倾听夜风缓缓掠过群山的声音。空气中充满了入夜的噪音，交杂在一起，混成了某种广袤的静寂——一棵竹子碰触另一棵竹子的声音，地底下某个活物弄出的沙沙声，半睡的鸟儿的抓擦声、叽喳声（鸟儿们在夜里，比我们想象中的要多惊醒许多次），以及非常远的地方的落水声。小图梅睡了一会儿，等他醒来时，月光十分皎洁，而卡拉·纳格仍旧站立着，也仍旧竖着耳

① 湿婆（Shiv），Shiv 一般写为“Siva”，湿婆是印度教三大主神之一，其他两位主神是梵天和毗湿奴，湿婆是毁灭之神，也是重建之神，前身是印度河文明时代的生殖之神“兽主”，以及吠陀时代的风暴之神“楼陀罗”。

朵。小图梅翻了个身，弄得草料发出了瑟瑟声，他瞧着在天空中另一半星星的映衬下卡拉·纳格那曲线优美的巨大后背。看的同时，他听到了极远处传来的声音，那不再是极微小的噪音，而是一头野象的嘶鸣，刺破了夜的沉寂。

队伍里的所有大象都惊跳起来，仿佛自己被击中一般。群象的哼哼声终于惊醒了睡梦中的看象人，众人纷纷出来，用大槌棒钉牢拴象的木桩，拉紧这条绳索，在另一条上面再打个结，直到一些大象又归于平静。有头新大象几乎拔出了拴住他的木桩，大图梅取下卡拉·纳格腿上的铁链，把那头新大象的前腿和后腿绑在了一起，只用一根细草绳系住了卡拉·纳格的腿，并告诉他，让他记得自己被拴得结结实实。大图梅知道，自己、自己的父亲和祖父，以前曾几百次地做过这同一件事。卡拉·纳格没有像以往那样，哼哼着回应命令。他站立不动，注视着前面的月亮地，他的头微微上扬，耳朵像两把扇子那样撑开，倾听着伽罗山巨大的山峦中间发出的声音。

"它夜里要是动个不停，你要看住它。"大图梅对小图梅说完，返回棚屋睡觉去了。小图梅刚要睡着，忽然听到细微的"砰"的一声，捆住卡拉·纳格的椰子纤维绳被咬断了，他像一朵飘出山口的云一般，悄悄地、缓慢地离开了拴象桩。小图梅赤着脚，迈着轻快的步伐，顺着月光下的大路追了过去，同时压低嗓音叫道："卡拉·纳格！卡拉·纳格！请带上我，噢，亲爱的卡拉·纳格！"大象转过身，一声不响地走回三大步，来到月亮地里的男孩面前，放下鼻子，把男孩卷起来放到脖子上，还没等男孩用膝头夹住象背，他就隐没在树林中。

大象队伍中传来一阵激烈的嘶吼声，随即静寂湮没了一切，于是卡拉·纳格再次跑动起来。时而有一丛高草拂过他的两肋，就像海浪轻抚船帮一般；不时有一束野胡椒藤刮到他的后背，或者肩膀碰到竹子发出了"咯吱"声。但是在这些响声的间隙，他绝对是毫无声息地跑动着，像一缕轻烟一般，飘过伽罗山中的密林。大象开始爬坡了，尽管小图梅透过树叶的缝隙可以看到星星，但是他无法辨别出他们正朝着哪个方向走。

然后，卡拉·纳格来到这段坡路的顶端，停了片刻。小图梅能够看到月光下那斑驳、浓密的树顶，绵延数英里，山谷的小河中升起了淡蓝色的薄雾。小图梅向前倾着身子，定睛观看，他感到下方的树林正在醒来——苏醒了，活跃了，充斥着响声。一只巨型吃水果的蝙蝠擦着他的耳畔飞过；一只豪猪钻进灌木丛，刚毛蹭出了沙沙声；他听到，在树干间的暗影里，一只公野猪[①]卖力地拱着湿热的泥土，一边拱还一边嗅着。

接着，树枝又淹没了小图梅的头，因为卡拉·纳格开始朝下方的山谷进发——这一次，他不再悄无声息，而是像一个逃命的猎手一样奔下陡峭的滑坡——一冲到底。巨大的象腿像有规则的活塞一般，每一步都跨出八英尺，前腿膝头起皱的皮肤，也跟着发出瑟瑟声。他两侧的低矮灌木响着撕裂帆布般的声音被分开了，被他的双肩用力压向左右两侧的小树苗，又反弹回来，抽打着他的腰窝，当他左右摇摆着头开辟道路时，大团大团的蔓生植物全都纠缠到一起，从他的象牙上垂落下来。与此同时，小图梅紧紧地趴在大象那粗大的脖子上，惟恐那根摆过来的大树枝会把他扫落在地，他真希望自己还留在身后的象队中间。

草地开始变得又湿又软，卡拉·纳格的脚一踩便陷下去，发出“扑哧、扑哧”的响声，入夜谷底的薄雾让小图梅感受到了寒意。随着踩水声的响起，面前出现了一股奔流的小溪，卡拉·纳格沿着河床行走，每一步都摸索着前进。除了旋转着流过象腿的水发出的声音之外，小图梅听到了更多水花溅起的声音，也听到了河道上下一些嘶鸣声——巨大的

---

① 公野猪（hog-boar），在作者的原稿中，这个词是“hog-bear”，不过印度本地没有这种动物，在后来的一些英文版中，这个词就改成了“hog-boar”，即“公野猪”的意思。

咕哝声，以及愤怒的鼻息声，他周围的薄雾中似乎充满了涌动、摇摆的身影。

“哎！”小图梅将声音提高了一些，不过牙齿仍在打颤，“今夜，象民们全体出动了。接下来，就该跳舞啦！”

卡拉·纳格喷出了一股水柱，将鼻子冲洗干净，接着又开始爬坡。这回他可不是独自一“象”，他也不用开路了。道路已经开辟好，六英尺宽，就在他的面前，两侧俯身过来的丛林杂草，想要再次覆盖并永久占据这条路。几分钟以前，肯定有许多大象走过这条路。小图梅回头观看，身后一头巨大的野象，瞪着像小猪一般闪着炭火似的双眼，正从薄雾弥漫的河床走上来。此时，树木又将他们遮住，他们继续攀登，不时传来嘶鸣和撞击声，以及两旁树枝折断的声音。

终于，卡拉·纳格在一座山顶上的两棵有着三叉树干的树之间站住不动了。它们是长成一圈的树木中的两棵，这些树围住了一个不甚规则的圆形空地，方圆三四英亩①。在小图梅目力所及的范围内，空地被踩踏得像砖地一样坚硬。空地中央也长着一些树，不过它们的树皮都被磨掉了，露出的底层白色树干都被磨光了，在斑驳的月色中闪着光泽。顶部的树枝垂下来一些攀缘植物，藤蔓上的像牵牛花一样的巨大蜡白色花朵，都垂下头睡熟了。然而，在空地的界内，没有一根草叶——什么都没有，只有踏硬的泥土。

在月光的映射下，地面一片铁灰，只是几头大象站立的地方显出了他们黑漆漆的影子。小图梅屏住呼吸定睛观瞧，看的眼珠子都快蹦出来了。就在他看来看去的当儿，更多、更多、更多的大象从那圈树之间大摇大摆地走进这片空地。小图梅只能数到十，他一次又一次地掰着手指头数着，直到后来，他忘记数到第几个十了，自己也开始头晕眼花起来。在空地之外，他可以听见矮树丛里的撞击声，那是大象们正赶上山

---

① 1英亩≈4046.86平方米。

来；可是他们刚一走进树干围成的圈子里面，动作就轻得像幽灵一般。

长着白色象牙的公野象，脖子和耳朵上的褶皱处落满了树叶、坚果和小嫩枝；而那些态度傲慢的肥胖母象，身前走着仅有三四英尺高、肤色黑中透粉、动个不停的小象；年轻的大象才刚开始长牙，可一个个洋洋自得；瘦得皮包骨头的老母象，面带低沉、忧郁的表情，象牙好似患了“粗皮病”一般；冷酷无情的老公象，从肩头到腰窝全都布满了以往战斗留下的巨大疤痕，他们独自享受泥浆浴时黏上的一片片干泥，纷纷从肩头落下；象群里有头大象断了一根牙，身上布满了全力奋战时留下的疤痕，两侧还留着被虎爪抓伤的可怕爪印。

他们不是头对头地站着，就是两两在空地上来回走动，再有就是独自在场地中摇摆起来——场地里有几十乃至上百头的野象。

小图梅明白，只要自己趴在卡拉·纳格的脖子上不动，就不会有意外发生，因为即使在围场那种驱散野象的混乱冲突中，一头野象也别想用牙齿够到一头驯服的大象背上的人，并把他拉下来。何况在这个夜晚，野象们根本不会想到人类。有一次他们听到树林里想起拴象腿铁链的叮当声，都惊得竖起了耳朵，不过那只是普德米妮，也就是彼得森老爷宠爱的那头母象，她拖着挣断的锁链，咕噜咕噜地喷着鼻音上山来了。她一定是挣断锁链，从彼得森老爷的营地直接跑来的；小图梅还看到另一头大象，后背和前胸都有绳索深深的磨痕，他并不认识这头大象。这头象也一定是从山里那座营地里跑过来的。

终于，山林里再也听不到任何大象跑动的声音，卡拉·纳格才离开了他站立的两棵树之间，加入到象群之中，“咯咯咯，咕咕咕”，所有的大象开始走来串去地用他们自己的语言交流。

小图梅依旧趴在卡拉·纳格背上，俯身看着数十个宽阔的象背，以及更多摆动的耳朵，撩起的象牙，转动的小眼睛。他听到他们不经意间象牙碰撞到一起的“咔哒”声，两条象鼻缠到一处时，发出的干涩的“沙沙”声，象群中无数象身摩擦的声音，以及尾巴不断拂来扫去的“瑟瑟”声。此时，一片云遮住了月亮，黑暗中，小图梅静静地坐着。但是象群从容而稳定的推挤声、咕咕声照样持续着。小图梅知道卡拉·纳格周围全都是大象，自己根本没机会骑着大象离开这个集会；于是他咬紧牙关，哆哆嗦嗦地趴在象背上。要是在围场里，至少还有火把光和人们的叫喊声，可在这里，他只好独自一人猫在暗影里，有一次，还有一条象鼻碰到了他的膝盖。

接着，一头大象嘶鸣起来，此后的五到十分钟，他们全体嘶吼起来，真够可怕的。树上的露珠像下雨一样噼里啪啦地落在看不见的象背上。一种沉闷的隆隆声响起，起初声音并不大，小图梅也辨不清那是什么声音。然而那声音越来越大，卡拉·纳格抬起一条前腿，接着又抬起另一条，然后猛地落地——一二,一二，像夹板落锤一样稳定而有规则。原来大象们正在一起跺脚，听起来犹如一个洞口传出的隆隆战鼓声。露珠仍旧纷纷落下来，直到树上再也没有露珠可落，隆隆的踏步声还在持续，真可谓地动山摇。不想听到这么大的声音，小图梅用双手捂住了耳朵。可是同样巨大的震动传遍了全身——那是数百只笨重的象足跺在硬土地上的动静。偶尔，他可以感觉到卡拉·纳格和全体大象前冲了几大步，这种巨大的隆隆声会变成多汁的绿色植株被碰断、碾碎的声音，不过一两分钟之后，象足跺在地上的隆隆声又起。他附近的一棵树发出“吱嘎、吱嘎”的响声。他伸出手想摸到树皮，不过卡拉·纳格又开始向前移动，依然跺着脚，因此小图梅也分不清自己位于空地的哪个方位。象群本身并不出声，除了一次，有两到三头小象一起尖声叫起来。随即又听到踏步声和移动声，隆隆声继续下去。这种状况持续了足有两个钟头，小图梅的每根神经都感到了疼痛，不过他可以从夜晚的空气中嗅出，黎明即将到来。

清晨在翠绿山峦背后的一抹淡黄中到来，隆隆声在第一缕阳光洒落时停止，仿佛这缕光线就是命令。在小图梅头里的嗡嗡声停止之前，甚至在他变换姿势之前，除去卡拉·纳格、普德米妮，以及那身上带有绳索伤痕的大象，再也看不到其他的大象，下面的山坡上既没有野象离去的任何迹象，也没有沙沙声或低语声。

小图梅看了又看。根据他的记忆，空地的范围在夜里扩大了。空地中间有了更多的树，空地边上的矮树丛和杂草进一步向后退去。小图梅现在明白了顿足踏步的意义。原来大象们想踩踏出更大的地盘——已经把浓密的杂草和多汁的植株踩断，又把断枝踩成细条，再把细条踏成微小的纤维，最后把纤维踩进土里。

“呵啊！”小图梅打了一个哈欠，感到眼皮非常沉重。“卡拉·纳格，我的神，让我们跟普德米妮一起去彼得森老爷的营地吧，否则我困得都要从你脖子上掉下来啦。”

第三头大象目送这两头大象离开，然后喷着鼻息，转过身，自顾走了。他可能属于离这五六十或者上百英里的某个小土邦的王公军队。

两个小时以后，彼得森老爷正在吃早餐，他那群夜里加了双倍锁链的大象开始嘶鸣起来，浑身泥污的普德米妮带着脚伤严重的卡拉·纳格，步履蹒跚地走进了营地。小图梅的脸色苍白而萎靡，头发被露水打湿了，还布满了树叶，不过他还是挣扎着向彼得森行了礼，虚弱地喊道：“舞蹈——大象的舞蹈！我看到了，而且——我要死啦！”等卡拉·纳格卧倒时，他从象脖子上滑落，晕了过去。

然而，因为土著孩子没有什么值得说道的神经问题，所以还没过两个钟头，他就非常惬意地躺在彼得森老爷的吊床上，头下枕着彼得森老爷的狩猎外套，已经有一杯热牛奶，少许白兰地和奎宁下肚了。与此同时，那些死里逃生、浑身布满伤痕的丛林老猎手们，在他前面坐成三排，像仰视一个神灵那样看着他，他则像一个小孩那样，用短句讲着他的故事，末了他说道：

“听着，要是我说了一句谎话，就派人去瞧瞧，他们会发现象群在它们跳舞的地方踩出了更多的空地，他们还会发现在通往跳舞场的路上，有十加十、十的好多倍那么多的大象足迹。它们用脚踏出了更多的地盘。我看到了。卡拉·纳格驮着我，我看到了。卡拉·纳格的脚也累得不轻！”

小图梅又躺在吊床上，漫长的下午他始终睡着，直到黄昏。趁他熟睡的时候，彼得森老爷和马楚阿·阿帕沿着两头大象的踪迹，翻山越岭一直走了十五英里。在围捕大象这项事业上，彼得森老爷已经工作了八个年头，在此之前，他仅有一次发现过这种跳舞场地。马楚阿·阿帕无需再看一眼这个空地上到底发生了什么，也无需用脚尖去蹭压实、压紧的土地。

“那孩子说的是实话，”他说道，“这一切都是昨天夜里完成的，我数了数，有七十个大象的足迹淌过了那条河。您瞧，老爷，普德米妮脚上的锁链还划开了那边那棵树的树皮！没错，它当时也在场。”

他俩对视了一下，又反反复复地在这里查看了好多遍，都感到非常惊奇。因为大象的习俗不是人（无论黑人还是白人）的智慧能够理解的。

“四十五年来，”马楚阿·阿帕说道，“我一直跟随着我的神——那头大象，但是我从来没有听说过任何人家的孩子看到过那个孩子见过的场面。凭着所有的山神起誓，那是——我们又能说什么呢？”说着，他摇了摇头。

等他俩返回营地时，已经是吃晚饭的时间。彼得森老爷独自在自己的帐篷里用餐，不过他已经吩咐下去，营地里的人可以杀两只绵羊和一些家禽，同时配发了双倍的面粉、大米和盐，因为他知道，这里将会举办一场盛宴。

大图梅心急火燎地从平原的营地赶上山来，原本是寻找他的儿子和他的大象，可如今找到他们之后，他看他俩的样子，好像害怕他们似的。人们在一排排拴好的大象前面的篝火旁边，举行了一场盛宴，小图梅成了所有人的英雄，那些通晓所有驯服野象秘密的男人，挨个从他面前走过，用一个从刚杀的公原鸡胸膛里取出的血在他的额头抹上印记，表明他成了一个丛林人，可以正式进入丛林，并可以自由出入所有丛林。

终于，篝火熄灭了，余下的木炭发出的红光，映得所有的大象仿佛浸泡在血中。马楚阿·阿帕，所有围场捕象人的头领——马楚阿·阿帕，可谓另一个彼得森老爷，他四十多年来，从没见过填过土的大路；马楚阿·阿帕，如此伟大的人，除了马楚阿·阿帕之外，没有别的名字——跳起身来，把小图梅高高地举过头顶，大声喊道："听着，我的弟兄们。听着，你们站成几排的我的众神们，因为我，马楚阿·阿帕，正在讲话！你们不要再称呼这个小家伙为小图梅，而是要称他为'大象们的图梅'，此前人们也这样称呼过他的曾祖父。在一个漫长的夜里，他看到了所有人从没见过的场面，他拥有象民和丛林众神的宠爱。他将成为一位伟大的追踪者。他会成为比我，甚至比我马楚阿·阿帕更伟大的人！他将用他明亮的眼睛，追踪着新踪迹，旧踪迹，以及新旧混合的踪迹！他在围场里跑到野象肚子底下，用绳索捆住象牙时会毫发无损；如果他滑倒在攻击大象的脚下，那头公象会认出他，不会踩伤他。哎嗨！我的那些戴着锁链的众神啊，"——他围着一排拴好的大象绕了一圈——"这是那个看过你们在秘密地点跳舞的小家伙——那种景象从来没人看过！赐予他荣耀，我的众神！像他行礼，我的孩子们。向'大象们的图梅'致敬！甘加·帕夏德，啊哈！希拉·古伊，博奇·古伊，库塔·古伊，啊哈！[①]普德米妮——你已经在舞会上见过他了，还有你，卡拉·纳格，我的象群里的珍珠！——啊哈！一起来！都朝向'大象们的图梅'。行礼！"

随着最后一声大喊，整排大象全部扬起鼻子，直到鼻尖触到了额头，鸣放出最大声的礼炮——放开嗓门的嘹亮嘶鸣声，只有印度总督[②]

---

① 大象名字中的"甘加（Gunga）"，也是"恒河"的意思，古伊（Guj），有"短剑、匕首"的意思。

② 印度总督，英国在印度的殖民政府的最高首脑。

才能听到的——围场的皇家礼炮[①]。

然而这一切都是为小图梅举行的，因为他见过了此前所有人没见过的场面——大象们的夜场舞会，而且是独自一人在伽罗群山的中心看到的！

湿婆和蚱蜢

（图梅的妈妈哄婴儿时唱的歌）

湿婆，源源不断地送来丰收的果实，还送来风，
很久以前的一天，大神坐在门口，
分给每人一份食物、辛劳和命运，
上至王座上的君主，下至门边的乞丐。
万物造就了他——湿婆，保护神。
大神啊！大神！他创造了万物——
驼峰分给了骆驼，草料分给了母牛，
妈妈的心分给了熟睡的人儿，噢，我的小儿子！
他把小麦分给富人，谷子分给穷人，
残破的经文分给挨家挨户乞讨的圣人；
把搏斗分给老虎，腐肉分给鸢鹰，
碎肉和骨头分给倾巢而出的恶狼。
他没有高看哪个，也没有轻视哪个——
雪山女神就在他身边，望着众生来了又走；
想要愚弄她的丈夫，把湿婆变成笑柄——
偷走小蚱蜢，把它藏到自己的胸前。
就这样，她欺骗了他，保护神湿婆。

① 皇家礼炮（Salaamut），“Salaamut”即“rayal salute（皇家礼炮）”的意思。

大神啊！大神！转头看看。
高的是骆驼，重的是母牛，
可这个是所有小动物中最小的，噢，我亲爱的小儿子！

当所有的施舍品发完，她笑着说，
“百万张嘴的主宰，还有一个没有分到食物吧?”
哈哈一笑，湿婆答道，“万物皆拥有了他们的那份，
甚至是它，藏在你胸衣下面的小东西。”
她把它从胸前拿出来，盗贼雪山女神，
看到这个所有小动物中最小的一个，正在啮噬一片新长出的叶子！
看后敬畏而惊奇，开始向湿婆祈祷，
他的确把食物分给了所有活物。
万物造就了他——湿婆，保护神。
大神啊！大神！他创造了万物——
驼峰分给了骆驼，草料分给了母牛，
妈妈的心分给了熟睡的人儿，噢，我的小儿子！

第七章

女王陛下的仆人们

你可以用分数或简单的比例运算法算出结果，

但是“对头嘟”和“对头嘀”的算法却不同。[①]

你可以捻它，你可以转它，你可以把它编起来，直到你作罢，

但是彼利·温基和温奇·波普的办法可不一样！

大雨整整下了一个月——下在一处名叫拉瓦尔品第[②]的地方的兵营里，有三万人，数千头骆驼、大象、马、牛、骡子都聚集在这里，等着印度总督检阅。总督正在接待到访的阿富汗埃米尔[③]——一个野蛮国家的野蛮君主。这位埃米尔随身带着八百人的护卫队和众多马匹，这些人在一生中，从来没有见过兵营，也没见过火车头——一些来自中亚某个偏僻地区的野蛮的人和凶猛的马。每天夜里，这群马中的一些“暴徒”，肯定会挣断后脚上的绳索，在黑暗中，惊慌失措地在营地的泥泞中来来

---

① 对头嘟（Tweedle-dum）、对头嘀（Tweedle-dee），这是英国作家刘易斯·卡罗尔（1832—1898）在他的经典童书《爱丽丝穿镜奇幻记》中创造的两个爱作对的人物，代表了镜中的彼此。这两个英文单词最早出现在英国诗人约翰·拜罗姆（1692—1763）的一首讽刺诗中，这首诗用来讽刺英籍德国作曲家亨德尔与意大利作曲家博农奇尼的一场著名的乐坛论战，这两个词的本义是指风琴中的“嘟”音和“嘀”音，在词典中引申为讽刺性成语“半斤八两”。

② 拉瓦尔品第（Rawal Pindi），常写作“Rawalpindi”，英国殖民时期在印度北方的一个军事驻地，现在位于巴基斯坦境内。

③ 埃米尔（Amir），穆斯林国家的君主、亲王或酋长。

回回地奔跑；要不就是那些骆驼会挣脱绳索四处乱窜，绊倒在固定帐篷的绳索上。你可以想象这种情形对于想要睡觉的人来说，该有多么“惬意”了。我的帐篷距离骆驼队很远，因此我认为它很安全。但是有天夜里，一个人的头猛然伸进我的帐篷，大叫着，“出来，要快！它们过来啦！我的帐篷已经毁啦！”

我明白“它们”指的是什么，于是我穿上雨衣和靴子，赶忙跑到帐篷外的烂泥里。“小雌狐”，我的那条猎狐犬，从另一侧逃了出来。紧接着，随着一阵咆哮声、咕哝声和喧闹声，我看见帐篷塌了，支帐篷的杆子断了，帐篷开始像一个疯狂的幽灵一样来回摆动。一头骆驼慌里慌张地撞进帐篷，尽管我浑身湿漉漉，还异常气愤，可我还是忍不住大笑起来。随后我接着跑，因为我不知道有多少头骆驼挣脱了缰绳，很快，我便看不见营地，在泥泞中费力前行。

最终，我被一门大炮的尾端给绊倒了，经这么一下，我知道自己已经离夜里安放大炮的炮兵前沿阵地不远了。因为我不想再在黑暗中冒着毛毛细雨费力乱跑，所以把雨衣盖在炮口上，用我找到的两三根推弹杆搭成一个简易小棚，挨着另一门大炮的尾部躺下来，思索着不知“小雌狐”去哪儿了，也想弄清楚我身处何地。

我刚要睡着时，忽然听到马具的叮当声和一阵吭吭声，一匹骡子经过我身边，还抖了抖湿漉漉的耳朵。他属于一个山炮[①]炮兵连，因为我能听到他的鞍褥上那些带子、环扣、锁链等物件的叮当声。这种山炮是一种小型炮，由两部分组成，使用时把两部分旋在一起。人们可以把这种炮运送上山，运到骡子能找到路的任何地方，因此这种炮非常适合山区作战使用。

---

① 山炮（screw-gun），这里指英国皇家海军陆战队轻步兵 2.5 英寸口径山炮，是一种前膛装填式山炮，19 世纪晚期开始制造，主要装备于印度殖民地的军队中。

骡子身后是一头骆驼，他那四只软塌塌的大脚踩进稀泥里，发出“扑哧、扑哧”的声音，脖子像一只离群母鸡那样左右摆动。我很是懂得一些动物语言——不是野生动物的语言，而是营地动物的语言，当然了——我是从土著人那儿了解到他的表达方式。

他一定就是笨手笨脚地撞入我的帐篷里的那头骆驼，因为他大声对骡子说，“我该怎么办呀？我能到哪里去呢？方才我跟一个晃来晃去的白色东西干了一架，它抄起一根棍子打在我的脖子上。”（那是我帐篷折断的支柱，听到这里我很开心。）“我们还接着跑吗？”

“噢，原来是你，”骡子回应道，“大闹营地的是你和你的那帮朋友啊？好啊。为此，你们明天早上会挨打的。不过，我现在最好先揍你几下。”

我听到马具的叮当声，骡子回过身来，在骆驼的肋骨处踢了两脚，响声好似擂鼓。“下一次，”他说，“你应该能懂得些道理，不会在夜里大叫着‘有盗贼，着火啦’什么的，穿过一个骡子的炮兵营啦。坐下，让你那个愚蠢的脖子安静下来！”

骆驼依照他们惯用的方式，屈腿跪下来，样子活像一把二折尺，然后坐在那里抽泣起来。黑暗中，传来一阵有规则的蹄声，一匹高大的骑兵马像游行一般慢跑着过来，跳过一门炮的尾端，落在骡子附近。

“真可耻，”他喷着鼻息开口道，“那些骆驼又一次搅乱了我们的队伍——已经是这周的第三次了。不让一匹战马好好睡觉，怎么能保持良好的状态。谁在那里？”

“我是第一山炮连二号炮的炮尾骡子，”那匹骡子答道，“另一个是你的朋友。他也把我给吵醒了。你是谁？”

“我是第九骑兵团英军骑兵连第十五号——迪克·坎利夫的马。喂，站过去一点。”

“唔，请原谅，”骡子说道，“天色太暗了，看不清楚。不管怎样，难道这些骆驼不是太招人烦了吗？我从队伍里溜达出来，到这里躲会儿清静。”

“我的两位老爷，”骆驼低声下气地说道，“夜里我们净做噩梦，我们都害怕极了。我只是第三十九土著步兵团的一头驮辎重的骆驼，我可不像你们那么勇敢，我的二位老爷。”

“那么，你为啥不好好待着，替第三十九土著步兵团运送辎重，而是满营地里乱跑呢？”骡子质问道。

“那真是因为一些可怕的梦，”骆驼说，“我很抱歉。快听！那是什么声音？我们还接着跑吗？”

“坐下，”骡子命令道，“不然你那长棍子一样的腿会在这些大炮之间绊折的。”他竖起一只耳朵听了听。“阉牛！”他说，“是阉牛。我敢保证，你和你的那些朋友们把兵营里的所有家伙都给吵醒啦。想要再让阉牛睡下，可得费一大把子力气。”

我听到一根锁链拖在地上的声音，两头套在一副轭上的怒气冲冲的白色阉牛走了过来。当大象无法太靠近炮火时，部队用阉牛来拉重型攻城炮。另一匹山炮连的骡子差一点踩到地上的锁链，狂乱地大喊着“比利”。

“那是我们连的一个新兵，”这匹老资格的骡子对那匹骑兵团的马说道，“他喊的是我的名字。这里呢，年轻人，别再号叫啦。黑暗从来也不会伤害谁！”

两头大炮连阉牛并排趴下来，开始反刍，但是那匹年轻的骡子还是蜷缩到了比利身旁。

“那些东西！”他说，“真可怕，真恐怖，比利！在我们熟睡时，他们闯入了我们的队伍。你想他们会杀死我们吗？”

“我真想重重地踢你一脚，”比利说，“你这匹受过训练、身高十四掌[①]骡子的蠢念头，在这位绅士面前丢尽了我们山炮连的脸！”

---

① 掌（hand），长度单位，相当于 4 英寸（10.2 厘米），通常用于测量马的高度。

“和善些，和善些！”那匹骑兵马说道，“要记得，他们一开头总会这样。我头一次看到一个人（那是在澳大利亚，当时我只有三岁），吓得跑了半日，要是我当时看到的是一头骆驼，估计我一直得跑到现在。”

我们英国骑兵部队里的所有战马，几乎都是从澳大利亚运到印度来的，也都是由骑兵们亲自驯服的。

“这话真不假。”比利说，“别再发抖啦，年轻人。他们头一次把带锁链的全套马具放在我背上时，我掀起后腿，把它们全都踢飞啦。当时我还没学会真正的踢腿技巧，不过整个山炮连里的骡子都说，他们从没见过那种踢法。”

“但是，那叮当声既不是马具的，也不是别的什么东西的，”那匹年轻的骡子说，“你也知道，我不介意那些东西，比利。可那些东西就像大树一样，突然就横七竖八地倒进我们队伍里来了；我头上的缰绳断了，我没法找到赶我的人，而且我也找不到你了，比利，于是我就跟着——跟着这两位绅士跑来了。”

“哼！”比利说，“我一听到那群骆驼挣脱了，我就自顾自跑掉了。当一个炮兵连的——一个山炮连的骡子，管大炮连的阉牛叫‘绅士’，那他肯定是吓坏啦。你说你刚才到底跟着谁来着？”

两头反刍的大炮连阉牛一起回应道：“我们是大炮连第一门大炮第七轭的阉牛。我们睡得正酣，那群骆驼就来了，不过就在要踩到我们的时候，我们起身跑开了。安静地趴在泥泞里，也好过躺在舒适的草甸上被打扰。我们把这个地方告诉了你的朋友，还说到这里就什么都不用怕了，可是他知道的太多，所以想法和我们不同。唉！”

两头牛接着反刍。

“那是害怕的结果，”比利说，“你被那两头大炮连的阉牛给嘲笑了。我希望你很受用，年轻人。”

年轻骡子的牙齿咬得“咯吱咯吱”响，我听到他嘀咕了几句，好像是说不会怕这世上任何一只老肥阉牛这类的话。但是那两头阉牛只是彼此碰了碰牛角，继续反刍。

“嗨，不要因为你的害怕而生气。那是最怯懦的一种行为啦。”骑兵马说道，“我认为，任何人在夜里看到不了解的东西而害怕，都该得到谅解。我们四百五十四马曾一次又一次地挣脱我们的拴马桩，只因为一个新兵蛋子给我们讲了他远在澳大利亚家乡的鞭蛇的故事，弄得我们对缰绳那耷拉在地上的绳子头都怕得要命。”

“那在兵营里倒也不算啥，”比利说，“我在一两天不出兵的情况下，可不会为了消遣之类的事情，就让自己惊跑了。要是发生在实战中，你该怎么办？”

“噢，那就是另外一回事啦，”那匹骑兵马说，“那时候，迪克·坎利夫骑在我背上，不断用双膝驱策我，我所能做的，就是留神该把前脚踩到哪里，才能确保我的后腿有很好的踩踏位置，还要听从缰绳的指挥。”

“啥叫听从缰绳的指挥啊？”那匹年轻骡子问道。

“凭着起跑处的蓝桉[①]木支撑板起誓，”骑兵马喷着鼻息说，“难道你的意思是说，人们没有教你在工作中，要听从缰绳的指挥？当你脖子上的缰绳拉紧，除了立刻转身，你还能干别的什么呢？对你的骑手来说，这是生死攸关的事，当然对你也一样。只要感到脖子上的缰绳收紧，就得刻不容缓地利用你的后腿立即转身。如果没有空间让你突然掉转方向，那么你就把前身抬起来一些，让后腿在原地转过来。那就是听从缰绳的指挥。”

“人们没那样教过我们，”骡子比利语气生硬地说，“只让我们服从带领我们的人指挥：他让前进，我们就前进，他让后退，我们就后退。我猜不管怎样教，结果都一样。那么，所有这些漂亮的奇妙动作和跳

---

① 蓝桉（Blue Gum），一种生长在澳大利亚的高大树木。

跃，必定会对你的附关节[①]造成损害，那时你该怎么办？”

“那要视情况而定。”骑兵马说道，“一般而言，我只得冲进一大群高声叫喊、手持大刀——闪闪寒光的长刀，比给我们钉马掌的人的刀还要可怕——的凶猛的人中间，我还得小心留意着，让骑手迪克的靴子刚好碰到另一个战友的靴子，但不要挤压到那人的靴子。要是我能看到迪克的长矛在我右眼的右侧，我就知道我很安全。当我和迪克快速冲锋陷阵时，我可不愿意当那个鲁莽地抵挡我们的人或马。”

“那些长刀不会伤到你吗？”那匹年轻骡子询问。

“不瞒您说，有一次长刀在我前胸横切了一道，但那不是迪克的错——”

“要是受伤，我应该很在意是谁犯的错！”年轻骡子插嘴说。

“你理应那样，”骑兵马说，“要是你不信任你的骑手，你还可以立即逃跑。我们中间的一些马就曾那样做过，我也不是要责备他们。像我刚刚说过的那样，那次并不是迪克的错。当时那人躺在地上，我伸展肢体避免踩到他，可他却猛地向上砍了我一刀。下一次，如果我不得不路过一个倒下的人时，我应该踏在他身上——狠狠地踏。”

“哼！”比利说道，“那听上去相当愚蠢。任何时候，刀都是肮脏下流的东西。最恰当的做法，就是驮着均衡的重担爬上一座山，依靠你四肢的力量，也靠你耳朵的平衡能力，缓慢攀登，蜿蜒而行，直到你出现在超出任何东西几百英尺的山上平台，那地方也刚好能容下你的四蹄。然后你就站着不动，保持安静——永远不要让一个人把持了你的头，年轻人——炮身被装配在一起时，要保持安静，随后，你就会看到深红色的小炮弹落入下方非常远的树林里。”

“你绊倒过吗？”骑兵马问道。

---

① 跗关节（hock），马等蹄行四足动物后腿的跗关节，与人类的踝关节类似但弯曲方向相反。

“人家常说，要等到一个骡子绊倒，你都可以撕裂母鸡的耳朵。[①]”比利说，“或许偶尔一大堆放得不当的重负，会让一匹骡子翻到，但这样的时候也是少之又少。我希望，我能让你看看我们是怎样工作的。那相当漂亮。唉，我花了三年时间，才搞清楚那些人到底要做什么。这东西的学问，就是永远不要暴露在空中弹道范围内，因为，要不然的话，你会被炮弹击中的。要记住我的话，年轻人。始终要尽可能地躲远点，即使那意味着你不得不躲开一英里远。要是遇到那种为了躲避的攀爬，回回我都是连里的带头骡。”

“要是没机会冲进一群正在开火的人中间时，就得开枪！”骑兵马努力想了一会儿，说道，“我无法忍受这种情况发生。我更想要冲锋——跟迪克一起。”

“噢，不，你不要冲锋。你要知道，只要把山炮放在适当的位置，它们就做了所有冲锋陷阵的活计。那样既科学又干净。可说到那些刀——呸！”

在这段时间里，那头辎重骆驼已经把脑袋晃来晃去好一阵子了，他急着想插话进来。此时此刻，我听到他清了清嗓子，惴惴不安地说道：

“我——我——我也参加过一些战斗，但既不是用那种攀爬的方式，也不是用那种冲锋的方式。”

“不。既然你提到了，”比利说，“你看着既不像能攀登的，也不像能跑的——不太像。那么，你是怎么参加战斗的，老‘草包’？”

“用恰当的方式，”那头骆驼说，“我们全都坐下——”

“噢，我的臀部和胸甲哟！”那匹骑兵马小声说道，“居然坐下！”

“我们坐下——我们几百头骆驼，”骆驼继续说，“坐成一个正方形，方形里面的人们，往我们后背放上货物和辎重，方形外面的人向里面的

---

① 众所周知，母鸡的耳朵并不长出来，所以也无从撕裂。用来形容“从来不会发生”的事情。

人开火，里面的人也靠着我们向四面八方开火。”

“哪种人？你追随的是哪一类人？”骑兵马问道，“在骑术学校里，人们教我们卧倒，让我们的主人靠着我们向对面开火，不过，迪克·坎利夫是我惟一信任的、可以靠着我开火的人。那动作搞得我腰身直痒痒，此外，我的头卧在地上，什么都看不见。”

“谁靠着你开火又有什么关系呢？”那头骆驼说，“附近有许多人，许多头骆驼，还有大量的硝烟。那时我丝毫不害怕。我就那样坐着不动。”

“可是，”比利说，“你在夜里做了噩梦，还大闹了营地。好啦，好啦！在我躺下之前，别再说‘坐下’之类的话啦，要是让一个人靠着我开火，我的脚后跟和他的脑袋之间就有话说啦。难道你们还听到过比那还要糟糕的事情吗？”

接下来是长时间的沉默，后来一头大炮连阉牛扬起他的大脑袋说道，“这听起来的确非常愚蠢。只有一种作战方式。”

“哦，说下去，”比利接口说，“且别管我说些啥。我想你们这些家伙不是用尾巴站立来作战吧？”

“仅有一种方式，”两头阉牛一同说道。（他们肯定是一对双胞胎。）“那种方式是这样的。只要‘两条尾巴’（‘两条尾巴’是营地众生称呼大象的俚语）开始乱喊乱叫，人们就把我们所有二十轭的阉牛套上去拉大炮。”

“‘两条尾巴’到底为啥乱喊乱叫？”年轻的骡子问道。

“换句话说，就是表明他不想再靠近硝烟。‘两条尾巴’是最大的懦夫。然后，我们就一同拉着大炮——嘿呀——嗨呀！嘿呀！嗨呀！我们既不像野猫那样攀爬，也不像小牛犊那样乱跑。我们走过平原，我们这二十轭的阉牛，直到人们再次把套住我们的轭解除了，我们就开始吃草，与此同时，那些大炮隔着平原跟那些泥墙围成的城市对话，墙上的泥土一片片地掉落，烟尘就像牛群回家激起的尘土那样升腾起来。”

“嚯！你们居然选择那种时间吃草？”年轻骡子说道。

“无论是那种时间，还是任何别的时间。能吃草始终是好的。我们一直吃到人们把轭套回我们身上，然后我们再拉着大炮返回‘两条尾巴’等待我们的地方。有时候，城里的大炮也会答话，我们中间的一些阉牛就会被炸死，而余下那些阉牛就会更加卖力地吃草。这就是‘命运’。还是那句话，‘两条尾巴’是最大的懦夫。这才是战争的恰当方式。我们两兄弟来自哈普尔①。我们的父亲是供奉给湿婆神的一头神牛。我们早就说过了。”

“那么，我们今天晚上还真学到一些东西。”骑兵马说道，“难道你们这两位山炮连的绅士，在前有大炮轰炸，身后有‘两条尾巴’的情况下，还有心思吃吗？”

“有关什么我们更愿意坐下来，让人们靠着我们开火，或者朝着那些拿刀的人冲去的话，已经说得够多啦。我从没听说过这等蠢话。一个山上平台，一堆平衡得很好的负载，一个你能够信任，让你自己谨慎走路的赶驴人，我就会成为他的驴。但是——至于其他事情——没门！”比利跺着他的一只蹄子说道。

“当然啦，”骑兵马说道，“每个生灵生长的方式都不相同，我完全看得出，你的家庭，尤其是父系一方，没能搞明白太多事理。”

“我父系一方的家人不劳你操心！”比利生气地说道，因为每一匹骡子都讨厌提到他父亲是一头驴这回事。“我父亲是一位南部的绅士，他可以把遇到的任何一匹马推倒、咬伤、踢成碎片。记住我说的话，你这匹褐色的澳洲大野马！”

澳洲野马，就是没有教养的野马的意思。设想一下，要是一匹拉车的马称呼“苏诺尔”②为一匹“不中用的驽马”，她会是什么感觉，那么

① 哈普尔（Hapur），印度北方邦的一个城镇。

② 苏诺尔（Sunol），澳大利亚人对顶级马术比赛的获胜马的称谓。

你就能够想象出那匹澳大利亚骑兵马当时的感觉。我看到他的眼白在黑暗中闪着寒光。

“给我听着，你这匹马拉加[1]进口蠢驴的崽子，”他从齿缝间挤出了这句话，“我要让你知道，我母系一方与卡宾——墨尔本杯[2]得主有亲缘关系，我的出身不容任何一个在什么玩具枪、玩具炮连队服役的应声虫一般的蠢驴来任意践踏。准备好了吗？”

“你给我站起来！”比利尖声长啸。他们俩全都用后腿站立，怒目相向，我正指望能看到一场恶战，就在这时，一个咕噜咕噜的隆隆声从右侧的黑暗中传来——“孩子们，你们到底为啥在那边打架啊？安静下来。”

两个牲畜全都放下了前蹄，鼻子里也都喷着嫌恶的鼻息，因为马和骡子都无法忍受听到大象的声音。

“是‘两条尾巴’！”骑兵马说道，“我可受不了他。前后两头都长着尾巴，还不平衡！”

“我的感觉跟你一般无二，”比利说着，往骑兵马身旁靠了靠，表明他们是一伙的，“我们俩在一些事情上还是非常相似的。”

“我相信，它们是从我们母亲那里遗传来的，”骑兵马也附和说，“我们不值得为了那事争吵。嘿！‘两条尾巴’，你拴好了吗？”

“是的，”“两条尾巴”把鼻子彻底扬起来，笑着答道，“我夜里都会被拴牢。我听到了你们这些家伙刚刚说的话。但是不要害怕，我不会过去逮住你们。”

两头阉牛和那头骆驼提高一些声音说道，“害怕‘两条尾巴’——真是胡说！”随后，一头阉牛接茬说，“你都听到了，我们感到抱歉，但

---

① 马拉加（Malaga），西班牙南部的一个港口城市，当时英国人认为西班牙的驴是最愚蠢的。

② 墨尔本杯（Melbourne Cup），是澳大利亚最重要的年度种马赛会，“卡宾”是其中一届冠军得主的名字。

那都是实话。‘两条尾巴’，大炮开火时，你们为啥要害怕呢？”

“好吧，”“两条尾巴”说道，同时用一条后腿摩擦着另一条后腿，那模样活像一个背诵诗歌的小男孩，“我不是非常确信，你们能不能明白其中的道理。”

“我们不明白，但我们却得去拉大炮。”那头阉牛回答道。

“这我知道，我还知道你比你想象的还要勇敢。但我可不一样。我们连长有一天还称呼我是感觉迟钝、不合时宜的东西。”

“我猜，那是另一种作战方法？”比利挖苦道，他正在重拾勇气。

“你们当然不知道这话是什么意思，不过我知道。它意味着‘非驴非马，介于二者之间’，那正是我所处的位置。我心里很清楚，当一颗炮弹爆炸时将会发生什么，而你们这些阉牛却不明白。”

“我明白，”那匹骑兵马说道，“至少明白了一些。我会尽量不去想它。”

“我明白的比你多，而且我的确反复考虑过这件事。我知道我得照顾到许多事情，我还知道当我生病了，没人知道如何给我治病。他们能做的，就是不再给我的赶象人发薪水，直到我病好为止。此外，我也不能信任我的赶象人。”

“哈！”骑兵马说道，“那一点很能说明问题。我可以信任迪克。”

“即便你把整个团的迪克放在我背上，也不会让我好过到哪里去。我只不过充分了解不舒服的感觉，却不太了解怎能不顾这种感觉而继续前进。”

“我们听不懂，”两头阉牛同时说。

“我就知道你们听不懂。我也不是对你们说的。你们不明白血是什么。”

“我们明白，”两头阉牛反驳说，“就是渗入土里的红色东西，还有股怪味。”

骑兵马踢了一脚，跳跃了一下，还喷着鼻息。

“不要谈论血，”他说，“只要一想到血，我都能闻到它的味道。它让我有种想要奔跑的感觉——当迪克没有骑在我背上的时候。”

“但是这里并没有血，”那头骆驼和两头阉牛同时说，“你咋这么愚蠢啊？”

“血是卑鄙的东西，”比利说道，“我倒是没想跑，可我不想谈论它。”

“我早就这样说过！”“两条尾巴”摇着尾巴解释道。

“没错。是啊，我们一整晚都在这里呢，”两头阉牛答道。

“两条尾巴”跺着他的一只前足，直到上面的铁链发出叮当的响声。“喔，我可没对你俩说话。你们看不清楚脑袋里面想的东西。”

“那当然，我们的四只眼睛朝外看，”两头阉牛说道，“我们能看清我们面前的东西。”

“如果我也只看眼前的东西，不明白别的东西，你们也根本不用拉大炮啦。要是我能像我们连长那样——他在开战之前就能明白心里想的事情，他会浑身颤抖，可他明白得太多了，以至于不能逃跑——要是我能像他那样，我也会去拉大炮。可是，要是我聪明到那种程度，我根本不会在这里。我会像过去那样，当一个林中之王，一天里有半天时间都在睡觉，想什么时候洗澡就什么时候洗澡。我已经有一个月没好好洗澡啦。”

“听上去倒不赖，”比利说道，“给一件事取一个冗长的名字，丝毫也不会让事情变得更清楚。”

“嘘！”骑兵马说道，“我想，我明白‘两条尾巴’的意思了。”

“你马上就会更明白，”“两条尾巴”生气地说，“现在，你们给我解释解释，你们为啥不喜欢这个！”

他开始亮开最大的嗓门，拼命嘶鸣起来。

“停止叫喊！”比利和骑兵马一同说道，我能够听到他俩顿着蹄子发抖的声音。一头大象的嘶鸣声，总会让人感到不舒服，尤其在暗夜中。

“我不会停下来。”“两条尾巴”说道，“你们不解释一下吗，请吧！哈啦哞噗！啦嗒！啦哞噗！啦——哈！”然后他突然不再叫喊，我听到黑暗中传来细小的悲嗥声，我知道，“雌狐”终于找到我了。她跟我一样清楚，如果这世上有一样东西比其他东西更让大象害怕，那就是一只汪汪叫的小狗。于是她在欺凌弱小的“两条尾巴”的拴象桩旁停下来，绕着他的一只大脚狂吠。“两条尾巴”躲躲闪闪地吱吱叫着。“走开，小狗！”他说，“别在我脚踝那里瞎闻，不然我就踢你。好小狗——亲爱的小乖狗，喂！回家吧，你这个汪汪叫的小畜生！噢，为啥没人带她走呢？她马上就咬到我啦。”

“跟我一样，”比利对骑兵马说，“我们的朋友‘两条尾巴’也害怕很多东西。要是我踢到阅兵场里的每一条狗，都能吃上一顿饱饭，那我差不多跟‘两条尾巴’一样胖了。”

我吹了一声口哨，“雌狐”朝我跑过来，她浑身是泥，舔着我的鼻子，给我讲述了一直在营地里寻找我的长故事。我从来没让她知道，我能听懂动物的语言，否则她会对我更加放肆无礼了。于是我把她放进外套的胸襟里面，扣上扣子，“两条尾巴”还在躲躲闪闪地跺着脚，自顾自吼着。

“震惊！真是太震惊啦！”他吼着，“她居然跑到我家里来啦，现在，那个卑鄙的小东西去哪里啦？”

我听到他用象鼻子在身旁胡乱摸索着。

“我们所有动物几乎都受各种各样方式的影响，”他吹着鼻子里的气，接着说，“那么，当我嘶鸣的时候，我相信，你们这些绅士都慌了神。”

“严格说来，并不惊慌，”骑兵马说道，“不过，那声音让我感到，好像有大黄蜂在我该放鞍鞯的地方嗡嗡叫。别再叫啦。”

“我害怕小狗，那头骆驼害怕在夜里做噩梦。”

“对我们来说，非常走运的是，我们所有动物并不用同一种方式作战。”骑兵马说道。

“我想知道的是，”那匹年轻骡子说道，他已经好半天没吱声了——“我想知道的是，我们究竟为啥非得打仗。”

“因为人们告诉我们这样做的。”骑兵马说道，轻蔑地喷了一下响鼻。

“因为命令，”骡子比利说道，把牙齿咬得“咯吱咯吱”响。

“呼姆—嗨！（因为命令！）”那头骆驼说道，发出“咕咕”的声音，“两条尾巴”和两头阉牛同时重复道，“呼姆—嗨！”

“没错，可是谁下的命令？”那个新兵骡子又问道。

“那个走在你前头的人——或者那个骑在你背上的人——或者那个拉着你鼻子上的缰绳的人——或者扭动你尾巴的人，”比利、骑兵马、骆驼和那两头阉牛一个接一个地回答说。

“可是谁给他们下的命令呢？”

“喂，你想知道的未免过多啦，年轻人，”比利说道，“就冲这种情形，就该踢你一脚。你要做的一切，就是服从你前头那个人的命令，别问任何问题。”

“他说得非常对，”“两条尾巴”说道，“我不能总是服从命令，因为我非驴非马，介于两者之间。不过比利说得没错。要服从那个挨着你给你下命令的人，否则的话，除了把你鞭打一顿以外，还禁止你在所有连队服役。”

两头大炮连阉牛站起身来，准备要走。“就要到早晨了，”他们说道，“我们得归队了。事实是我们的眼睛只向外看，而且我们也不太聪明，可我们仍旧是今天夜里没有害怕过的生灵。晚安，你们这些勇敢的生灵。”

没有任何生灵答话，为了转换话题，骑兵马问道，“那只小狗在哪儿？一只狗就意味着附近有一个人。”

“我在这里，”“雌狐”汪汪叫着说，“在炮尾下面，跟我的主人在一起呢。你这个大块头，你这头笨手笨脚的骆驼，你撞翻了我们的帐篷。我的主人非常生气。”

“喔！”那两头阉牛说道，“那他一定是白人喽！”

“他当然是白人，”“雌狐”说道，“难道你认为我是受一个赶牛黑人照料的吗？”

“嚯！喔唷！呸！”那两头阉牛说道，“我们快离开吧。”

他们向前冲入泥泞中，他们的轭却莫名其妙地挂在一辆弹药车的车辕上，卡住不动了。

“瞧瞧你们做的蠢事，”比利平静地说，“别挣扎。你们就这么悬挂到天亮吧。究竟是怎么搞的？”

两头阉牛发出印度牛特有的长长的“哞哞”声，推挤着，旋转着，顿着牛蹄，打着滑，几乎跪倒在泥泞中，狂躁地咕哝着。

“你们马上会把脖子扭断的。”骑兵马说道，“白人有什么问题？我就跟他们生活在一起。”

“他们——吃——我们！用力拉！”近处的那头阉牛说道。牛轭“砰”的一声断了，他们俩步履蹒跚地一同离开了。

在此之前，我从来不知道是什么让印度牛如此惧怕英国人。我们吃牛肉——没有哪个赶牛人愿意提及的一件事——牛自然也不喜欢。

“我能用自己垫子上的锁链抽自己几下吗！谁能想到像这样两个大块头，也有惊慌失措的时候？”比利说道。

“别介意。我要去看看这个人。大部分白人，我都认识，他们衣兜里都有些东西。”骑兵马说道。

“那么，我得离开你了。我不能说我本人特别喜欢他们。此外，白人要是没有地方睡觉，很有可能是一伙盗贼，而我还背着大量政府财产呢。跟我走，年轻人，我们也得归队了。晚安，澳大利亚马！我们明天阅兵场上见！如果可能的话。晚安，老‘草包’！——要尽量控制你的情绪，行吗？晚安，‘两条尾巴’！要是你明天在战场上经过我们的队伍，可不要嘶吼啊。那样会搞乱我们的队形的。”

骡子比利以一个老兵虚张声势的姿态，踏着重重的步子离开了，此时那匹骑兵马的鼻子也探入了我的胸襟，我给了他几块饼干。这会儿工夫，“雌狐”这只最爱自夸的小狗，开始编造无伤大雅的瞎话，跟骑兵马夸口说我和她曾看管过几十匹马。

“明天，我会乘着我的轻便小车去阅兵场，”她说，“你的位置在哪里？”

“右面第二骑兵中队。由我来设定整个骑兵队伍的步速，小女士。”他颇为文雅地说道，“我现在得返回迪克身边了。我的尾巴上全都是泥，他得花两个小时给我梳妆打扮，才能去参加阅兵。”

当天下午，举行了三万人规模的盛大阅兵仪式。我和“雌狐”的位置很好，靠近总督和那位阿富汗埃米尔，后者戴了一顶高高大大的黑色俄国羔皮帽，中心点镶嵌了一颗闪亮的硕大钻石。阅兵式刚开始时，阳光明媚，步兵军团一波接一波地走过，步伐整齐，枪炮成排，我们直看到头晕目眩。接着，骑兵部队伴随着《漂亮的敦提》[①] 歌曲，踏着优美的骑兵慢跑步走来了，坐在轻便小车上的“雌狐”竖起了耳朵。第二枪骑兵中队开过来了，里面走着那匹骑兵马，他的尾巴犹如绢丝一般，他的头被拉到胸前，一只耳朵朝前，一只耳朵朝后，正在设定他的整个中队的步速，他迈的步伐好似伴着华尔兹舞曲一样文雅。接着，大炮部队走了过来，我看到“两条尾巴”和另外两头大象被套成一排，拉着一门发射四十磅重炮弹的攻城大炮，后面跟着二十轭的公牛。第七对公牛配了一副新轭，他们看起来相当呆板而疲倦。走在最后面的是山炮部队，骡子比利保持着仿佛号令整个部队的姿态，他的马具上了油，被

---

① 《漂亮的敦提》(Bonnie Dundee)，是由苏格兰作家、诗人沃尔特 · 司各特作词编曲的一首歌，最初是为了纪念第一代敦提子爵约翰 · 格雷厄姆，后被英军中的多个苏格兰军团用做行军进行曲。

打磨得闪闪发光。我唯独给骡子比利喝了一声彩，不过他并没有左顾右盼。

雨又开始下了起来，一会儿工夫，雨雾变得非常浓重，根本看不见部队都在做些什么。它们已经在平原绕了大半圈，然后排成一条直线。那条直线加长、加长、再加长，直到从左翼至右翼，总共有四分之三英里长——一堵由士兵、马匹、大炮组成的坚实的墙。接着，“这堵墙”直接照着总督和埃米尔走过来，等它走近时，大地都开始跟着震颤，仿佛发动机正在加速的汽船甲板一般。

除非你当时在场，否则你根本无法想象这个稳步走过来的大部队给观众留下的吓人印象，尽管观众知道这仅仅是一次检阅。我看了一眼埃米尔，直到刚才，他脸上还未显露出惊讶的迹象和任何其他表情的影子。但是眼下，他的双眼开始越睁越大，他拾起放在自己马脖子上的缰绳，朝身后看了看。有那么一会儿，他几乎要拔出宝剑，砍出一条通过身后坐在马车里的英国男男女女的路。正在这时，部队停止了前进的脚步，大地不再震颤，整个部队开始行军礼，三十万只手一同行军礼。那也是检阅结束的标志，部队纷纷冒着雨返回各自的营地，一支军乐队开始演奏——

动物们进入，成双成对，
好哇！
动物们进入，成双成对，
为了避雨
大象和山炮连骡子，
以及所有动物都登上方舟！

就在这时，我听到一个随埃米尔一同来的留着花白长发的中亚酋长问了一个土著官员许多问题。

“那么，”他问道，“这场伟大的盛事是按照什么规矩完成的呢？”

那位官员答道，“下达一道命令，让他们服从命令。”

“可是，难道那些动物也跟人一样聪明吗？”酋长又问。

“它们跟人一样服从命令。骡子、马、大象、阉牛，都服从他们的驱赶者或骑手的命令，驱赶者或骑手服从他的士官的命令，士官服从他的陆军中尉的命令，陆军中尉服从他的陆军上尉的命令，陆军上尉服从他的陆军少校的命令，陆军少校服从他那指挥三个团的陆军准将的命令，陆军准将服从他的陆军上将的命令，陆军上将服从总督的命令，总督是女王的仆人。事情就是这样完成的。”

“难道在阿富汗也要如此！”那位酋长惊呼道，“因为在那里，我们只服从我们自己的意志。”

“鉴于此，”那个土著官员捻着他的胡须说，“那位你不用服从的埃米尔，必须到这里来听命于我们的总督。”

营地动物阅兵曲

（大炮部队的大象们）

我们把大力神的力量，我们前额的智慧，

我们膝盖的灵巧，给予了亚历山大大帝；

我们弯下颈项服役：它们从不松劲——

让开路——给这个拉着发射四十磅炮弹大炮的

十只脚组成的联畜编队让路！

（大炮部队的阉牛们）

这群并肩作战的英雄躲避一发炮弹，

他们知道火药会将他们全部炸翻；

接着我们重新投入战斗，拖拽大炮——

让开路——给这个拉着发射四十磅炮弹大炮的
二十轭阉牛队伍让路！

（骑兵马们）
凭着我们肩上的烙印起誓，最好的曲调
由枪骑兵、轻骑兵、龙骑兵奏出，
对我来说，它比"马厩"和"饮水"还要甘甜——
伴着《漂亮的敦提》的骑兵慢跑步！

那么，喂养我们，驯服我们，驾驭和整饬我们，
给我们配备好的骑手，和足够的空间，
把我们编成骑兵中队投入战斗，留神
战马通往"漂亮的敦提"的路！

（山炮连的骡子们）
像我一样，我的同伴们一起爬上一座山丘，
道路隐没在滚石丛中，但我们依然前进；
因为我们能蜿蜒攀爬，兄弟们，我们可以到达任何地方，
噢，我们以攀上山顶为乐，节省一两步脚力！

祝你们好运，每位士官，那么，让我们挑选一条退路；
霉运，所有的赶骡人，他们无法捆好一匹骡子的负载：
因为我们能蜿蜒攀爬，兄弟们，我们可以到达任何地方，
噢，我们以攀上山顶为乐，节省一两步脚力！

（辎重骆驼们）
我们有自己的骆驼曲

来帮助我们悠闲前行，
可每个脖子都是一支长毛的长号
（啦—嗒—嗒—嗒！是一只长毛的长号！）
这是我们的行军曲：
不能！不要！不会！不愿意！
让它传遍整支队伍！
有个骆驼的包裹从他后背滑落，
但愿那就是我的包裹！
有个骆驼的负载翻倒在路上——
为一队骆驼停下来而欢呼！
呜！呀哈！咕！啊哈！
现在那头骆驼该为此受罚啦！

（所有动物合唱）
营地的孩子，就是我们，
每一个都以自己的身份服役；
受束缚和驱策，背包裹，戴挽具，
铺衬垫，荷负载的孩子们。
瞧，我们的队伍越过平原，
像一根绳头那样再弯回来，
伸展，翻腾，滚远点，
清除一切去参战！
此时走在我们身边的人们，
满面灰尘，沉默无语，神情凝重，
无从知道我们和他们
为什么日复一日地行军、遭罪。

营地的孩子，就是我们，
每一个都以自己的身份服役；
受束缚和驱策，背包裹，戴挽具，
铺衬垫，荷负载的孩子们！

丛林故事续篇

一般，因为它会落在每个丛林居民的后背，没有哪个能侥幸逃脱。“小兄弟，等你长到我这把年纪时，你就会明白，为啥每个丛林居民至少要遵从一种丛林法则。那可不是什么有趣的景致。”巴卢说。

对于一个终日吃了睡睡了吃的男孩来说，这番话无非就是左耳朵进右耳朵出，他从不担心任何事情，除非事情真的迫在眉睫。然而，有一年，巴卢的预言变成了现实，莫格里目睹了所有的丛林居民在丛林法则约束下的生活。

故事还得从那个完全没有下雨的冬季说起，豪猪伊基在一片竹林里偶遇莫格里，告诉他野山药彻底干瘪了。众所周知，伊基对食物挑剔至极，都到了苛求的荒谬地步，它只吃最好的、完全熟透的食物，其他的一概不吃。因此莫格里笑着问，“这跟我有什么关系啊？”

“现在还没多大关系，”伊基抖了抖身上僵硬的刚毛，心神不宁地说道，“但稍后我们走着瞧。你现在还能跳入野蜂岸下面的那个岩石围起来的深潭吗，小兄弟？”

“不能跳了。那些该死的水全都干了，更何况，我也不想撞破我的脑袋。”莫格里说道。那时的莫格里还自信满满，觉得自己所知道的事情比任何五个丛林居民加起来都要多。

“那就是你的损失了。哪怕只是一个小缝隙，都可能暗藏着一点智慧。”伊基赶紧躲到一边，生怕莫格里拉扯自己鼻子上的刚毛，莫格里把伊基说的话转述给了巴卢。巴卢一脸严肃，半是自语地喃喃道：“要是我一个人的话，我就会先下手为强，赶在别人还没开始想这个问题之前，就把我的狩猎场换到别的地方去。可是——在陌生兽民中间捕猎，总是以争斗收场，况且他们还有可能伤到人娃娃。我们还是按兵不动，看看莫沃树①开花的情况再说吧。”

---

① 莫沃树（Mohwa），发“*Mow-er*”的音，尾音同“*cow-er*”，开的花散发出浓烈的气味，丛林附近的一些土著居民用这种花泡出一种味道很浓的茶饮。——原注

那年春天，巴卢十分喜爱的那棵莫沃树根本没有开花。那些乳白泛绿的柔嫩花骨朵还没来得及绽放，就被炙热的阳光烤死了。当巴卢抬起前腿摇晃树干时，只有几个气味难闻的干瘪花骨朵飘落下来。没过多久，肆无忌惮的热浪就逐渐向丛林的中心地带逼近，整个丛林变得枯黄昏暗，最终成了黑色。溪谷两侧斜坡上的绿色植物被烤焦了，看着像烧坏的电线和弯曲的铁丝之类毫无生机的东西；背阴处的一些深潭里的水，也完全渗入了地下，潭底布满了干裂的泥片，岸边留有最后到访动物的少量足迹，仿佛铸进铁里一般；多汁的蔓藤植物从依附的树上掉下来，死在了地上；丛林里的竹子枯萎了，当阵阵热风吹来时，发出哐当哐当的响声；丛林深处岩石上的苔藓都脱落了，最后它们也像河床上暴露在阳光下的青色砾石一样，又光溜又烫手。

鸟儿和猴子早在年初就迁往北方了，因为它们早就预见到了将会发生的事情；群鹿和野猪们也跑到了远处村庄那枯萎的田地里，不时在那些虚弱得无法猎杀他们的人类眼皮子底下死去。留下来的鸢鹰奇尔[①]发福了，因为有吃不完的死尸和腐肉，每天晚上，鸢鹰都会给那些虚弱得无力迁徙到新狩猎场的野兽们带来消息——阳光已经烤死了丛林里四面八方三天飞行里程内的所有植物。

莫格里从未尝过真正挨饿是个什么滋味，现在他又得像三岁时那样，依靠从荒废的崖壁蜂巢里刮下来的陈旧蜂蜜过活——那些蜂蜜像黑刺李子似的又硬又黑，上面结满了干巴巴的糖霜。莫格里还寻找钻入树皮深处的蛴螬，抢夺马蜂的幼卵来吃。丛林里的所有猎物都瘦成了皮包骨头，巴吉拉每晚可以捕杀三次，但还是难以果腹。现在当务之急是解决缺水的问题，因为尽管丛林动物很少喝水，但只要一喝水，就得喝个够。

热浪一波接一波地袭来，持续的高温吸干了空气中所有的水分，最

---

① 奇尔（Chil），发“*Cheel*”的音，就是“印度鸢鹰”的意思。——原注

终，只有韦恩根格河的主河道里还剩下一条涓涓细流，在早已干枯的两侧河岸之间滴流。当已经活了一百多岁的野象哈蒂，看见河道正中央那条细长的蓝色岩脊也露出变干的迹象时，他知道自己看到了“和平石”，于是当场扬起他的鼻子，宣布了《饮水休战协定》，在此之前，他爸爸曾在五十年前宣布过这同一则协定。鹿、野猪，还有野牛开始齐声嘶吼，鸢鹰奇尔在空中绕着大圈盘旋，尖啸着发出了警告。

根据丛林法则的规定，《饮水休战协定》一经宣布，在饮水的地方狩猎就是死罪。这条规定的理由是，水比食物更重要。如果只是食物匮乏，丛林里的每个成员尚且还能在抢夺混战中分得一杯羹；但水就不可同日而语了，要是只剩下一处水源，当丛林兽民去那里饮水时，一切狩猎行动都要停止。在那些水源充足的季节，来到韦恩根格河畔饮水——或是到别处喝水的丛林动物，都在冒着丢掉性命的危险，这种危险成了夜晚活动饶有魅力的很大一部分原因。轻手轻脚地走出山林，不惊动一片树叶；涉入及膝深轰鸣的浅流中，将鼻子完全浸入水中；一边喝着水，一边扭头观察身后的情况，身上的每块肌肉为强烈恐惧的拼死一跃做好了准备；摇摆着走到沙地边缘，口鼻滴水，肚子鼓起，在族群钦佩的目光中全身而退，是每一个长着高高鹿角的年轻雄鹿引以为傲的事，只因为他们知道，巴吉拉或者谢尔汗随时可能扑上来把自己击倒。但是现在，所有那些生死追逐的乐趣全都没了，饥饿疲惫的丛林兽民来到日渐干涸的河边——老虎、熊、鹿、水牛、野猪，都聚拢而来，啜饮着污浊的河水，流连在河边迟迟不走，全都疲倦到不想挪窝。

鹿和野猪终日步履沉重地在丛林里游荡，他们希望能找到一些比干树皮和枯树叶更可口的食物。水牛再也找不到可供打滚、纳凉的泥坑，更别妄想偷吃青绿的庄稼了。蛇族早已离开了丛林，它们爬到河边，希望能撞见一只迷路的青蛙。他们盘在潮湿的石头上，就算拱来拱去的野猪用鼻子驱赶，他们也一动不动。河里的那些乌龟一早就被最聪明的猎手——巴吉拉给杀光了，那些鱼也深藏在干泥下面。和平石好似一条横亘在浅流中的长蛇，当河中倦怠的小涟漪润湿它那干燥的石面时，会发出“嘶嘶”的响声。

莫格里每天夜里都会来这里纳凉、交友。此时，哪怕是最饥肠辘辘的敌人也都不跟这个小男孩计较。光着身子的莫格里看起来更瘦了，看上去比其他的伙伴更加可怜。他那长期接受日照的头发，已经被太阳漂成了亚麻色；身上的肋骨高高地突起，活像一个肋条篮子。莫格里向来习惯四肢着地匍匐追猎，所以他的膝盖和手肘都结了硬块，更显得他消瘦的四肢像长了节的草茎。但是他那双被缠结的额发盖住的眼睛，依旧冷静而从容，因为在遇到这种麻烦的时候，巴吉拉便成了他的老师。巴吉拉告诉他要轻轻地走路，慢慢地狩猎，而且无论发生什么事情，永远不要发脾气。

“这是一段灾难性的日子，”一个如火炉般炎热的夜晚，黑豹抱怨地说道，“但是如果我们能挨到最后，这段日子总会过去的。你喝饱了吗，人娃娃？”

“我的肚子是装满了，但是一点用处也没有。巴吉拉，你认为雨水是不是已经把我们忘了，再也不会下雨啦？”

“我不这么认为！我们还会看到莫沃树开花，会看到小鹿、小山羊因为吃了新长出的草而膘肥体胖。咱们下到‘和平石’那里听听有啥新闻吧。跳到我背上来，小兄弟。”

“你现在就别负重了。我自己还站得住呢，不过——咱俩也确实不再肥壮如牛啦，咱俩都不是。”

巴吉拉看着自己皮毛不整，布满灰尘的腰窝，低声说道，“昨天夜里，我杀了一头套着牛轭的小公牛。不过我的身体太虚弱了，要是当时他没套着轭，我肯定不敢扑上去。呜呼！”

莫格里咯咯地笑了起来。“没错，咱俩现在都成了伟大的猎手，”他说，“我的胆子非常大——都敢吃蛴螬了。”说完，他俩噼啪作响地穿过矮树丛，来到了河边。网格状的沙洲从河岸向四面八方扩散开去。

“这些水也坚持不了多久了，”巴卢说着，赶上了他们，“你看对岸，那边好像是人类踩出来的路。”

河的对岸是一片平坦的草原，生命力顽强的杂草立在当地死去了，那些还没死的，也都又干又瘪。鹿和野猪踏平的小径全都通向河边，仿佛在毫无绿意的十英尺高的草丛中，开辟出了尘土飞扬的沟槽。尽管时候尚早，每条路上都挤满了匆忙赶来饮水的动物。你可以听到雄鹿和小鹿们被扑面而来的烟尘呛得连连咳嗽。

河道上游，在绕着“和平石”缓缓而流的河湾处，《饮水休战协定》的监管人，野象哈蒂和他的那些儿子们站在那里，在月光下显得瘦骨嶙峋，肤色暗淡，摇摇晃晃——它们总是一副摇摇晃晃的样子。在他下游不远处，来了鹿群的先头部队；再下游，聚集着野猪和野水牛。河流对岸，从矗立着高大树木的地方一直到河水边，都是为食肉一族——老虎、狼群、黑豹、棕熊，还有其他众多兽民——留出的地盘。

“我们确实受着同一个法则的约束，”巴吉拉说着，涉入水中，望向对岸犄角碰得“咔哒咔哒”响的队伍，死死盯住那些推来挤去的鹿群和野猪群说道，“狩猎愉快，所有你们这些我的血亲兄弟，”巴吉拉肢体伸展地卧在水中，又从牙缝里挤出了一句，“要不是缺水，好好狩猎才是惟一的法则。”

支棱着敏锐耳朵的鹿群听到了黑豹最后这句宣言，队伍里响起了一片惊慌的低语声，“休战协定！别忘了休战协定！”

“安静，安静下来！”野象哈蒂咕哝着，“《休战协定》约束着呢，巴吉拉。现在不是谈论打猎的时候。”

“这点我比谁都清楚，”巴吉拉向上翻着黄眼珠，不屑地说，“我就是一个吃河龟的——一个猎青蛙的。哎哟！再说我总不能去干嚼树叶果腹吧！”

“我们盼着这种事发生呢，非常盼望，”一头小鹿低声插嘴道，他今年春天刚出生，而且它一点都不喜欢巴吉拉。陷入困境的丛林动物连同哈蒂都情不自禁地吃吃笑起来；正枕着手肘躺在温暖的水中的莫格里，此时也大笑起来，双脚还击打出了一片水花。

“说得好，小鹿崽子，”巴吉拉呼噜着喉音道，“等停战协议结束后，我会记得你的偏爱的。”他在黑暗中死死地盯着那头小鹿，以便下次见到他时能认出来。

在饮水的地方，丛林居民的交流陆陆续续地展开了。哼哼唧唧的野猪要求更大的活动空间；水牛群步履蹒跚地走过沙洲时，彼此之间咕咕哝哝地交谈着；鹿群们则讲述着自己千里觅食的艰苦旅程。偶尔，他们会询问河流对岸的食肉动物几个问题，不过得到的全都是坏消息。丛林里刮来的热风在岩石缝间穿梭，树上的枝叶散落了一地，树枝被刮得吱吱作响，水面上也蒙上了一层尘土。

“那些人类也有同样的遭遇，他们死在了耕犁旁边，”一头小黑鹿说道，“从日头下山到入夜这段时间，我从三个死去的人旁边走过。他们一动不动地躺在那里，身边还跟着几头耕牛。用不了多久，我们也会一动不动地死去的。”

“跟昨天夜里相比，河里的水位又下降了。”巴卢说道，“亲爱的哈蒂，你这一生中可曾见过如此干旱的景象？”

“没事，灾害会过去的，情况会好起来的，”哈蒂一边说一边往后背和身体两侧喷水降温。

“我们这边已经有一位快要熬不住了，”巴卢说道，同时他把目光转向了他深爱的那个小男孩。

“你说的是我吗？”莫格里一下子从水里坐了起来，愤愤地表达着不满。“我虽然没有长皮毛蔽体，可是——你呢，要是你的皮被扒光的话——哼哼，巴卢——”

这个念头吓得哈蒂浑身直哆嗦，巴卢也非常严厉地说：

“人娃娃，这样对一位丛林法则老师讲话可不应该。我永远不会让其他兽民看到我没皮的时刻。”

“不，我并无恶意，巴卢；可你就是那样，活像一个包在壳里的可可豆，而我也是可可豆，全裸的可可豆。既然你那棕色的外壳——”莫格里盘膝而坐，正按照习惯的方式用食指比比划划地解释着，巴吉拉冷不防伸出一只有肉垫的爪子，把他拉得向后仰面倒入手中。

“越来越不像话啦。”黑豹说道，此时那个男孩溅着水花坐起身来。“先是要扒巴卢的皮，现在他成了一个可可豆。要当心了，他可能会做成熟可可豆要做的事。”

“那是什么事？”莫格里问道，这会儿工夫，他放松了戒备，尽管身边的巴吉拉是丛林中最老资格的捕猎者。

“打破你的头，”巴吉拉不动声色地说，又把莫格里拉入水中。

“拿你的老师取乐可不好。”莫格里第三次被拉入水中时，那只熊抱怨道。

“光说不好！你都得到什么？那个光溜溜的东西跑来跑去地跟昔日的好猎手们开着一个猴子才会开的玩笑，仅仅为了好玩，他就去拉扯我们中间最优秀的猎手的胡须。”讲这番话的是谢尔汗，那只瘸虎，一瘸一拐地下到水中。他等了一会儿，满意地看到自己的到来引起对面的鹿群一阵骚动，然后一边舔着水，一边发着牢骚，“如今，丛林成了一个赤身裸体的娃娃的天下。看着我，人娃娃！”

莫格里看过去——盯着看，更确切地说——用他熟知的方式粗野地盯着看，不消一会儿工夫，谢尔汗就不自在地把头转开了。“人娃娃这个，人娃娃那个，”他一边咕哝着，一边继续喝水，“这个崽子既不是人，也不是人娃娃，要不然他一定会害怕的。下个季节，我要是喝水，还得求他允许不成，嗷呜！”

“那样的时刻，也许会到来，”巴吉拉接口说，死死盯住谢尔汗的眉间，“那样的时刻也许会到来——呸，谢尔汗！——你又给这里带来了什么新的丢脸事？”

此时，这只瘸虎把口鼻全都浸入水中，黑暗中，他下方的水面浮动着他那油亮条纹的身影。

“一个人!”谢尔汗沉着地说,“我一小时之前猎杀的。”接下来,他自顾咕噜着,低吼着。

兽民的队伍起了一阵骚动,他们来回走动,窃窃私语着,小声嘀咕逐步升高为叫嚷。“人!人!他竟然杀了人!”随即,所有的目光都望向了野象哈蒂,可哈蒂装作什么都没听见。遇到这种状况时,哈蒂从来都是无所作为,这也是他能如此长寿的原因之一。

“在这么干旱的季节,你还杀人!难道没有别的活物让你猎杀了吗?”巴吉拉轻蔑地说道,从污水中站起身来,抖着每只爪子,他做这种动作时很像猫。

“我凭着喜好猎杀——不是为了食物。”惊慌失措的议论声又起,哈蒂一只警惕的小白眼睛也转向谢尔汗的方向。“凭着偏好,”谢尔汗慢条斯理地说,“现在我来了,来喝水,顺便清洗一下。有任何人不让我这么做吗?”

巴吉拉的后背开始像劲风中的竹子那样弓起来,不过此时哈蒂扬起他的鼻子,不动声色地开了口。

“你猎杀是出于偏好?”他问道;即便哈蒂会问问题,那也是最好回答的问题。

“的确如此。那是我的权利,我的夜间活动。你最清楚,亲爱的哈蒂。”说到后来,谢尔汗的口气几乎是奉承的。

“是的,我知道。”哈蒂回答说;随后,在一阵静默之后,他又问道,“你喝饱了吗?”

“对今晚来说,喝饱了。”

“那就走吧。河水是用来喝的,不是用来玷污的。这里没有别的居民,仅有你这只瘸虎会夸耀自己的权利,而且是在这种季节——当我们一同经受苦难的时候——无论是人类和丛林居民,都在经受苦难。不管你洗没洗干净,回你的巢穴去吧,谢尔汗!”

最后一句话像银铃般的号角一样吼出，与此同时，哈蒂的三个儿子都向前跨了半步，其实没这个必要。谢尔汗鬼鬼祟祟地溜走了，没敢留下半句怨言，因为他知道——任何其他居民也都知道——当终于到了最后关头，哈蒂才是整个丛林的大头领。

“谢尔汗口中说的权利是什么？”莫格里趴在巴吉拉的耳畔，小声问道，“就是他总在杀人，可耻。丛林法则是这么规定的。就连哈蒂也这么说——”

“去问他。我不知道，小兄弟。管他什么权利不权利，要是刚才哈蒂不发话，我早都教训过那个瘸腿屠夫啦。刚杀过一个人，就到‘和平石’这里来——还为此自吹自擂——真是豺狗的招数。何况他还玷污了这些好水。”

莫格里等了会儿，让自己鼓足了勇气，因为没有哪个居民愿意同哈蒂直接对话，随后他高声喊道：“谢尔汗的权利是什么，亲爱的哈蒂？”两岸的居民都附和着他的问话，因为所有丛林居民都有着强烈的好奇心，况且他们刚看到了没有哪个能解释清楚原因的事情，只有一个除外，那就是巴卢，他显出一副若有所思的样子，似乎已经明白了原委。

“那是一个古老的传说，”哈蒂说，“一个比丛林还要古老的传说。两岸的居民们，都保持安静，我要讲述这个传说啦。”

有那么一两分钟，野猪群和水牛群中传来推来搡去的声音，然后，各个族群的头领一个接一个地咕哝道，“我们等着呐。”哈蒂向前跨了几步，一直走到“和平石”边河湾及膝深的水中。尽管消瘦不堪、浑身皱褶，象牙都变黄了，丛林居民还是能够看出，哈蒂是他们的大头领。

“你们要懂得，孩子们，”哈蒂开了口，“所有生物中，你们最怕的就是人类。”兽群中响起了一片表示赞同的嘀咕声。

“这个传说故事跟你有牵连，小兄弟。”巴吉拉对莫格里说。

“我？我来自狼群——是自由兽民中的一个猎手，”莫格里回答说，“我哪里会跟人有牵连？”

“可是你们知不知道，我们为啥要怕人类呢?”哈蒂接着讲述，“这就是原因所在。在这个世界上刚有丛林的时候，没有哪个知道具体是什么时候，我们来自丛林的居民一起生活，并不惧怕彼此。那时候，没有干旱，所有的树叶、花朵和果实都长在同一棵树上，我们除了吃树叶、花朵、杂草、果实、树皮之外，其他什么吃的也没有。”

“我真庆幸，没生在那种时候，”巴吉拉说道，“只有磨爪子时，树皮才有点用处。”

“当时丛林的大头领是‘塔’[①]，也是有史以来第一头大象（始祖象）。他用自己的鼻子把丛林从深水中拉出来。他用自己的象牙在丛林的土地上犁出沟，从沟里流出了溪水。他跺脚的地方，涌出了水质清澈的池塘。当他用鼻子吹气时——就像这样——树木纷纷生长出来。塔就是用这种方式创造了丛林。这就是流传下来的传说故事。”

“他讲故事的时候，丝毫没损失脂肪。”巴吉拉小声评论着，莫格里听了捂着嘴笑了。

“那时候，世上没有玉米，没有甜瓜，没有胡椒，没有甘蔗，也没有任何我们如今能看到的小棚屋。当时丛林居民对人类一无所知，而是共同生活在丛林里，形成了一个族群。可没过多久，他们开始争抢食物，其实当时的草足够所有居民吃。他们非常懒，每一个居民只想吃躺着的地方的草，就像现在春季雨水充沛的时候，我们做过的那样。那时候，第一头大象忙于创造新的丛林，引导新的河水流入河床。他无法视察丛林的所有地方，于是他创造了第一只老虎（始祖虎），也是丛林的头领和法官，丛林的居民需要把纷争提交给老虎来审判。那时候，始祖虎跟其他丛林居民一样，只吃草和水果。他的体型跟我现在一样大，他那时非常漂亮，浑身的毛色就像爬山虎开出的黄花。在丛林刚开辟的那些年里，老虎的皮毛上既没有条纹，也没有横道。所有丛林居民走到老

---

① 塔（Tha），发“*Tar*”的音，我虚构的一个名字。——原注

虎面前时，都不会害怕，而他说的话就是全部丛林居民要遵守的法则。你们要记住，当时，我们是同一个族群。

“然而，有天夜里，两头雄鹿起了纷争——就像我们如今会用犄角和前蹄解决的一场牧草之争——据说呀，两头雄鹿在始祖虎面前论理时，那只老虎正卧在花丛中，其中一头雄鹿无意中用鹿角顶了他一下，始祖虎一时间忘记了自己丛林头领和法官的身份，扑向那头雄鹿，弄断了他的脖子。

“在那个夜晚之前，我们族群还从未死去过一个，始祖虎眼瞅着自己的所作所为，被鲜血的气味熏傻了，逃入了北方的沼泽地。因此我们剩下的这些丛林居民，再也没了法官，开始彼此打斗起来。塔听到了打斗的声音，回到丛林里。当时，我们都公说公有理，婆说婆有理，然而塔看到了花丛中那头死去的雄鹿，便询问是谁杀死了雄鹿。可我们被血的气味弄昏了头，无法说出是谁杀死了雄鹿。我们来来回回地绕着圈跑着，跳着，大声叫喊着摇摇头。于是，塔给丛林中低垂的树木和到处蔓延的爬山虎下了一道命令，让他们在杀死雄鹿的凶手身上做标记，以便他下次见到凶手时能够认出来。他还问：‘那么现在谁来当丛林居民的头领呢？’住在树枝间的灰人猿跳下来说，‘从现在开始，我是丛林居民的头领。’

“塔听了这话笑了笑说，‘那你就当头领吧。’说完就生气地离开了。

“孩子们，我们都了解灰人猿。他那时跟现在没啥两样。一开头，他还摆出一副聪明的嘴脸，但没过多久，他开始抓挠着身体，上蹿下跳。等塔再次返回丛林时，发现灰人猿正倒挂在一根大树杈上，愚弄下方站立的那些丛林居民呢，而下面的那些居民也反唇相讥。就这样，丛林里没了法则——只剩下愚蠢的言谈和毫无意义的话语。

“于是，塔把众居民召集在一起，对大伙说：‘你们的第一位头领给丛林带来了死亡，第二位让丛林蒙羞。到了该制定一个法则的时候了，一旦制定，你们就不能违反这个法则。如今，你们也该懂得什么是‘恐惧’了，一旦你们了解了它，就会知道，它才是你们的头领和主宰，其余的都要听从它的命令和指引。’当时我们询问，‘“恐惧”是什么？’塔回答说，‘去找寻吧，直到你们发现它为止。’于是，我们走遍了丛林，寻找‘恐惧’，没过太长时间，水牛群——”

“啊哈！”水牛群的头领麦瑟[①]在对岸应了一声。

“没错，麦瑟，就是水牛群。他们带回来消息，说‘恐惧’坐在丛林的一个山洞里，还说他没长毛，用自己的后腿走路。于是，我们其他丛林居民都跟着水牛群，一直来到那个山洞前，‘恐惧’当时站在洞口，正如水牛们说的那样，他没有长毛，用两条后腿行走。他看到我们之后，高声喊叫起来，他的声音让我们内心充满了恐惧，就像我们现在听到那种声音，也同样会害怕。于是我们转身奔逃，由于恐惧，相互踩踏和冲撞。当天夜里——讲故事的人就是这样告诉我的——我们丛林居民并没有按照传统睡在一处，而是每个部族各自分离开来——野猪和野猪在一起，鹿和鹿在一起，长角的聚在一起，有蹄的形成一群——按照物以类聚的分法，就这样卧在丛林中，因为害怕而颤抖。

“当时，只有始祖虎没有跟大家在一起，因为他还躲藏在北方的沼泽中。等我们在山洞中看到一个东西的传言传入老虎的耳朵，他说：‘我要去看看这东西，顺便扭断他的脖子。’于是他奔跑了一整夜，来到那个山洞前，然而他路过的树木和爬山虎，仍然牢记着塔的命令，在他的虎爪，他的后背，他的腰窝，他的前额，以及他的面颊画上了标记。他们碰到老虎身上的哪处地方，哪处的黄色毛皮上就会出现一道条纹记号。老虎的子子孙孙直到现在一直带着这些条纹。当老虎走到洞口，那个没长毛的‘恐惧’伸出一只手，管老虎叫‘夜里来的带条纹的家伙’，而始祖虎也害怕那个没长毛的家伙，连忙逃回沼泽地，在那里号叫。”

---

① 麦瑟（Mysa），发“*My-ser*”的音，重音在“*My*”上，我虚构的一个名字。——原注

听到这里，莫格里轻声笑了，把下巴埋进水中。

“老虎号叫的声音非常大，塔听到后询问，‘你为什么悲嗥？’始祖虎仰起头，望着新创造的天空（如今天空已经非常古老）说：‘请再次赋予我权力吧，亲爱的塔。我在所有丛林居民面前丢尽了颜面，我从一个没长毛的家伙那里逃了回来，他用一个令我蒙羞的名字称呼我。’‘为什么呢？’塔问道。‘因为我在沼泽地里弄了一身泥。’始祖虎回答说。‘那么，你去水里洗一洗，或者在湿草地上打个滚。要是那些是泥，就会洗净或者蹭掉。’塔对他说。这头浑身斑纹的始祖虎先是下到河里游泳，然后又在草丛里滚了又滚，一直滚到他眼中的丛林都一圈圈地打起转来，可是他皮毛上的斑纹丝毫也没起变化，身旁的塔看着他那个样子，哈哈一笑。于是始祖虎问道：‘我做了什么事情，让这些斑纹印到了我身上？’塔回答说，‘你杀了一直雄鹿，你已经把“死亡”散播在丛林中，尾随“死亡”而来的，是“恐惧”。正因为如此，丛林里的居民开始彼此惧怕，那种情形就像你害怕那个没长毛的家伙一样。’始祖虎并不相信他的话，‘丛林居民永远也不会怕我，因为我一来到世上就认得他们。’塔对他说，‘不信你去看看。’于是始祖虎在丛林中奔来奔去，大声呼唤着鹿、黑鹿、野猪、豪猪和全体丛林居民，可这些丛林居民见到他们从前的法官，全都逃走了，因为他们感到害怕。

“于是始祖虎返身回来，他的自尊心已经支离破碎，他以头撞地，四爪撕裂了大地，羞愤难当地说：‘要记住，我曾经是丛林的头领，不要忘记我，亲爱的塔！让我的子孙后代记住，我原本并无羞愧和恐惧之情！’塔回答说，‘我无能为力，因为我和你共同见证了丛林的诞生。不过，今后的每一年都有一个夜晚，就像那头雄鹿被杀死之前那样——这是专属你和你的子孙们的一个夜晚。那天夜里，如果你们遇到那个没长毛的家伙——他叫作“人”——你便不会惧怕他，他反而会惧怕你，就像你仍旧是丛林居民的法官和所有生灵的头领一样。当天夜里，在他恐惧的时候，对他表示宽容和怜悯，因为你已经了解“恐惧”的感觉。’

豺狗也许追随老虎，但是，狼崽，当你胡须长齐，
要记住狼是猎手——自己去狩猎，去获取食物。

与丛林的王者——老虎、黑豹、棕熊和睦相处；
别惊扰和平的主宰哈蒂，莫要嘲弄窝里的野猪。

当两个兽群在丛林中相遇，哪一个都不会重蹈另一个的覆辙，
趴下别动，直到头领发话——可能恭维话会奏效哦。

当你与狼群里的一只狼作战，须得等他独自远离狼群的时候，
免得其他成员参战，有损狼群的声威。

巢穴是狼的庇护所，狼把它当做自己的家，
即使狼群的头领也不能进入，遑论狼群大会的其他成员。

巢穴是狼的庇护所，不过是狼草草挖成，
只消狼群大会捎来信，他便会改换巢穴。

倘若你在午夜前狩猎，须悄悄地，莫让狼嗥惊扰丛林，
以免吓到庄稼地来的鹿群，让你的兄弟们空手而归。

你可为自己狩猎，需要的时候，也能为配偶、幼崽捕食；
但不要为了好玩狩猎，永远不要去猎杀人。

假使从弱者口中夺来猎物，为了自尊，不要全部吞食；
狼群的权利是最均衡的权利；因此把头和皮留给弱者。

狼群的猎物便是狼群的肉。你们必须在猎物倒下的地方进食；
任何狼不得把肉带回狼穴，不然他就得死。

狼的猎物便是狼的肉。随便他怎么处置都行，
然而，除非得到他的允许，否则狼群不能吃他的猎物。

幼崽权是一岁狼崽的权利。他可以向狼群中的每只狼提出要求
吃猎物就要吃饱；狼群成员一概不得拒绝他的要求。

狼穴权是狼妈妈的权利。生崽的那年她可以要求狼群中的每只狼
把每个猎物的腰腿肉留给幼崽，狼群成员一概不得拒绝她的要求。

护穴权是狼爸爸的权利——独自为了自家狩猎。
他可以不顾狼群的所有差遣；仅有狼群大会才具审判他的权利。

基于他的经历和狡诈，基于他的控制力和利爪，
所有丛林法则无法解决的问题，狼群头领的话就是法律。

那么，这些就是丛林法则，尚有更多更有力的规定；
但是法则的头和脚，法则的腰和背，就是——服从！

第二章

苦行者普伦[1]的奇迹

夜里我们感知大地将要移动
我们悄悄地用手去拉他，
因为我们用爱去爱他，
这种爱我们知道却不了解。

当山坡在轰鸣中崩裂，
我们整个世界倾覆在雨中，
我们解救他，我们这些小精灵；
可你瞧！他没有醒过来！

哀悼吧，现在，我们为了
野生动物能有的贫乏的爱去救他。
哀悼吧，你们！我们的兄弟不会醒来，
而他的同族将我们赶走！

——《叶猴的哀歌》

从前，印度有一个男人，他是该国西北部一个半自治土邦的宰相。

---

① 圣人普伦（Purun Bhagat），发“*Poorun Bhuggat*”的音，“Bhagat”是“圣人，苦行者”的意思。——原注

他是一个婆罗门[①]种姓的人，他所在的种姓非常高级，以至于对他来说，种姓没有任何特别的意义。他父亲是守旧的印度朝廷里一位身着彩色衣冠的重要大臣。然而，随着普伦·达斯[②]越长越大，他感到很多事情旧有的秩序发生了改变，任何一个人，如果想在这个世道有所发展，必须深得英国人的崇信，假意认为英国人信仰的一切都是好的。与此同时，一个土著官员还必须保有自己主子的宠爱。这真是一场很难玩好的游戏。但是，这位沉着镇定、沉默寡言的婆罗门，凭借他在孟买大学受到的优良的英式教育，玩起这场游戏来得心应手，并逐步晋升到土邦宰相的高位。换句话说，他比他的主人，那位印度土邦王公，还要掌握更多的实权。

等那位老王公——他本人对英国人，他们的铁路和电报持怀疑态度——去世以后，普伦·达斯与老王的年轻继任者保持高度一致，后者曾跟随一位英国教师学习。尽管他总是把荣誉归功于他的年轻主子，其实是在他们两个人的共同努力下，他们为小女孩开办了学校，修筑公路，开办国有诊疗所，举办农具展览会，出版名为《土邦精神和物质发展》的年度蓝皮书，深得外交部和印度政府的欢心。鲜有土邦能够全盘接纳英国进步的东西，因为他们不信任英国人。从普伦·达斯的表现来看，他信任英国人，坚信对英国人有好处的东西，对亚洲人肯定有双倍的好处。这位土邦宰相成为历任印度总督、副总督、印度政府官员、医学传教士、普通传教士，远道而来骑马进入土邦猎场打猎的英国官员，连同一群群在凉爽天气里到印度各地旅游的外国游客的朋友，他告诉他们应该如何处理各类事情。闲暇时间，他会资助那些严格按照英国人的方法学习医学和制造业的人，还会给《先锋报》，印度最重要的日报写

---

① 婆罗门（Brahmin），是印度的祭司贵族，婆罗门种姓是印度最高一级的社会阶层。

② 普伦·达斯（Purun Dass），发“*Poor-un Darss*”的音，一个土著人的真实名字。——原注

稿，来阐释他主上的志向和目标。

最后，他去英国游历了一番，回来后不得不付给众祭司大笔大笔的钱财，因为即使普伦・达斯拥有婆罗门这样高级的种姓，渡过黑黢黢的海洋时，也丧失了他的种姓。在英国伦敦，他会晤了所有值得认识的人——所有那些闻名于世的人——看的风景多到不胜枚举。他被知名的大学授予了荣誉学位，还到处演讲，身着晚礼服跟英国贤媛淑女们大谈印度社会改革问题。末了，所有伦敦人交口称赞，“他是自打使用餐巾以来，在餐桌上能碰到的最有魅力的人。”

当他返回印度，有更大的荣耀等着他，因为总督特地亲自来访，授予那位年轻王公“印度之星”大十字勋章——其上饰满了钻石、珐琅和缎带。就在同一个仪式上，礼炮响起，普伦・达斯被授予爵级司令的印度帝国勋章，于是，今后他的称谓便成了“爵级司令普伦・达斯爵士”。①

当天晚上，总督的大帐篷内大排筵席，普伦・达斯身披绶带，胸前佩戴着勋章站在那里，答谢祝他主上健康的敬酒，做了一通鲜有几个英国人能出其右的演讲。

转眼又过去一个月，当城市恢复了那骄阳炙烤的宁静，他做了一件英国人做梦都没想过的事情，因为，他逆世界事务进展而动，消失了。他那饰有宝石的爵士勋章，又回到印度政府手中，新任命的宰相接管了他的事务，一场争夺爵级司令职位的大战，在所有次一级官员之间展开。那些祭司们知道事情的原委，普通民众只能去猜测。可印度就是这样一个地方，一个人可以做他喜欢的任何事情，没有人去追究原因。事实上，这位印度高官，爵级司令普伦・达斯爵士，已经放弃了他

① 印度之星勋章和印度帝国勋章都由英国维多利亚女王设立，授予那些在印度作出突出贡献的人，现在都已经废止。印度帝国勋章分为三个等级：一等是爵级大司令勋章（GCIE），二等是爵级司令勋章（KCIE），以及三等勋章（CIE）。

的高位，他的豪华寓所，他的权力，身穿桑耶西[①]或称苦行者的赭色衣服，手拿一个化缘钵去行乞，人们并不认为他的行为有什么反常的地方。就像古代准则忠告的那样，他做了二十年的年轻人，当了二十年的战士——尽管在生活中，他并不携带武器，还做了二十年的一家之主。他曾用财富和权力做过他认为值得的事情；当荣誉降临时，他坦然接受；他到访过各地的城市，见过形形色色的人，那些人曾起立对他表达敬意。如今，他放弃了这一切，就像一个人放下一件他再也不穿的大衣那样轻巧。

他走出城市的大门时，腰后围了一张羚羊皮，腋下拄着一根黄铜手柄的手杖，手中托着磨得发亮的棕色海椰子壳化缘钵，打着赤脚，孑然一身，目光盯住地面——在他身后的堡垒中，人们正在鸣放礼炮，对他的继任者表达敬意。普伦·达斯点了点头。那样的生活一去不复返，它之于他来说，既不厌恶，也不亲切，正如人对夜里一个苍白的梦的感觉一样。他是一名桑耶西——一个无家可归到处流浪的乞丐，依靠从别人那里乞讨来的食物为生。在印度这个国家，只要人们能从口中省出少量食物来，就不会饿到祭司和乞丐。普伦·达斯一生中从未吃过肉，甚至极少吃鱼。许多年里，只需五英镑就足以买到他吃的任何一顿饭，尽管在那些年里，他手中的财产绝对不下几百万英镑。即使在敦伦被奉为名人的那段日子里，他也仍把对平静、安宁的向往放在第一位——泛着白光、布满尘土的印度大路，到处留下了他赤脚的足迹，路上来往的行人车辆，动作缓慢，落日的余晖中，无花果树下袅袅升腾起木柴燃烧时刺鼻的青烟，那是徒步旅行的人们坐在树下吃晚餐。

深感来到了梦想成真的时刻，这位土邦宰相采取了最恰当的措施。在三天之内，想在成千上万个成群结队或者茕茕孑立的身穿粗布衣的印度人中找到普伦·达斯，要比在大西洋的各个宽广的海域寻找一个泡沫

① 桑耶西（Sunnyasi），即苦行僧，指出家、离俗和禁欲的人。

还要难（比大海捞针还要难）。

夜幕四合时，他便就地铺下那张羚羊皮——有时睡在路边的一座桑耶西寺庙里；有时睡在瑜伽修行者圣地的灰泥立柱旁，瑜伽修行者是苦修圣人的另一个神秘分支，他们怀着各级种姓、苦修圣人分支都有其存在价值的理念接待了普伦·达斯；有时睡在一个印度小村庄的边上，那里的孩子们会悄悄给他奉上他们父母备好的食物；有时睡在空旷牧场的空地上，他生的篝火的火焰会惊醒那里昏昏欲睡的骆驼。对于普伦·达斯——或者苦行者普伦（他眼下以这个名字自称）来说，睡在哪里都一样。而且对他来说，土地、人和食物也没什么分别。不知不觉中，苦行者普伦的足迹遍布了印度的北部和东部。他从南部来到罗塔克；从罗塔克来到卡努尔；从卡努尔到废弃的萨马纳城；然后沿着克格尔河[①]那干涸的河床向上游走去，只有山区下雨时，这条河床才会注满河水；直到有一天，他远远望见了伟大的喜马拉雅山的轮廓。

望着望着，苦行者普伦笑了，因为他想起自己的母亲出身于拉吉普特人[②]婆罗门种姓，来自库鲁河谷——这位来自大山的女人，始终对雪山充满了思乡之情——而且一旦一个男人与大山有了丝毫的血脉联系，最终都会将他拉回所属的地方。

“就在那边，”苦行者普伦自言自语道，此时他正面对着西瓦利克山脉较矮的山坡，那里的仙人掌像七枝烛台[③]那样挺立着，“就在那边，我该坐下来，了解一下。”他走在通往西姆拉的路上时，来自喜马拉雅山的凉风在耳畔呼啸。

上一回走在这条路上时，真可谓气度恢宏，他在一队马蹄哒哒的

① 克格尔河（Gugger river），这里原著中的“Gugger”应该写作“Ghaggar”，发源于喜马拉雅山脉南麓、印度喜马偕尔邦的一条河流。

② 拉吉普特（Rajput），在梵语中意为“王族后裔”，印度一个部族，拉吉普特人现在大多分布于印度西北部和中部地区。

③ 七枝烛台，犹太人的一种圣灯，曾是耶路撒冷犹太教圣殿中的装饰物。

骑兵护卫队的保护下，前去觐见历届总督中最和蔼亲切的一位。他们两人交谈了一个小时，说了说身在伦敦的共同好友，还谈了谈印度普通民众对一些事情的真正想法。然而这一次，苦行者普伦不是应召而至，而是倚在林荫大道的围栏上，俯瞰下面方圆四十英里平原的风景，直到一个土著穆斯林警察跟他打招呼，说他阻塞了交通。苦行者对这位执法者虔诚地行了一个额首礼，因为他知道律法的价值，如今他也在找寻属于自己的法则。随后，他接着上路，夜里睡在小西姆拉[①]一间早已空置的棚屋里。这里仿佛是世界的尽头，但它仅仅是他此行的开端。他沿着喜马拉雅-西藏路前行，那是一条十英尺宽的小路，有些地方是炸开坚硬的山岩开辟出来的，有些地方则是突出崖壁的一些原木横杆，下方便是上千英尺的深渊；小路一会儿降到闷热潮湿的狭窄谷底，一会儿升到杂草丛生、毫无遮蔽的山梁，阳光仿佛透过放大镜照射下来一般；转了个方向，小路一头扎进苍翠欲滴的幽暗森林，林中的桫椤树干从头到脚都装扮了起来，雉鸡正在呼唤他的伴侣。有时候，他遇到一些带着狗赶着羊群的藏族牧人，每只羊后背都绑着一小袋硼砂，还碰到一些在林中徘徊的伐木工，以及从西藏来的披着斗篷和毛毯的喇嘛，后者是去印度朝圣。还能看到来自偏远山区小土邦的外交使节，在有着环状斑纹的花斑马背上剧烈地颠簸着；偶尔也会有一个王公出访的队伍经过。另外一些时候，漫长而晴朗的一天中，他除了在山谷中看到一只站立不动，发出咕噜咕噜喉音的黑熊，其他什么都没见着。当初他起程的时候，身后世界的喧嚣仍旧萦绕耳畔，好似火车穿过隧道时留下的久久不去的轰鸣。可等他把马蒂阿尼[②]山口抛在身后时，所有的声音全部沉寂下去，只剩下苦行者普伦独自一人，一边走一边思虑着，两眼虽然盯着地面，可思

---

① 小西姆拉（Chota Simla），西姆拉城的一个土著人聚居区。——原注

② 马蒂阿尼山口，原文 Mutteeanee Pass，应该是现在印度喜马偕尔邦的 Matiana Pass（马蒂阿尼山口）。

绪早已飞入云端。

一天傍晚，他穿过起程以来最高一个山口——他花去两天时间爬上山——目力所及之处，全都是连绵不断的雪峰——那些山峰足有一万五千英尺至两万英尺高，尽管它们在五六十英里开外，看起来近得仿佛扔出一块石头就能打到。山口处覆盖着一片浓密幽深的树林——有喜马拉雅雪松、胡桃树、野黑樱桃树、木樨榄、野洋梨树，不过，大部分还是喜马拉雅雪松。雪松林中矗立着一座废弃的迦梨神庙，迦梨有时化作杜尔迦，有时候被当做对抗天花的女神湿陀罗。①

普伦·达斯把石头铺就的地面打扫干净，冲着咧嘴而笑的女神像笑了一下，用泥在神庙后面为自己筑了一个火炉，然后把羚羊皮铺在一层新鲜的松针上，将拜拉吉②——他的黄铜柄手杖——塞在腋下，坐下来休息。

他刚坐下，马上注意到距离他一千五百英尺开外的下方的山坡上，有一个小村庄。村里的房子全都是石砌的墙壁，夯土的屋顶，整个村庄偎依在陡峭的斜坡上。村庄四周围着看似微型的梯田，仿佛拼接围裙一样横亘在半山腰；一眼望过去，个个跟甲虫一样大小的牛群，正在几处平滑的石头围起来的打谷场上吃草。乍向山谷对面望去，眼睛会被事物的大小所欺骗，起初并不会意识到，对面山腰上看似低矮的树丛，其实是一片方圆百英尺的松林。苦行者普伦看到一只老鹰朝巨大的山凹俯冲下去，可这只大鸟刚冲到一半的地方，就缩小成了一个黑点。几朵零散的白云，形成一串，在山谷中上下漂浮，一会儿撞上了山腰，一会儿上升到与山口顶部平齐的地方，消散了。“这里应该是我获得安宁的地方。”苦行者普伦自语道。

---

① 这里的迦梨、杜尔迦、湿陀罗是大神湿婆妻子雪山女神的三个化身。

② 拜拉吉（bairagi），拜拉吉即苦行僧，属于婆罗门种姓，苦行僧手中拿的拐杖也称“拜拉吉”。

那时，一个山里人完全不把这上下数百英尺的山路当做一回事，村子里的人一看到废弃神庙那里升起来的烟雾，他们的牧师就连忙爬上罗列着梯田的山坡，来欢迎这位陌生来客。

当牧师与他四目相交——这是一个曾经管理过成千上万人的男人的目光——时，牧师一躬到地，一言不发地接过化缘钵，然后返回村里。牧师此刻才大声宣告说道，“我们终于迎来了一位圣人。我从来没有见过这样的人。他虽然属于平原——但面色像婆罗门之首一样白。”于是，村里的所有主妇问道，“你认为他会留下来吗？”这些主妇使出浑身解数，为这位圣人烹饪出最美味的佳肴。诚然，山里的食物非常简单，但是主妇们用荞麦、玉米、稻米、辣椒，以及山溪里出产的小鱼，石头墙上渔网状蜂巢里取出的蜂蜜，还有杏干、姜黄粉、细辛和薄面饼做出可口的饭菜，祭司为这位圣人端来满满一碗这样的食物。那么，他会留下来吗？祭司也这样自问。不知他是否需要一个门徒——就是一个弟子——与他一同行乞呢？寒冷的天气里，他有毛毯来保暖吗？这些食物好吃吗？

苦行者普伦吃了食物，并向食物赐予者道谢。看来他打算留下来。那就够了，祭司心里想。化缘钵被放置在神庙外面两根扭曲的树根构成的凹窝中，每天都会有人给这位圣人送来食物；全体村民都感到无上的荣耀，因为这样一个人——他们看他的时候都会感到羞怯——居然会留在他们中间。

就在那一天，苦行者普伦的游方生活结束了。他已然到达了命定中的地方——一个静寂的属于自己的空间。在此之后，时间停止了，他坐在神庙入口处，分辨不清自己是活着还是死了。他成了一个能够控制自己的肢体的人，或者成了群山、云朵和晴雨变换的一部分。他上万遍地重复默念着神的名字，最后，随着一遍遍的重复，他似乎越来越远离了自己的身体，迅速来到某个巨大发现之门的面前；然而正当门为他开启时，他的身体却将他拉回去。他感到自己又被紧锁在苦行者普伦的血肉之躯中，极度痛苦。

每天清晨，盛满食物的化缘钵都静静地摆放在神庙外的树根“支架”上。有时候是祭司带过来；有时候，一位旅居村里的急于获利的拉达克商人，艰难地爬上小路送过来；不过更多的时候，送饭的人就是头天晚上做饭的村妇；她会几乎不出声地嘟囔着，“请在众神面前为我美言，圣人。请为我这样一个‘某某人’的妻子美言！”偶尔，一些胆大的孩子会获得送饭的殊荣，苦行者普伦可以听到，他刚一放下碗，就以他那两条小腿能跑出的最快速度跑开了。不过，这位苦行者从未走下山坡到村子里去。村庄就像一张地图一样摆在他脚下。他能够看见村里的晚间集会，在许多打谷场围成的圆形场地里举行，因为那里是惟一平坦的地方。他能够看见长势极好的说不出是什么绿的稻秧，靛蓝色的玉米地，船坞一般小块的荞麦，还有当令的苋属植物开出的红花，它那小小的花种，既不是谷类，也不是豆类，印度教徒在禁食期吃这种花种制成的食物是合法的。

随着季节的变换，村舍屋顶都成了一个个纯金色的小方块，因为村民们把收获的玉米棒子摆在房顶晾晒。秋收和储藏，播种稻谷，剥去玉米壳，下方多边形小块田地上的所有喧嚣，都没能逃过他的眼睛。他也思索这一切，想知道它们在久远的未来的最终结果。

即使在印度人口稠密的地区，一个人也不能成天像块石头似的坐着不动，那样野生动物就会爬上他的身体；何况在这处荒凉的地方呢，很快，那些非常熟悉这座迦梨神庙的野生动物，就跑回来查看这位入侵者。长尾叶猴，一种体型很大长着灰色胡须生活在喜马拉雅山一带的猴子，自然会第一批到来，因为他们充满了好奇。等到他们打翻了化缘钵，拿它在地上转着圈地滚动，在黄铜柄的手杖上试过牙齿，还冲着那张羚羊皮做过鬼脸以后，他们确信，那个一动不动地坐着的人没啥害处。傍晚，长尾叶猴会从松树上跳下来，举起他们的手向他讨食吃，然后再荡着优雅的弧线，返回树上。他们也喜欢烤火，密密麻麻地将火炉围起来，苦行者普伦往炉子里添加燃料时，不得不将他们推到一旁。到了早上，有很多次，他发现一只毛茸茸的灰猿，正跟他盖着同一条毯子。漫长的一天中，猴群中的这只或那只猴子会坐在普伦旁边，凝视着远处的雪山，咕咕地低声叫着，看上去有种难以用语言形容的聪明和悲伤。

猴子之后，来的是布拉辛格[①]，这头体型硕大的鹿很像英国的马鹿，但比马鹿更健壮。他想要在迦梨那冰冷的神像上磨掉鹿角上的鹿茸，当他看见一个人在神庙里，他顿了顿蹄子。可苦行者普伦并未离开，于是，这头有十二个以上角叉的公鹿一点点地靠上去，用鼻子拱苦行者普伦的肩膀。苦行者普伦用一只冰凉的手轻轻摸着他温热的鹿角，这种抚摸让公鹿焦躁的心平静了下来，他低下头，苦行者普伦用手轻轻磨掉了鹿角上面的鹿茸。从那以后，布拉辛格会带来他的母鹿和小鹿——这两只文雅的动物趴在那位圣人的毛毯上细细嚼着东西——或者布拉辛格会在夜里独自前来，他的双眼在摇曳的火光中闪着绿光，来享用属于他那份新鲜的胡桃。最终，麝香鹿，体型差不多是最小的也是最害羞的一种鹿，也支棱着兔子一样的大耳朵来了；就连这种带花斑的沉默动物，也一定要搞清楚神庙里的光到底意味着什么，她把驼鹿般的鼻子伸到苦行者普伦的大腿上，来来回回地追逐着光影。苦行者普伦称呼所有的动物为“我的兄弟们”，如果他低声呼唤“兄弟！兄弟”，只要那些动物能够听见，在正午时分都能把他们从林中唤出来。那只阴郁而多疑的喜马拉雅黑熊——索那，下颌底下有一道“V”字形白色印记——不止一次来过这里。因为这位苦行者没有表现出任何害怕的迹象，索那也没有露出任何愤怒的情绪，而是望着他，越走越近，来求得一份宠爱，以及一些面包或野果。在寂静无声的黎明时分，这位苦行者常常爬上山口的最高

---

① 布拉辛格（barasingh），发“*burra sing*”的音，印度本地语言“大角”的意思。——原注

处，眺望日出的红霞逐渐染满每一座雪峰。他也会发觉，索那一路咕哝着蹒跚跟来，好奇地将一只前爪伸到一根倒伏的树干底下，然后“噗”地呼出一口气，不耐烦地把前爪抽了出来。有时候，他早起的脚步声会把索那惊醒，这只异常野蛮的畜生会从他蜷缩着睡觉的地方直接站立起来，可能准备打上一架，不过当他听出是那位苦行者弄出的声音，就明白原来是自己最好的朋友走过来了。

所有远离大城市居住的隐居者和苦行者，几乎全都因为能够与野生动物一同创造奇迹而闻名于世。不过，以往的所有奇迹的关键就在于隐居者和苦行者保持不动的姿势，绝对不能做出急促的举动，而且至少在相当长的时间里，绝对不能拿正眼去瞧到访的动物。村民们看见布拉辛格隐隐约约的轮廓像一团影子似的，悄悄地穿过神庙后方的密林；看见喜马拉雅山鹑在迦梨的神像前展示着他最漂亮的毛色；还看见长尾叶猴坐在庙内的地面上，玩着胡桃壳。有些村里的孩子也听到索那以熊的方式在倒伏于地的石头后面自顾哼唱着。因此，这位苦行者作为奇迹创造者的声望更是让人们深信不疑。

然而，在这位苦行者的内心深处，没有什么比奇迹更不重要了。他相信，万物本身就是一个巨大的奇迹，而当一个人明白了这一点以后，他还会明白更多的东西。他十分笃定，这个世界上的东西从来就没有什么伟大和渺小之分：他日思夜想，努力想找出一条进入事物中心的通路，以便回归他灵魂的出处。

就这样苦思冥想着，他那从未修剪的头发已然过肩，铺着羚羊皮的厚石板边上，已经被他的黄铜手杖一端磨出了一个洞，两根树根之间日复一日放置他的化缘钵的地方，已经凹陷成一个状如那个棕色海椰子壳化缘钵本身一样的深窝；而每个来到火炉旁的野兽也知晓自己该坐的位置。随着季节变换，田地更改着它们的色彩；打谷场满了又空，一次次堆满，又一次次地清空；一年又一年冬天到来时，长尾叶猴在落了一层薄雪的树枝上欢快地跳跃，直到母猴们从流淌着泉水的温暖山谷中把她们瞪着可怜巴巴的眼睛的小猴带上来为止。小村庄变化不大。祭司年纪更大了，许多过去给苦行者带来饭菜的小孩，如今打发他们自己的孩子前来送饭。当你问那些村民他们的圣人在山口顶上的迦梨神庙住了多久了，他们的回答是“一直住在那里”。

有年夏天，山里迎来了多年不遇的大雨。三个多月的时间里，山谷包裹在乌云和潮湿的雾气之中——瓢泼大雨持续下个不停，偶尔暂停一下，却接上了一阵又一阵的雷阵雨。迦梨神庙矗立在云层上面，整整一个月的大部分时间里，这位苦行者根本看不见他的村庄。村庄隐藏在白色的云层下面，云层飘忽变幻，时而滚滚向前，时而膨胀上升，不过从未与它的码头——山谷那流动般的两翼——决裂。

这段日子里，这位苦行者只听到千百万个水滴的声音，从头上的树上，滴到脚下的地面，渗透了地上的松针，再从蕨类植物的舌头状叶子上滴落，倾注到新辟出的泥泞水道，顺着山坡流下去。接着，太阳露出了脸，再次见到阳光的喜马拉雅雪松、高山杜鹃散发出了熏香的气味，那是一种清新而高远的气味，山里的人们称它为“雪山的味道”。灼热的太阳持续炙烤了一个星期，随后云雨为最后一场倾盆大雨汇聚了力量，雨水瓢泼一般，冲刷掉的一层地皮顷刻之间变成了泥水。当晚，苦行者普伦往炉子里添入大量的燃料，因为他确信他的兄弟们需要取暖。可是，那天晚上，尽管普伦一遍遍召唤，直到困得睡着了，一只野生动物也没到神庙里来，他很想知道树林里到底发生了什么事情。

黑黢黢的午夜时分，雨点像上千只鼓一般击打着地面，有什么东西在扯他的毛毯，他惊醒了。他伸手去摸，摸到了一只长尾叶猴的小手。“待在这里要比待在树林里舒服，”他困倦地说了一句，让出一部分毛毯来，“盖上它会更暖和。”那只猴子抓住他的一只手拼命拉扯。“那么，你要吃的吗？”苦行者普伦又问道，“等一会儿，我给你准备一些。”当他跪起身来，往火里添燃料时，那只长尾叶猴蹿到神庙门边，又咕咕叫着返身回来，去拉扯这位苦行者的膝盖。

“发生了什么事情？你遇到了什么麻烦，我的兄弟？”苦行者普伦问道，因为他看见那只猴子眼中充满了他无法弄明白的内容。“除非是你的一个兄弟落入了陷阱——可这里没人设陷阱啊——我可不想在这种天气里出去。你瞧，兄弟，就连布拉辛格也进来避雨了！”

那头鹿疾速冲入神庙，一头撞在了微笑的迦梨神像上面。他低头把鹿角向苦行者普伦伸过去，焦躁不安地跺着蹄子，半开的鼻孔中还发出“嘶嘶”的声音。

“嗨，嗨，嗨！”苦行者弹着响指招呼道，“难道这就是你寄宿一夜的报答吗？”可是那头鹿只是一个劲地把他往门口推。就在这纷乱之中，苦行者普伦听到一种类似叹息般的响声，看到神庙地面的两块厚石板从中间分开了，裂隙边缘的黏土发出噼里啪啦的响声。

“我现在明白了，”苦行者普伦说，“难怪我的那些兄弟们今天晚上没有围坐在火炉边呢！原来大山要塌陷了。可是——我为啥要走呢？”当目光落在空空如也的化缘钵上时，他的脸色变了。“自从——自从我来到这里，他们每天都给我送来好饭好菜，如果我不快点行动，明天山谷里一个人也不会剩下。真的，我必须去警告山下的村民。退后，兄弟！让我到火炉那边去。”

布拉辛格极不情愿地退后了，与此同时，苦行者普伦把一根松树枝深深地插入火中，转动着让它充分点燃。“唉！你原本是过来提醒我的，”他说着站起身来，“可我们要做的不止这些，远不止这些！到外面去，马上，把你的脖子借我用用，兄弟，因为我只有两条腿。”

他用右手抓住鹿肩上隆起的地方，左手举着火把走出神庙，冲进外面令人绝望的夜雨中。外面没有一丝风，可当这头巨大的鹿冲下山坡时，雨水几乎浇灭了滑到他腰窝处的火把。他们刚一离开树林，那位苦行者的众多兄弟就加入进来。尽管他看不见，他能听到猴群簇拥而至的声音，在猴群身后的是“吭哧！吭哧”的黑熊索那。雨水把他那白色的长发打成一缕缕的，地面的积水溅到他赤裸的脚上，赭黄色的长袍紧贴在他老迈而孱弱的身上；但是他斜靠在布拉辛格身上，稳步走下山坡。他不再是一位苦行者，一位圣人，而是重新变回了爵级司令普伦·达斯爵士，一个大土邦的宰相，一个习惯下命令的人，正在前去挽救他人的生命。那位苦行者和他的兄弟们一起涌下陡峭、湿滑的山路，走啊走啊，直到那头鹿的脚无意中踢到了打谷场的石头墙，他才喷了个响鼻，因为他嗅到了人的味道。如今，大伙站在一个曲里拐弯的村庄街道的一端，这位苦行者用他的拐杖击打着铁匠家那装有栅栏的窗户，此时此刻，他的火把在屋檐的荫蔽下烧得很旺。“快起来，到外面来！”苦行者普伦叫喊着，他几乎认不出那是自己的声音，因为他已经有好多年没有对别人大喊大叫了。“山要滑坡了！山要滑坡了！都起来，赶快出来，喂，你们睡在屋里的人！”

“是我们的苦行者的声音，”铁匠的妻子说，“他站在他的野生动物们中间，他把那些小东西召集在一起，给我们送信来啦。”

消息从一户传到另一户，此时野生动物们都挤在狭窄的村庄街道上，簇拥在苦行者身旁，黑熊索那不耐烦地喘着粗气。

村民全都慌里慌张地涌到街上来——他们至多有七十人——在火把照耀下，他们看到他们的圣人正拉住受惊的布拉辛格，一群猴子可怜巴巴地围在他身边，黑熊索那坐在那里咆哮着。

“都到山谷另一侧，爬上另一座山！”圣人普伦大吼着，“别丢下一个人！我们会跟在后面！”

于是，那些村民用只有山里人才能跑出的速度疾速飞奔起来，因为他们明白，要是滑坡了，你必须跑到山谷对面的最高处去。他们快速穿过那条小河，气喘吁吁地爬上河对岸的梯田，全都逃走了，而苦行者和他的那些兄弟们殿后。他们顺着对面的山坡越爬越高，不断呼喊着彼此的名字——这是村民们的点名方式——尾随在他们后面的，是驮着力气不济的苦行者普伦艰难跋涉的布拉辛格。最后，这头鹿在高出山谷五百英尺高的一片茂密松林中停下来。他那预感到即将滑坡的直觉告诉他，到达这里，他已然安全了。

苦行者普伦瘫软在鹿的旁边，因为冰冷的夜雨和拼尽全力的攀爬已经耗尽了他的体力。然而他还是招呼那些在前面举着火把零散奔逃的村民，“停下来，清点一下人数。”等看到火把汇聚到了一起，他又对那头鹿说，“请留在我身旁，兄弟。留下来——直到——我——死去！”

空气中传来一声类似叹息的声音，叹息逐渐转变为低沉的轰隆声，轰隆声又增强为巨大的轰鸣声，那轰鸣声振聋发聩，黑暗中，村民们站立的这侧山坡被击中了，整个山坡都随着撞击摇晃起来。然后，一个持久而深沉的音符，像管风琴的低音C一样真切，大约在长达五分钟的时间里，湮没了一切声音，所有松树的树根都随着这种声音震颤。那声音消失了，雨水落在方圆几英里坚硬地面的声音，变成了落在柔软泥土上的低沉的击打声。它们似乎在诉说着自己的故事。

没有一个村民——包括祭司在内——有足够的胆量去跟挽救了他们性命的圣人说话。他们蜷缩在松树底下，直到天亮。天色放亮以后，村民们朝着山谷对面望过去，发觉原本是树林、梯田、牧场的地方，变成了一片扇形的新鲜红土，红土坡上还头朝下倒伏着几棵松树。那片红土向高处蔓延到他们曾经居住的那面山坡的顶部，向下则阻断了那条小河，此时河水已经堰塞成了一个砖红色水面的湖泊。原有的村庄，通往神庙的那条山路，神庙本身，连同神庙后方的树林，全都没了踪影。方圆一英里、纵深两千英尺的陡峭山坡，从上到下整体滑落下来。

所有村民一个接一个地悄悄穿过树林，来到他们的圣人面前祷告。他们远远望见布拉辛格站在圣人旁边，等他们走近以后，那头鹿走开了；他们只听到猴群在树枝间的悲叹声，以及黑熊索那在山顶的哀嚎声。可他们的圣人已经死了，他盘膝而坐，背靠着一棵树，手杖夹在腋下，面朝着东北方向。

那位祭司说：“瞧，一个奇迹接着一个奇迹，因为所有的桑耶西都是以这种姿势被埋葬的！所以我们要在我们的圣人坐着的地方，为他建起一座庙宇。”

一年时间还没有过完，他们就建好了那座庙——一座小型的土石构造的神庙——从此以后，他们称呼这座山为圣人山。直到今天，他们仍然到那里献上酥油灯和鲜花进行礼拜。然而，他们并不知道，他们敬拜的这位圣人，就是刚卸任的爵级司令普伦·达斯爵士，民法学博士，医学博士，还有其他各类头衔，是曾经推进莫西尼瓦拉土邦进步改革和启迪文明的土邦宰相，是比来世今生曾经或将要组建的社团更加科学、更加博学的团体的荣誉成员或类似的人物。

伽比尔[①]之歌

哦，轻的是他用手衡量世界的重量！
哦，重的是他的封地和国土的传说！
他辞去高官，披上寿衣，
以拜拉吉的公开身份出世！

如今，通往德里的白色道路成了他垫脚的东西，
婆罗树和阿拉伯金合欢树为他遮挡烈日；
他的家是帐篷，是废弃的房屋，是拥挤的人流——
他正以拜拉吉的身份探索道路！

他曾被看作大人物，他的眼珠澄澈
（过去曾有一个，现在有一个，只有一个，称作“伽比尔”的人）；

---

① 伽比尔（Kabir，1440—1518），印度虔诚派运动领袖罗摩难陀（Rananand，约1400—1470）的弟子，罗摩难陀教派的苦行者，后来成为印度虔诚派运动的领袖，也是著名诗人。

远大作为的热情变成一朵薄云——
他已然走上了拜拉吉公认的路!

从他的兄弟——泥土、野兽和大神那里
学习和了解一切。
他已经远离了政务会，披上了寿衣
(“你能听见吗?”伽比尔问)，一个公认的拜拉吉!

第三章

让丛林进入

笼罩他们，覆盖他们，将他们团团围住——
花朵、爬藤和野草——
让我们忘记那个种族的
景象、声音、气味和触感！

祭坛石头旁厚厚的黑色灰烬，
落上了白花花的雨水，
母鹿们在未播种的土地上繁衍后代，
再也没人会惊到她们；
无门的墙壁坍塌，无人知晓，倾覆的房屋
再也不会有人居住！

你或许还记得莫格里将谢尔汗的虎皮钉在了会议岩上的事情，之后他就告诉所有留下来的西奥尼群狼，从今往后，他要在丛林里独自狩猎了；而且狼爸爸狼妈妈的四个小宝贝也都嚷嚷着要和他一起去打猎。但是要想瞬间改变一个人所有的生活习惯并非易事——尤其在丛林里更是难上加难。当混乱的狼群潜逃后，莫格里首先要做的，就是回到自己的洞穴里睡上个一天一夜，然后再把自己在人类间的冒险故事讲给狼爸爸狼妈妈听，他们能听懂多少就讲多少；当他把玩着手中的那把剥皮刀，让清晨的阳光随着刀的上下晃动而闪烁时——他就是用手中的这同一把刀，剥下了谢尔汗的兽皮——他们都夸莫格里已经学会了一些新玩意儿。阿凯拉和灰兄弟不得不说明一下自己把庞大的水牛群赶进了峡谷里的事迹，巴卢费劲地爬上山来听故事，而纯粹出于喜爱莫格里在这场战斗中运用的战法，巴吉拉兴奋得在一旁全身上下地搔痒痒。

太阳已经升起来很久，可没有哪个想起该去睡觉这回事，谈话间，狼妈妈时不时地昂起脑袋，满足地使劲吸一大口气，嗅着随风飘来的会议岩上的老虎皮散发出的气味。

“但是相对于阿凯拉和灰兄弟来说，”莫格里最后说道，“我可没做什么。哦，妈妈！妈妈！你要是看见那群黑公牛急速冲下山谷，或是当人类拿着石头砸我时，他们匆忙冲进村庄大门的场面该多好啊。”

“我很庆幸我没看见最后那些场面，”狼妈妈生硬地说，“我可没法忍受看着我自己的孩子像豺狗似的被人赶来追去的。我会找那群人算账的，不过我倒是可以饶过给你奶喝的那个女人，嗯，只能饶了她一个人。”

“你冷静点啊，冷静点，拉克舍！”狼爸爸慢条斯理地在一旁规劝。“咱们的青蛙又回来了——他这么聪明过人，他爸爸一定要舔他的脚喽；可是他脑袋上面的那道伤口又是怎么回事？别去理会人类。”巴卢和巴吉拉也一同附和道：“别去理会人类。”

脑袋靠在狼妈妈身边的莫格里心满意足地笑了笑，他重申，对他来说，自己再也不想看到人类的身影了，也不想听到人类的声音或是闻到他们的气味了。

“可是，”阿凯拉竖起一只耳朵问道，“如果人类总是跑来招惹你怎么办？小兄弟？”

“我们五个是一伙的，”灰兄弟边说边环顾四周，看着自己的小伙伴们，并且在说到最后一个词的时候，猛地合上了下颚。

“我们也应该加入这场追猎游戏，”巴吉拉边说边轻轻地晃了晃自己的尾巴，然后看着巴卢。“可是，阿凯拉，我不明白你为什么到现在还去想那些人类呢？”

“那是因为，”孤狼说道：“当那个黄色首领的兽皮被挂在会议岩上的时候，我又沿着我们来时的脚印返回了村子，我把沿途的脚印都踩乱了，还躺在地上滚了滚，为的就是混淆视听，以防他们顺藤摸瓜跟踪我们。可是最后，等地上的脚印被我弄得乱七八糟，连我自己都分辨不清楚时，蝙蝠芒从树林里飞过来，在我头上盘旋。芒说，‘那个把人娃娃赶走的人类村庄，此时就像个马蜂窝似的嗡嗡作响。’”

“我还扔了块大石头呢，”莫格里咯咯地笑了起来，他经常把熟透的番木瓜扔到马蜂窝取乐，然后趁马蜂尚未来得及出巢螫人之前，赶紧跑到附近的水池里躲起来。

“我问芒他看见了什么。他说村子门口盛开着红花，而且人们手拿长枪围坐在四周。现在我知道了，因为我有充分的理由了，”阿凯拉低头看着自己腹部侧面的已经痊愈的旧疤痕，“人类拿枪可不是为了取乐的。没准过一会儿，小兄弟，有人就会带着枪跟着我们留下的踪迹找来的——而且，或许他们已经上路了也不一定呢。”

“但是，人类为什么要跟来？他们已经把我赶出来了啊。他们还想干什么？”莫格里愤愤地说。

“你才是人，小兄弟，”阿凯拉扭头回了一句。“这件事不应该由我们这些自由的猎手告诉你的，再说我们也不知道你的同胞要干什么以及怎么干啊。”

就在那把剥皮刀深深地扎进地里的那一瞬间，阿凯拉及时地收回了自己的爪子。莫格里的动作的迅速程度不是一般人的肉眼能跟得上的，但是阿凯拉不是人，他是一只狼；即便是一条狗，即便是和自己的祖先野狼间隔了好几代的狗，都能在车轮擦过他身边的时候，迅速从沉睡的睡梦中醒来，然后趁车轮尚未碾过来之前快速地闪到一边去，不会让自己受伤。

“下一次，”莫格里面无表情地说，他把刀插进了刀鞘里，“别把莫格里和人类混为一谈。”

“嘿，那个齿痕还挺锋利的嘛，”阿凯拉嗅了嗅地上的刀痕，“但是跟人类在一起的生活已经糟蹋了你的眼力，小兄弟，就你突袭的那一会儿工夫，我都能杀死一头雄鹿了。”

巴吉拉纵身一跃站了起来，昂起头，尽可能地伸展着自己的脖子，伸直了自己身体上的每一处曲线，不停地嗅着。灰兄弟也很快学着他的样子嗅了起来，他还往左边站了站，好让自己能够嗅到从右边吹过来的气息，阿凯拉站在迎风五十码的地方，半蜷缩着身子，也伸直了身体。莫格里羡慕地看着他们。只有少数人能达到莫格里嗅觉的灵敏程度，但是他还远不及丛林兽民那种一触即发的灵敏程度；他在烟火缭绕的村子里生活的三个月令他的嗅觉退化了。他沮丧地弄湿了手指，然后将手凑到鼻子前闻了闻，又站起来闻了闻高处的气味，虽然气味很微弱，但却是最真实的。

“有人来了！”阿凯拉蹲下来，咆哮着发出警报。

“是布尔迪欧，”莫格里边说边坐在了地上。“他跟着我们的踪迹找来了，你们看！他的枪上还有光呢。”

那只是阳光洒下的一个光点，在老式步枪上的黄铜夹钳上一晃即逝，但是丛林里却没有任何东西会闪耀出那样的光，除了天空中飘动的浮云。但是那天天空晴朗无云，没有一丝清风。紧接着，一片云母，一个小水塘，甚至一片极度光滑的树叶，都会像一个日光反射传递信号器一样，反射着那个光点。

“我就知道人类会跟来，”阿凯拉自豪地说，“我能当上狼群的领袖，还是有两把刷子吧。”

四个小狼崽一声不吭地一溜烟儿跑下了山，转眼就与山下的荆棘和灌木丛融为了一体，就像鼹鼠钻进了草丛里消失了一般。

“你们一声不吭地跑去哪儿啊？”莫格里喊道。

“嘘，别出声，到不了中午，我一会儿就要在这儿滚动他的头盖骨了！”灰兄弟回答说。

“回来，赶紧回来，你们等等啊！人是不会吃人的！”莫格里尖叫道。

“是谁刚才才说自己是只狼的？是谁刚才因为我觉得他是人而拿着刀捅我来着？”阿凯拉气愤地发问，这时四个小狼崽子一脸不乐意地跑了回来，蹲伏在地上。

“难道我做的一切都需要向你解释吗？”莫格里暴躁地问。

“你们看，这就是人，人现在发话了！”巴吉拉嘟囔着。“甚至那些围在国王牢笼旁边的乌代浦王国的人也这么说。我们都知道人类是丛林里最聪明的生物。但是如果我们相信我们自己的耳朵，我们就应该知道，人类是最愚蠢的动物。”巴吉拉提高了嗓门，接着说，“在这一点上，人娃娃是正确的，人类捕猎狼群，除非我们知道其他的野兽要做什么，否则先捕杀一个，是最糟糕的做法。来吧，我们先看看这个人想要对我们做什么。”

“我们才不去呢，”灰兄弟怒气冲冲地说，“你自己单独捕猎，小兄弟，我们有自己的想法。那个头盖骨早就应该拿过来了。”

莫格里一个一个地看着自己的朋友，他被气得胸脯上下浮动，眼睛里满含着泪花。他大步走到狼群面前，然后单膝跪地，说：“难道我不知道自己的心思吗？你们看着我！”

伙伴们心神不定地看着他，当他们的眼睛迷惘地四处张望时，莫格里一次次让他们收回神来，直到他们身上的汗毛都竖起来了为止，他们的每一条腿都在颤抖，莫格里依旧瞪大了双眼，目不转睛地盯着他们看。

“好了，现在，我们五个，谁才是首领？”

“你是首领，小兄弟，”灰兄弟边说边舔了舔莫格里的脚。

“那好，你们跟在我身后，”莫格里吩咐说，四个小狼崽夹着尾巴紧贴在他的脚跟后面。

“这是因为他跟人类一起生活过，”巴吉拉说，一边轻快地跟在后面，“现在丛林里有了比丛林法则更重要的东西了，你说是不是，巴卢？”

老棕熊虽然一声不吭，但是他脑子里想了很多事情。

莫格里抄近路悄无声息地穿过丛林，径直朝着布尔迪欧的那条陆地走了过去。在树下灌木丛分叉的地方，他看见了那个老头，后者肩上扛着步枪，正沿着前一天晚上留下的踪迹一路小跑着呢。

你还记得当初莫格里扛着谢尔汗那厚重的毛皮离开村子的事情吧，阿凯拉和灰兄弟跟在他身后一路小跑，所以地上很清晰地留有他们三个的脚印。没过多久，布尔迪欧就走到了阿凯拉弄乱脚印的地方。他一屁股坐在了地上，咳嗽了几声，嘴里还嘀咕个不停，他斜着眼睛看了看四周，瞧了瞧丛林里的情况，然后继续赶路了，每次他都要向周围观察动静的动物扔一块石头。如若不是留心不被别人听见，谁都不会像狼那样安静得不发出一点声音。尽管狼群认为莫格里走起来笨拙愚钝，但是他却能像影子一样来去自由。狼群把老头团团围住，就像一群海豚围住了一艘全速航行的轮船似的，他们甚至还漫不经心地聊起天来，因为狼群正在用最低的音频谈话，未受过训练的人类根本听不见他们的声音。（另一种高声的音频就是蝙蝠芒的叫声，那种声音人类也拿它没有办法。所有的鸟类，蝙蝠还有昆虫都用那种音调发声说话）。

“这比杀戮要好多了，”灰兄弟赞叹道，布尔迪欧弯下腰来，一边喘个不停，一边朝四周窥视。“他看起来像丛林里河边那头迷路的小猪啊。他说什么呢？”布尔迪欧正野蛮地嘟囔着。

莫格里翻译道，“他说这一大群狼肯定围着我跳舞呢。他说他长这么大从来没见过这样的踪迹，他说他累坏了。”

“他可以先休息一会儿，然后再接着上路。”巴吉拉冷冷地说，同时绕着一根树干溜达，玩着他们正在玩的捉迷藏的游戏。“现在那个瘦子想干什么？”

“吃点东西或者让他的嘴里冒气。人们总是玩弄他们自己的嘴巴，”莫格里说道；那些不出声的追踪者看着老男人把水烟袋放在嘴里，并点燃了烟头，他们嗅了嗅，留心记住了烟草的味道，为的就是在必要的时候在黑暗里也能确定布尔迪欧所在的位置。

这时几个烧炭工人沿着小路走了过来，他们自然而然地停下来和布尔迪欧攀谈起来，布尔迪欧可是名声远扬的打猎好手，方圆二十英里无人不晓。他们全都坐在地上，一起抽着烟，巴吉拉和其他几个家伙凑上前观察，这时布尔迪欧开始讲述那个小恶魔——莫格里的故事，他从头讲到了尾，其中不乏添油加醋和胡编捏造的桥段。他讲述自己如何独自杀死谢尔汗；以及莫格里如何把自己变为一只狼，和他整整战斗了一下午以后，又再次变回了男孩的身份，还给布尔迪欧的步枪施了魔术，所以当他指向莫格里的时候，子弹才拐了弯，误杀了布尔迪欧自己的一头水牛；还讲了村子里的人都知道他是最英勇的猎手，所以村民们让他去杀死那个小恶魔。与此同时，村民们抓捕了梅丝瓦和她的丈夫，毫无疑问，他们就是这个小恶魔的父母，他们被反锁在自家的棚屋里，等待他们的将会是严刑拷打，逼迫他们承认自己是女巫和男巫，最后他们将被活活烧死。

“什么时候开始啊？”烧炭工人好奇地问，他们可不想错失任何看好戏凑热闹的机会。

布尔迪欧说那个仪式必须等他回去才能开始呢，因为村民们都想等他先杀了丛林男孩再说。然后村民们自会处置梅丝瓦和她的丈夫，他们的土地和水牛也会被村民们瓜分。梅丝瓦的丈夫也有几头上等精壮的水牛呢。布尔迪欧认为，在村子里消灭巫术是一件大快人心的好事，那些款待丛林狼孩的人们无疑就是最邪恶的巫师。

可是，烧炭工人担心，如果英国人听说此事，那该怎么办？他们听说英国人都是一群疯子，他们不会让老实巴交的农民轻而易举地杀死巫师的。

哎哟，布尔迪欧说，村长可以说梅丝瓦和她的丈夫是被蛇咬死的，他们都已经安排好了，现在就剩下杀死狼孩这一件事了。你们这一路上有没有遇到这样的一个狼孩啊？

烧炭工们小心翼翼地朝四周张望，庆幸自己没见过那个家伙，但是他们确信，只有勇敢的布尔迪欧才能找到他。太阳快要落山了，烧炭工们商量去布尔迪欧的村子里歇歇脚，顺便看看那个邪恶的女巫。布尔迪欧好心地说，虽然自己的责任就是杀死那个狼孩，但是他不能让一群手无寸铁的人冒然穿过丛林，没有他的护送，丛林里随时都可能有狼窜出来。所以，他会护送他们走出丛林，如果路上那个巫师的儿子现了身——好啊，他正好一展自己西奥尼第一猎手的风采。他说，婆罗门告诉了自己一种符咒，用来对抗那个怪物，并会让一切安然无恙。

“他说什么呢？他都说了些什么？他说了什么？”狼群每隔几分钟就要重复这个问题；莫格里一一解释给他们听，但说到女巫那部分，因为这个概念已经超出了他所能理解的范围，他只是说了那对善待自己的男女现在陷入了困境。

“人类也用陷阱陷害人吗？”巴吉拉问。

“他是这么说的。我不太明白他们说什么呢。他们估计全都疯了吧。梅丝瓦和她的丈夫到底跟我有啥关系呢，以至于他们陷入这样的困境。他说的那些红花又是怎么回事？我必须得弄明白。不管他们要如何对梅丝瓦下手，都得等到布尔迪欧回去后再行动。所以——”莫格里仔细地想了想，手里一边把玩着剥皮刀的刀把，就在这时，布尔迪欧带着烧炭工人成一列纵队，昂首挺胸地离开了。

“我要赶紧回到‘人群’里去，”莫格里说道。

“那这些人怎么办？”灰兄弟边说边贪婪地看着烧炭工们渐行渐远的褐色背影。

“让歌声伴随着他们回家。”莫格里咧嘴一笑说，“我可不希望在天还没黑的时候，在村口看见他们的身影。你能帮我拖住他们吗？”

灰兄弟鄙视地张嘴露出了一口白牙。“我们能带着他们一圈一圈地兜圈子，就像捆山羊的绳索那样——要是我能了解人类，那该多好啊。”

“不用这么麻烦，给他们唱上一小段就好了，省得他们在路上孤单，另外，灰兄弟，你们也不用唱那些动听的歌曲。你跟着他们，巴吉拉，帮他们编编歌。待夜晚来临时，在村子里和我会合——灰兄弟知道具体的地方。”

“为一个人娃娃工作，就像是摸黑打猎。那我什么时候才能睡觉啊？”巴吉拉问，一边打着哈欠，不过他的眼睛里分明流露出了期待和兴奋的神情。“让我给光溜溜的人唱歌！不过我们还是试一试吧。”

他低下了头，这样声音就能传得更远，他长声叫道，“打猎顺利”——一种在午夜的狩猎口号，却在下午出现了，他起的头还真够惊悚的。莫格里听见身后的声音时高时低，末尾是令人毛骨悚然的哀鸣。他在丛林中穿行时听到这些，不由得暗自发笑。他看见烧炭工人吓得抱成了一团；老布尔迪欧手中的枪管摇晃得像一片香蕉叶子似的，他把枪口对准了每个地方，随时准备开枪。灰兄弟发出呀哈哈的声音驱赶鹿牛羚，那声音好像来自世界的尽头，接着越来越近，越来越近，越来越近，最后，突然随着一声尖叫停了下来。另外三只狼也呼应了起来，甚至连莫格里都断言说，这次整个狼群都在拼命叫喊，随后，他们一同唱起了华美的丛林晨曲，每个转音，每个装饰乐句，每个优美的音符都是狼群中那些嗓音洪亮而深沉的狼所熟知的。这是一场粗糙的未经修饰的演唱，但是你一定要想象一下，当歌声打破了丛林寂静的下午时的那种震撼场面——

重要时刻过去，我们的身体
　　没有在平原上投下阴影；
在忽明忽暗中，他们大踏步跨过我们的足迹，
　　于是我们再次跑回家中。

在静谧的清晨，每块岩石，每个树丛
　　高大、裸露、坚强地挺立着：
此刻喊出口号："遵守丛林法则的兽民们，
　　祝大家都能睡个好觉！"

此时我的犄角和皮毛混在一起
　　在隐蔽处安静等候；
此刻蜷缩着不动，我们的丛林男爵们
　　消失在山冈和洞穴之间。
此时，人类的公牛呆板而单调地用力
　　拉扯着新配上轭的犁杖；
此刻，晨光泛出条带状令人敬畏的红色
　　横在照亮的湖水上方。

哈！返回巢穴！太阳
　　在微风吹拂的青草后方闪耀：
警告的低语声
　　穿破青春的竹林。
我们眨着眼睛扫视
　　我们漫游的丛林，白天变得陌生；
此时晴空之下，野鸭呱呱着：
　　"白天——人类的白天！"

打湿恶魔皮毛，或冲洗我们道路的
　　露珠变干了；
我们去哪里饮水，泥泞的河岸
　　正在变成易碎的土块。

黑夜这个叛逆者将

　　或伸展或收拢的每个足迹暴露给白昼；

此时喊出口号："遵守丛林法则的兽民们，

　　祝大家都能睡个好觉！"

那些歌声，以及那四只狼在歌声中所加入的蔑视和嘲弄所产生的效果无法用言语表达。与此同时，他们听见当人类慌忙爬上树时，树枝相互碰撞的声音，还听见布尔迪欧开始大声重复念着咒语。后来那些人便躺下睡着了，就如同所有靠自己的努力而存活着的人一样，他们也有有条不紊的生物钟，没人能在不睡觉的情况下好好工作。

这期间，莫格里已经以每小时九英里的速度，走了好几英里了，他惊觉自己在被人类束缚了好几个月之后依旧这么强壮健康，他为此欣喜不已。他满脑子想的，就是无论如何也要把梅丝瓦和她丈夫从陷阱里解救出来；因为他自然不相信有任何陷阱能够挡得住他。他暗自下决心，他要让那个村子付出巨大的代价来偿还这一切。

黄昏时分，他看见了那个记忆犹新的牧场，以及那棵达克树，他杀死谢尔汗那天早上，灰兄弟就是跑到这里等他的。因为对人类的物种和整个种族感到愤怒，所以当莫格里看见村庄的屋顶时，他如鲠在喉，喘不过气来。他发现每个村民都异乎寻常地提前从田里赶回了村子，他还注意到他们并没有做好晚饭，而是全都聚集到村头的那棵树下，唠叨着，吵嚷着。

"人类总是给人类下套，否则他们是不会满足的。"莫格里说道，"昨天夜里是莫格里——不过那一晚仿佛是好多个雨季之前的事情了。这次轮到梅丝瓦和她丈夫了。明天，或是许多个夜晚之后，就又轮到我莫格里了。"

莫格里沿着村子外墙蹑手蹑脚地走到了梅丝瓦的小屋前，他透过窗户向屋内望去。被堵上了嘴的梅丝瓦躺在屋里，她的手脚也被绑了起来。她艰难地喘着气，一边呻吟个不停，她的丈夫则被绑在了那个刷上了鲜艳油漆的床架上。小屋面向大街的那个入口现在大门紧闭，三四个男人靠着门坐在那里。

莫格里非常了解村民们的习惯和规矩。他觉得，只要他们能吃，能聊，能抽烟，他们就不会干别的事了；但是，只要他们一被喂饱，他们就危险了。过不了多久，布尔迪欧就会回到村子，而且如果他顺利地完成了护送的任务，那他就有了可大肆宣扬的有趣事迹了。于是莫格里从窗户跳进了屋内，走到男人和女人面前，割断了他们身上的捆绑带，并将他们嘴里的东西取了出来，然后他环视小屋，看看有没有现成的牛奶。

梅丝瓦已经被疼痛和恐惧折磨得快疯了（整个上午，她一直被殴打，还被石头砸），莫格里赶紧抬起手捂住她的嘴，制止她再次叫出声来。她的丈夫可能是被气昏了头，他只是一个劲儿地把灰尘和脏东西从被扯坏的胡子里弄出来。

“我就知道，我知道他会来的。”末了，梅丝瓦哭着说，“现在我真的知道他就是我的儿子了！”她哭着把莫格里抱在了怀里。在此之前，莫格里一直表现得非常镇定自若，但是此时，他也开始激动得浑身颤抖了起来，这里发生的一切让他太吃惊了。

“这些皮带是怎么一回事？他们为什么要把你们绑起来？”停顿了片刻，莫格里问道。

“因为有你这么一个大儿子，我们就要被处死——还能为什么啊？”男人沉着脸说，“你看！我都出血了。”

梅丝瓦一言不发，但是莫格里还是看见了她身上的伤口，他看着她淌下的血，恨得牙齿咯咯作响。

“这是谁干的？”莫格里问。“他们必须血债血还。”

“这是全村人干的。我太有钱了，我有好多牛。所以她和我，我们是巫师，只因为我们为你提供了避难所。”

“我不明白，你说什么呢？还是让梅丝瓦说吧。”

“我给你喝过奶，纳索，你还记得吗？”梅丝瓦怯怯地问。“因为你是我那被老虎偷走的儿子，因为我非常爱你。他们说我是你的妈妈，我是恶魔的妈妈，所以我必须死。”

“恶魔是什么？”莫格里不解地问。“我只见过死神。”

那个男人沮丧地抬起了头，不过梅丝瓦笑了笑。“你看！”她对丈夫说道，“我知道——我说过他不是巫师，他是我的儿子——我的儿子！”

“儿子也好，巫师也罢，咱们落得什么好处了？”男人呛道，“我们都已经成了快要死的人了。”

“那边就是通往丛林的路——”莫格里指着窗户外面。“你手脚都已经松绑了，你现在走吧。”

“儿子，我们不熟悉丛林里的路啊，而且，而且——你知道的，”梅丝瓦接着说，“我估计我走不远的。”

“而且那些村民还会从后面追上我们的，到时候我们又会被拖回到这里来，”丈夫担心地说。

“哼！”莫格里说道，同时他用手里的那把剥皮刀划了划自己的手掌。“我不想伤害这个村子的任何人——我到现在也不想伤害他们。但是我觉得他们不会守在这里的。过不了多久，他们就有好多别的事情要考虑了。哈！”他抬起头听着外面传来的叫声和脚步声。“看来他们最终还是让布尔迪欧回家了？”

“他今天早上被派去杀你，”梅丝瓦啜泣着说，“你没遇上他吗？”

“是的——我们——我遇到他了。他非要讲述自己的故事，趁他讲故事的时候，我们有大把的时间干别的事情。但是我得先弄清他们打算干什么。你们先在这儿想想你们要去哪儿，等我回来的时候再告诉我。”

莫格里从窗户跳了出来，然后沿着村子的外墙跑远了，他一直跑到了那棵菩提树附近，那里能听见树周围人们的说话声。布尔迪欧躺在地上，一边咳嗽一边哼哼唧唧的，在场的每个人都向他发问，他的头发散落在肩头，他的手和脚都因为爬树蹭破了皮，而且现在，他几乎说不出话来。但是他依旧能感受到自己那举足轻重的地位。他时不时地提几句恶魔和恶魔歌声的事情，还有魅惑人的妖术的事情，他刚刚给听众开了个头，便想停下来喝水了。

“呸！”莫格里说，“你说啊——你接着说啊！人类是狭鼻猴的同族。现在他必须用水润一下嘴啊，他还必须抽抽烟，等这些都干完了，他才开始讲故事呢。你们都是聪明人——他们没人会留下来看守梅丝瓦的，因为他们现在都一门心思听布尔迪欧讲故事呢。而且——我现在变得跟他们一样懒了！”

他晃了晃身子，然后溜回了那个小屋。正当他走到窗户边上的时候，他觉得自己的脚好像触到了什么东西。

“狼妈妈，”他说，因为他非常熟悉那舌头，“你在这儿干什么呢？”

“我听见我的孩子在森林里唱歌，我就跟随着我最疼爱的一个来到了这里。小青蛙，我想见见那个给你奶喝的女人，”狼妈妈说道，她的身上已经被露水打湿了。

“他们把她绑了起来，打算杀了她。我割断了那些绳索，她将和她丈夫穿过丛林逃走。”

“我也要跟着去。我老了，但是我还有牙齿。”狼妈妈蹬着后腿站立起来，她透过窗户朝那间昏暗的小屋里望了望。

没过多久，狼妈妈便悄无声息地恢复了往常的站姿，她一直叨叨着：“起初是我给你喂奶，但是巴吉拉说的是事实，人类最终还是会回到人群中去。”

“也许吧，”莫格里没有否认，但他显然已经不太高兴了。“不过今天夜里，我离那条路还很远呢。你在这儿等着吧，不过别让她看见你。”

“你从来不用担心我，小青蛙，”狼妈妈说着又回到了那片高草丛中，把自己藏了起来，她知道该怎么做。

“好了，现在，”莫格里边说边高兴地纵身跳回了小木屋，“他们都围坐在布尔迪欧身边，他正在讲述那些根本就没发生过的故事呢。等他讲完了，他们肯定会带着红花——拿着火把到这里来，然后把你们俩烧死。接下来你们想怎么办？”

“我和丈夫商量过了，”梅丝瓦说，“坎伊瓦勒距离这里有三十英里呢，但是到了坎伊瓦勒，我们就能找到英国人——”

“他们是什么人？”莫格里问。

“我也不知道，他们是白种人，据说他们统治着所有的土地，而且在没有证据的情况下，他们不允许人类互相殴打或是烧死人的事情发生。如果我们今晚能到达那里，我们就能活下来了。否则我们就死定了。”

“那就好好活下去。今天夜里没人能穿过村庄大门。那他做什么呢？”梅丝瓦的丈夫趴在小屋的一个小角落里，好像正在挖着什么东西。

“他就剩那么一点钱了，”梅丝瓦说，“其他的我们也没什么可带走的。”

“嗯，是啊。那种东西还没焐热乎，就从一个手转到了另一个手上了。除了这个地方，其他地方的人们也需要钱吗？”莫格里问道。

男人生气地站了起来。“他不是个魔鬼，他是个傻子，”男人小声地嘀咕。“有了钱，我就可以买一匹马。我俩身上都受伤了，肯定走不远，用不了一个小时，村民就会追上我们的。”

“我说了，他们不会去追你们，除非我下令，但是买马是个好主意，因为梅丝瓦肯定累了。”她丈夫站了起来，把最后一些卢比放进自己腰上的布袋里。莫格里帮助梅丝瓦从窗户爬了出来，夜晚冰冷的空气让她整个人都有了精神，但是前方星空下的丛林看起来昏暗可怕，令人不寒而栗。

“你知道去坎伊瓦勒的路该怎么走吧？”莫格里轻声地问。

他们点了点头。

“好的，那你们记好了，从现在开始，你们就别害怕了。而且也没必要紧着往前赶——就是，就是没准在丛林里，你们没准会在身前身后听到一些歌声。”

“你说我们要大半夜地在丛林冒险了，应该不会再遇到任何比烧死更可怕的事情了吧？就算被野兽杀死也比被人类杀死要好，”梅丝瓦的丈夫说；梅丝瓦则是看着莫格里，面露微笑。

“要我说啊，”莫格里接着说，他的架势就像巴卢正在第一百次地给一个笨狼崽重申一条古老的丛林法则似的。“我说，丛林里不会有东西对你们龇牙的，也不会有野兽对你们抬起脚的，丛林里的野兽和人都不会阻碍你们前进的脚步，直到你们走到那个叫坎伊瓦勒的地方。会有个守卫一直在你们身边保护的。”然后他匆匆转身面向梅丝瓦，对她说，“他不相信我的话，但是你相信我，对不对？”

“当然了，我的儿子，不管你是人是鬼，还是丛林里的狼，我都相信你。”

“当他听到我伙伴的歌声时，他会害怕。但是你知道那是怎么回事。好了，你们走吧，别着急，没必要急着赶路。村庄的大门已经关上了。”

梅丝瓦扑倒在莫格里脚边啜泣，不过她丈夫颤颤巍巍地很快地将妻子扶了起来。她又搂着莫格里的脖子，把自己能想到的所有的祝福的话都说给他听。在一旁的丈夫却羡慕地看着对面自己的田地说，“等我到了坎伊瓦勒，我会让英国人注意到我，我要起诉这个婆罗门，还有那个老布尔迪欧，还有村子里所有的村民，我要让他们倾家荡产。他们要为我耕作的庄稼还有饲养的水牛付出两倍以上的代价。我会得到最公正的审判的。”

莫格里笑了笑。“不知道什么是审判，但是——你可以下个雨季再来这里看看，看看这里还剩下些什么。”

他们朝丛林出发了，狼妈妈从她的藏身之地跳了出来。

“跟上！”莫格里说道，“而且让所有丛林动物都知道，一定要保证他们俩的安全。不妨叫上几声。我这就去叫上巴吉拉。”

一声长而低沉的号叫响起了，然后又落下，莫格里看见梅丝瓦的丈夫往后退了几步，并转过身来，他八成是想跑回那个小屋。

“继续走啊，”莫格里欢快地呼喊着。“我说过你们会听到歌声的。这样的歌声将一直伴随你们到坎伊瓦勒，这是丛林送给你们的礼物。”

梅丝瓦催促丈夫往前走，他俩，还有狼妈妈逐渐消失在夜色中。巴吉拉几乎是从莫格里的脚边窜了出来，那使得丛林兽民发狂的黑夜令他兴奋得直哆嗦。

“我真替你的兄弟们感到羞愧，”他咕噜着说。“什么？他们没有温柔地对布尔迪欧唱歌吗？”莫格里问道。

“他们唱得很好！非常好！他们甚至让我忘记我引以为傲的嗓音，而且，凭着我获得自由时砸开的那把锁起誓，我一直唱着穿过丛林，一刻也没闲着，仿佛在春天里求爱似的！你难道没有听见我们的歌声？”

“我还有其他事呢。你去问问布尔迪欧喜不喜欢这首歌。但是那四只小狼跑哪儿去了？我可不想看见今天夜里有人走出村庄大门。”

“那还需要那四个小狼做什么啊？”巴吉拉不解地问，他把重心从一只脚移到了另一只脚上，眼睛里闪着光芒，此时他的呼噜声比以往任何时候都要大声。“我就能对付得了他们，小兄弟。最后是要大开杀戒吗？那些歌声以及人们爬上树的景象，已经让我做好了准备。哪个是需要我们特别关照的人——那个光溜溜棕色皮肤没牙没毛发喜欢吃土的家伙？我一整天都跟在他的身后呢——中午的时候也是，在炙热的阳光下寸步不离。我在他身后赶着他走，就像狼群赶鹿似的。我是巴吉拉！巴吉拉！我就是巴吉拉！正如我和我地上的影子共舞一样，我同样也可以和这些人一起跳舞，你看！”就像小花猫跳起来扑打头顶上旋转漂落的一片枯树叶似的，这只大黑豹左一下右一下地扑打着空气，还一边哼哼唧唧地欢唱，然后悄无声息地落地，又一次次地跳起来，发出夹杂着咆哮的咕噜声，声音慢慢地变强，就像水壶里烧开了的水发出的声响。“今夜我是丛林里的巴吉拉，我力大无穷。谁能打得过我？人娃娃，我一巴掌就能把你们的头给打扁了，就像夏日里打死一只青蛙一样！”

“那你给我打啊！”莫格里说着村子里的方言，而非丛林语言。人类的方言让巴吉拉停了下来，只见他往后一蹲，腰和腿在身下颤抖着，这样他的头就和莫格里的一样高了。莫格里再一次瞪大了双眼，他曾经就是这样瞪着那些试图反抗的狼崽的，他瞪着巴吉拉那双绿宝石一般的眼睛，直至那绿色后面刺眼的红光都消失了，就像海上二十英里开外的灯塔关闭一样；那双眼睛垂了下来，那个大脑袋也垂得越来越低了，接着那粗糙的红色大舌头开始在莫格里的脚背上磨蹭了起来。

“兄弟——兄弟——兄弟！”男孩低声地叫唤着，他轻轻地顺着黑豹的脖子和高耸的背脊抚摸着。“安静下来，安静下来！这是黑夜的错误，不能怪你。”

“全都怪夜晚的这些气味！”巴吉拉悔恨地说，“这里的空气对着我大喊大叫。但是你怎么知道的？”

环绕着印度村子的空气充满了各种各样的味道，对于所有通过鼻子思考的动物来说，空气就像音乐和毒品对人类起到的作用那样，能令人着迷。莫格里安抚了黑豹好一会儿，黑豹像一只小猫似的躺在火堆前面，爪子蜷缩在胸前，半闭上了眼睛。

“你是这个丛林里的一员，但又不是这里的成员，”末了，他说，“我只是一只黑豹，但是我爱你，小兄弟。”

“他们在树下谈了好久了，”莫格里说道，但他并没有注意到黑豹的最后一句话。“老布尔迪欧肯定胡扯了好多瞎话。他们应该快来了，然后把那个女人及其丈夫从陷阱里拽出来，再将他们放进红花里。到那时他们就会发现那个陷阱已经被破坏了，哈！哈！”

“不，你听着，”巴吉拉打断他说，“我现在已经不再热血沸腾了。让他们在那里找到我算了！一旦遇到我，估计就没人敢出家门了。我也不是第一次进笼子了，我进过笼子；而且我觉得他们不会用绳索把我绑上的。”

“那你可要机灵点啊，”莫格里笑着嘱咐道；因为他已经开始感觉到自己和黑豹一样的鲁莽，不计后果，黑豹已经悄悄地潜入了小屋。

“呸！”巴吉拉咕哝道，“这地方全是人类的刺鼻味道，不过他们给我准备的床就是我在乌代浦的王家笼子用过的那种床。现在我躺下来了。”莫格里听到在这头野兽的重压下，那张简易床的弹簧发出了“吱嘎吱嘎”的声音。“凭着我获得自由时砸开的那把锁起誓，他们会发现自己捕获了一个大猎物！过来坐到我身边来，小兄弟；我们一起对他们说‘打猎愉快’吧！”

“不要；我倒是有另一个想法。人类不会知道我在这次行动中起到的作用。你自己去打猎吧。我不想再看见他们了。”

“就这样吧，”巴吉拉说道，“啊，他们来了。”

村子另一头菩提树下的商讨会的声音变得越来越嘈杂，声音也越来越大。最后众人在大吵大闹中散了会，只见一群男男女女冲上街，他们挥舞着木棒、竹棍，还有镰刀。布尔迪欧和那个婆罗门冲在队伍的最前面，那些暴民紧跟在他们身后，嘴里喊着，“巫婆和巫师！我们倒要看看滚烫的硬币会不会让你们招供。烧掉他们头上的那个小木屋！让你们收容狼魔鬼，给他们提供避难所！不，先把他们打死吧！拿火把来！再多一些火把！布尔迪欧，把枪筒加热！”

这时，在打开门栓上出了点小状况。门栓太紧，但是那群暴民还是用蛮力把门打开了，火把的亮光照进了屋子，屋里的巴吉拉在床上舒展着身子，他的爪子交叠着，轻轻地从床的一侧耷拉下来，他如矿井一样黑，如魔鬼般吓人。有那么半分钟的时间，这里异常地寂静。打头阵的那些人吓得惊慌失措，他们拼命地往回跑。就在这时，巴吉拉抬起了头，打了个哈欠——他精心准备，小心翼翼，稍显卖弄——当他想攻击对手时，就会打哈欠。只见他嘴边的毛发往上一拉；血红的舌头蜷曲着，下颚往下一沉，低到你能看见他那半张开的炙热的喉咙；巨大的犬牙清清楚楚地深陷在牙床里，上下牙齿碰在一起，发出咯咯的响声——

就像钢面的保险柜的边缘被切割的声音。刹那间，街上空无一人了；巴吉拉快速地从窗户跳了出来，站在莫格里边上，与此同时，街上传来阵阵尖叫，人们惶恐地跑回自己的小屋里。

“天亮之前，估计他们应该会踏实了吧，”巴吉拉轻声地说，“接下来该干什么？”

此时的村子安静得就像村民们全都在睡午觉似的，但屏息聆听，他们听见重重的谷物箱子被拖拉的声音，然后顶住了房门。巴吉拉说得对，村民们今天晚上不会出什么幺蛾子了。莫格里安静地坐在一边，他沉思着，只不过脸色越来越阴沉。

“我做了什么啊？”巴吉拉最后问道，他站了起来，一副献媚的样子。

“没事，你干了件大好事。你现在给我盯着他们，直至天亮。我去睡了。”莫格里跑进丛林，像个死人似的横卧在一块岩石上，他就这样一直睡啊睡啊，一直睡了一整天，睡到了天黑。

待他醒来，巴吉拉就在他身边，脚边还有一头刚猎杀的雄鹿。巴吉拉好奇地看着，这时莫格里拿起他的剥皮刀一直忙活着，他大吃大喝，然后用手托着下巴思忖着。

“那对男女已经安全地到了能看见坎伊瓦勒的地方了，”巴吉拉说，“你巢穴里的妈妈让鸢鹰奇尔捎来了信。他们赶在午夜之前找到了一匹马，现在他们自由了，而且走得很快。这样难道不好吗？”

“这样挺好的，”莫格里说。

“村子里的人类还是不敢造次，今天早上太阳已经升得很高了，他们都没有再次行动，他们只是出来吃了点东西然后又跑回家里去了。”

“那他们看见你了吗？”

“可能看见了吧。黎明时分，我在村子大门前的尘土中打滚来着，而且我可能也低声哼唱了几首歌。好了，小兄弟，现在没事了。你跟我和巴卢一起去打猎吧。他发现了新的蜂巢，想跟我们显摆一下，而且我们都希望你像以前一样再回来。你可别那副德行了，就连我都害怕了！那个男人和女人不会被放进大红花里了，丛林里的一切都走上了正轨。对不对？我们忘掉人类吧。”

“过不了多久，他们就会被忘得一干二净。今天晚上，哈蒂会在哪儿吃东西？”

“看他选哪儿了。谁能替那个不声不吭的家伙回答啊。怎么了？有什么事情是哈蒂能做而我们做不了的？”

“吩咐他三个儿子还有他到我这儿来。”

“可是，确实，小兄弟，你对哈蒂‘呼来喊去’的确实不合适吧。你可记住了，他才是丛林的大头领，在人群改变你脸上的表情之前，是他教会了你丛林号令语。”

“两码事。我现在要对他说出丛林号令语。吩咐他到青蛙莫格里这儿来，如果他抗拒，就跟他说，让他来是因为洗劫珀勒德布尔农田的事情。”

“洗劫珀勒德布尔农田，”巴吉拉反复确认了两三遍。“那我去了。大不了就是惹怒了哈蒂嘛，为了能听到能操控那个一声不吭家伙的号令语，我宁愿贡献出一个月的猎物。”

说完他就走了，留下莫格里一人愤怒地把剥皮刀插进了地里。莫格里从来没有见过人类的鲜血，直到他看见——这对他来说意义非凡——也闻到了绑着梅丝瓦的皮带上的鲜血。梅丝瓦对他向来仁慈，说到他对爱的了解，他爱梅丝瓦的程度完全等于他对其他人类仇恨的程度。尽管他深深地仇恨人类，讨厌他们的谈话，讨厌他们的残忍，以及他们的胆小懦弱，但是无论丛林动物会出多么高的价钱，都不能让他夺去一个人类的性命。他的鼻孔里再次闻到了鲜血那种可怕的味道。他的计划很简单，但却十分周密，当莫格里想到，正是因为老布尔迪欧夜里在菩提树下讲的一个故事，才使得自己想出了这个主意时，他就暗自发笑。

“因为说了那句号令语，”巴吉拉对着他的耳朵轻声说，“他们当时正在河边吃食呢，他们温顺得就像公牛一样，你看，他们走过来了！”

哈蒂带着三个儿子来了，如往常一样，他们悄无声息地走了过来。他们身上都黏着尚未干燥的河泥，哈蒂细细地咀嚼着一根嫩绿的香蕉树的树干，这根树干是他亲自从地里挖掘出来的。但是他那硕大的身体上的每一根线条都向巴吉拉表明，后者在遇到他们时已经看清了一切，这不是一个丛林的主人和人娃娃的对话，而是一个惊恐的动物来到一个无所畏惧的人的面前。哈蒂的三个儿子肩并肩摇摇晃晃地走了过来，站在父亲身后。

当哈蒂对他说“打猎顺利”时，莫格里几乎没有抬起头来，他一直摇晃个不停，来回倒着脚，过了许久，才开口说话；当他开口说话时，他所说的那些完全是针对巴吉拉的，而非那些大象。

“我给你们讲个故事，这个故事是今天追捕你们的猎人告诉我的，”莫格里说道，“故事跟一头大象有关系，他年长而聪慧，但他却掉进了一个陷阱里，陷阱里尖锐的木桩把他刮得伤痕累累，从他脚面上方一直到背脊，都留下了一条白色的伤痕。”莫格里伸出手，哈蒂在月光下转动着身躯，他那石板色的身侧露出了一道白色的伤痕，仿佛被一条炙热的鞭子抽打过似的。“人类把他从陷阱里救了出来，”莫格里接着说，“但是他很强壮，于是他挣脱了绳子，径直离开了，直至伤口痊愈。后来他怒气冲冲地夜访那些猎人的田地。我记得当时他已经有了三个儿子。这件事情发生在很多个很多个雨季之前，而且是在很远的地方——就是那个珀勒德布尔农田。到了下一个收获的季节，那些农田怎么样了？哈蒂。”

“我和我的儿子收割了那个田地，”哈蒂说。

“收割之后还要耕种吗？”莫格里问。

“没有再耕种了，”哈蒂说。

“那些靠绿色植物过活的人后来怎么样了？”莫格里接着问。

“他们走了。”

“那些人睡觉的小屋呢？”莫格里问道。

“我们把所有的房屋都撕成了碎片，丛林吞没了那里的围墙，”哈蒂回答说。

“还有吗？”莫格里问。

“我花了两个夜晚把肥沃的土地从东到西踩了一遍，又用了三个夜晚从北到南踩了一遍。我们让丛林兽民走进了五个村子，那些村子，还有那些土地，那些放牧的草地，还有松软的田地，如今已经没有一个人类能从那片土地上收获食物了。这就是洗劫珀勒德布尔农田的故事，那是我和我三个儿子干的，不过，现在，我得问问了，人娃娃，你是怎么知道这些的？”哈蒂不解地问。

“是一个人告诉我的，现在我算明白了，就算是布尔迪欧也有说实话的时候。干得好，有白色伤痕的哈蒂，不过下一次得干得更漂亮一点，因为这次有人统一指挥了。你知道那个把我赶出来的村庄吧？那里的人都很懒惰，愚蠢无知，而且很残忍，他们就会耍一张嘴皮子，他们不会为了抢食厮杀弱者，而是为了取乐。当他们吃饱了的时候，他们就会把自己的同类扔进红花里。我见过那个场面。他们不应该再住在这个地方了，我恨他们！”

“那就杀了他们。”哈蒂的小儿子说，他边说边拔起了一簇草，在自己的前腿上蹭掉泥土，然后又把它们扔掉，他那双红眼睛来回偷瞄着什么。

“白骨头对我有什么好处啊？”莫格里生气地说，“我是个在太阳底下玩人头的狼崽子吗？我杀了谢尔汗，而且他的皮正在会议岩上腐烂；但是——但是，我不知道谢尔汗去哪儿了？而我的胃依旧空荡荡的。现在我要拿上我看得见以及摸得到的东西。让丛林进入那个村子吧，哈蒂！”

巴吉拉颤抖着，他蜷缩着蹲了下来。他心里清楚，要是最糟糕的事情发生了，自己只会急速冲上村子的街道，对人群左右开攻，或是趁着人们在黎明时分耕种时发动大规模的厮杀。但是让整个村庄从人类和野兽眼里消失的这个阴谋令他感到害怕。现在他知道为什么莫格里要把哈蒂叫来了。除了这头活了很长时间的大象，没有哪个能策划并从头至尾进行这场战争。

“让他们像那些人类逃离珀勒德布尔农田一样逃走吧，直到雨水成为唯一在农田上冲出沟槽的东西，雨水滴在厚树叶上的声音将会取代人类纺锤的声音——到时候我和巴吉拉就会躺在那个婆罗门的屋子里，公牛们安心地饮用庙宇后面蓄水池里的水！让丛林进入吧，哈蒂！”

“可是我——我们并没有和他们发生冲突，而且捣毁人们睡觉的窝的前提，是我们因遭受了巨大的痛苦而怒火中烧。”哈蒂含糊地说。

“难道你是丛林里惟一的食草动物吗？号召你的同伴一起来啊。让雄鹿、野猪，还有鹿牛羚都一起来吧。在田地变得光秃秃之前，你甚至都不用亲自出马。让丛林进入吧，哈蒂！”

“那会不会发生杀戮的情况？我的獠牙在洗劫珀勒德布尔的时候已经被鲜血染红了，这次我可不想再闻到血腥味了。”

“我也不想啊。我甚至不希望那片干净的土地上留有他们的尸骨。让他们走吧，去寻找一片全新的安身之地吧。他们不能待在这儿了。我看见了，也闻到了那个养育我的女人的鲜血——那个女人全是因为我的关系才会被追杀的。只有门口台阶上新长出来的嫩草才能掩盖那股难闻的味道。那股味道就像火焰似的在我嘴里燃烧。让丛林进入吧，哈蒂！”

“哎！”哈蒂说，“我背上的那道伤痕也在燃烧，直至我们看见那个村子在春季播种之时消失才好啊。我现在明白了，你的战争也就是我们的战争。我们让丛林进入吧！”

愤怒和仇恨令莫格里全身上下都在发抖，在他还没来得及喘口气之前——大象们曾经站立的那个地方已经空空如也，只剩下在一旁惊恐地望着他的巴吉拉。

“凭着我获得自由时砸开的那把锁起誓！”末了，黑豹终于开口说，

“你还是以前我曾在狼群面前为你说话的那个赤裸的小家伙吗？那时大家都很年轻。丛林之王啊，待我筋疲力尽时，请为我说话——请为巴卢说话——请为我们所有人说话吧！在你面前，我们大家都是小辈，是脚下被折断的嫩芽！是失去母鹿庇护可怜兮兮的小鹿！”

巴吉拉把自己形容成迷路的小鹿令莫格里感到莫名其妙，他咯咯咯地大笑了起来，然后大喘一口气，笑出了眼泪来，最后他迫不得已跳进池塘里，好让自己平静下来不再笑了。他在水池里游了好几圈，好似一个在月光下钻进钻出的青蛙——他的同名者。

这时哈蒂和他三个儿子转过身，每个人都指向一个方向，他们迈开大步，悄无声息地走向了一英里开外的山谷。他们走啊走啊走啊，一走就走了两天的路程——也就是说，他们走了漫长的六十英里——他们穿过了丛林，每走一步，象鼻就摇摆一下，蝙蝠芒、鸢鹰，还有猴子和丛林里的鸟都看见了，众人对此议论纷纷。后来，他们开始进食，他们安静地吃了大概一个星期。哈蒂和三个儿子都很像巨蟒卡阿，不到万不得已，他们从来都是一副不慌不忙的样子。

那段日子结束的时候——没人知道是谁带的头——丛林里流传着这样一个传言，据说在这样的一个山谷里，有更好的食物和水源。毫无疑问，野猪自然会为了一顿饱餐而走遍天涯海角——他们首先成群结队地出发了，拖着脚步跨过了那些岩石，雄鹿们也迫不及待地紧随其后，还有只能以枯草为生的野狐狸，以及那些肩膀宽厚的鹿牛羚也与雄鹿们并肩行走。湿地里的水牛们也跟在鹿牛羚身后一起朝山谷进发。即使是最不起眼的小事情都能分散这些兽群的注意力，他们进食、闲逛、喝水，然后再次进食。但是无论何时，只要恐慌情绪一起，就会有某一个动物站出来安抚大家的情绪。有一次豪猪伊基带来了好消息，他说不远处有好多食物；还有一次芒兴奋地大声号叫，他欢快地飞到一片沼泽地里，看看那里一片空荡荡的景象；还有满嘴含着根茎植物的巴卢歪歪扭扭、步履蹒跚地走了过来，走到一半又笨拙地折了回去，跑回到原来的那条路上了。折返回去的动物不在少数，有些动物跑掉了，有些失去了兴趣，但是选择继续前进的也不在少数。一转眼又过了十天，情况依旧如往常一样。雄鹿和野猪还有鹿牛羚一直围着一个八或十英里半径的圆圈转来转去，而那些食肉动物则是在这个圆圈外各施所长。圆圈的中心就是那个村子，村里的庄稼都已经成熟，村民们坐在那个被他们称为狩猎台的台子上面——那是一个类似鸽子栖息地的平台，是由四根木棍作为支点搭建而成的——其目的就是吓跑鸟类和其他偷窃粮食的盗贼。到了这时候，就没人再去诱哄雄鹿了。食肉动物就在紧靠着他们的地方徘徊，迫使他们不得不往里去，往前去。

在一个黑黢黢的夜晚，哈蒂才带着三个孩子从丛林里走了出来，他们用象鼻打断了狩猎台的柱子；失去支柱的台子一下子就坍塌了，就像一根被折断的毒芹杆倒了下来。从台子上面摔下来的村民听见了大象低沉的吼叫声，接着先头部队鹿群一下子冲了下来，如泄洪般冲进了村子的牧场和田地里；接着，尖爪庞大的野猪也紧随而来，雄鹿先发起了第一波袭击，野猪就发动第二波。狼群时不时发出的警告会让这些食草动物惊慌失措，他们就会绝望地跑来跑去，蹂躏着脚下新种的大麦，踏平了灌溉水渠的两侧土堤。天亮前，圆圈外面的压力慢慢被削弱了。肉食动物后退了，留下了一条通往南边的路，于是雄鹿们便顺着这条路逃走了，其他几个更胆大的则躺在灌木丛里执意要把下一顿晚饭吃完再走。

事已至此，基本上可以算大功告成了。清晨醒来的村民发现自己的庄稼已经全都被毁了。如果他们再不走，就会面临死亡。因为他们一年又一年地靠近丛林生活，就意味着他们离饿死又近了一步。当水牛们被放出去吃草的时候，这些饥饿的牲畜才发现，雄鹿已经把草场洗劫一空，于是他们晃荡到丛林里，跟着他们的野生同伴一起离开了。黄昏时分，村民们的三四头小马躺在马厩里，他们的头已经被打破了。这事也就只有巴吉拉能干得出来，而且也只有傲慢的巴吉拉能想到把最后一个尸体拖到空旷的大街上。

那天夜里，村民们都没有心思在田地生火了，于是哈蒂带着三个儿子在田地里拾漏，看看还剩下什么东西。哈蒂整理过的地方就没必要再整理一遍了。村民们决定靠之前储存下来的种子为生，直到雨季来临。到那个时候，村民们就要像奴隶一样干活了，因为他们要把头一年的损失补回来。但是收粮食的商人想到了自己装得满满的仓库，于是便会压低价格征收粮食，哈蒂用尖尖的獠牙把他泥屋的角落挖开了，然后把那个大柳条箱子扯得粉碎，箱子表面虽黏满了牛屎，里面却存放着非常珍贵的粮食。

当人们发觉，最后那点存货也被毁掉了，这时候可要轮到婆罗门开口说话了。他向自己心中的神灵祈祷，但是没有得到答案。他说，或许是村民无意冒犯了丛林里的哪位神灵，因为毫无疑问，丛林就是在和他们作对。于是他们派人找来了最近的流浪的冈德人部落的首领——他们是一群身材矮小、头脑聪明、皮肤黝黑的猎人，长期居住在深山老林里，他们的祖先来自印度最古老的种族，是这片土地最原始的主人。村民们以自己特有的方式欢迎这位冈德人，他单腿站着，手里拿着弓箭，发髻插着两三支毒箭，他有些惊恐又有点轻蔑地看着那些村民，还有他们被摧毁的庄稼。他们希望知道他们的神——那位古老的神灵——是否已经动怒了，还有他们需要献祭什么样的贡品才能平息神灵的怒气。冈德人一言不发，他只是抓起结着野生的苦瓜的一条藤蔓，藤蔓已经当着红色印度神像的面，来来回回地缠绕到寺庙的大门上。然后他两手一摊，沿着通往坎伊瓦勒的路离开了，又返回了他的丛林。他注意到，丛林居民已经洗劫了这个村庄。他知道，当丛林开始移动的时候，只有白人有能力让它改变方向。

不需要多问他的此番举动是什么意思。野生的苦瓜会在他们祭祀自己的神灵的土地上生长。他们越早自救越好。

但是要想一下子毁灭一个村子是很难的事情。只要夏天能吃的东西还未清除，村民们就会继续住下来，他们想要去丛林里采集坚果，但是总有炯炯有神的眼睛在暗中盯着他们，甚至在中午的时候，还有野兽在他们面前晃来晃去。当他们惊恐地跑回家时，他们五分钟之前途径的树干的表皮就开始脱落，上面巨型爪子的痕迹清晰可见。他们越是待在村子里，那些在韦恩根格河边嬉戏咆哮的动物就会变得越来越肆无忌惮。他们没时间修补背对着丛林的空荡牛棚的那面后墙了，野猪把墙都踩塌了，布满荆棘的藤蔓植物便飞速地爬了进来，并将自己的枝蔓搭在了那块新开辟出来的土地上。紧随藤蔓植物之后，长出了多刺毛的杂草，就像跟在撤退部队后面的一支手持长矛的妖精部队似的。那些还没结婚的男子先跑掉了，他们把村子注定要毁灭的消息传到了四面八方，他们说，当村子里的眼镜蛇都离开了自己位于菩提树下平台上的洞穴的时候，还有谁能站出来对抗丛林或是丛林之神呢？他们和外面世界做的那点小生意也随着道路的减少而缩减。到了夜里，哈蒂和他三个儿子那扰人的吼声终于停了下来，因为他们把该抢的都抢光了。地里的庄稼和种子都被抢走了。远处的田野已经被糟蹋得面目全非，现在到了该投靠位于坎伊瓦勒的英国慈善机构的时候了。

遵循着当地的习俗，他们一天天地拖延动身的日期，直至第一个雨季来临，尚未修葺的屋顶漏了雨，牧场的积水没过了脚踝，炎热的夏季过后，万物都迅速地生长出来。他们这才跋山涉水——男人、女人、儿童——在清晨模糊了双眼的热雨中前行，他们自然会转身望着自己曾经的家园，与它道别。

当最后一户拖着行李的人家穿过村庄大门时，他们听见一声巨响，循声望去，原来是屋子的横梁，还有墙后面的茅草屋顶坍塌了。他们还看到远处一个发亮的、呈弯钩状的黑色象鼻高高地抬起，摧毁了那些浸透了雨水的茅草屋顶。后来，象鼻消失不见了，接着又是另一声巨响，紧随其后的就是一声长啸。哈蒂把那些茅草屋的屋顶都掀翻了，就像你用力地从水里拔出睡莲似的，纷乱中，一根屋子的大梁戳中了他的象鼻。他只有这样才能释放出自己全部的力量，因为在所有的丛林动物里，唯有发怒的野象最肆无忌惮，具有最强大的破坏力。他的腿往后一蹬，踢到了后面的泥墙，那堵墙瞬间就倒塌了。泥墙和倾盆大雨混在了一起，合成了黄泥。他往前迈了几步，尖声叫喊着，在狭窄的街道上到处撕扯，冲撞着左右两侧的小屋，摇晃着那些已经破败的屋门，最后整个屋子瞬间就散架了；哈蒂的三个儿子跟在老爸身后，满脸愤怒的样子，他们不停地肆虐，就像当年洗劫珀勒德布尔农田一样。

“丛林将吞噬这些断壁残垣，”残骸中有一个平静的声音说，“最外面的墙壁必须倒塌，”莫格里说道，大雨顺着他赤裸的手臂和肩膀流了下来，他边说边从一个仿佛筋疲力尽的水牛似的倒塌的矮墙上跳了下来。

“这事迟早要发生的，”哈蒂气喘吁吁地说，“但是在珀勒德布尔那次，我的獠牙可被鲜血染红了，好了，孩子们，用头撞开外面的那堵墙，来吧，我们一起使劲！”

四头大象肩并肩地站成一排，一起用力推开面前的那堵墙，外墙终于松动了，裂开了缝，然后倒了下去。那些被吓得说不出话的村民们，看着那些凶残的肇事者黏满泥土的脑袋出现在参差不齐的缺口里。这些无家可归、无食物可吃的村民们沿着山谷逃跑了，他们身后的村子就这样被碾平摧毁了。

一个月后，这块土地变成了一个泥泞的土堆，上面长满了鲜嫩翠绿的植物，到了雨季结束的时候，在这片六个月之前还是耕地的土地上，出现了一片喧闹的丛林。

莫格里对抗人类之歌

我要放任你们这些爬得快的藤蔓植物——
我要唤来整个丛林踏遍你们的大街小巷！
屋顶应该在丛林面前消失，

房梁应该坍塌，
苦瓜，很苦的苦瓜，
应该爬满所有地方！

我们丛林兽民会在你们村民大会门前歌唱，
蝙蝠一族应该倒挂在你们谷仓的大门上；
毒蛇应该成为你们的看门者，
盘在未经打扫的炉底石上；
因为苦瓜，很苦的苦瓜，
会在你们睡觉的地方结出瓜来！

你们不会看见我的进攻者；你们却能听到他们的声音并胡乱猜想；
入夜以后，月出之前，我会派人去收税，
等在远处界碑那里的一只狼
会成为你们的牧者，
因为苦瓜，很苦的苦瓜，
会在你们热爱的土地上播下种子。

我要在头领的带领下当着你们的面收割庄稼；
你们只能跟在我的收割者后面拾落穗，因为你们已经失去其他食物，
鹿群会成为你们的公牛群
盘桓在未耕种的地头，
因为苦瓜，很苦的苦瓜，
会在你们建造房屋的地方长出叶子！

我要放任你们这些爬得快的藤蔓植物——
我要唤来整个丛林踏遍你们的大街小巷！

树林已经占据你们生活的地方！
房梁应该塌落，
而苦瓜，很苦的苦瓜，
应该爬满所有地方！

第四章

责任承担者

当你称呼塔巴基为“我的兄弟”，当你招呼豺狗来吃肉，

你可以大喊着与贾克拉——四腿着地匍匐前进的鳄鱼完全休战。

——《丛林法则》

“要敬重上了年岁的！”

“那是一种粗重的嗓音——会让你战栗的浑浊嗓音——就像某个柔软的东西裂成两半的声音。还带着颤音，是一种沙哑的哀诉般的声音。”

“要敬重上了年岁的！大河的伙伴们——要敬重上了年岁的！”

河流这处宽广的河面上，其他什么东西都没有，仅有一小队挂着横帆的木制驳船，满载着建筑石料，刚刚从铁路桥底下经过，朝着下游驶去。船夫转动笨重的舵，让驳船转向，以便三条驳船并排通过桥洞时，可以避开桥墩处淤积的沙洲。那个令人毛骨悚然的声音又起：

“喂，大河的婆罗门们——要敬重年老体弱的！”

坐在弦缘上的一个船夫转过身来，举起一只手，咕哝了一句不太中听的话，这队嘎吱作响的驳船便驶入暮色之中。一眼望过去，印度境内这条宽阔的河流更像一串连在一起的湖泊，河面平滑如镜，河道中央倒映着棕红色的天空，可靠近低矮的两岸的地方点缀着黄色和深紫色的色斑。雨季有许多小溪注入这条河流，如今，它们干涸的入河口远在河流水位线之上。河流的左岸，几乎就在桥的下方，坐落着一个小村庄，房

屋都是用砖和泥垒起来的，屋顶盖着茅草和树枝。村庄的一条挤满了返回牛栏的牛的主要街道，一直通向河边，尽头是用砖草草垒砌的好似凸出码头一类的东西，想要洗东西的村民可以从这里拾级而下，涉入水中。这里就是“鳄鱼渡”[①]村的渡口。

夜幕迅速笼罩了田野，洼地的扁豆、水稻和棉花田每年都会被河里的洪水淹没；河湾处的水边长着一些芦苇，静止不动的芦苇丛后面，是一片杂乱无章的放牧场。傍晚到河边饮水的鹦鹉和乌鸦，一直喋喋不休地鸣叫着；他们越过已经外出觅食的水果蝙蝠营地，飞到内陆去栖息。一群又一群水鸟莺鸣雁叫地飞过来，落满了长有芦苇的河床。这里有吸水管状脖颈的黑背野鹅、短颈水鸭、赤颈鸭、翘鼻麻鸭和杓鹬，还零散地落着几只火烈鸟。

一只动作迟缓的鹳鹤拖着屁股飞来了，每一次缓慢地扇动翅膀都像是最后一次。

“要敬重上了年岁的！大河的婆罗门们——要敬重上了年岁的！”

鹳鹤稍微把头转向那声音发出的地方，动作僵硬地落在桥下方的沙洲上。从这一点你就可以看出，他真是一只恶棍般的畜生。从身后望过去，他真是相当庞大，因为他站立时将近六英尺高，看着像极了一个发育良好的秃头的人。可从他前面看过去，情况就大不相同了，因为他那艾利·斯洛珀[②]一样的头和下巴底下的脖颈——那里能装下他那尖嘴地锄一般的鸟喙能窃取到的所有食物——没长一根毛。他的两腿又长又瘦，一副皮包骨的模样，不过，他却能优雅地移动它们，每当低头整理他那灰白色的尾羽时，他总会顺着平滑的肩膀望过去，骄傲地打量着双腿，然后把它们绷紧成立正的姿态。

---

① 鳄鱼渡（Mugger-Ghaut），“Mugger”是泽鳄的意思，“Ghaut”是指印度河边的石梯，有“渡口”的意思。

② 艾利·斯洛珀（Ally Sloper），英国早期经典卡通人物。

一条身上长满疥癣的小豺狗在一处低矮的崖壁上饿得直叫唤，此刻正竖起两耳和尾巴，快步穿过浅滩来与鹳鹤会合。

他是他所在的种姓中最低贱的一员——倒不是说豺狗种姓中最好的那些豺狗要优秀很多，而是说这只豺狗极其低贱，简直是乞丐加罪犯的化身——一个到村子的垃圾堆找食吃的、自卑得不可救药却又胆大到野蛮无耻程度的家伙，他一直处于饥饿状态，满脑子装着不会给他带来丝毫好处的鬼点子。

“啊哈！”他停住脚步时抖动着身子发愁地说，“难道红疥癣病毁了这村的家狗不成！我身上的每个跳蚤都叮了我三口，全都因为我看了看——你注意喽，仅仅是看了看——牛栏里的一头老废物。难道要我啃泥巴吗?”说着，他挠了挠自己左耳朵下边。

“我听见，”那只鹳鹤操着犹如生肉划过厚砧板的嗓音说道，“我听见一头新出生的小牛的叫声，就在那同一个牛栏里。”

“听到是一回事；确信则是另一回事喽。”有天晚上，豺狗从围坐在篝火旁的村民那里听来相当多的谚语。

“说得没错。所以，为了证实这事，我趁着那些看家狗到别的地方管闲事的当儿，看了一眼那头小牛。”

“那些狗相当爱管闲事，”豺狗抱怨了一句。“那么，我得等一会儿才能去村子里打些零食。这么说，在那个牛栏里果真有一头还没睁眼的牛犊?”

“没错，”鹳鹤回答道，同时把长长的鸟喙偏向圆鼓鼓的嗉囊，“是个小东西，但是在施舍这个好习惯已经灭绝的当今世界，那个小东西还是勉强可以接受的。”

“唉！当今这个世界真是残酷。”那条豺狗哀叹道。随后，他那不安生的眼神追逐着水面上最不确定的波纹，然后才快速地接口道，“对我们所有生灵来说，生活都非常艰难，可我怀疑，对我们那让渡口骄傲、叫河水羡慕的头领来说，境况并非如此——”

“一个谎话篓子，一个溜须拍马者和一条豺狗，都是从同一个蛋里孵化出来的。”鹳鹤这话并非特地针对任何生灵，因为当他遇到麻烦时，为了自身的利益，他真可谓相当高明的撒谎者。

“这话不错，那位叫河水羡慕的头领，”豺狗提高声音重复道，“我毫不怀疑，甚至连他都认为，自打建起了这座桥，食物真是越来越少了。话又说回来，尽管我不会当着他的面说这话，不过他可太聪明太贤德啦——因为我，唉！我不——”

“要是一条豺狗承认自己是灰色的，那么这条豺狗绝对是黑色的！”鹳鹤咕哝着说。他看不清是什么东西过来了。

“那么其结果是，他的食物从来不会匮乏——”

一个仿佛船刚触到浅滩的摩擦声一般的柔和嗓音说道。豺狗迅速转身面对（面对是最好的方式）那个刚刚说话的生灵。那是一条二十四英尺长的鳄鱼，身体包裹在像三重铆钉钉牢的钢板状外壳之内，棱脊上布满了疙瘩和纹路，黄色的上牙尖刚好悬在下颌那完美的凹槽之上。原来是嗅觉迟钝的那条名叫“鳄鱼渡”的泽鳄，他的年纪比村里任何一个人都要大，因此村民们用村名来给他命名。在铁路桥建起之前，他是浅滩上的魔鬼，集杀人犯、吃人者和当地神物为一身。他趴在那里，下巴放在浅水中，一个几乎无从察觉的涟漪标明了他尾巴的位置。豺狗清楚地知道，只要这同一条尾巴在水里一拍，就能让这条鳄鱼像装了蒸汽机一样冲上岸来。

“幸会，穷苦生灵的保护神！”豺狗奉承道，每吐出一个字就往后退一步。“我听到了一个令我愉悦的嗓音，我们希望来一场甜美的对话。我那自大的没尾羽的兄弟，待在那里，让我实实在在跟你说上几句。我希望没有别的家伙偷听吧。”

此时此刻，豺狗的声音低得刚能听清，因为他知道奉承话是弄到食物的最好方式，那条鳄鱼知道豺狗正为这个最终结果说话，而豺狗知道鳄鱼明白他的意图，鳄鱼也晓得豺狗知道自己明白他的意图，因此他俩都对这种现状非常满意。

这条老畜生呼哧带喘地哼哼着爬上岸，嘴还不住地吧唧着，“要敬重年老体弱的！”他推动着四条腿中间筒状的臃肿身躯向前走时，三角形大脑袋上厚重的角质眼皮下面的小眼睛，始终像炭火一样放着光。随后他安顿下来，尽管豺狗相当熟悉他的情形，可当他恰好看见泽鳄是如何伪装成一块浮在沙洲上的木头时，还是禁不住第一百次地准备逃走。他曾在相同的时间，相同的地点，煞费苦心地爬上相同角度的一根被水冲得进退两难的天然木头，为了查看当季的水流。当然，这一切大概仅仅是习惯问题，因为那条泽鳄上岸就是为了寻开心的；然而一条鳄鱼绝不会完全吃饱的，如果豺狗被眼前这种假象所蒙蔽，那么他就永远不能活着搞清楚其中的哲理了。

“我的孩子，我啥都听不见，”那条泽鳄闭着一只眼睛先开口道，“河水进入了我的眼睛，而且我也因饥饿而变得没了力气。自打铁路桥建成之后，我村子里的村民已经不再敬爱我，那可真叫我伤心啊。”

“唉，可耻的村民！”豺狗随声附和道，“这样对待如此高贵的一颗心，太过分啦！不过，依我看来，所有的人都一个德行。”

“那倒不尽然，不同的人类之间的确存在着很大差别，”泽鳄颇为文雅地回答说，“有些瘦得像根撑船的竹篙，有些又肥得像条小豺——小狗。我从不会无缘无故地责骂人类的。他们真可谓各式各样，但是经过我这么多年的观察证明，总的来看，人类还是不错的。男人、女人和孩子——我从他们身上找不出什么错处。要记住，孩子，责难世人的人终将被世人所斥责。”

“阿谀奉承比肚子里有个空锡罐子还要糟糕。不过我们刚听到的那些都是至理名言。”那只鹳鹤插嘴道，压低了一条腿。

“可细想一下，他们对你这位优秀的神物那么忘恩负义。”豺狗体贴地说道。

“不，不，不是忘恩负义！”泽鳄说道，“他们只是不会替别人着想，事情就是这样。不过趴在浅滩下我的停泊地时，我已经注意到，对于老人和孩子来说，新桥的阶梯极其难爬。老人呢，的确不太值得考虑，但我还是伤心——我真的很伤心——替那些肥胖的孩子伤心。尽管如此，我想用不了多久，等到新桥用旧了以后，我们还会看到我的村民们跟从前一样，裸露着棕色的腿，勇敢地趟着水走过浅滩。到那时，我这位老泽鳄又会得到尊敬喽。”

“不过，我的确看到万寿菊花环漂浮在渡口边上了，就在今天中午。”鹳鹤又插了一句。

在印度境内，万寿菊花环是敬仰和崇敬的象征。

“那是一个错误——一个错误。是卖甜食的小贩妻子弄错了。她的眼神一年不如一年了，根本分辨不出是木头还是我——这条渡口的鳄鱼。她扔错花环时，我看见了，因为我当时就趴在渡口下面，要是她再下一个台阶，我就能让她看点不一样的东西。然而她的用意很好，我们必须虑及她那种献祭精神。”

“要是一个家伙待在垃圾堆上，那些万寿菊花环又有什么用处呢？”豺狗一边说，一边搜寻着自己身上的跳蚤，可一只机警的眼睛还是瞄着他那位穷苦人的保护神。

“话是不错，但是他们还没开始制造一堆能够支撑我重量的垃圾呢。我曾看过河水从村庄退下去五次，在主街道尽头留出了新的土地。我曾看过这个村子在两岸重建了五次，我还将看到它再重建五次。我可不是那种没有责任心，只顾捕鱼的恒河鳄，我也不像俗语里说的那样，今天待在迦尸，明天就去‘祭祀圣地’，[①] 我是这片浅滩忠贞不渝的守护者。不为别的，孩子，就为了这个村庄跟我有相同的名字，正如俗语里说的

---

① 迦尸（Kasi）、“祭祀圣地（Prayag）”，迦尸是古代印度的一个国名，即现在印度北方邦的瓦拉纳西；“祭祀圣城”就是现在印度北方邦城市安拉阿巴德，两个城市之间相距不远。

那样，‘要是能够长久守护，他终将获得奖赏。’”

“我守护的时间够久的啦——非常久了——几乎一生都在守护，而我换来的奖赏就是被咬和被打的伤口。”豺狗说道。

“哈！哈！哈！”鹳鹤大笑了几声。

豺狗生在八月；
大雨落在九月；
“像现在这样一场如此可怕的洪水，”
豺狗说，“我可记不起来啦！”

说起鹳鹤来，他有一个非常讨厌的怪癖。其实鹤族都是非常值得尊敬的一种鸟，尽管人们认为鹳鹤比任何其他鹤族的品行更加高尚，但他还是不定时地要忍受狂躁症的剧烈发作，或者要遭受腿部抽筋的阵痛。他突然开始跛着脚跳起一段疯狂的作战舞蹈，两只翅膀半张着，上上下下摆动着他的秃头；这种时候，出于他自己最清楚的原因，他总会非常细致地用最难听的评论来匹配最难以忍受的病痛。随着最后一句歌声结束，他又恢复了立正的姿势，比之前更像一位副官。

豺狗退缩了，尽管他已经年满三岁，但是你不可能对长着一码长鸟喙的家伙的侮辱心怀愤恨，那张鸟嘴攻击的力量可不亚于一支标枪。鹳鹤是个最臭名远扬的懦夫，然而豺狗比他还要怯懦。

“我们必须经历过才能懂得，”泽鳄说道，“那也就是说：小豺狗们很普通，但像我这样一条泽鳄可非比寻常。话虽如此，但我并不骄傲，因为骄傲是毁灭的源头；不过要注意啦，这就是命运，谁要是违背了命运，不论他是水里游的，地上跑的，还是天上飞的，都根本说不出任何话来。我对我的命运非常满意。你有着很好的运气，敏锐的眼光，以及在你上岸之前考虑一条小溪或者一潭死水有没有出口的习惯，好多事情就齐活啦。”

“我曾听说，就连穷苦者的保护神也犯过一个错误。”豺狗不怀好意地说。

“说得不错，但是那次我的命运挽救了我。那还是在我未成年的时候——在仅有的三次饥荒的最后一次之前（在那些日子里，恒河左右两岸都在多么大限度地使用这条溪流啊！）。诚然，我当时年轻而轻率，当洪水泛滥时，有谁会比我还要开心？那时，一点小洪峰都会令我高兴万分。整个村子都深陷于洪水之中，我游上了渡口，朝内陆游出去好远，一直到稻田那里，当时稻田也深深地埋在淤泥中。我记得，当天晚上我发现了一副手镯（尽管手镯是玻璃的，可我丝毫也不介意）。是的，一副玻璃手镯，如果我记得不错的话，还有一只鞋。我本该把两只鞋全都抖落的，可我当时太饿了。后来我学乖了一些。没错。于是我吃饱了，还休息了一会儿；可是当我准备返回河里时，洪水已经退去，我只好穿过泥泞的主街道往回走。难道只有我一个吗？我那所有的村民都跑了出来，有祭司、女人和孩子，我心存仁慈地望着他们。再说泥地也不是作战的好地方。一个船夫说，‘拿来几把斧子，砍死它，因为它就是浅滩上那条泽鳄。’‘别那么做。’一个婆罗门说道，‘瞧，它正驱使着它前面的洪水！他是我们村的神物。’接下来，他们朝我身上扔了许多花，一个乐观的人牵着一只山羊从路那头走过来。”

“太好了——有只山羊可太好啦！”豺狗赞叹道。

“有毛——毛太多了，尤其当我发现水里更有可能藏有一个十字形的吊钩的时候。然而我收下了那只山羊，满载着巨大的荣耀走下了渡口。后来，我的命运又给我送来了那个希望拿斧子砍掉我尾巴的船夫。他的船搁浅在一个旧时的浅滩上，你们有可能不记得那里了。”

“在这里的可不全是豺狗，”鹳鹤说道，“你说的是大旱那一年把运石料的驳船弄沉的那道沙洲——一道经历了三场大洪水的沙洲？”

“共有两道沙洲，”泽鳄回答说，“一道在上游，一道在下游。”

“哎哟，我忘了。一条河沟把它们给分开了，后来那条河沟也干涸了。”鹳鹤说道，颇为自己的好记性感到骄傲。

“在下游那道沙洲那里，给过我‘良好’祝愿的人的驳船搁浅了。他当时正在前舱里睡觉，处在半梦半醒之间，而我扑到他的腰部——不，也就扑到他的膝盖——将他推下了驳船。河水流过那里时，他那条空船继续顺着流水漂浮，在下游河段又搁浅了。我尾随而至，因为我知道有人会下河把船拖上岸。”

“有人那样做了吗？”豺狗有些敬畏地问道，这类猎杀尺度给他留下了极为深刻的印象。

“等船飘到更下游处，有人将它拖上了岸。不过我没有走那么远，即使这样，我一天之中也逮到了三个——都是膘肥体壮的船夫。而且，除了最后一个船夫（当时我疏忽了）之外，其他人都没来得及冲岸边的人叫喊报警。”

“啊哈，一次高明的狩猎！可那多么需要智慧和伟大的判断力啊！”豺狗赞叹道。

“不是智慧，孩子，仅仅是思考。像船夫们常说的那样，生活中的一点思考，就像米饭里加入盐一样，而我向来思考深入。恒河鳄，就是我那位吃鱼的表兄，曾经告诉过我，说他追踪那些鱼有多么困难，一条鱼如何不同于另一条鱼，他又是如何得认出他们中间的每一条鱼，不论他们成群结队时，还是单独一条时。在我看来，那才是智慧。不过，话又说回来，我的表兄恒河鳄就靠这些鱼为生呢。我那些村民，可不会像雷瓦鱼那样，把嘴巴伸出水面，成群结队地游来游去；他们也不会像莫虎鱼和小夏普特鱼那样，不断升到水面上来，用身体两侧翻来转去；他们更不会像白楚厄鱼和奇尔瓦鱼那样，在洪水过后聚集到浅滩上来。”①

“都是好吃的东西。”鹳鹤咔哒咔哒地吧唧着他那张长鸟嘴说道。

---

① 这里的雷瓦鱼（Rewa）、莫虎鱼（Mohoo）、夏普特鱼（Chapta）、白楚厄鱼（Batchua）和奇尔瓦鱼（Chilwa），都是淡水鱼。——原注

“我表兄也是这样说的，捕猎他们也要费上好大的劲，不过他们不会爬上岸逃脱他的利嘴。我的那些村民就不一样了。他们生活在岸上的房屋里，生活在牛群中间。我必须弄清楚他们做什么，他们要做什么；像俗语说的那样，‘猪鼻子里插大葱’，我要彻底装象。有一根绿树枝和一个铁环悬挂在门口？那样，我这条老泽鳄就会明白，这家人刚刚生了一个男孩，有朝一日他必定会从渡口那里下河玩耍。有个姑娘要结婚了？老泽鳄也知道这一点，因为他看到一些男人来来往往运送礼物；而姑娘本人会在婚礼之前来到渡口，下河沐浴——他就等在那儿。河流已经改道，以往仅仅是沙地的地方变成了新耕田了吗？泽鳄都明白。”

“那么，那些知识有啥用呢？”豺狗问道，“就在我这短短的一生中，这条河流的河道就曾变迁过。”印度境内的河流总是在河床里变来变去，有时在一个季节里，就能变动出去两三英里远，淹没河道一侧的农田，又会为另一侧带去肥沃的淤泥。

“没有比这更有用处的知识啦，”泽鳄回答说，“因为新土地就意味着新的纷争。泽鳄明白，啊哈！泽鳄明白。当洪水逐渐排干，泽鳄悄悄沿着人们误以为藏不下一条狗的小溪逆流而上，然后就等在那里。不用等太长时间，就会有一个农民过来，说他要在河流赐予他的这块新土地里种黄瓜，在那块地里种西瓜。他赤裸的脚尖感受着肥沃的淤泥。没过多久，来了另一个农民，说他要在这里种洋葱，在那里种胡萝卜，在那边种植甘蔗。他们两人就像两条随波逐流的驳船遇到一起似的，都翻愣着蓝色穆斯林大头巾下方的眼睛盯着对方。我这条老泽鳄看得明白，也听得清楚。他们彼此称呼着‘兄弟’，都去划定新土地的边界。泽鳄连忙尾随他们从一个地点到另一个地点，矮下身子、拖着脚偷偷在淤泥中穿行。现在，他们俩开始吵起来啦！现在，他们互骂难听的话啦！现在，他们拉扯对方的头巾啦！现在，他们举起了棍棒啦！最后，一个人仰面倒在淤泥中，另一个人跑了。等他返身回来，纷争已经结束，因为有失败者的包铁竹竿为证。然而，他们却不会对我这条泽鳄表达感激之情。不，他们大叫着‘凶手！’两家人操着棍棒对打起来，每一方都不下二十人。我的村民都是一些好人——上等的贾特人——来自务农地区的马尔瓦人。[①] 他们可不是为了好玩才打架斗殴的，因此，当纷争平息以后，我这条老泽鳄远远地等在河流下游村民们看不见的地方，待在远处一丛次生金合欢后面。随后，他们向下游走过来，我的那些肩膀宽阔的贾特人——八九个一同借着星光走下来，用一张软床抬着那个死去的人。他们几个全是花白胡子的老人，声音跟我的一样低沉。他们点了一小堆火——啊哈！我多么熟悉这种火啊！——他们抽着烟，围成一圈一同鞠躬，或者朝放在岸上的死去的人鞠躬。他们谈论说英国人的法律有对这类事情的规定，如此一来，就会让这个人的家人蒙羞，因为这个人必定会在监狱的大广场上被绞死。到那时，死者的朋友们会叫喊着‘绞死他！’这样的叫喊会一直重复着——一次，两次，在漫漫长夜里会重复二十次。最终，有个人开口道，‘这场打架是公平的。我们多拿些抚恤金吧，比凶手提出的补偿金要多一些，然后我们便不再提起此事。’接下来，他们又就抚恤金的金额讨价还价一番，因为死者是一个身强体壮的男人，身后留下了好几个儿子。不过，在太阳升起之前，他们根据风俗习惯，在死者身上点了一点火，他就成了我的，他再也不能为此事发表意见了。啊哈！我的孩子们，我这条泽鳄明白——泽鳄明白——我的那些马尔瓦贾特人都是一些好人！”

“他们对于我的嗉囊来说，太紧了——太挤了，”鹳鹤嘎嘎叫着说，“再说，跟俗语说的那样，‘杀鸡焉用宰牛刀’，谁能在一个马尔瓦人身后捡食呢？”

“哈，我——捡食——他们。”泽鳄回答说。

---

① 贾特人（Jat），居住在旁遮普平原、印度和巴基斯坦北部地区的由穆斯林、印度教和锡克教徒组成的农民阶层；马尔瓦人（Malwais），印度旁遮普邦马尔瓦高原地区的人；原文中的“Bêt”是“务农地区”的意思。

“唉，旧时在南部的加尔各答，”鹳鹤接着说，“人们把所有东西都扔到大街上，我们都挑拣着吃。噢，那些衣着讲究的日子啊！可如今，人们把大街保持得跟蛋的表面那样光滑，我的同类都飞走了。要干净是一回事；要是每天都掸灰、打扫、洒水七次，众神都会感到厌倦的。”

“有一个平原豺狗从他兄弟那里听说过这件事，他告诉我，在南部的加尔各答，所有的豺狗都像雨水泡过的水獭那样肥。”豺狗说道，一想到那种场景，他不禁淌下了口水。

“哦，不过那里有白脸的——英国人，他们乘船顺流而下，不知从哪里带来了狗——又大又肥的狗，这些狗使你说的那同一群豺狗一直处于羸瘦的状态。”鹳鹤说道。

“如此说来，那些狗真跟那些白人一样冷酷无情？我早该明白这一点。不论是大地、天空，还是海洋都不会向一条豺狗展现仁慈。去年，在雨季之后，我看到白脸人的帐篷了，我还从他们那里搞了一副黄色的新马笼头来吃。那些白脸人不会把皮制的笼头套在合适的位置。那让我感到很恶心。”

“那也好过我遇到的情形。”鹳鹤说道，“当我还是个三岁大的年轻而鲁莽的鸟时，我下到大船开得进来的河里。英国人的船比这个村庄还要大上三倍。”

“他最远去过德里，还说那里的人都头朝下走路。”豺狗咕哝了一句。泽鳄睁开了左眼，目光锐利地盯住鹳鹤。

“那是真的，”这只大鸟坚称道，“一个家伙只有在指望别人相信的时候才会撒谎。没见过这些船的人，都不相信我说的是真的。”

“这话说得在理，”泽鳄评论道，“那么接下来发生了什么？”

“从这些大船里，他们取出来一些白色的大块东西，不一会儿，那些东西全都变成了水。其中大部分裂开了，掉在岸上，他们把剩下的迅速放进一座围墙很厚的房子里。然而，有个船夫哈哈大笑着，抄起不比小狗大的一块，朝我扔了过来。我——我们族类都一样——对扔过来的东西，会毫不犹豫地吞下去，当时我自然按照我们的习惯吞下了那块东西。我立马因极度寒冷而非常痛苦，先打我的嗉囊那里开始，一直凉到我的爪子尖，冷得我简直说不出话来，与此同时，那个船夫仍在嘲笑我。我这一生中，从来没感受过那种寒冷。极度痛苦中，我冷得蹦来跳去，一直跳到我能喘过气来为止。接下来，我又跳又叫，来反抗这个世道的不忠不义；而直到这股寒冷劲过去了，那个船夫还在嘲笑我呢。暂且不论这种极度寒冷的感觉，那件事最让我感到吃惊的是，当悲伤痛苦劲过去之后，我的嗉囊里啥都没留下！"

这只鹳鹤竭尽所能地描述了吞下一块来自韦纳姆湖[①]、重达七磅的冰块的感觉，那块冰来自一艘美国运冰船，时间应该是在加尔各答市能够用机器造冰之前。可因为鹳鹤不知道冰是什么东西，泽鳄和那条豺狗则知道得更少，因此这个故事没能达到预期的效果。

"任何事情，"那条泽鳄又闭上左眼说道，"在一条比鳄鱼渡村大三倍的船上，任何事情都有可能发生。何况我的村子也不是一个小村庄。"

头顶上方的桥上传来一阵呼啸声，原来是德里邮政列车驶过，每节车厢都亮着灯，河水忠实地反射了这些光影。列车"哐啷哐啷"地消失在黑暗中；不过，泽鳄和那条豺狗对此非常熟悉，连头都没抬一下。

"难道那东西不比鳄鱼渡村三倍大的船更加神奇吗？"那只鸟仰着头赞叹说。

"我看着那东西建起来的，孩子。我看着那些桥墩一块石头接一块石头地垒砌起来，等建桥的人跌落时（他们大部分时间站得都非常稳固——不过有时候会掉下来），我已经做好了准备。等到第一座桥墩建成以后，他们不再指望着顺流而下找到尸体来火葬了。那样我又省了好多麻烦。建造大桥也没啥可奇怪的。"泽鳄说。

---

① 韦纳姆湖（Wenham Lake），位于美国马萨诸塞州东北部塞勒姆市附近的一个湖泊。

“不过穿过大桥、拖着带屋顶车厢的那东西非常奇怪！”鹳鹤又赞叹了一遍。

“毫无疑问，它只是一头新出生的小牛犊。总有一天，它立足的桥墩不再能支撑它时，它就会像那些人一样掉下来。到那时，我这条老泽鳄早就准备好了。”

豺狗和鹳鹤面面相觑。要是这里有一件他们比对方更确信的事情，就是那列火车更像野生动物世界里的其他动物，而不像一头小阉牛。豺狗曾经不止一次地站在铁路旁的芦荟丛中观望过火车，而自打第一辆火车头开始在印度大地上奔跑时，鹳鹤不知见过了多少列火车，可这条泽鳄只能从下往上看，从那个角度看，火车那黄铜拱顶还真像一头阉牛的后背。

“唔——没错，一种新型阉牛，”泽鳄为了让自己更确信这个念头，闷声闷气地重复道，“它当然是一头阉牛。”豺狗逢迎道。

“它也有可能是——”那条泽鳄使性子般地开口说。

“当然——很有可能。”豺狗没等泽鳄把话说完，就插嘴道。

“你说什么？”泽鳄非常生气地说，因为他能够感觉出其他两个生物知道的比他多。“它可能是什么？我还没说完。你刚说它是一头阉牛。”

“你这个穷苦生灵的保护神愿意认为它是什么，它就是什么。我是您的仆人——可不是刚穿过这条河的那个家伙的仆人。”

“不论它是什么，都是白脸人的杰作。”鹳鹤插嘴道，“对我本人来说，我可不会像这块沙洲一样，躺在离它那么近的地方。”

“你不如我了解英国人，”泽鳄分辩道，“修建大桥那会儿，这里有一个白脸的人。每到夜里，他就会拖着脚在河里走来走去，还小声说着，‘他在这儿吗？他在那儿吗？把我的枪拿过来。’我能未见其人先闻其声——能听到他弄出的每个响声——他拿着他的枪，在河里来来回回弄出吱吱声、噗噗声和卡嗒卡嗒的声音。我非常确信，我捡食了他的一个工匠，就节省了购买火葬用的木材的大量开销；我也非常肯定，他会下到渡口那里，大声喊着说要捕猎我，把河流从我——鳄鱼渡的泽鳄口中解救出来！可我呢？孩子们，我游到他的船底下，接连等了好几个小时，听他冲着那些木头开火。当我非常确定他已经筋疲力尽的时候，我从他的一旁扑上去，用上下颚猛咬他的脸。等到大桥完工的时候，他就离开了。所有英国人都用那种方式狩猎，他们自己是被狩猎对象的情况除外。”

“谁在猎杀白脸的人？”豺狗激动地叫嚷着。

“现在没有哪个猎杀他们了，不过我这一生中，曾经猎杀过白脸人。”

“我还记着一点那次猎杀的故事。我当时还年轻。”鹳鹤卡嗒卡嗒吧唧着嘴，意味深长地说。

“我可是记得清清楚楚。我记得，当时我的村子正在进行第三次修建，我的表兄恒河鳄从水量充沛的贝拿勒斯给我捎来了话。起初，我并没有动身，因为我这个吃鱼的表兄并非总能分清利弊。不过，在夜里，我也听到我的村民们在谈论这件事，他们谈论的内容让我有了把握。”

“他们都谈论什么了？”豺狗问道。

“他们谈论的足够让我，这条鳄鱼渡的泽鳄，离开河水，用脚行走。我是利用河流提供给我的那些最小的溪流，夜里开始动身。但当时热天气刚刚开头，所有的溪流都非常浅。我跨过布满尘土的公路，我穿过高草丛，我在月光的照耀下爬上山丘。我甚至还爬过巨石，孩子——好好想想吧。直到我跨过已经干涸的锡尔欣水渠的末端，才找到一些流淌在恒河流域的小河。从我的村民那里到我要去的那条河流，我整整走了一个月的路。那真是太了不起啦！”

“你在路上都吃什么呢？”豺狗问道，他总是把精力都放在自己小小的胃上，对泽鳄说的路上旅行没啥印象。

“能找到啥就吃啥——我的表亲，”那条泽鳄慢吞吞、一字一顿地回答。

在当今印度，你不会称呼另一个人为表亲，除非你认为你们之间有着某种血缘关系。只有在古老的神话故事中，才有一条泽鳄跟一条豺狗结过姻缘，因此豺狗知道，出于某种原因，他突然被提升到了泽鳄的家族圈里。要是只有泽鳄和他在场，他还不太在意，不过那只鹳鹤听到这则令人难堪的笑话，眨着眼睛笑了笑。

“真的？前辈，我早该想到这一点。”豺狗回答说。一条泽鳄并不在意被豺狗们称呼为前辈，而这条泽鳄之前已经说过好多遍了——真是说过太多遍了，所以在这里就不用重复了。

“穷苦生灵的保护神已经声称我们有血亲关系。我哪里能记得那么准确呢？何况我们都吃相同的食物。他说得对。”这就是豺狗的回答。

豺狗这样解释令事情更糟了，因为豺狗的话暗示，泽鳄在陆上行军过程中，一定是每天都在吃新而又新的东西，像每一条有自尊的泽鳄和大部分野生动物能做的那样，在他们身体健康、状况良好的时候，不会把要吃的东西带在身上。其实，在河床这里，最轻蔑的一句话就是“吃鲜肉的家伙”，就像称呼一个人为“食人者”那么糟糕。

“那些食物是在三十年前吃的，”鹳鹤平心静气地说，“要是我们得谈论上三十年，再多的食物也记不起来了。那么，给我们说说，当你走过最神奇的陆上旅程，到达有很多水的地方以后，又发生了什么事。像俗语说的那样，要是我们听每条豺狗的号叫，城里的事务都会停顿下来。”

泽鳄肯定对鹳鹤的插科打诨非常感激，因为他急匆匆地接着说：

“凭着恒河左右两岸发誓！在我到达那里之前，从未见过那么好的水！”

“那么，那些河流的水量比去年这里的大洪水还要充足吗？”豺狗问道。

“比那更充足！那种洪水五年才能发生一次——在汇入河道的浑浊的水中，只能找到淹死的少数几个人，一些死鸡和一头死牛。然而我回忆的那一年，河流水位很浅，水流平稳。即便如此，正如恒河鳄警告过我的那样，淹死的英国人尸体一具接一具地顺流而下。我在那一年长足了腰围——我的腰围和身长都是那年长足的。从埃塔瓦旁边的阿拉格城，一直到水面宽阔的安拉阿巴德城——”

“噢，安拉阿巴德要塞高墙下形成的漩涡哟！”鹳鹤感叹道，“它们像钻进苇丛的野鸭一样到达那里，就那样——一圈一圈地旋转着！”

鹳鹤突然跳起了他那吓人的疯狂舞蹈，豺狗羡慕地观看着。豺狗当然不会记得他们谈论的发生可怕兵变的那一年。泽鳄接着讲述：

“没错，在安拉阿巴德，你静静地待在缓慢流动的水中，放过二十具尸体，只挑选其中的一具吃掉。而且更重要的是，英国人都不像我们当代的女人那样，戴着碍事的珠宝首饰，鼻环啊，脚镯啊什么的。正如俗语所说的那样，喜欢各类首饰的人，结局会用一根绳索替代项链。当时大大小小河流的泽鳄都养肥了，可我比他们所有泽鳄都要胖，这就是我的命运。有消息说，英国人被杀死，然后丢入河中，恒河左右两岸尸横遍野！我们都认为这个消息是真的。我去南方这件事本身，就说明我相信这个消息是真的。我顺流而下，远远望见蒙吉尔城和那些俯视河流的陵墓。”

“我知道那地方，”鹳鹤插嘴道，“自打那时候开始，蒙吉尔就成了一个被人遗忘的城市。现在那里几乎没有人居住。”

“到达那里以后，我非常缓慢而慵懒地逆流而上，刚离开蒙吉尔不太远，有整整一船的白脸人顺流而下——都是活人！要是我记得不错的话，她们都是女人，躺在用棍子支起来的一块布下面嚎哭不止。那些旧日看守浅滩的人，再也没有一支枪可以朝我们开火。所有的枪支都被别处征用去了。我能听见陆地上的那些人终日像改变风向的风那样，来来回回地走动着。我在船头，尽量把身子全都抬起来，因为我还从没见过活的白脸人，尽管我通过其他途径已经非常了解他们。一个没穿衣服的白人小孩正跪在船的边沿，弯着腰，一定是想看看把手放入水中拖着走的样子。看到一个孩子如此喜爱流水，真是一件大好事。其实我那天已经吃过东西了，不过肚子里还留有一点没填满的空间。尽管如此，这件事好玩的成分还是大过猎食，于是我抬起身去咬那孩子的手。那双手在水中的痕迹非常清晰，我甚至看都不用看，就一口咬了下去。但是那双手太小了，尽管我上下颚的确咬合在了一起——对此我确信无疑——那孩子还是迅速把手抽了回去，丝毫没有受伤。那双白色的小手肯定是从我齿缝中间抽走的。当时我要是横着咬住他的两个胳膊肘就好了，不过，就像我刚才说的那样，这事仅仅是为了好玩，何况我还想着看一些新鲜事，于是我全身彻底抬起来了。船上的人接二连三地大声叫喊，过了一会儿，我又抬起身来观察她们。那条船太重了，我没办法把它推翻。她们只是一些女人，不过正如俗语所说的那样，你要是相信一个女人，就像走过池塘里的浮萍那样靠不住。凭着恒河左右两岸发誓，我说的全是实话！”

“有一回，一个女人给了我一些干鱼皮，”豺狗插嘴道，“我原本打算把她的婴儿弄到手的；不过就像俗语里说的，得到马食也好过被马踢。你看到的那个女人做什么啦？”

“她拿着一把短枪朝我开火，在那之前和之后我都没见过那种枪。她一连开了五枪。”（那条泽鳄肯定是遇到了老式的连发左轮手枪。）“我就大张着嘴待在那里，头笼罩在一团青烟中。我从没见过那种枪。连开五枪，就像我摆动尾巴那么快——真快！”

听到这里，对这个故事越来越感兴趣的豺狗，适时往后一跃，巨大的尾巴像一把长柄镰刀一样摇来摆去。

“等第五枪射完，”泽鳄颇为得意地说，尽管他事先并未想过会惊吓到一位听众——“等第五枪射完以后，我才潜入水中。等我再次浮上来的时候，刚好听到一个船夫正对所有那些白人妇女嚷嚷，说他极其肯定，我一准死了。一发子弹打入了我脖子下方。我不知道那颗子弹是否还在我脖子里，也许就是那个原因，我的头才不能转来转去。好好瞧瞧吧，孩子。这一点表明我的故事是真的。”

“你说我吗？”豺狗说道，“难道我这个吃旧鞋、干骨头的豺狗，还敢怀疑连大河都羡慕的泽鳄的话吗？要是我卑下的脑海里曾经闪过这种念头，就让我的尾巴遭瞎狗咬烂！穷苦生灵的保护神已经屈尊降贵地告诉我，他的奴仆，在他的一生中，曾经被一个女人打伤过。那就足够了，我要把这个故事讲给我所有的孩子听，绝不要求拿出证据来。”

“客套过火，有时跟过度无礼没啥两样，因为，就像俗语里讲的——即使凝乳也有可能噎到客人。我可不指望你的任何一个孩子知道我，这条鳄鱼渡的泽鳄的惟一一次受伤，是被一个女人给打的。要是他们在猎食上像他们的父亲一样凄惨，他们会有更多的事情要考虑呢。”

“这事很久以前就被忘了！也从没人提起过！从来就没有过一个白人妇女！也没有什么船！什么事都没发生过。”

豺狗摇着毛茸茸的尾巴，表示所有事情彻底从他的记忆中清除了，然后气馁地坐下来。

“其实，许多事情都曾发生过，”泽鳄说道，他在当晚的第二次进攻中智胜了他的朋友。（不过，两个生灵都没有恶意。吃与被吃是大河上下的公平法则，等泽鳄吃过一顿以后，豺狗就会接着来享受他那份战利品。）“我离开那艘船，继续逆流而上，等我到达阿拉城上游那段死气沉沉的回水时，便再也见不到死去的英国人。有那么一段时间，河里空无一物。随后又漂来一两具死尸，他们穿着红色的外衣，不是英国人，而是所有印度人和英国人招募的印度兵中的一类人；接下来，五六具尸体并肩漂过来；到了最后，从阿拉城一直到北方阿格拉城以北的地方，似乎所有村民都走进河里来了。他们的尸体一具接着一具从小支流漂过来，多得就像顺着山洪漂来的木头一样。等河水上涨以后，他们也跟着从集体停留的浅滩那里升到水面上来。涌过来的洪水拉扯着他们的头发，带着他们漂过田野，穿过丛林。我北上的那一整夜里，总能听到枪声；到了白天，一些穿着鞋的男人穿过浅滩，他们的脚步声就像沉重的车轮碾过水下的沙质河床一般；每一个涟漪都会带来更多的死尸。最后，连我都害怕了，因为我当时自语道，‘如果人类发生了这种事，我这条鳄鱼渡的泽鳄哪里能逃得过啊？’在我身后，漂来了一些没有帆的船，时断时续地着了火，因为运棉花的船只有时会烧起来，但始终不会沉没。”

“啊哈！”鹳鹤插嘴道，“就像开往南部的加尔各答市的那些船。它们都是傻大黑粗，逆流前进时身后都拖出尾巴状的很长一道水痕，而且它们——”

“都像我的村庄三倍那么大。我说的这些船都很矮，而且都是白色的；它们只能扰动船身两旁的水，个头不比任何一个讲实话的人提到的船大多少。这些船让我十分害怕，于是我离开了那里的河水，动身返回我自己这条河，路上要是找不到小支流的话，我就昼伏夜行。就这样，我又回到了我的村子，并没指望能看到我的任何一个村民。然而，他们在自己的田里来来回回地耕地、播种、收获，就跟他们的牛群一样平静。”

“河里还有大量的食物吗？”豺狗问道。

“比我渴望中的还要多。多得甚至连我——我可不是吃泥的——甚至连我都感到不耐烦了，并且我记得，我都有些害怕这些不断顺流而下、一言不发的东西了。我听到我村子里的村民们说，所有英国人都死了；可那些脸朝下顺着水流漂过来的尸体，并不是英国人的，当时我的村民们也都看见了。于是，我的村民们认为，最好对此只字不提，而是照样纳税、种田。过去好长一段时间，河水里才不再有东西了，而后来那些顺着水漂来的尸体，显然是被洪水淹死的，因为我看得很清楚；尽管不再容易获取食物了，可我还是打心眼里感到高兴。小杀小猎不是啥坏事——可就像俗语里说的，甚至连泽鳄偶尔也难免感到满足。”

“奇迹！最真实的奇迹！”豺狗赞叹着，“仅仅听到这么多好吃的，我就变胖了。那么在那件事之后，要是允许我发问的话，你这位穷苦生灵的保护神又做了些什么？”

“我告诫自己说——凭着恒河左右两岸发誓！我的上下颚将始终遵守这个誓言——我告诫自己说，我永远也不会再去流浪了。于是我就在非常靠近我的村民的渡口旁安顿下来，年复一年地守望着他们；村民也非常爱我，每当看见我的头升上水面，他们就朝我扔来万寿菊花环。诚然，我的命运待我非常仁厚，要对我可怜而老弱的仪态表达敬意的话，这条河已经够好的了；只是——”

“没有哪只鸟可以从鸟喙一直到尾巴梢全都幸福，”鹳鹤深表同情地说，“你这条鳄鱼渡的泽鳄夫复何求？”

“想到我没有逮住的那个白人小孩，”泽鳄深深叹了一口气，接着说道，“他非常小，可我还是忘不了他。如今我老了，不过在临死之前，我的愿望就是尝试做一件新鲜事。诚然，白人都是一些动作迟钝、吵吵闹闹的愚蠢家伙，捕猎他们获得的乐趣也不大，但是我仍旧记得在贝拿勒斯城上游的那些旧时光，要是那个孩子还活着，他应该也不会忘。或许他正沿着某条河岸到处昭告，说他的双手曾经安然无恙地穿过鳄鱼渡那条泽鳄的牙齿缝，在有生之年一直精心编造这个故事。我的命运向来很好，但我有时还会梦到那件困扰我的事——那个白人小男孩跪在船边的情景。”泽鳄打了个哈欠，闭上了眼。“现在，我要停下来想一想。保持安静，我的孩子们，要敬重上了年岁的。”

他动作呆板地转过身，慢吞吞地走到沙洲顶部；与此同时，豺狗和鹳鹤退到一棵树后面躲避，那棵树孤零零地立在沙洲一头靠近铁路桥的地方。

“真是一种充满乐趣而有利可图的生活。”豺狗咧嘴一笑，仰起头用探寻的目光打量着高出自己好多的那只鸟。“你注意到了吗？他从不认为有必要告诉我岸上什么地方可能有遗留下来的少量食物。可是我不下一百次地把水下翻滚着的好东西告诉给他。那句俗语说得没错，‘当告知消息时，全世界的人都忘了豺狗和梅鲷鲈！’你瞧，他现在又要去睡觉啦！唉！”

“一条豺狗怎能与一条泽鳄共同狩猎呢？”鹳鹤冷静地说道，“一个是大盗，一个是小偷；很容易判断谁更能拿到赃物。”

豺狗转了个身，不耐烦地呜呜叫着，准备蜷缩在树干下面；就在此时，他突然畏缩了，仰起头透过湿答答的树枝望着那座几乎在头顶正上方的桥。

“现在怎么办？”鹳鹤询问道，非常不安地张开了翅膀。

“我们等等看。风是从我们这里往他们那边吹的，但是他们并不是找我俩的——我指的是那两个男人。”

“两个男人，真的吗？我是受政府保护的鸟。所有印度人都知道我是神圣的。”这只鹳鹤，作为一流的食腐动物，头号清道夫，人们听任他想去哪里就去哪里，所以他从不会畏手畏脚。

“比一只破鞋好的任何人和物，都认为我不值得打击。”豺狗一边说着，一边侧耳细听。“听听那脚步声！”豺狗接着说，“可不是下乡人穿的皮鞋能踩出的响动，而是一个白脸人的鞋踏出的声音。再听！那边有铁制品相撞的响声！是一支枪的声音！老友，那些动作迟钝的愚蠢英国人来找那条泽鳄说话啦。”

“那么，给他发出警告。就在不久之前，那条泽鳄还被一个跟饿得要死的豺狗很像的家伙称呼为‘穷苦生灵的保护神’呢。”

“让我表亲自我防卫吧。他曾不止一次地对我说过，白脸人没啥可怕的。他们肯定是白脸人。没有一个鳄鱼渡的村民胆敢跟着他们。瞧，我就说是一支枪嘛！那么说，要是走运的话，我们在黎明前就能饱餐一顿。那条泽鳄这会儿不在水中，不可能听得清楚，何况——这回可不是个女人！”

在月光的映照下，大桥桁梁那里一支磨得发亮的枪管闪闪发光。那条泽鳄躺在沙洲上，像自己的影子似的一动不动，他的前腿略微向两侧分开，头刚好放在两腿之间，像一个——泽鳄那样鼾声雷动。

桥上有个声音低语道，“是一个奇怪的射击角度——几乎垂直射下去——但却十分安全。最好射它的脖子后面。老天！好大一条畜生！要是它被射杀，村民们肯定要发疯。它是这一带的神物。”

“别理会那些，”另一个声音答道，“修建这座大桥时，它差不多吃掉了我手下十五个苦力，也该让它停手啦。几个星期以来，我一直乘船追踪它。我一打出这两枪，你就准备好马蒂尼枪。”

“那么，要当心那东西的后坐力。用四管猎枪打上两枪可不是闹着玩的。”

“那就要由它来判断喽。瞧我的吧！”

桥上传来像小炮似的一声巨响（最大口径的猎象枪通常跟某种小炮没啥两样），喷出两道火舌，紧跟着是马蒂尼枪刺耳的“噼啪”声。马蒂尼枪的长条子弹可对付不了那条泽鳄的铠甲，但是两发爆炸式子弹起了作用。一发正好击中那条泽鳄的脖子后面脊椎骨左侧一巴掌远的地方，另一发射得有点低，击中了尾巴开始的部位。一百回里有九十九回，一条受了致命伤的鳄鱼都会拼命爬回深水里逃走，但是这条鳄鱼渡的泽鳄完全断成了三截。送命之前他都没机会抬抬头，然后就像一条豺狗一样平躺在那里了。

“雷鸣电闪！电闪雷鸣！”那条卑鄙的小野兽叫道，“难道是拉着有盖车厢穿过大桥的那个东西最终摔下来啦？”

“它也比不了一支枪，”鹳鹤说道，尽管他连尾巴尖都在发抖。“没什么比得了一支枪。他一准是死啦。瞧，那两个白脸人下来了。”

那两个英国人快步从桥上下来，走到对面的沙洲上，站在那里对泽鳄的身长赞叹不已。后来，一个本地人拿一把斧子砍掉了他的头，四个人一同拖着他走过了狭长的沙洲。

“上次我曾把手放进过一条泽鳄的嘴里呢，”其中一个英国人弯下腰来说道（他就是建造大桥的那个人），“那时候我只有五岁大——坐在一条顺流而下去蒙吉尔的船上。像人们称呼的那样，我是一个兵变时期出生的婴儿。当时，我那可怜的妈妈也在船上，她还常常跟我讲起，她是如何用爸爸的老式手枪朝那畜生的头部开火的。”

“那么，毫无疑问，你在它们部族的酋长身上报了一箭之仇——尽管那条枪让你的鼻子流下血来啦。嗨，你们那些船夫！把那畜生的头也拖上岸，我们要煮的它只剩下骨头。把它的皮也剥下来留着。都回去睡觉吧。”“为了这事，一夜不睡也值了，不是吗？”

说来也怪，那些人离开还不到三分钟，豺狗和鹳鹤作出了相同的评论。

涟漪之歌

从前，在如火的金色夕阳照耀下，
有个涟漪荡向岸边——
轻拍到一个少女的手，
又荡回浅滩来。

秀丽的脚，温柔的胸脯——
这里，过来，快乐而轻松。
“姑娘，等一等，”涟漪说，
“请等一会儿，因为我是死神！”

“我的爱人在那边召唤，我得走啦——
待他冷淡是可耻的行为——
那样转圈的是条小鱼，
大胆地转过身来吧。”

秀丽的脚，温柔的心，
等待满载的摆渡车。
“等等啊，等一等！”涟漪说，
“姑娘，请等一等，因为我是死神！”

“当爱人召唤的时候，我要加快脚步——
高傲的女士永远嫁不出去！”
涟漪——涟漪，围住她的腰身，
水流明显在旋转。

愚蠢的心，贞洁的手，
小脚再也没能触到岸。
涟漪荡漾开来，
涟漪——涟漪——流动的红色！

第五章

国王的象棒

自古以来，有四样东西永远不知满足，它们
欲壑难填，贪得无厌，那就是
豺狗的嘴，鸢鹰的胃口，类人猿的手臂，
以及人类的眼睛。

——《丛林谚语》

自打出生以来，这或许是大岩蟒卡阿第二百次蜕皮了，莫格里永生难忘卡阿对自己的救命之恩，那个晚上，他掉进了寒冷的洞穴里，亏得卡阿相救而得以脱险。你或许还记得那件事情，于是，莫格里这次前去祝贺他成功蜕皮。蜕皮的过程总是会给蟒蛇带来心理上的变化，他们会因此而变得心情低落，郁郁寡欢，直至新皮长得又滑又亮，看起来美观漂亮才行。卡阿从来没有取笑过莫格里，他如其他丛林人一样，将其视为丛林之王，接纳并包容他，但凡身形巨大如他似的巨蟒能打探到的所有消息，他都会如实地转述给他听。纵观整个丛林，就如他们所说的那样，卡阿基本上全知道，至于他所不知道的事情，——凡是地上跑的，地下跑的，岩石上爬的，洞穴里待着的，或是树上爬的，——充其量只能写满他身上最小的那一块鳞片上。

那天下午，莫格里坐在卡阿蜷缩成圆形的身体里，他用手指轻轻地拨弄那些已经失去知觉，破碎的老皮，这些老皮还保持着卡阿当时把它们褪下来的样子，它们盘绕在一起，扭成了一团。卡阿非常亲昵地用自己的身子垫在莫格里那宽厚赤裸的肩膀下，所以男孩就像倒在一张活着的靠椅里似的，舒服得不得了。

“即便是眼睛上的这些鳞片，看起来也都非常完美，”莫格里赞叹地说，他把玩着老皮，轻声地说，“我觉得很奇怪，看着自己脑袋上的皮现在跑到自己脚底下了。”

“可不是嘛，但是我没有脚啊，”卡阿附和道，“而且我的族群都是这样，所有我习以为常了，不会觉得奇怪。难道你的皮就不会变老发硬吗？”

“我啊，我就去洗洗就好啦，你这个扁脑袋的家伙，不过说真的，在大热天的时候，我倒是真希望我能不遭罪地脱下我的皮，然后光着身子满街跑。”

“我也是，而且我也可以脱掉我的皮，你觉得我的新外套看起来怎么样啊？”

莫格里把手顺着他那巨大背肌的纹理图案滑了下去。“海龟的贝壳倒是比你的硬，但是没有你的鲜艳，”莫格里周全地评论。“不过青蛙的，也就是我的绰号的那个，就更艳丽了，不过在坚硬度方面，就差了一些了。这皮看上去很漂亮，——就像百合花花蕊上的斑点似的。”

“它还需要点水的滋润。新皮在第一次进水之前是不会展现出全部的颜色的。走吧，我们去洗个澡。”

“那我背着你去吧。”莫格里提议，说着他笑着弯下腰，试着抬起了卡阿庞大身躯的中端，这一段也是蟒蛇身体最粗大的一段。这就好比一个人要举起一根两英尺长的大水管一样，卡阿依旧躺在地上纹丝不动，饶有兴趣默不吭声地看着他。然后每天晚上必不可少的游戏时间开始了——男孩激动地使出了浑身的力气往上抬，华丽新皮的巨型蟒蛇就是一动不动，他们面对面地站好，准备进行一场摔跤比赛——这是眼力和力量的较量。当然，如果卡阿动起来，他能把十二个莫格里压成肉泥；但是他小心翼翼地出力，每次用力都不足自己全部力量的十分之一。自打莫格里长大变得强壮后，他能受得了这一点点的摔打，卡阿就叫他玩这个游戏。这个游戏能使他的四肢变得柔软，其他的锻炼无法达到这样的效果；有时候，莫格里被卡阿如线圈般的身体团团围住，几乎卡到嗓子眼，他就使劲伸出一只手，试图锁住他的喉咙。这时，卡阿会放松下来，张开身子，莫格里就快步地跑去夹住他那挥动的大尾巴，不让他找到岩石或木棍来支撑。然后，他俩就会头对头地搅和在一起滚来滚去，寻找着更好的时机。于是这对如雕塑般美丽的一团东西就会融和成一个黑黄相间的线圈以及不断奋力挣扎的胳膊和腿，一次次地倒下，然后一次次站起来。"哈，哈，哈，你瞧！"卡阿说，他佯装用头发动袭击，即便连莫格里的快手也无法避开。"你看，我碰到你这里了，小兄弟！就是这儿！你的手麻了吧，就是这里，我又碰了一下！"

最后这个游戏总以同一种方式结束——就是一股强有力的，笔直的击打一次次地敲打着男孩的头。莫格里总是对那种闪电般的打击措手不及，而卡阿则说，他丝毫不用想着如何化解这种击打。

"祝你打猎顺利！"卡阿最后嘀咕了一句，而莫格里，如往常一样，又被摔出去了六码远，他一边喘着气，一边笑个不停。他抓起满手的小草站了起来，然后跟着卡阿来到了这条聪明蛇最爱的沐浴场所——一个深邃漆黑的水池子，池子四周环绕着岩石，四周还有一些下沉的木桩给这里增添了几许小趣味。男孩按照丛林里的方法，一声不吭地悄悄溜了进去，潜水到池子对面，又默不作声地站起来，仰过身，两条手臂垫在脑袋下面，望着在岩石上方高高升起的月亮，调皮地用脚趾搅乱了月亮在水中的倒影。卡阿那菱形的头像剃刀似的划过水面，然后趴到莫格里的肩头。他们静静地躺在水里，舒服自在地浸泡在沁凉的水里。

"真是太舒服了，"末了，莫格里睡意渐浓地说，"这个时候，在人群里，我记得每到这个时候，他们就会在泥泞的陷阱里放上一片坚硬的木板，然后躺在上面，还要把所有新鲜的空气都拒之门外，再用那些脏衣物蒙住自己的大脑袋，鼻子里还不时地哼哼着几句邪恶的歌曲。这里比他们待的那个地方强多了。”

一条匆匆路过的眼镜蛇从岩石上滑了下来，他喝了几口水，然后丢下了一句“打猎顺利”后，就滑走了。

“嘶嘶！”卡阿说道，他仿佛突然想到了什么事情。“所以说丛林满足了你的所有愿望，是不是啊？小兄弟？”

“也不是所有的愿望，”莫格里笑着说，“除非每次都有一个全新强壮的谢尔汗冒出来让我杀死才行啊，我能自己亲手杀了他，不需要水牛的帮助。还有我希望在雨季的中期能够看见阳光洒向大地，而在酷暑难耐的时候，雨水能够遮住光照，还有我希望在我饥肠辘辘的时候能杀死一只山羊，当我杀死一只山羊的时候，我又希望他是一头雄鹿，然后我又希望我杀死的不是雄鹿，而是一头鹿牛羚，所以说，人就是这样，总是贪得无厌，不知满足。”

“那你就没有别的愿望了？”大蟒蛇接着问。

“我还有什么不满足的呢？我拥有丛林，这里有一切美好的事物！在日出和日落间，还有哪个地方比这里更美好有趣呢？”

“嗯，那条眼镜蛇说——”卡阿开口说道。

“什么眼镜蛇？是那条刚才跑过来，什么都没说又走了的那条眼镜蛇吗？他那是在打猎呢。”

“我说的是另外一条啦。”

“你和那些有毒的群兽熟不熟？我让他们走自己的路，他们的前牙带毒，有毒就意味着死亡，这样可不好——而且他们的体积那么小。不过，那条和你说话的眼镜蛇的头部是什么样子的，你看清楚了吗？”

卡阿慢吞吞地滑入了水里，就像横浪里的一艘轮船似的。“三四个月前，”他说，“我在寒洞里狩猎，那个地方你没忘吧。我的猎物尖叫着溜到了蓄水池里，溜进了那所房子里，那里就是我曾经为了救你出来而破坏的地方，然后那个猎物就钻进地底下去了。”

“但是寒洞居住的动物并不生活在地洞里啊，”莫格里知道卡阿指的是猴群。

“那个家伙并不是要‘生活’，而是要‘求生’，”卡阿回答他说，同时抖动了一下自己的舌头。“他钻进了一条能通向远处的地道里。我紧随其后，然后将其宰杀后，便睡着了。一觉醒来后我就接着往前走了。”

“一直在地下？”

“对啊，后来我和一条白色头兜的蛇（白眼镜蛇）狭路相逢，他告诉我了一些超出我认知范围的事情，我真是大开眼界了，这些东西我之前见所未见。”

“是新的猎物吗？你打猎打得顺利吗？”莫格里快速地转过身来。

“不是猎物啦，而是那东西能把我所有的牙齿都打碎；但是那个白色头兜的家伙说人类——他表现得好像了如指掌似的——他说人类为了看一眼这个东西，居然连命都能不要。”

“那我们也找找看啊，”莫格里说，“而且我记得我曾经也是人。”

“且慢——且慢。那条吞食太阳的大黄蛇，就是因为做事鲁莽才丧命的。我们两个在地底下交谈，我说起了你，说你是一个人。那个白头兜的家伙说，（他的岁数的确和丛林一样大了）‘我已经很久没有见过人了，你让他来，让他看看这些东西，至少很多人愿意为了它去死。’”

“那肯定是什么新猎物。而且那些有毒的毒兽就算遇到猎物也不会告诉我们的。他们是一群不友善的兽民。”

“不是新的猎物啊。那是——那是——我也说不清那是什么东西。”

“那我们还不赶紧去啊，我还从来没见过白头兜呢，另外我真希望看看其他的东西。你杀了他们了吗？”

“那些东西都是死物，没有生命的。他说他是那些东西的守护者。”

“啊，就像一只狼守在自己的洞穴门口，看守他拖回来的肉食一样。我们走吧。”

莫格里游向了岸边，然后躺在草地上滚来滚去，以擦干自己身上的水珠，接着，这两个家伙就准备起程前往寒洞了，那里或许是你曾经听说过的最荒无人烟的地方。那时候的莫格里一点儿也不害怕猴群，但是在猴群看来，莫格里才是最危险可怕的敌人呢。他们的部落全都跑进了丛林，在里面发动袭击，大肆地掠夺，所以月光下的寒洞空无一人，寂静无声。卡阿带路来到了平台上皇后阁的遗迹，他从一堆垃圾上滑了过去，然后窜入了那个被堵住了一半的楼梯上，这里能从亭子的中央通往地下。莫格里先是模仿蛇的声音叫了一声，"我们是同胞，你和我，"然后手脚并用地跟在卡阿身后。他们爬进了一个长长的倾斜的通道，这个通道曲里拐弯地绕了好几道弯，终于爬到了一处有树根的地方，这里生长着一棵三十英尺高的大树，那棵树的树根把墙上的一个坚固的石头给顶了出来。他们匍匐前进，穿过那个缺口，然后惊觉自己此时正身处一个巨大的地下洞穴里，洞穴的圆顶也被那个树根顶破了，几缕阳光便通过那个窟窿从外面照射了进来。

"这里很安全，"莫格里边说边稳稳当当地站了起来，"可惜就是太远了，不能天天来。那我们要看的那些东西是什么啊？"

"难道我被当成空气了吗？"地下室的中央传来了一个声音；莫格里看见一个白色的东西正在一点点地移动，一条他见所未见的巨型眼镜蛇就站立在他们面前——这个家伙将近八英尺长，而且由于长期身处黑暗的地下，他身上皮肤的颜色已经变成陈旧的乳白色了。甚至连头上那标志性的白头兜也褪色成浅黄了。他的双眼如红宝石般鲜红光亮，反正总而言之，这条蛇可真是妙不可言。

"祝你打猎顺利啊！"莫格里说，他礼貌地问候，但是刀却从不离身。

"那座城市怎么样了？"白色眼镜蛇对他的问候置若罔闻，自顾自地问道。"那座伟大的，城墙环绕的城市怎么样了——那里有一百头大象，两万匹马，还有不计其数的牛群——那个有二十个国王的国王之城怎么样了？我在这里待得耳朵都变聋了，好久没有听见那些作战的锣鼓声了。"

“丛林就在我们的头顶上，”莫格里说，“至于大象，我只知道哈迪和他的儿子。巴吉拉在一个村子里杀死了所有的马，可是，你说的那个国王是……？”

“我跟你说过的啊，”卡阿温柔地提醒着眼镜蛇，“我告诉过你，四个月前我就说过，你的那座城市已经毁灭了。”

“那座城市——森林里那座巨大的城市，那里的城门都由国王的塔楼把守着——那里永远不会灭亡。早在我父亲的父亲还没有被孵化出来之前，他们就建立了那座城市，而且待我的儿子长得像我一样白的时候，那座城市依旧屹立不倒。它是由叶迦苏里的儿子维叶加，维叶加的儿子昌德拉比加，昌德拉比加的儿子萨洛姆狄在巴帕·拉瓦文时代建造起来的，你是谁家跑出来的畜生啊？”

“这条路行不通啊，”莫格里转身对卡阿说，“我都不知道他在说什么呢。”

“我也搞不懂。可能他太老了吧。眼镜蛇的父亲啊，这里现在只有丛林，打从一开始，丛林就在这里了。”

“那他是谁？”白色眼镜蛇问，“那个坐在我面前，脸上丝毫没有畏惧表情的不知道国王是谁的、用人类的嘴巴跟我们说话的人是谁？他随身佩戴着刀，而且还会讲蛇语。”

“他们叫我莫格里。”答案出来了。“我是丛林人。狼族是我的同胞，这里的卡阿是我的兄弟。眼镜蛇父亲，你又是谁？”

“我负责看管国王的宝藏。库伦王国在我头顶上建造了这个石洞，那时候我的皮肤还是深色的呢，当时的我会用死亡来教训那些妄想从这里盗取宝石的盗贼。他们穿过石洞把宝石放下去，我听见了我的主人婆罗门的歌声。”

“嗯，”莫格里自言自语地嘀咕着，“我已经和一个婆罗门打过交道了，那是我还在人群里的时候，我就知道，邪恶终究会到这里来的。”

“自打我守在这里后，这个石洞就被掀起过五次，但是每次打开都是为了往里面放更多的宝藏，从来没有从这里拿走过。这些宝藏独一无二——这是属于一百个国王的珍宝。但是这个石洞已经很久很久没被掀开过了，我觉得我的城市已经被遗忘了。”

“你的那个城市已经没有了，你抬头看看，那边大树的根茎已经把石洞分隔开了。树和人是不可能在一起长大的啊。”卡阿坚持己见。

“有那么两三次有人找到了这个地方，”白眼镜蛇恶狠狠地说，“但是他们一声不吭地在黑暗中摸索，我就上前叫了一声，只听见他们叫了一声。但是你们两个却来这里撒谎，你们想让我相信我的城市已经灭亡了。我的看守的职责也已经结束了。这么多年了，人类可真是一点儿没变啊，但是我永远不会改变。直至石洞被掀开，婆罗门唱着我熟悉的那首歌走下来，喂我喝温热的牛奶，带我重见天日，否则我绝不是别人，我就是那个负责看守国王的宝藏的守卫！你说城市已经灭亡了，你们还说这里有树根？那么，你们就弯下腰随便拿吧。地上根本就没有像这样的珍宝。那个会说蛇语的小孩，如果你能从进来的那个地方活着出去的话，那些国王就得对你俯首称臣了！”

“还是说不通啊，”莫格里冷冷地说，“难道真的有什么豺狼虎豹钻进了这么深的地道，咬了这个白头兜的家伙吗？他肯定是疯了吧。眼镜蛇父亲，我看这里也没有什么可拿走的吧。”

“以太阳和月亮之神的名义发誓，这孩子简直就是疯子一个，他根本就是在找死啊！”眼镜蛇嘶嘶地说，“在你闭上眼睛之前，我允许你有特别的待遇。你看，看看这些人类见所未见的东西！”

“在丛林里，没人会说对莫格里有特别的恩惠这种屁话，”男孩不满地从牙齿缝里挤出了这句话。“但是我知道，黑暗改变了一切，如果你愿意的话，那我就来看看吧。”

他透过洞口往里看，然后又从地上捡起了一些闪闪发光的东西。

“哦！”他叫了一声，“这个东西很像人群里玩的那个东西，只不过这个是黄色的，他们玩的那个是棕色的。”

他扔掉了手里的那些金币，随后往前走了几步。洞里的地上堆积了好多金币和银币，大约有五六英尺那么高，这些金币从原来的麻袋包里挣脱了出来，日积月累，这些堆在地上的金币就像退潮时留下的沙砾一样；一些有浮雕图案的银制象轿散落在金币上，仿佛浮在沉船上的沙砾一样，上面点缀着薄薄的金片，还装饰着红宝石和绿松石。此外还有：皇后乘坐的轿子和用过的床，由纯银和珐琅打造而成，其把手上镶满了翡翠，窗帘上的吊环则是琥珀的；装饰有绿宝石的金烛台；一些五英尺高的被人遗忘的神像，由纯银制成，双眼镶嵌着宝石；一些锁子刚甲，上面镶嵌着金子，如流苏般缀满了细小的珍珠；装饰有红宝石的头盔；龟壳和水牛皮制成的盾牌，上面装以金片，边上饰以绿宝石；一把把镶满钻石的宝剑，短刀和匕首，以及祭祀用的金碗勺；尚未见过天日的轻巧的祭坛，这里的玉杯、玉镯、香炉、梳子、香水、染甲水和眼膏不计其数；无数的上面带有浮雕的金瓶子，鼻环、臂带、发带、戒指和腰带——一些皮腰带，其宽度约为七指，上面镶嵌着四方形的钻石和红宝石。地上还有一个三层铁圈的木头箱子，木头早已腐烂，露出了里面的那些未经雕琢的蓝宝石、蛋白石、猫眼、红宝石、祖母绿和石榴石。

白眼镜蛇说得对，这些宝贝确实是无价之宝，因为它们是经过了多少个世纪的战争、掠夺、贸易和税收后筛选淘洗出来的宝藏。金币本身就是无价之宝，更不要说那些成堆的宝石了。所有这些金啊银的加起来就有两三百吨重。如今印度的每个土著首领，无论富有还是贫穷，都有一个自己的储藏室，他们总是不断地往里面添加宝贝，尽管可能很久才会有一个开明的君王出现，他可能会让四五十头水牛拉着满车的银子去兑换政府的债券，但是大多数国王还是会私藏自己的小金库，这个秘密只有他们自己知道，其他人都被蒙在鼓里。

不过莫格里显然不知道这些东西意味着什么。他反而对刀子更感兴趣，但那些匕首并不如自己的这把刀用得顺手，所以他又扔掉了那几把匕首。最后，他终于找到了一个令他着迷的东西，它躺在象轿的前面，四周堆积的金币几乎把它埋了一半，那是一个三英尺长的象棒——类似小船钩的东西。其顶部镶有一个圆形的光亮的红宝石，八英尺长的把手上镶满了未经打磨的绿松石，握起来非常顺手。下面还有一个翡翠的圆环，上面还有一朵花，四周铺满了绿宝石制成的花瓣，中间配有一颗红宝石，在冰凉绿叶石的衬托下光彩夺目。把手剩下的部分则是一根纯粹的象牙。其顶端有一根长钉和一个吊环，全钢的材质，上面镶满了鎏金，雕刻着狩猎大象的图案。莫格里被上面的图案吸引住了，他看得出来，上面的那些话和他那沉默寡言的朋友哈迪有关。

白色眼镜蛇紧紧地跟在他的身后。

“这些东西难道不值得舍命看一眼吗？”他问道，“我是不是帮了你一个大忙啊？”

“我就不明白了，”莫格里开口问道，“这些东西摸起来又凉又硬的，而且也不是什么好吃的东西。可是这个——”他举起了象棒，“——我想把这个拿走，我想把它拿到太阳底下瞅。你是说这些东西都是你的吗？你把这个送给我吧，我去给你抓点青蛙来吃？”

白眼镜蛇邪恶地笑了笑，他笑得全身直抖。“你说得没错，我可以送给你，”他说，“这里的一切，我全都送给你——只要你能从这里出去。”

“但是我现在就得走了，这个地方又冷又黑，我想把这个带有尖刺的东西带到丛林里去。”

“看看你的脚下！那是什么东西啊？”莫格里顺势捡起了一些白色光滑的东西。“这就是一个人的头骨，”他平静地说，“这儿还有两个呢。”

“许多年前，他们跑到这里来挖宝藏。我在黑暗中跟他们说了句话，他们就躺在地上一动不动了。”

“但是我要这些所谓的宝藏有什么用呢？如果你允许我拿走象棒的话，那我也算有所收获啊。如果不行，我依旧没有白跑一趟，我不和有毒的兽族打架，我知道你们这个兽族的密语。”

“这里只有一句密语，那就是‘这是我的’！”

卡阿的双眼熠熠发光，他往前挪动着身子。“是谁命令我把人带到这里来的？”他嘶嘶地说。

“没错，是我，”老眼镜蛇口齿不清地说，“我已经很久没有见过人类了，这个人竟然说着我们的语言。”

“但是当时我们并没有说到要杀死他啊。你叫我怎么回到丛林里去，让别人指责是我把他害死的啊？”卡阿说。

“没到那个时候，我不会杀他的啊。至于你走还是留，墙上有一个洞，你给我安静点吧，你这个宰人的肥猴子！我只要碰一下你的脖子，丛林里就再也没有你这号人了。到这里来的人类就没有能活着出去的。我是这个国王城的宝藏守卫者！”

“但是，你这个邪恶的白蠕虫，我告诉你，这里没有国王，也没有城市！丛林就在我们上面！”卡阿喊道。

“但是这里依旧有宝藏，而且我们可以这样，你先稍等一下，岩石里的卡阿，看着这个孩子跑一跑吧，这里有的是空间，足够跑跑跳跳的了。生命是美好的。你先跑一跑吧，玩一会儿吧，孩子！”

莫格里轻轻地把手搭在了卡阿的头上。

“这个白色的家伙到现在只跟人群里的人打过交道。他不知道我是谁，”他轻声地说，“他自己要求这次狩猎的，那就随他去吧。”莫格里把象棒尖朝下攥在手里，然后用力掷了出去，只见象棒斜着飞了出去，正好落在了白头兜的后脑勺上，将其牢牢地钉在了地上。紧接着，卡阿扑到了那个身躯扭来扭去的家伙身上，死死压住了它，此时被压住的白头兜已经动弹不得了。他那白色双眼里燃烧着火花，剩下的那六英尺的脑袋左右乱晃。

“杀了他！”卡阿说道，莫格里顺手掏出了佩刀。

“不了，”莫格里抽出刀来，“除了觅食之外，我再也不杀生了。可是，你看，卡阿！”他抓住白头兜的后脑，用刀撬开了他的嘴，让他露出了嘴里上颚那排可怕的毒牙，那些埋在牙龈上的牙齿已经枯萎发黑了，跟其他蛇一样，白头兜已经老得都没有毒液了。

“苏乌[①],”（字面意思是“它已经枯萎了”，像一个腐烂的树桩）莫格里说，他让卡阿让开一点，然后捡起了大象棒，放走了白眼镜蛇。

“国王的宝藏需要一个新的守卫，”莫格里严肃地说，“苏乌，你可没做好这个工作。你还是来回地跑一跑，玩一玩吧。”

“我自惭形秽，你杀了我吧。”白眼镜蛇嘶嘶地说。

“杀人的话已经说得够多的了。我们现在要走了。我把这个尖尖的东西拿走了，因为我打赢了你了。”

“那，你看吧，看看那东西到头来会不会杀了你。那就代表着死亡！你记住了，那就是死亡！这个东西完全能杀光我城里所有的人。你不会拥有它太久的，丛林人，那个从你那儿抢走它的人，也不会长期占有它的。他们会杀人无数，一直杀戮，为了占有它而大开杀戒的！我的力量已经用完了，但是那把象棒会接替我的工作，它就代表着死亡！它就是死亡，它就是死亡！”

莫格里匍匐前进，从那个洞口又爬回到了通道里，他最后看见的景象就是那条白色的眼镜蛇疯狂地在用自己那已经没有毒液的尖牙啃着地上那些冷冰冰的金子表层，嘴里一直嘶嘶地说，“它就是死亡。”

他们很高兴自己能重见天日，在回去丛林的途中，莫格里手举着象棒，那个象棒在清晨阳光的照射下熠熠生辉。莫格里高兴得就像找到了一束能插在自己头发里的鲜花似的。

“这个东西比巴吉拉的眼睛还亮呢，”莫格里兴奋地说，他边说边转动着上面的红宝石。“我得赶紧拿去给他看看；可是那个苏乌说的死亡是什么意思啊？”

“我也不知道，他居然逃过了你的刀子，这让我很不高兴。在寒洞

---

① 苏乌（Thuu），发“*Thoo-oo*”的音。——原注

里总有恶魔存在于世——他们在地上或是藏匿在地下，但是现在，我饿了，今天早上，你陪我一起去狩猎好不好啊？”卡阿问道。

“不要，巴吉拉必须得看看这个，那祝你打猎顺利喽！”莫格里手舞足蹈地拿着象棒跑开了，他不时地停下脚步欣赏，直至他抵达了巴吉拉经常出没的那片丛林里。此时的巴吉拉在大开杀戒后正在喝水。莫格里把自己的冒险故事从头到尾地讲述了一遍，巴吉拉一边听一边嗅着那根象棒。当莫格里说到白眼镜蛇最后的那句话时，黑豹赞同地点了点头。

“那么说白眼镜蛇说的是真的喽？”莫格里着急地问。

“我出生在乌代浦国王的笼子里，而且我心里明白，我对人类还是有一些了解的。很多人都会为了那么一颗红宝石，一夜就干掉三条人命。”

“但是这种石头拿到手里多重啊，相较之下，我的小亮片刀就好用多了，而且，你看——这个红色的石头又不能吃，那他们为什么要杀人呢？”

“莫格里，你去睡觉吧，你在人类中生活过，而且——”

“我想起来了，人类杀人不是为了打猎，而是因为无聊和逗闷子，你醒醒吧，巴吉拉，这个尖尖的东西到底有什么用呢？”

巴吉拉半睁着眼睛——他已经睡意蒙眬了——他的眼睛里出现了一道厌恨的目光。

“这是人类制造出来的东西，他们将其强行插入哈迪儿子的脑袋里，好让鲜血从脑袋里流出来。我在乌代浦的大街上，在我们的笼子前面，看见过那个景象。那个东西品尝过很多哈迪同胞们的鲜血。”

“那他们为什么要把它插进大象的脑袋里？”

“为了教会他们遵守人类的法则。人类因为没有爪子和象牙，他们就制造出这样的东西——还有更厉害的武器呢。”

“我靠近的地方，都有鲜血，就连人类制造出来的东西也是这样，”莫格里厌烦地说。他有点厌倦手里那个沉重的象棒了。“如果我早知道事情是这样，我就不会把它拿来了。先是绑着梅丝瓦的皮带上的血，现在又是哈迪的。我再也不用它了，你看着吧。”

闪闪发光的象棒被抛了出去，坠落在三十码开外的树林中间。“所以现在我的手已经跟死亡没有关系了，”莫格里边说边在清新潮湿的地上蹭了蹭手。“苏乌说死亡会跟随着我，他是个又老又白，还疯疯癫癫的家伙。”

“管它黑或是白，死还是生，我要睡觉去了，小兄弟。我可不能像有些人那样，整夜打猎然后白天再吼上一天。”

巴吉拉走到了两英里开外的他知道的一个狩猎的洞穴里去了。莫格里则图省事，就近爬上了一棵树，他把三四根藤蔓绑在一起，转眼工夫就在一张离地面五十英尺的吊床上晃荡开了。尽管莫格里并不反感强烈的日晒，但他还是遵循了他朋友的习惯，尽可能地不去碰它。当他被生活在树上那些声音低沉的动物吵醒时，已经暮色重重了，他一直梦见那些被他丢弃的鹅卵石。

“至少我得再去看看那个东西。”他边说边顺着藤蔓滑到了地上。但是巴吉拉已经赶到了他的前面，莫格里听见他在昏暗的丛林里嗅来嗅去。

“那个尖尖的东西在哪儿呢?”莫格里喊道。

“一个男人把它拿走了。这是他的足迹。”

“现在我们就来看看苏乌说没说实话。如果那个有尖刺的东西代表着死亡，那个男人就会死。走，我们赶紧跟上他。”

“咱们还是先去捕猎填饱肚子吧，”巴吉拉建议。“饥肠辘辘会让人头晕眼花的。而且人不会走得很快的，丛林里也很潮湿，即使是最轻微的脚印，也能被我们轻而易举地发现。”

他们尽可能快地捕猎，尽管如此，待他们大吃大喝完毕之后，还是耽误了将近三个小时才上路。所有的丛林人都知道，吃饭是一件绝对不能匆匆忙忙的事情。

“你觉得那个有尖刺的东西会不会在男人的手里调转了头，然后将其杀死？”莫格里问，“苏乌说那就是死亡。”

“等我们找到的时候，我们再一探究竟，”正在低头赶路的巴吉拉说，“这是个单一的脚步。”（他的意思是说只有一个人），“那个东西的重量已经把他压得够呛了，他的脚跟深深地陷入了泥土里。”

“嗨！这个像夏天的闪电一样清晰可见，”莫格里说道，他们在月光下顺着斑斑点点的黑影进进出出，一直跟随着地上那两只脚印，他们不时地改变方向。

“现在他飞快地跑起来了，”莫格里分析道，“因为他的脚趾分得更开了。”他们继续又走过了一段湿地。“他为什么会在这里转弯呢？”

“先等一下！”巴吉拉警惕地说，同时他往前一窜，跳到了很远的地方。如果当你跟踪的脚印变得非常不清楚，难以解释时，首先你自己不要再往前一个劲地走了，不要让你自己的脚印和地上的踪迹混淆，巴吉拉着地之后，转身对莫格里喊道，“这里又有另一个脚印与之相遇了，这次这个更小，而且脚趾头是往里拐的。”

莫格里赶紧跑上前看了看。“这是一个冈德猎人的脚印，”他说，“你看，他拖着弓箭从草地上踏了过去。这就是第一个脚印赶紧拐弯的原因，大脚印在躲着小脚印呢。”

“你说得对，”巴吉拉说道，“现在，我们注意可千万别弄乱了地上的脚印，我们还是一个人跟踪一个人的脚印吧，我跟着大脚印，小兄弟，你就跟着那个冈德人的小脚印吧。”

巴吉拉又跳回到了原来的那个脚印那里，留下莫格里独自一人低头弯腰看，好奇地研究着丛林里那个野蛮的小男人留下的小脚印。

“好了，现在，”巴吉拉边说边一步步地沿着一串串的脚印挪动，“我的大脚印在这里拐弯了。我现在藏在了一块岩石后面，我就站那儿一动不动了，我连脚都不敢挪动一下了，小兄弟，把你的足迹说出来啊。”

“我跟踪的小足迹来到岩石那里，”莫格里说，他沿着地上的足迹跑了过来。“现在，我坐在了岩石下面，我倚着我自己的右手，我把弓箭放在我的脚趾中间了。我等了很久，因为我的脚在这里留下了很深的脚印。”

“我的也是，”巴吉拉藏在岩石后面接着说，“我等了很久，我把有尖刺的那个东西靠在一块岩石边上。它打滑了一下，因为岩石上有一道划痕。你说说你的踪迹，小兄弟。”

“这里有一两根细枝和一根大树枝被折断了，”莫格里低声说道，“可是那些踪迹我该怎么说呢？啊，我现在知道了，我的小脚印走掉了，而且还出了声，所以大脚印可能听到我的声音了，”他从岩石后面走了出来，一步步地走进了丛林中间，当他靠近一个小瀑布时，他的声音从远处传来了。“我——走得很远了，这里哗哗的流水声——掩盖了我的声音，我——我——就在这儿——等着了。说说你的足迹吧。巴吉拉。你的大脚印。”

大黑豹正在从各个方向查看大脚印的足迹是如何从岩石后面延展的。这时他开口说：

“我跪着从岩石后面爬了出来，拉着那个带尖刺的东西出来了。我看四下无人，就跑掉了，我，大脚印，一路狂奔，我的足迹清晰可见。我们就跟着他的足迹走吧，我先跑了啊。”

巴吉拉沿着那条清晰的足迹跑掉了，莫格里则是跟着冈德人的踪迹。这时的丛林万籁无声。

“你在哪儿呢？小脚印，”巴吉拉喊道。莫格里的声音在右边五十码不到的地方回答了他的问题。

“嗯嗯，”黑豹深咳了一声。“那两个人肩并肩地往前跑呢，他们靠得越来越近了！”

他们又跑了半英里的路，而且中间一直保持着同样的距离，这时，莫格里突然叫了一声，他的头并不像巴吉拉的那么贴近地面：“他们相遇了，干得好——你看！这里有小脚印，他的膝盖靠在这个岩石上呢——而那个大脚印在那儿呢！”

在他们前面不到十码的地方，有一个高低起伏的岩石堆，上面躺着一个当地的村民，一根长长的，装饰有羽毛的冈德箭从他的后背刺穿了前胸。

“那个苏乌是不是老糊涂了，他是不是疯了啊，小兄弟？”巴吉拉轻声地说，“现在至少有一个人已经死了。”

“我们接着往前走吧，但是那个喝过大象血的家伙——那个红眼睛的尖刺又在哪儿呢？”

“或许是小脚印拿走了吧，你看现在只剩下一个人的足迹了。”

那个身材瘦小、左肩上负重的小个子男人飞奔的足迹沿着一个狭长的长满干草的低坡延伸了下去。对于目光敏锐的追踪者来说，他的每一步足迹，都像是烙铁印下来似的清晰可见。

他们俩谁也没说什么，直至他们跟着地上的足迹来到了一个山涧里，此时他们站在一堆篝火的灰烬旁。

“又有一个了！”巴吉拉边说边停了下来，他仿佛变成了石头似的一动不动。

那个瘦小干瘪的冈德人的躯体躺在那里，他的脚伸进了灰烬里，巴吉拉诧异地看着莫格里。

“那是用一根竹子做的，”男孩看了一眼说道。“我在人群里的时候，也用过同样的东西驱赶水牛。眼镜蛇的祖父——我很羞愧我曾经嘲弄过他——他很了解这个种族，我应该知道这一点的。我不是说过了嘛，人类杀人完全是出于无聊啊。”

“你说得没错，他们为了抢夺红蓝宝石而相互残杀，”巴吉拉说，“你别忘了，我可是在乌代浦国王的兽笼里待过的。”

“一，二，三，四，四个踪迹，”莫格里俯下身子，看着地上的灰烬说，“这里有四个穿着鞋子的男人的足迹。他们不像冈德人跑得那么快。

可是，那个小个子的樵夫到底对他们做了什么啊？你看，他们五个人都站了起来，在杀他之前，他们还一起聊天呢。巴吉拉，我们回去吧，我觉得胃里很沉重，而且它还上下晃动，就像树枝叉上的金莺窝似的晃来晃去。”

“游戏玩到一半就想退出，这可不是什么狩猎的好习惯啊。我们接着走吧！”黑豹说道，“这八只穿着鞋的脚应该还没有走远。”

整整一个小时，他们谁都没有开口说话。一直低头跟着那四个穿鞋人的足迹走个不停。

这时天已经完全大亮了，又是一个炎热的烈日了。巴吉拉说：“我闻到了烟味。”

“人总是更喜欢停下来张嘴吃，而不喜欢跑步，”莫格里边说边在那个低矮的灌木丛里穿进穿出。巴吉拉走在他的左边，喉咙里发出了一声难以形容的声响。

“这里有一个似乎已经吃饱了的，”他说。眼前的灌木丛的下面，好像有一堆花哨的东西乱七八糟地堆在地上，四周还有一些洒出来的面粉。

“这肯定又是竹棍干的，”莫格里断定。“你看，那个白色的粉末就是人类的吃食。他们要了这个人的命——后者替他们背着食物——他们把他杀了，给鸢鹰兰恩当食物了。”

“这已经是第三个人了，”巴吉拉说。

“我要带着一些又新鲜又肥美的青蛙给眼镜蛇的父亲送去，而且我要把他喂得胖胖的，”莫格里自言自语地说道，“那个喝象血的人就是在找死——但是我还是不理解他的意图啊。”

“我们接着跟吧！”巴吉拉说道。

他们还没有走出半英里，就听见乌鸦阿科在一棵怪柳树树顶上高唱着死亡之歌。树荫下还躺着三个人的身影。在他们周围，还有一堆尚未完全熄灭的冒着烟的篝火，火堆下面还有一个铁盘子，里面还有一块已经被烤得焦黑的没有发酵过的面包。在靠近火堆的地方，那只镶着红宝石和绿松石的象棒在阳光的照射下熠熠发光。

“这个东西真是威力无穷啊；他们都死在这里了。”巴吉拉说道，“可是，莫格里，这些人是怎么死的啊？他们身上完全没有留下伤痕啊。”

生活在丛林里的丛林人凭借多年的生活经验知道如何辨别有毒的植物和果实，他们知道得和医生一样多。莫格里闻了闻从火堆里蹿上来的烟，又掰了一小块发黑的面包，然后放进嘴里尝了尝，随即把它吐了出来。

“这是死亡苹果，”他咳嗽着说，“肯定是有人把它放在里面然后给这些人吃了。他们先杀了冈德人，然后又杀了他。”

“真是干得漂亮啊！杀戮接连出现，”巴吉拉说道。

丛林人把曼陀罗或达图拉称作“死亡苹果”，这些都是印度最厉害的毒药。

“那我们现在怎么办？”豹子问，“难道我们也要为了争夺远处那个红眼睛的杀人武器而相互残杀吗？”

“它会不会说话？”莫格里小声地嘀咕。“如果我把它扔了，会不会犯了什么大忌？但是至少它在我们手里不会有什么危害的，因为我们对人类想要的那些东西不屑一顾。但是如果我们把它留在这里，那它还会继续杀人的，一个接一个地杀人，仿佛树上被狂风吹下来的坚果似的。虽然我并不喜欢人类，但是我也不愿意看见才一晚上就死了六个人啊。”

“那有什么关系啊？他们是人类。他们互相残杀，而且乐在其中，”巴吉拉说，“那第一个小个子的樵夫真是干得漂亮。”

“他们只不过就是一些小崽子啊，小崽子为了咬住水里的月亮而被淹死了。这全是我的错，”莫格里摆出一种仿佛自己什么都懂的神情说道。“我再也不会把任何新鲜的玩意带进丛林里去了——即使如花朵般美艳动人也不行。至于这个东西——”他小心翼翼地递上了象棒，“——还是把它还给眼镜蛇之父吧，但是我们得先睡上一觉，可是我们不能躺在这些逝者边上睡，另外，我们得把它埋起来，别让它跑了然后再去杀六个人。你就给我在树下挖个洞吧。”

“可是，小兄弟，”巴吉拉边说边挪了挪身子，“我告诉你，这一切并不是那个喝红血东西的错啊，麻烦全都出自那些人类身上。”

“都一样，”莫格里说，“挖得深一点儿啊。等我睡醒后我再把它刨出来，送回去。”

两天后，白眼镜蛇正独自坐在漆黑的洞穴里哀悼，他为自己没能阻止掠夺而感到羞愧不已，这时绿松石的象棒从墙上的洞里穿了过来，掉在了满是金币的地上。

“眼镜蛇之父，”莫格里说，他小心翼翼地站在墙的另一边。“你去找一个年轻力壮的同胞来帮你看守国王的这些宝藏吧，省得再有大活人离开这里。”

“哈哈！它回来了，我说过，这个东西就意味着死亡，可你怎么活着回来了呢？”老眼镜蛇不解地喃喃自语，不时亲热地用身体缠绕着叉柄。

“我以赎买我的那头公牛发誓，我也不知道为什么！那个东西一晚上就杀了六个人，别再把它放出来了。”

矮小猎人之歌

在孔雀莫尔开屏之前，在猴群号叫之前，
在鸢鹰奇尔笔直猛扑下一弗隆[①]之前，
一个身影轻轻掠过丛林，接着是一声叹息——
他是“恐惧”，噢，矮小的猎人，他是“恐惧”！

---

① 英国长度单位，1 弗隆等于 1/8 英里，大约相当于 200 米。

沿着空地悄悄跑过来一个等待、观望的阴影，
低语声向四面八方扩散；
额角淌下汗水，尽管这样，他还在穿行——
他是“恐惧”，噢，矮小的猎人，他是“恐惧”！

在月亮爬上山顶之前，在山脊洒满月光之前，
当丛林里垂下的枝蔓潮湿而阴沉，
你身后传来剧烈的呼吸声——呼哧–呼哧的声音划破夜色——
他是“恐惧”，噢，矮小的猎人，他是“恐惧”！

双膝跪地，弓拉满；箭支呼啸着飞出；
向空洞、虚幻的灌木丛投掷长矛；
但是你的手松软而虚弱，两颊没了血色——
他是“恐惧”，噢，矮小的猎人，他是“恐惧”！

当炙热的云吸足了暴风雨，当细长的松树倒落，
当令人目眩的暴风雨怒嚎着旋转疾下；
透过雷鸣的战鼓，响起一个盖过一切的声音——
他是“恐惧”，噢，矮小的猎人，他是“恐惧”！

此刻，大水越积越深；此刻，无脚的巨石飞起——
此刻，闪电照亮每条最细微的叶脉——
但是你咽喉紧锁，又干又涩，你的心敲击着胸膛
锤击一般的声音：“恐惧”，噢，矮小的猎人——他是“恐惧”！

第六章

夸昆

东方冰天雪地里的人们，他们像雪一样柔和——
他们乞求得到咖啡和糖；他们前往白人去的地方。
西方冰天雪地里的人们，他们学习偷窃和打架；
他们把皮毛卖给商栈：他们把灵魂卖给白人。
南方冰天雪地里的人们，他们同捕鲸船上的水手交易；
他们的女人有很多缎带，可他们的帐篷又小又旧。
那些常年冰封地方的人们，他们远在白人视野之外——
他们用独角鲸的角做成长矛，他们是绝无仅有的一类人！

——翻译过来的诗歌

“瞧，它已经睁开眼睛了！”

“把它放回皮子上吧。它会长成一条健壮的狗。等它四个月大时，我们会给它取个名字。”

“用谁的名字给它命名？”爱莫拉克说。

卡德鲁环顾着这间衬着毛皮里子的雪屋，目光最终落到坐在长椅上的科图克身上。科图克今年十四岁，此时正在用海象牙雕刻纽扣。“就用我的名字给他冠名吧，”科图克咧嘴一笑说，“总有一天，我会需要它的。”

卡德鲁也冲着他咧开嘴笑了，直笑到他那张扁平的胖脸上几乎都看不到眼睛了，然后他冲爱莫拉克点了点头。与此同时，那条小狗崽凶猛的妈妈呜咽着，因为她看到孩子被放入自己够不到的一个挂在温暖的鲸油灯上方的小海豹皮囊里。科图克继续雕刻着他的纽扣。卡德鲁把卷成捆的一副狗挽具扔进与雪屋一侧墙相连的另一间小屋里，脱掉他厚重的鹿皮猎装，把它放入挂在另一盏灯上方的一张鲸须制成的网里，然后坐到长椅上开始切一块海豹冻肉，等着他的妻子爱莫拉克把炖肉和血汤这类正式晚饭端上来。天还没亮，卡德鲁就外出到八英里外的那些海豹通气孔去了，回家时带回三只巨大的海豹。在通往雪屋内层门的那条雪地之下的长长过道或称隧道一半的地方，可以听到撕咬和狗叫声，因为他那些拉雪橇的狗，在完成了一天的工作之后，都想争夺到暖和的地方。

狗叫得太大声了，科图克懒洋洋地从长椅上站起身，抄起一条鞭子；那条鞭子有着十八英寸长的鲸须制成的有弹性的手柄，和二十五英尺长的用皮革编成的粗大鞭子。他冲进了过道中，那里的狗叫声听上去仿佛所有的狗要将他生吞活剥似的；其实那只不过是他们固定的餐前“祈祷仪式”。科图克朝着过道另一端爬过去，等他来到用鲸鱼下颚制成的类似吊架的东西面前时，六只毛茸茸的脑袋上的眼睛始终盯着他的一举一动，吊架上悬挂着狗食。他用宽头鱼叉从一大团冷冻食物上剥离出一些，然后站在那里，一只手拿着鞭子，另一只手拿着狗食。他挨个叫着狗的名字去领食物，先从最瘦弱的开始，要是哪条狗胆敢打乱秩序便会遭殃，因为尖细的鞭梢就像皮制闪电般地抽出，会立马卷掉一英寸左右的皮毛。每个畜生都咆哮着，一下子猛地咬住他的那份食物，连忙返回防风雪的过道里，此时那个少年仍站在北极光照耀下的雪地上，公平地分配着食物。最后分到食物的是狗群里的一条硕大的黑毛狗，把这群狗套上雪橇时都由这条狗来维持秩序。科图克给了他双份的食物，还“啪”地一声空甩了一下响鞭。

“啊哈！”科图克把鞭子盘绕好后说道，“我有了一只小狗，它正在鲸油灯上保暖呢，它会叫个不停的。萨波克！接着！”

科图克又爬进过道，路过那群挤作一团的狗，用爱莫拉克放在门边的鲸须制成的拍打器掸掉皮衣上的干雪，然后又去拍打衬着毛皮的屋顶，把有可能从雪屋顶上落下来的每根冰柱抖落，再蜷缩着坐回长椅上。过道里的那群狗在睡梦中打着鼾、哼唧着，一个小男婴在爱莫拉克厚厚的毛皮帽兜里踢蹬着、抽泣着，不时发出咕咕的叫声，新取名的小狗的妈妈躺在科图克旁边，两眼盯住那个海豹皮囊，皮囊挂在油灯的大片黄色火焰上方，既暖和又安全。

这一切发生在遥远的北方，在拉布拉多以北，在巨大的潮汐将周围浮冰托举起来的哈得孙海峡以北，在梅尔维尔半岛以北——甚至在弗里和赫拉克海峡以北——在巴芬岛的北部海岸，那里有座拜洛特岛像一个倒置的布丁碗一样矗立在兰开斯特海峡的冰面上。对于兰开斯特海峡以北，除了北德文岛和埃尔斯米尔岛，我们几乎一无所知；然而即使这种地方也零散地分布着一些人，他们仿佛就住在北极的隔壁。①

卡德鲁是一个因纽特人，也就是所谓的爱斯基摩人，他所属的部落，都算上也就三十人，属于图卢尼尔缪特分支——“远离某个地方的地区”。在地图上，这块荒无人烟的海岸上标着“海军甲板海湾”，但是因纽特人给它起的名字最恰当，因为这块土地位于远离世界上任何地方的地区。一年中的九个月里，这里覆盖着冰雪，暴风一场接着一场，冷到没人记得自己曾经见过温度计升到零度的情景。这九个月的冰封期里，还包含六个月的极夜期，这种情形可谓雪上加霜。在另外三个月的夏季，也是每天夜里都会上冻，白天每隔上一两天才会化冻。这种时候，南坡上的雪就开始融化，零零星星的极地柳树也抽出了羊毛状的柳絮，植株极小的佛甲草装模作样地像要开出花来，纯净粗沙和鹅卵石铺就的海滩一直延伸到外海，颗粒状的雪开始融化后，磨得发亮的巨大圆石和带花纹的岩石也裸露出来。然而，这一切仅在几周之内又会消失得

① 这里提到的这些岛屿和海峡，都位于加拿大和北美洲最北部，其中埃尔斯米尔岛位于北纬 79° 50′。

无影无踪，荒凉的冬季再次将这片土地禁锢起来。此时目力所及之处，海上的浮冰飘得到处都是，它们推挤着，撞击着，分开来，又撞到一处，有的被海浪推到岸边，搁浅了，直至最终，所有浮冰全都冻结到一起，形成十英尺厚的冰面，从陆地一直延伸到深海区。

冬季里，卡德鲁会循着海豹的踪迹来到大片冰面的边缘，等他们探出通气孔呼吸时，瞅准机会用鱼叉刺中他们；海豹们必然要到外海去捕鱼吃，隆冬时节，冰面有时会从岸边延伸出去八英里远，中间毫无缝隙。等春天到来以后，卡德鲁以及部落里的人都会从那些浮冰上撤回布满岩石的陆地，他们在那里架起兽皮帐篷，诱捕海鸟或者用鱼叉捕猎那些到海滩上晒太阳的年轻海豹。稍晚些时候，他们向南迁移，登上巴芬岛，在那里追猎驯鹿，并且从内陆的上百条溪流和湖泊中捕猎一年的鲑鱼储备。在九到十月份返回北方，捕猎麝香牛，进行常规的冬季海豹渔猎。来回行程都由狗拉雪橇来完成，每天走上二三十英里，或者划着男女通用的皮筏沿着岸边航行，在平滑如镜的冰冷水面上从一个海岬驶向另一个海岬时，那些狗和孩子就躺在划船的人的脚边，女人们则哼着歌谣。图卢尼尔缪特分支的人概念中的全部奢侈品，就是雪橇上能装上南方漂来的浮木，鱼叉的杆是铁制的，还有几把钢刀，比皂石制成的水壶水罐好用得多的锡壶锡罐，打火石或打火镰乃至火柴，女人扎头发的彩色缎带，便宜的小镜子，再有就是给鹿皮外衣镶上的红布边。卡德鲁拿独角鲸那肥腻的螺旋形状的角和麝香牛的牙齿（这些东西全跟珍珠一样值钱）跟南部的因纽特人做生意。南部的因纽特人再转手把这些东西卖给捕鲸船上的人，或者卖到埃克塞特及坎伯兰湾[①]的传教士据点那里去。就这样，这个贸易链一直进行下去，最后，比罕迪市场[②]附近船上的一个厨子，在做完一天的活计以后，很有可能把水壶放到来自北极圈

① 埃克塞特及坎伯兰湾（Exeter and Cumberland Sounds），位于巴芬岛东南方。

② 比罕迪市场（Bhendy Bazaar），位于印度孟买市南区的一个市场。

附近的某个寒冷地方的鲸油灯上面加热。

作为一个好猎手，卡德鲁拥有很多铁制的鱼叉、雪刀、捕鸟飞镖，以及所有那些在严寒的环境下让生活过得更容易的用具。他是自己部落的首领，或者用他部落里人的话来说，就是“那个通过实践获得所有真知灼见的人”。头领的地位并没有赋予他任何权利，只是时不时地劝导他的族人改换狩猎场所。不过有时候，懒惰而肥胖的科图克会拿爸爸的地位来作威作福，通常是当他跟其他男孩在月亮地里玩球的时候，或者与他们一起对着北极光唱童谣时。

一个十四岁大的因纽特少年总觉得自己已经是大人了，科图克厌倦了小孩子干的捕野鸟、套北极狐的营生，对于不能跟着男人外出打猎，而是整天帮着女人们鞣海豹皮或者驯鹿皮（把皮子鞣成最软的状态）更是厌烦透顶。他很想进入那个“夸吉”，那间歌谣屋里，猎手们都会聚到那里，谈论着他们的秘密；等油灯熄灭以后，因纽特人的巫师用最可笑的发作来吓唬他们，然后你就会听见，一个驯鹿妖精在屋顶上顿着蹄子；一只长矛会猛地向外刺去，收回来时，长矛上还带着热血。科图克想像一家之主那样，带着不耐烦的神态把厚重的靴子扔到渔网里，等那些通常晚上到访的猎手们一起，用锡罐加钉子做成的自制轮盘机赌上一局。他觉得有上百件事情等着他去做，但是那些大人们嘲笑他说，“等你能够绑上‘套筒’吧，狩猎可不是所有人都能玩得了的。”

既然他爸爸已经用他的名字给一条小狗命名，形势看起来明朗多了。一个因纽特人从来不会把一条好狗浪费在儿子身上，除非他儿子懂得许多驾驭狗的知识；而科图克本人非常确信，他比所有人都懂得多。

要是这条小狗没有一个强健的体魄，他早就因吃得过饱和过度使用死掉了。科图克为他特制了一副小型挽具，挽具上还拴着一根缰绳。科图克拉着他满屋子转，嘴里还喊着，“向右！向左！停！”那条小狗根本不喜欢这些，认为小主人纯粹为了取乐才这样做的，等到第一次被套到雪橇上，才发现完全不是那么回事。当时那条小狗正坐在雪地上，玩

海豹捕猎犬，还能通过绕着一头麝香牛奔跑，撕咬牛的后腿的方式，阻挡住一头麝香牛。他甚至能——这一点对于一条雪橇狗来说，是体现勇敢的终极证明——他甚至能勇敢地抵抗瘦削的北极狼，通常来说，北极狼是北极地区的所有狗最惧怕的雪地动物了。他和他的主人——他们不把狗群里的普通狗算在内——一起狩猎，日复一日，夜复一夜，这个裹着皮毛的少年和这条长毛、小眼睛、白牙齿的凶猛黄色畜生始终混在一起。一个因纽特人要做的所有事情，就是替自己和家人捕猎食物，获取毛皮。女人们会把毛皮制成皮衣，间或也会帮助男人诱捕小型猎物；不过大多数的食物——因纽特人食量巨大——必须由男人获取。要是食物匮乏，可无法从任何人那里买到、乞讨到或者借到食物。那么人们只有等死的份了。

要不是逼到那个份上，一个因纽特人不会考虑这种可能性。卡德鲁、科图克、爱莫拉克，以及在爱莫拉克的皮兜帽里踢蹬着小腿、终日嚼着几片鲸脂的小男婴，像世上所有的家庭一样，幸福地生活在一起。他们出身于一个非常文雅的种族——因纽特人很少发脾气，几乎从来不打孩子——他几乎不知道真正撒谎为何物，更不知道什么是偷窃。他们在冷得无助的酷寒腹地用鱼叉来讨生活，并对这种状况非常满意；他们脸上带着讨好的微笑，夜里讲着古怪的神鬼故事，吃到不能再吃为止，在点着灯的漫长日子里缝补衣服或者修补狩猎用具时，他们不停地哼着女人的歌谣："啊姆呐，啊呀；啊呀，啊姆呐；啊哈！啊哈！"

然而，在一个可怕的冬季，所有的事情都辜负了他们。图卢尼尔缪特分支的人从他们每年捕获鲑鱼的地方返回以后，在靠近拜洛特岛的早早结冰的冰面上搭建了雪屋，准备海面封冻以后，就去捕猎海豹。但是那个秋天来得早，势头也很猛。整个九月份，暴风一场接着一场，把仅有四五英尺厚的海豹猎场的平滑冰面拍打得粉碎，把巨大的浮冰推向内陆，堆起一道巨大屏障，这道屏障由胡乱凝结在一处的粗糙冰块构成，大约二十英里宽，上面布满了尖锐的冰刺，狗拉雪橇根本无法从这里通过。冬天里海豹经常出没捕鱼的浮冰区的边缘，还在这道屏障以外二十英里的地方，图卢尼尔缪特分支的人根本无法到达那里。虽然如此，人们还是想方设法挨过这个严冬，他们动用了储藏的冻鲑鱼和鲸脂，以及往返行程中获得的所有食物储备，但是在十二月份，他们中间的一个猎手无意间发现一个海豹皮帐篷，看到里面的三个女人和一个女孩几乎要饿死了。她们的男人来自更北的地区，在外出追捕长着长角的独角鲸时，被困在了捕猎皮艇上。卡德鲁没有别的选择，只好把女人分别安置在村里的几个雪屋中，没有哪个因纽特人胆敢不给一个陌生人提供食宿，因为他不知道什么时候就该轮到自己去乞讨了。爱莫拉克领回了那个女孩，女孩约莫十四岁上下，爱莫拉克把她带回自己家的雪屋当做女仆使用。从女孩那裁剪成尖角的兜帽，以及她那白色鹿皮护腿上的菱形图案，他们推测她来自埃尔斯米尔岛。在此之前，她从来没见过锡制的锅或罐子，也没见过木制的雪橇；不过那个名叫科图克的男孩以及那条名叫科图克的狗都很喜欢她。

这个时节，所有的北极狐都到南方去了，甚至连咆哮不止、笨头笨脑的雪地小偷——狼獾都不会白费力气地到科图克设置的没放任何诱饵的陷阱去偷东西。他们的部落又损失了两个好猎手，两人在与一头麝香牛的搏斗中严重致残，这样一来，其他人就得分担他俩的工作。日复一日，科图克都会乘着六七条健壮的狗拉的轻便雪橇外出，在一些平整的冰面上看啊，看啊，看得眼睛都疼了，就是期望哪只海豹会在冰面上挖个通气孔。那条名叫科图克的狗搜寻的范围更远更广，在这片死寂的冰原上，少年科图克能够听到狗那略带哽咽的兴奋呜呜声，那是狗在三英里以外发现了一个海豹通气孔，传来的叫声十分清晰，仿佛就在耳畔。等这条狗发现一个通气孔以后，少年会为自己垒砌一个低矮的雪墙，好抵御那最刺骨的寒风。他在雪墙里，一待就是十、十二乃至二十小时，等着海豹出来透气。少年的眼睛死死盯住自己在通气孔旁边做好的小标记，以备随时从那里把鱼叉刺下去。他的脚下垫了一块海豹皮，两腿紧紧地捆在“图塔雷昂”（就是那些老猎手说的套筒）里。在一个人长时间的等啊，等啊，终于等到海豹露出头呼吸的时候，这种套筒可以不让人的腿颤动，以防被听力敏锐的海豹听到。可是这种事丝毫没有乐趣可言，你很容易就能想到，两腿绑在套筒里，坐在差不多零下四十度的冰面上，肯定是一个因纽特人概念中最艰苦的工作。每当逮住一只海豹，黄狗科图克就会拖拉着缰绳跑过来，帮着把海豹尸体拖到雪橇那里去，那些疲倦、饥饿的狗正在断层冰面的背风处闷闷不乐地等着。

猎到的那只海豹撑不了多久，因为这个小村庄里的每张嘴都有吃饱的权利，无论是海豹肉、海豹皮，还是海豹骨头都不会浪费。储备的狗食全都紧着人吃了，爱莫拉克用从睡觉的长椅下面搜罗到的一块夏天搭帐篷用的皮子来喂狗，那些狗不住声地号叫着，饿得睡不着。你可以从雪屋里的皂石灯看出，饥荒离他们越来越近了。在食物充足的年份，有的是鲸脂，雪屋里那些船型鲸油灯会蹿出两英尺高欢乐、油润的黄色火苗。如今，皂石灯的火苗只有六英寸高；爱莫拉克小心翼翼地往下戳了戳苔藓制成的灯芯，此时一个不易被察觉的火苗着了片刻，家里人的眼睛全都盯着爱莫拉克的手。引起恐慌的饥荒在严寒还没有完全结束时到来了，那就意味着人们有可能在黑暗中死去。所有因纽特人都惧怕每年强加给他们的六个月不见天日的极昼期；当那些雪屋里的油灯火苗变小变低的时候，人们的情绪开始变得困惑不安起来。

但是更糟糕的日子还在后头呢。

吃不饱的狗在过道里号叫着，打斗着，夜复一夜，他们盯着冰冷的星空，嗅着刺骨的寒风。当那些狗不再号叫，寂静犹如封住门的厚重雪堆一样落了下来，此时此刻，人们都能听到狭窄耳道内血管的震颤声，以及自己心跳的重击声，那种声音就像隔着雪野传来的巫师的击鼓声一样响。一天夜里，套着挽具的黄狗科图克感到异乎寻常地烦躁，他跳起身来，用头去撞少年科图克的膝盖。少年拍了拍那条狗，可那条狗仍旧一边胡乱瞎撞，一边摇着尾巴。此时卡德鲁醒了，他用膝盖紧紧夹住黄狗那颗狼一般的大头，审视着狗那双目光呆滞的眼睛。黄狗在卡德鲁两腿之间呜咽着，颤抖着。他脖子上的毛全都竖起来了，像门外来了陌生人那样咆哮着；过了一会儿，他又欢快地汪汪叫，在地上打着滚，像小狗时那样咬科图克的靴子玩。

“他怎么了？”科图克问道，因为他也开始感到害怕了。

“病了，”卡德鲁回答说，“是狗病。”此时黄狗科图克仰起脸，一阵接一阵地号叫着。

“我从没见过得过狗病的狗，我们该怎么办？”科图克问道。

卡德鲁一个肩膀略微耸了一下，起身走到雪屋对面去拿捕鲸用的短鱼叉。大黄狗看着他，又号叫几声，然后顺着过道逃走了，过道里的其他那些狗都向左右分开，给他让出足够的空间。来到外面雪地上之后，黄狗狂吠起来，那叫声仿佛在追猎一头麝香牛，接下来，他又跳又叫，似乎欢欣不已，叫声传出去好远。他得的不是狂犬病，只是普普通通的疯病。寒冷和饥饿，尤其是压倒一切的黑暗，让他完全昏了头；这种狗病一旦出现在一支拉雪橇的狗队里，就会像野火一样传染开来。第二天狩猎的时候，另一条狗也发病了，当他在拉雪橇的缰绳之间挣扎和乱咬的时候，少年科图克当场把他杀死了。接着轮到在狗队里处于第二地位的大黑狗，也就是过去曾是这队狗的首领的那条狗，他突然对着想象出的驯鹿踪迹狂吠起来，等大家帮助他脱离了主皮带，他朝着一个冰崖隘口飞奔而去，像他那条黄狗首领一样逃走了，挽具还戴在他身上。从那以后，人们不再把狗带出去了。他们留着狗还有别的用处，那些狗也明白这一点；尽管他们仍被拴得紧紧的，人们还是亲手喂他们吃食，但是他们的眼中充满了恐惧和绝望。更加糟糕的是，那些年迈的妇人开始讲起鬼故事来，说大家撞到当年秋天死去的那些猎人的鬼魂了，她们还预言了各种各样的可怕事情。

失去了自己的狗，让科图克感到比任何事情都要伤心；因为尽管一个因纽特人食量大得惊人，但是他也知道该如何忍饥挨饿。然而饥饿、黑暗、寒冷、冻伤使科图克身心俱疲，他开始幻听到头里面的声音，开始看到眼界之外或者根本不存在的人。有天夜里——在一个“根本没有洞口”的海豹呼吸孔等待了十个小时之后，他解开了绑住双腿的扣带，步履蹒跚地朝着村子走过去，由于头晕目眩——他停下来，背靠着一块大圆石，那块圆石恰好像一个摇摆石一样，只有唯一一个突出的冰块尖端支撑住它。科图克的体重打破了这种平衡，圆石开始缓慢地滚动起来，科图克连忙闪到一旁，圆石贴着他滚过，轰隆隆地滚上了一个平缓的冰坡。

对于科图克来说，这已经够了。从小时候开始，他就被教导着要相信每块岩石和圆石都有它自己的主人（也就是它的“伊努阿”），通常认为那是一个独眼的类似女人的生灵，名叫“图尔娜克”，据说图尔娜克有意帮助一个男人时，就会让她住的石头房子滚动起来，跟在这个人的后面，询问他是否愿意把她当成守护神。（夏天化冻的时节，陆地上到处都可以看到原先由冰支撑的石块和圆石滚来滚去的情景，因此你很容易就会明白这种有关活动石头的传说是怎么来的。）像往常一样，科图克听到了耳道里血液流动的震颤声，此时此刻，他认为是石头中的图尔娜克正在对他说话，并像他的所有族人公认的那样，他相当确信这一点，也没有一个人会否认他的说法。

“她对我说，‘我蹦下来，我从雪地上我的住处跳下来，’”科图克把身子探入昏暗的雪屋里，眼神空洞地叫喊着，“她说，‘我会成为你的引路人。’她还说，‘我会指引你找到更好的海豹通气孔。’明天我要外出打猎，那位图尔娜克会给我带路。”

就在这时，村子里的因纽特人巫师走了进来，科图克又把事情讲给他听，而且是一字不落地复述了这个故事。

“那么，跟随图尔内特（石头的精灵们）的指引吧，他们会重新带给我们食物的。”那个巫师说道。

许多天以来，那个打北方来的女孩一直躺在油灯附近，吃得很少，话也不多；但是第二天早上，当爱莫拉克和卡德鲁为科图克捆绑好一个小型手拉雪橇，用来装这位少年的狩猎工具和这对父母能省出来的鲸脂和冻海豹肉时，女孩拿过拉雪橇的绳子，鼓起勇气跟那位少年并肩站在一起。

“你的房子就是我的房子，”女孩说道，此时在他们身后严酷的北极夜色中，那个骨头制成的小型雪橇“吱呦吱呦”地颠簸着。

“我的房子就是你的房子，”科图克回答说，“可我觉得我们俩会一起到塞德娜那里去的。”

他口中的塞德娜是冥间的女主人，因纽特人相信，任何一个死去的人，必须在塞德娜掌管的可怕国度待上一年时间，然后才能前往极乐世界，极乐世界里从来没有冰冻，只要你招招手，肥美的驯鹿就会小跑着过来。

在他们身后，村民们高声呼喊着，“图尔内特已经对科图克说话啦。他们会带着他找到开阔的冰面。他会再次给我们带回海豹来！”他们的喊声很快被冰冷、空洞的夜色吞噬了。科图克和那个女孩并肩走着，一会儿使劲拉着雪橇，一会儿任由雪橇在冰面上滑行，就这样，他们朝着北冰洋的方向走去。科图克坚持认为，那位石头精灵图尔娜克让他向北走，于是他们在头上的大熊星座的指引下，朝着北方跋涉。

一天时间下来，没有一个欧洲人能在布满冰屑和浮冰尖角的粗糙冰面上走出去五英里远；但这两个年轻人十分清楚，该在哪里转动手腕，耐心地让一个手拉雪橇绕过隆起的冰丘，该在何处猛地一拉，几乎让整个雪橇离开冰面，滑过一道冰缝，又该在什么地方用鱼叉的尖头精确地敲击几下，在看似毫无希望的情况下辟出一条能够通过的路。

女孩一言不发，低头走着，貂皮兜帽上的长长的狼獾皮镶边拂过她那明朗而黧黑的脸庞。他们头顶的夜空黑得有如厚厚的黑天鹅绒，贴近地平线那里变幻出几抹印度红的镶边，巨大的星星像街灯一样在夜空中闪烁。偶尔，一束发绿的北极光的光波在高远的夜空中滚过，像一面飘忽的旗帜，旋即不见了；偶尔，一颗流星会划破这漫长的黑夜，身后拖着一个闪光的尾巴。这种时候，他们会看到浮冰冻结时形成的冰脊和冰谷边缘镶上了奇异的色彩——红色、紫铜色、淡蓝色。然而在平素的星空之下，一切都变成霜冻般的灰白色。如果你还记得的话，那些浮冰被秋天的风暴击碎、打烂，直到它们在震荡中又冻结到一处。这里有沟沟坎坎，还有类似沙坑似的冰洞；有重叠到一起或者分散的浮冰，全都冻结到原来的冰面上；有几块陈旧的黑冰，在某场风暴中被冲到浮冰下面，然后又被抛到冰面上来；有圆形的大冰球；有被风暴之前的大雪雕出来的锯齿状的冰块边缘；有低于周围冰面的三四十英亩的冰坑。从稍微远点的地方看，你可能把一块块冰当成海豹、海象、倾覆的雪橇，或者几个冒险狩猎的男人，甚至当成长着十只脚的白熊精；可是不管这些冰块的形状多么怪异，都是一些没有生命的东西，茫茫的冰原上，既没有一点响动，也没有一丝回声。两个年轻人拉着雪橇穿过忽而飘过来一束光，旋即又消失的寂静而荒凉的冰面，那种感觉仿佛在噩梦中爬行一般，一个在世界尽头做的世界末日的噩梦。

他们走累的时候，科图克会搭建被猎人们称作“临时歇脚处”的小雪屋，他俩会点着旅行油灯窝在里面，设法让冻海豹肉化冻。等睡过一觉以后，行军又开始了——一天走上三十英里，朝北冰洋又靠近了十英里。女孩始终非常沉默，但是科图克会自言自语几句，偶尔还会大声唱起歌来，唱着他从歌谣屋里学来的那些歌——夏天的歌谣，以及猎驯鹿和猎鲑鱼的歌谣——所有歌谣都与这个季节极不相称。科图克会大声宣布，说他听到图尔娜克正在对他大吼，他疯狂地跑上一座冰丘，双臂伸向天空，用预言般的语调大喊大叫。说实话，那种时候，科图克近乎于疯狂，可那个女孩笃信，他的守护神正引领着他们前进；她还相信，一切都会好起来。因此，在第四天行军结束后，当科图克头里燃着火球、眼睛冒火地告诉她，说他的图尔娜克变作一个双头狗的形状跟着他们走过雪野的时候，女孩丝毫也不感到惊讶。女孩顺着科图克手指的方向看过去，发觉有什么东西溜进了一个冰谷中。那东西自然不会是人，不过每个人都知道，图尔内特更愿意化作白熊、海豹之类的形状，出现在人类面前。

那东西很有可能是长着十只脚的白熊精，也可能是别的任何东西，因为科图克和那个女孩饥饿到了极点，他们此时的眼力是靠不住的。他们什么也没有捕获，自打离开村子以后，没有看到过任何猎物的踪迹；他们的食物无法再撑上一周了，偏偏又遭遇了一场暴风。一场极地大风可以不间断地刮上十天时间，这种时候要是在户外的话，必死无疑。科图克搭建了一个大一些的雪屋，把手拉雪橇也拉进屋来（永远不要跟你的食物分开），当他修理着最后一块不规则的冰块，准备用它来充当屋顶上的拱顶石的时候，他发觉那个东西正在半英里以外的一个小冰崖下面望着他。风太大了，他模模糊糊地看到那东西似乎有四十英尺长，十英尺高，外加一条二十英尺长的尾巴，自始至终，那个东西的轮廓都在颤动着。女孩也看到了，不过她并没有吓得叫出声来，而是平静地说，“那是夸昆。接下来还会来什么呢？”

“他要对我讲话。”科图克说道；然而这样说的同时，雪刀在他的手中颤抖着，因为尽管一个男人十分相信自己是怪异丑陋的妖精的朋友，可他却很少愿意听到妖精讲话。夸昆也是一个妖精，他是一个巨型无牙无毛大狗的幽灵，人们认为他居住在遥远的北极，在某些事情将要在某地发生之前，他会到该地区周围徘徊。这些事情有可能是好事，也有可能是坏事，不过就连巫师也不愿意谈论起夸昆。夸昆会让狗变得疯狂。像那个白熊精一样，还额外多长着几双腿——六双到八双，此时那个东西在模糊的夜色下上蹿下跳，看着比真正的狗多出许多条腿来。科图克和那个女孩飞快地挤进小屋里。当然，如果夸昆想要对他们不利，他会把他们俩全都撕成碎片的，不过挡在他们之间的一英尺厚的雪墙，以及漆黑的暗夜都让他俩感到莫大的安慰。随着一声火车鸣笛般的尖啸，暴风开始了，风一连刮了三天三夜，他们给放在两人膝盖间的皂石灯添上油，一点一点地啃着有些温乎的海豹肉，抬头看着雪屋顶上七十二小时大风带来的灰尘。女孩清点了一下雪橇里的食物，已经不够两天吃的了。科图克挨个看了看用鹿筋绑上铁叉头的鱼叉，他猎海豹的长矛，还有猎鸟镖。除此之外也没有别的事情可做。

“我们很快就会到塞德娜那里去报到——很快，”女孩小声说道，“用不了三天时间，我们就会倒下死去。难道你的图尔娜克什么都不做吗？吟唱一支因纽特巫师的歌谣，把她召到这里来。”

科图克开始尖声高唱起一支巫术歌谣，屋外的大风逐渐停息下来。歌谣唱诵到一半的时候，女孩开始动了起来，先把戴着手套的手放在雪屋内的冰面上，然后又把头贴在冰面上。科图克也学着她的样子，两个人跪在那里，紧紧盯着彼此的眼睛，留心倾听让他们精神紧张的每一个动静。少年从一支猎鸟镖的棱上撕下一条细长的鲸鱼骨来，用戴着手套的手使劲把它垂直插入冰面的一个小孔内。那东西几乎跟罗盘的指针一样灵敏，此时他们两人不再倾听，而是目不转睛地看着。细长的占卜鱼骨略微颤动了一下——是世上最细微的震颤；然后有规律地摇摆了几秒钟，停住不动，接着又摇摆起来，这一回朝着罗盘的另一个方向摆动。

“太快了！”科图克说，“远处有一块巨大的浮冰开裂了。”

女孩指着占卜鱼骨，摇了摇头。“是大冰裂，”她说，“听，地面的冰也猛烈碰撞起来了。”

在两人跪着的这段时间里，他们听见了世上最奇怪的沉闷轰隆声和撞击声，声音显然来自他们脚下。有时候，它们听起来就像一只还未睁眼的小狗在油灯上的袋子里吱吱叫，接着传来好像一块大石头落到坚硬的冰面上的声音，继而又像阵阵沉闷的击鼓声，最后所有声音都拖长变小了，仿佛它们是很远处的一支小号角发出的声音。

“我们不该毫不反抗就去塞德娜那里。”科图克说道，“是大冰裂。图尔娜克欺骗了我们。我们要死了。”

所有这一切也许听起来十分荒谬，但眼下这两个人正面临着一场真正的危险。为期三天的大风驱动巴芬湾的深层海水向南，一直推挤到拜洛特岛以西分布的那片广阔的陆冰边缘。此外，从兰开斯特海峡东移的那股强大水流，带来了连绵几英里的浮冰——还没冻结到一起的大冰块；这些大冰块不断轰击着冰原，与此同时，风暴肆虐时海水膨胀、抬升，进一步破坏了冰原。科图克和那个女孩听到的是三四十英里外那些撞击的微弱回声，那个细小的预言占卜鱼骨也因冰原的震动而摇晃着。

那么，按照因纽特人的说法，如果冰原从长时间的冬眠中醒来，天晓得会有什么事情发生，因为坚硬的冰原会像天上的流云一样，顷刻之间就变了形。很显然，这是一场不合时宜的春天风暴，在这种情况下，任何事情都有可能发生。

然而，两人心中感到比刚才还要快乐。如果冰原断裂了，他们就不用遭这份等待的罪了。到时候，妖精、小鬼、巫者会在这片让人痛苦的边缘到处游走，他俩也会肩并肩地与各类野生动物一起步入塞德娜的土地，那时他们兴奋的红晕还未褪去。风暴过后，等他们两人离开小雪屋的时候，远处地平线那里传来的声音在持续增大，他们四周的坚硬冰面全都发出呻吟声、嗡鸣声。

“还要等上一会儿。”科图克判断说。

在一个冰丘上面，坐着或说蹲着一个八条腿的东西，它就是他们两人三天前看到的那个生灵——此时它发出恐怖的叫声。

“我们俩就跟着它，”女孩说道，“它也许知道一条不通往塞德娜的土地的路呢。”但是当她去拉雪橇的绳子时，因为身体极度虚弱而感到头晕目眩。那东西慢吞吞地动身了，略显笨拙地爬过冰脊，头也不回地朝西方的陆地奔过去，他们两人尾随其后，此时冰原边上隆隆的雷鸣一般的响声距离他们越来越近了。冰原的边缘开裂了，裂缝向四面八方的内陆地带裂出去三四英里远，十英尺厚、几平方码到二十平方英亩大小不等的巨大冰块，摇晃着，震荡着，彼此撞击着，一同涌向还未开裂的冰原，与此同时，急剧膨胀的海水震颤着、喷涌着，填满了它们之间的海面。这些冰可以看作攻城槌，是海洋攻击冰原的先头部队。这些冰块连续不断的冲撞、震荡声音，几乎淹没了较薄的冰块整个冲进冰原下方的摩擦声，那阵势就像急忙推进桌布下面的纸牌一样。冰原下的海水立即吞噬了这些薄冰，这些薄冰会在水中一块一块地叠压起来，直到最下面的薄冰碰触到海底五十英尺深的淤泥，充满泥污的海水被阻挡在这些沾满淤泥的薄冰形成的堤岸后面，直到不断积聚的冲击力把这道堤岸整体地向前推进。除了冰原和大片的浮冰之外，在大风和洋流的冲击下，还形成了一座座真正意义上的冰山，这些漂浮的冰山，从格陵兰岛或梅尔维尔湾一侧的海边断裂开来。这些冰山彼此庄重地碰撞着，在冰山周围激起一圈白色的海浪，它们像老式舰队一样，鼓起风帆，全速向冰原冲去。一座似乎能够推动它前方的整个世界的冰山，也会在深水中无助地搁浅，在一片泡沫、泥水和冰冷的飞沫中打着旋颠簸着，可是那些面积更小、更矮一些的冰山却会乘风破浪，全速朝着平坦的冰原冲过去，把成吨的冰抛向两旁，在停下来之前，开辟出一条长约半英里的水道。有些冰山像利剑一般倒落，劈出一条边缘不甚整齐的水道；还有些冰山碎裂成一阵冰块雨，每块碎冰都有许多吨重，旋转着散落到冰山脚下。其他一些冰山在涌到浅水区时，整体露出了海面，好像受苦般地扭动着，直挺挺地向一旁倒落，海水立即吞没了它们的侧翼。在目力所及的冰原整个北部边界上，冰面的这种碰撞、推挤、弯曲、鼓胀和拱起成任何可能形状的过程一直持续着。从科图克和女孩站立的地方看过去，这场混乱只不过是地平线下一场令人不安的波动和蠕动，但是这场混乱每时每刻都在向他们进逼，他们能够听到，远处通往内陆的地方传来一声沉闷的爆炸声，仿佛穿透浓雾传来的隆隆炮声。那表明冰原已经被推向他们南边的陆地——拜洛特岛那钢铁般的悬崖脚下。

“以前从没发生过这种事，”科图克傻呆呆地看着说，“还不到时候，冰原怎么能现在断裂呢？”

“跟上那东西！”女孩用手指着他们前方一瘸一拐疯狂地跑着的东

西说。他们两人拖着手拉雪橇紧随其后，此刻冰裂进军的咆哮声离他们越来越近。最后，他们周围的冰原星星点点布满了裂纹，那些裂纹噼啪作响地裂开了狼牙一样的缝。不过，那个东西待的地方纹丝不动，那是一座布满陈旧冰块的大约五十英尺高的冰丘。科图克拉着身后的女孩拼命向前跳过去，费力爬上冰丘的底部。周围冰裂的声音越来越响，但是冰丘仍旧保持不动。当女孩望向科图克时，他向外上方摆动着右肘，做成一座岛屿的形状，那是因纽特人登上岛屿的手势。正是那个一瘸一拐的八条腿的东西带领他们登上这座岛——一座有着花岗岩岛顶和沙滩的远离陆地的小岛。小岛完全被冰包裹起来，所以没有哪个人类能把它跟冰原区分开来，不过冰下面是坚实的土地，而不是移动的冰！那些浮冰撞上小岛后，弹开、碎裂，标出了小岛的范围，一股友好的浅流向北流去，就像犁铧翻开黏土一样，它使冲向小岛的巨大冰块转变了方向。当然，这里也有危险，某块巨大的冰面会重重地冲撞海岸，也许会把岛顶整个刨平。但这丝毫不会打扰到科图克和那个女孩，此时他们已经搭好雪屋，吃着东西，听着冰块撞到海岸再弹开的声音。先前那个东西不见了踪影，科图克蜷缩在油灯旁边，兴奋地谈论着他对精灵鬼怪的控制能力。听到他那些狂乱的话语，那个女孩笑得前仰后合。

在女孩身后，逐渐爬进雪屋的是两个头，一个黄色的头，一个黑色的头，它们分属两条你见过的最可怜、最惭愧的狗。其中一条是黄狗科图克，另一条是黑色的领头狗。如今，两条狗都很胖，很好看，彻底恢复了理智，不过以一种奇特的方式连到了一起。你要记得，当初那条黑狗头领逃走时，身上带着挽具。他遇到黄狗科图克时，一定是玩耍或者打架来着，因为他肩膀上的套索挂到黄狗科图克铜丝缠成的项圈上面，而且越拉越紧，因此两条狗都无法够到缰绳，把它咬断，而是紧紧栓到另一条狗的脖子上。就这样，他们按照自己的方式自由猎食，肯定有助于治好他们的疯病。他们眼下相当镇定，相当清醒。

女孩把两个满脸羞愧的家伙推到少年科图克面前，带着哭腔笑着叫道，“这就是那个夸昆，带领我们到达安全地带的家伙。看看他的八条腿和两个头。”

科图克用刀子把两条狗分开，黄狗和黑狗一起扑到少年的怀里，试图解释他们是怎么重新恢复理智的。少年科图克用一只手抚摸着他们，摸到肋骨那里时，发现他们两个不仅肋部滚圆，而且覆盖着很好的皮毛。“他们找到了食物，”少年咧嘴一笑说，“我想，我们不会那么快地到塞德娜那里去了。我的图尔娜克派来了这两条狗。他们的病已经痊愈了。”

两条狗跟少年打过招呼以后，这两个在过去几个星期里被迫一起吃，一起睡，一同狩猎的家伙，向对方的喉咙猛扑过去，开始在雪屋里展开一场鏖战。“空肚子的狗不打架，”科图克评论道，“它们已经找到了海豹。我们睡吧。我们会找到食物的。”

等他们醒来以后，小岛北部海岸显露出一片开阔的水域，所有散落下来的冰块全都被海浪冲向了陆地方向。每年海浪第一次拍岸的声音，是因纽特人最喜欢听到的声音之一，因为听到这种声响，意味着春天已经在来这儿的路上了。科图克和女孩手拉着手，相视而笑，因为在冰天雪地之间，满耳充斥着清晰的海浪奔涌声，让他们想起了那些猎鲑鱼和驯鹿的日子，以及那些闻到极地柳开花的时光。甚至在他们眺望的同时，浮动冰块之间的海水就开始蒙上了一层薄冰，所以气候仍然极其寒冷；但是在地平线那里，显出一大片红光，那是尚在地平线下的太阳射出的光芒。这情形更像是听到太阳在睡梦中打了个哈欠，可并没有看到它起床。那片红光仅仅持续了几分钟，但是它标志着一年的交替。他们两人觉得，没什么能够阻止新一年的脚步。

少年科图克发现，两条狗正在为一只刚杀死的海豹打架；一场风暴总会扰动鱼群，这只海豹正是尾随鱼群而来。他是当天登上小岛的二三十只海豹中的第一只，直到海面冻结实的时候，仍旧有几百只感觉敏锐的黑脑袋在流动的浅水中快乐地玩耍，随着浮动的冰块漂浮着。

再吃到海豹肝脏的感觉真好；还可以毫无顾忌地在油灯中添入大量的鲸油，看着火苗升到空中三英尺高的地方。不过，一等到海面新结的冰能够承担他们的重量后，科图克和那个女孩就把手拉雪橇装满，让两条狗帮助他们一起拉雪橇，他们这一生中从来没有这么拼命地拉过雪橇，因为他们担心村子里会发生什么不好的事情。天气一如既往地冷酷无情，但是拉着一个装满上好食物的雪橇，总比饿着肚子打猎好受得多。他们把二十五只海豹尸体掩埋在岸边的冰雪下面留待取用，然后匆匆回到他们族人居住的地方。科图克刚告诉两条狗他们要干什么，两条狗就跑在前面给他们带路，尽管没有任何路标，没用两天时间，他们已经在卡德鲁的雪屋外面叫个不停了。仅有三条狗回应了他们的叫声；其余的狗已经被吃掉了，而且雪屋里漆黑一片。然而当科图克大喊了一声"煮肉"的时候，雪屋里传来了微弱的回答声；他一个挨一个地叫着全村人的名字，居然一个也不缺。

一个钟头以后，卡德鲁的雪屋里又燃起了油灯，正在给雪水加热，罐子又开始用来煮肉，融化的雪水从雪屋顶上滴下来。此时爱莫拉克正为全村的人准备食物，身后兜帽里的那个男婴嚼着一条肥美的鲸脂，那些猎手们缓慢而有章法地用海豹肉填饱了自己的肚子。科图克和女孩给他们讲述着此行中发生的事情，那两条狗坐在他们两人中间，每当提到他们的名字，两条狗都竖起一只耳朵，看上去为他们的行为感到十分羞愧。按照因纽特人的说法，一旦一条狗从疯病中痊愈，就再也不会患任何病了。

"所以，图尔娜克并没忘记我们，"科图克说，"暴风吹过以后，冰原断裂了，海豹尾随着被风暴惊扰的鱼群朝我们附近游过来。如今新的海豹通气孔距离这里还不到两天的路程。让我们的好猎手明天就出动吧，把那些被我叉死的海豹尸体运回来——冰雪下总共埋着二十五只海豹尸体呢。等我们吃完这些海豹以后，我们再去追猎冰原下出来透气的海豹。"

“那么，您做什么呢？”村里的巫师用以往对卡德鲁——图卢尼尔缪特分支最富有的人——说话的口气询问科图克。

卡德鲁看了看从北方来的那个女孩。“我们新建了一个雪屋。”卡德鲁指着自己雪屋的西北侧说道，因为那边通常是结婚后的子女居住的地方。

女孩把掌心转过来朝上，有些绝望地摇了摇头。她是一个外族人，快要饿死时被收留的人，不能为这个家庭增添任何东西。

爱莫拉克从坐着的长椅上跳起身来，开始把所有的东西一股脑地往女孩的大腿上堆放——皂石油灯，铁制刮皮刀，锡制水壶，点缀着麝香牛牙的鹿皮，以及水手们常用的缝帆布用的针之类的东西——在北极圈内的这个偏远地区能够拿出的最好彩礼，从北方来的那个女孩一躬到地。

“还有这些！”科图克笑吟吟地指着那两条狗说，两条狗正用冰冷的鼻子嗅着女孩的脸。

“嗯哼。”那位因纽特人巫师凸显地位般地咳嗽了一声，仿佛他早已考虑过整件事情的所有细节。“科图克刚离开村子，我就到歌谣屋里颂唱魔咒。每个长夜我都在那里颂唱，召唤着驯鹿精。我的魔咒唤来了致使冰原断裂的暴风，在碎冰块即将把科图克挤压得粉身碎骨的危急关头，我用魔力把两条狗拉回他的身旁。我的魔咒唤来了跟着碎冰游到我们附近的海豹。我的身体虽然留在歌谣屋，但是我的灵魂在冰原上四处奔波，指引科图克和那两条狗做了所有的事。我做到了。”

此时，所有人吃饱后都感到困倦，因此没人站出来反对他的话；而这位因纽特人的巫师，凭借着他职务之便，多吃了一大块煮海豹肉，然后与大伙一同躺下来，在明亮、温暖、弥漫着油脂味的雪屋里睡着了。

当时的科图克已经能画一手因纽特式的好画，他把这次探险过程中发生的所有事情，全都以图画的形式刻在一块长板状的象牙上面，象牙板的一端还穿了一个洞。当那个美好而温暖的冬天，科图克和女孩去北方的埃尔斯米尔岛时，他把这个刻着图画故事的象牙留给了他爸爸卡德鲁，卡德鲁在砂石海滩上把这块象牙丢了。那是在一年夏天，卡德鲁的狗拉雪橇在尼克希灵地区的纳蒂灵湖的岸边解体了。[①]第二年春天，一个湖滨因纽特人发现了这片象牙雕刻画，转手把它卖给了一个在坎伯兰湾捕鲸船上当翻译的伊密根岛人，这个人又把它卖给了汉斯·奥尔森，汉斯·奥尔森后来成了一艘大型轮船上的舵工，那艘船曾多次运送游客到挪威的北角去观光旅行。等旅游旺季结束后，这艘轮船往返航行于伦敦和澳大利亚之间，中途在锡兰停靠，在那里，奥尔森以两颗仿制蓝宝石的价格把这片牙雕画卖给了一个锡兰珠宝商。我在科伦坡一个房间的垃圾下面发现了这片牙雕画，并把这个故事从头到尾地讲述了出来。

狩猎归来之歌

（这是一首用松散、自由的语言翻译出来的《狩猎归来之歌》，男人们在猎海豹归来的途中常常会唱起这首歌。因纽特人总是一遍又一遍地重复唱着这些歌。）

我们沾满鲜血的手套冻得僵硬，
我们的毛皮大衣上沾满了积雪，
此刻我们带着海豹——海豹！
从冰原的边缘返回家。

噢，向右！向右！啊！哈！

① 这里的尼克希灵地区（Nikosiring），纳蒂灵湖（Lake Netilling）和后文的伊密根岛（Imigen），都是巴芬岛上的地名。

狂吠的狗队一路向前，
长鞭甩得噼啪响，狩猎的男人
从冰原的边缘返回家！

我们追踪海豹到它的秘密通气孔，
我们听到它在冰下抓挠的声音，
我们做好标记，在一旁观察，
就在冰原边缘的冰面上。

等它升到冰面呼吸的时候，我们举起长矛，
我们把长矛向下猛地一扎——就这么简单！
我们这样跟它玩，我们这样杀死它，
就在冰原边缘的冰面上。

我们沾满鲜血的手套冻得粘连在一起，
我们的眼里落入了积雪；
但是我们又可以回家与妻子团聚，
从冰原的边缘返回家！

噢，向右！向右！啊！哈！
满载而归的狗拉雪橇开始返回，
家中的妻子能够听到他们返回的呼喊。
从冰原的边缘返回家！

第七章

红毛狗

为了我们美好的不眠夜——为了疾速奔跑的夜晚。

广泛搜索，高瞻远瞩，打猎顺利，诡计得逞！

为了黎明的气味不被玷污，一会儿工夫露珠已然消逝！

为了快速穿过迷雾，猎物瞎冲乱撞！

为了雄鹿被包围陷入困境后我们同伴的嗥叫，

为了夜里的冒险和放纵！

为了大白天在洞口睡觉，

这是会战，我们前去迎战。

嗷！嗷呜！

让丛林进入村庄那件事情过去以后，莫格里人生中最美好的部分开了头。血债得偿的结果，是他有了良好的正义感；所有丛林居民都成了他的朋友，只不过有些怕他。他带着四只狼兄弟，或者单独一人从一个丛林兽民溜达到另一个兽民那里，其间他的所作所为，所见所闻，能编出许多许多故事来，并且每个故事都像我正在讲的这个那么长。因此，你也许永远听不到莫格里是如何遇到疯大象曼德拉的故事，那头疯象杀死了二十二头正拉着十一车银币运往政府国库的阉牛，把银光闪闪的卢比撒了一地；你也许永远听不到莫格里是如何与鳄鱼雅克拉作战的故事，这一切都发生在北方沼泽的一个漫长的夜里，莫格里在那个畜生后背的铠甲上弄坏了自己的剥皮刀；你也许永远听不到莫格里是如何发现一把挂在一个男人脖子上更长的新刀子，那个男人被一头野猪给杀死了，作为得到这把刀的回报，莫格里循着踪迹杀死了那头野猪的故事；你也许永远听不到莫格里在大饥荒中被卷入奔跑的鹿群的故事，在这个群情激昂的鹿群中，莫格里差点就被挤死；你也许永远也听不到莫格里是如何救了沉默者大象哈蒂，使他免于再次落入一个底部有条毒蛇的陷阱的故事，第二天，莫格里本人又是如何落入一个伪装得非常巧妙的诱捕豹子的陷阱，而哈蒂又是怎样将盖住莫格里的厚木头栅栏撞个粉碎；你也许永远也听不到莫格里是如何挤了沼泽地里野水牛的奶的故事，又是如何——

然而我们一次肯定只能讲一个故事。狼爸爸和狼妈妈死了，莫格里滚来一块大石头封住了他们的洞口，还为他们颂唱了《死亡之歌》；巴卢变得非常老，行动起来腿脚不灵活了，甚至连神经如钢肌肉似铁的巴吉拉，打猎速度也比以往慢了半分。纯粹由于上了年岁，阿凯拉的毛色由灰色变成了乳白色；他瘦骨嶙峋，行走起来好像支棱着的木头，而且需要莫格里为他猎食吃了。然而，那些年轻的狼，也就是解散的西奥尼狼群那些老狼的孩子们茁长成长起来，数量不断增多，总共有四十只吼声洪亮、手脚利落的五岁大的成年公狼，他们没有首领，阿凯拉告诉他们，应该像自由兽民那样，聚在一起，遵守丛林法则，在一个首领的带领下奔跑。

这可不是莫格里本人关心的问题，因为，就像他说的那样，他已经吃过酸果子，也认清了结酸果子的树；但是当费奥，费奥纳（他的爸爸是阿凯拉当狼群首领时的“灰色追踪手”）的儿子，按照丛林法则，用战斗的方式当上狼群首领时，那些旧日的叫喊声和歌声又在星空下回响起来，仅仅为了回忆往事，莫格里才会登上会议岩。要是莫格里愿意说话，狼群会静静地等他说完为止，他坐在阿凯拉旁边，也就是位置高出费奥座位的一块岩石上。那是一段狩猎愉快睡得香的日子。没有外来者愿意闯入属于莫格里的族群，也就是他们自称的狼群的丛林，那些年轻的狼都长得又肥又壮，也有更多的狼崽被带到会议岩接受“检阅”。莫格里向来会出席“检阅”会议，这总是让他回忆起一只黑豹把一个赤裸的棕色婴儿买入狼群的那个夜晚，而“瞧瞧，好好瞧瞧，噢，众狼们”的长声呼喊，总会让他心里一颤。其他那些日子里，他会带领着四只狼兄弟在丛林里跑出老远，尝试着，触摸着，观察着，感受着新事物。

一天拂晓，莫格里悠闲地小跑着翻山越岭，把自己猎杀的半个雄鹿给阿凯拉送去，那四只狼兄弟跟着他慢跑着，不时争斗一下，将对方绊倒，为仍旧活着而欢欣不已。突然，莫格里听到一声自有谢尔汗在的那些糟糕日子后就再也未曾听过的叫喊声。那是被丛林兽民称作“吠嗷”[①]的一种叫声，是豺狗跟随老虎打猎时的叫声，或者是一场大型猎杀活动即将到来时，动物发出的一种令人毛骨悚然的尖叫声。如果你能够想象一种混合了憎恨、狂喜、恐惧、绝望情绪，还略带挑逗的叫声，那么你就能多少领略到这种叫声到底是个什么样子。那声“吠嗷”在远处的韦恩根格河谷起伏、摇荡、震颤着。四只狼立即停住了脚步，狼毛倒竖，嗥叫起来。莫格里想要用手去拿刀，又忍住了，他眉头紧锁，血色上涌到脸上。

“没有哪个带条纹的家伙胆敢在这里猎杀。”他沉吟道。

“这也不是那个‘马前卒’（指的是豺狗）的叫声，”灰兄弟答道，“它是预示某种大型猎杀行动的叫声，快听！”

叫声再次响起，半似哭泣，半似轻笑，仿佛一只豺狗借用人类的嘴唇发出的声音。听到这里，莫格里深吸了一口气，朝会议岩方向奔去，一路上超过了几只急急赶往会议岩的狼。费奥和阿凯拉一同出现在会议岩上，他们下方坐着其他狼，个个神情紧张。母狼和狼崽们都小跑着躲

---

① 吠嗷（pheeal），发“*Fe-arl*”的音，是跟在打猎的老虎身前身后的豺狗偶尔会发出的叫声。人们告诉我，这种叫声不同于豺狗正常的叫声，有些难听。——原注

进了巢穴，因为当“吠嗷”声响起时，可不是弱小生灵在外面到处乱跑的时候。

在黑暗中，除了韦恩根格河汩汩的急流声，其他什么声音也没有，静寂中，突然从河对岸传来一声狼嗥。那并不是狼群里哪只狼的叫声，因为他们全都聚集到了一起。叫声变成了一种悠长、绝望的悲鸣：“野狗！”那声音喊道，“野狗！野狗！野狗！”众狼听到疲惫的脚步踩踏山岩的声音，一只憔悴不堪的狼出现在他们面前，两侧腰窝都带着斑斑血迹，右前爪已经废了，嘴里吐着白沫，猛地冲进众狼围成的圈子，躺在莫格里脚下喘着粗气。

“狩猎愉快！谁是你的首领？”费奥正色问道。

“狩猎愉快！我是一个‘温托勒’[①]。”他回答说。他的意思是说他是一只单独打猎、独自谋生的狼，跟他的配偶和幼崽住在某个独立的狼穴里，南方的许多狼都这样生活。“温托勒”就是“群外狼”的意思——就是一只不属于任何狼群的狼。接着他呼吸急促，众狼看得出，他的心跳都会让他前后晃动。

“什么动物在迁徙？”费奥接着问道，因为在“吠嗷”声之后，这是所有丛林兽民都想问的问题。

“野狗，来自德干高原的野狗——红毛狗，那些杀手！他们从南方向北方迁徙，说德干高原已经没啥可吃的了，他们一路走来，杀光了沿途的所有生灵。这轮月亮刚刚升起来的时候，我还有四个家人——我的妻子和三个孩子。她会教孩子在草原上猎杀，躲起来攻击雄鹿，我们在旷野中打猎的狼都这么做。半夜里我还听到他们四个一起，扯着嗓子吼叫，追踪猎物。在破晓的风吹来时，我发现他们直挺挺地躺在草丛中了——四只啊，自由的狼民们，在这轮月亮刚升起来时，还是四只鲜活的生命啊。于是我搜寻应该偿还这笔血债的家伙，发现了那些野狗。”

---

① 温托勒（Won-tolla），发“*Woon-toller*”的音，重音在“*to*”上。——原注

是一场很好的狩猎行动。我们中间也许没几个能看到明天的月亮。”

“难道你想插手这件事吗？要记住，你是一个人类；还要记住狼群是如何把你驱逐出来的。让狼群去迎战野狗吧。你是一个人类。”

“去年的坚果已经变成今年的黑土，”莫格里回答说，“说得不错，我是个人类，但是今天夜里，我打心眼里想说，我是一只狼。我号令那些树木和河流记住了我说的话。我是一个自由狼民，卡阿，直到这群野狗过境为止。”

“自由狼民，”卡阿不屑地咕哝着，“说是自由的小偷还差不多！你已经把自己系入死结中，难道就为了追思那两只死去的狼？这可不是一次愉快的狩猎。”

“就为了我刚刚说过的誓言。那些树知道，这条河知道。等到那群野狗过境后，我的誓言便不再对我有约束力了。”

“嗞嗞！这改变了所有的计划。我原本打算带着你躲到北方沼泽去呢，但是那个誓言——即使是一个赤裸、没毛的小人娃子的誓言——也是誓言。现在，我卡阿要说——”

“考虑好了再说，扁脑袋，免得把自己也系入死结里。我不需要你发誓，因为我十分清楚——”

“那么，好吧，”卡阿说，“我不会发誓；但是你盘算好了等野狗到了要怎么做吗？”

“他们必然要泅渡韦恩根格河。我想在浅水处用刀子迎战他们，狼群随后就到；这样又戳又刺，我们有万分之一的机会能够让他们转变方向，向下游奔去，或者我们让他们咽喉变凉。”

“野狗从来不会调转方向，他们的咽喉一直是热的，”卡阿说，“等这次打猎结束后，就再也没有什么人娃娃、狼崽子了，有的只是一堆堆白骨。”

“啊啦啦！要是我们死了，我们都死了。这将是最愉快的一次狩猎。然而我的肚子还年轻，我还没见过许多河流。我既不聪明也不强壮。难道你有更好的计划吗，卡阿？”

“我曾见过成百上千的河流。在哈蒂长出乳牙之前，我在土里的痕迹就已经很大了。凭着第一只卵发誓，我比这里的许多树都要老，我已经见证过丛林居民做过的所有事情。”

“然而这是一次全新的狩猎行动，”莫格里插嘴说，“在此之前，野狗群从来没有横穿过我们的踪迹。”

“有什么事情是曾经发生过的。将要发生的事情在以后回忆起来也不过是被忘却的一年。历数过往的那些年时，我心如止水。”

莫格里在卡阿的蛇盘里躺了很长时间，其间，卡阿的头静静地放在地上，思考着自打从蛇卵里出来后见过和了解到的所有事情。光亮似乎从他眼中消失了，结果他的双眼看上去宛如两颗陈旧的蛋白石，他不时地用头部做几个有些僵硬的传球动作，左右晃动着，仿佛正在睡梦中狩猎一般。莫格里静静地睡着了，因为他明白，在狩猎之前，没什么比得上一场好觉了，并且他受过这样的训练，无论白天还是黑夜，他在任何时候都能睡上一觉。

此时，莫格里感觉身下卡阿的后背越变越长，越变越宽，仿佛这条巨蟒要将自己胀破似的，同时发出宝剑出鞘般的嗞嗞声。

“我已经见证了所有死亡的时令，”最后卡阿开口说道，“那些大树，那些年老的大象，还有那些覆盖苔藓之前陡峭的裸露山岩。你还活着吗，人娃子？”

“月亮刚刚落下一小会儿，”莫格里回答说，“我不明白——”

“嗞嗞！我是大了一倍的卡阿。我也是在几秒钟前想明白的。现在咱俩到河里去，我要对你演示，想要迎击野狗群，你应该做些什么。”

他转动起来，使身体像一支箭那样笔直，朝着韦恩根格河干流爬过去，在藏有和平石的深水处略微上游的地方钻入水中，莫格里跟在他的身旁。

“不，不用游泳。我走得快。到我背上来，小兄弟。”

莫格里用左臂搂住卡阿的脖子，下垂的右臂紧贴着体侧，伸直了双腿。随后，卡阿还像独自一个那样，逆流而行，水受到阻力形成的波纹在莫格里脖子周围形成了状如荷叶花边的装饰，他的两条腿在扭动的蟒蛇体侧下方的漩涡中来回摆动着。大约在和平石上游一两英里的地方，韦恩根格河流经一处峡谷，河道变得非常狭窄，两岸的大理石崖壁高约八十至一百英尺，水流急得仿佛能推动水车一般，在各种各样的怪石之间和怪石上方流过。但是莫格里对四周的急流并不担心，这个世上几乎没有水流能让他产生片刻的畏惧感。他正打量着两侧的崖壁，不自在地吸起气来，因为空气中有一种甜中带酸的气味，非常像一个巨大蚁丘在热天里散发出的味道。他本能地把头埋入水中，只在偶尔呼吸时才会伸出头来，卡阿的尾部在一个暗礁上盘绕了两圈，停了下来，用身子把莫格里盘住，此时河水仍在奔流着。

“这是死亡之地，”男孩问道，“我们干吗到这里来？”

“他们在睡觉，”卡阿说，“哈蒂见到那只带条纹的家伙，不会转变方向，可是哈蒂和带条纹的家伙见到野狗群，都会避开，而听说野狗见到什么都不会转变方向。那么，岩石间的这些小个居民又曾避开过哪个？告诉我，丛林的大头领，谁才是真正的丛林头领？”

“这些小个居民，”莫格里小声回答说，“这是死亡之地。我们走吧。”

“不，好好看看，因为他们都睡着了。事实上，我还没长到你手臂那样长时，这里就已经是死亡之地了。”

自打丛林形成之初，韦恩根格河两侧崖壁上那些被风雨侵蚀得开裂的石头，就被岩石间的小个居民——忙碌、暴躁的黑色印度野蜂占用了；而且莫格里相当清楚，所有动物的踪迹在距离这处崖壁半英里开外就改变了方向。千百年来，小个居民在一个又一个裂缝中间聚集、筑巢，而且一再聚集，把白色的大理石崖壁染成了陈旧的蜂蜜色，还在岩洞深处黑暗的地方，高高地筑起了众多蜂巢，无论人类、野兽，还是水火都无法接近他们。河流两侧高高的崖壁上仿佛悬挂了一面闪亮的黑天鹅绒帘子，看到这些，莫格里又潜入水中，因为那里云集了数百万只正在睡觉的野蜂。还有其他成团的花饰之类的东西像腐烂的树干一样，镶嵌在岩石表面，那是陈年的旧蜂巢，或者在崖壁背风的阴暗处建起的一座新野蜂城，滚落下来的海绵状大团大团腐臭废物，附着在崖壁表面的树木和藤蔓之间。莫格里侧耳细听，不止一次地听到幽暗的岩间平台的某处地方，那些装满蜂蜜的蜂巢翻滚或者滑落的沙沙声；随即是一群愤怒的野蜂炸窝般的嗡嗡声，还有废弃的蜂蜜嘀嗒、嘀嗒的滴流声，一直滴溅到突出到空中的某个岩架上，然后再缓缓地滴在下方的小树枝上。河边是不足五英尺宽的窄小沙滩，那里堆积了数不清的陈年废物。有死去的雌蜂和雄蜂尸体，垃圾和陈腐的蜂巢，还有为了掠食蜂蜜误入歧途的飞蛾，杂七杂八地在最肥沃的黑土上堆成平滑的几堆。仅仅是这些东西散发出的气味，就足以吓退任何没长翅膀的生灵，因为他们清楚小个居民的厉害。

卡阿又朝上游游过去，一直游到崖壁开始处的一道沙洲旁边。

“这里就是这个季度被杀死的东西，”卡阿说道，“快看！”岸边有两头小鹿和一头水牛的骨架。莫格里能够看出，无论狼还是豺狗都没动过那些骨架，它们以自然的方式摆在那里。

“他们超越了界限；他们不懂丛林法则，”莫格里喃喃地说，“所以小个居民杀死了他们。我们在他们醒来之前离开吧。”

“他们直到黎明才会醒来，”卡阿说，“现在我要给你讲个故事。许多、许多个雨季之前，一头从南方来的被追猎的雄鹿来到这里，他不了解这片丛林的情况，而且有一群猎手在后面追赶他。由于过分恐惧，他失去了判断力，从高处跳下来，那群猎手也跑到视野之内了，因为他们急于追踪到猎物，所以也失去了判断力。当时太阳已经升得很高，小个居民众多，而且异常愤怒。兽群中的很多猎手也跳入了韦恩根格河中，但是在他们上岸之前全都死了。那些没有跳入水中的猎手也死在了悬崖上方。但是那头雄鹿活了下来。”

“怎么活下来的？”

“因为他是第一个到的，而且为了逃命，跳入河中的时候，小个居民还未曾意识到，当他们云集到一起展开杀戮时，那头公鹿潜入河中。跟着跳下来的猎手，全都在小个居民的重重攻击下，丢了性命。”

“那头雄鹿活了下来？”莫格里一字一字地重复着。

“至少他当时没有死，尽管没有哪个用强壮的身体等着跳下水的他，托着他安全地逆流而上，正如某个又聋又胖的黄色扁脑袋的老家伙等着一个人娃子那样——是的，尽管所有来自德干高原的野狗正在追赶他。你心里是怎么想的？”卡阿把头靠近莫格里的耳朵，过了一会儿，莫格里才答应。

“这真是从死神嘴上拔胡须，不过——卡阿，你的确是所有丛林居民中最聪明的。”

“我已经说了这么多。现在就看那群野狗是否会跟着你——”

“他们肯定会追我的。哈！哈！我的舌头下可是有许多能够刺进他们毛皮的小刺①。”

“要是他们盲目地对你紧追不舍，你只需回头观察，看看那些没有死在崖壁上的野狗会从这里跳下水，还是会从下游跳下水。因为小个居民会飞上悬崖围攻他们。现在的韦恩根格河是条饥饿的河流，他们不会让卡阿卷住他们，但是假如他们还活着的话，他们会顺流而下，游到西奥尼狼群的巢穴附近，你的狼群可以在那里的咽喉要道迎战他们。”

“啊哈！哟哇哇！这是旱季下雨前最好的状况了。只需要一些跑跑跳跳。我要让野狗们看到我，这样他们就会在后面紧紧追赶我。”

“你看过崖壁上方的地形了吗？我说的是靠着高原那侧？”

“说实话，没有。我忘了这事。”

---

① 意为：我可是有许多能够刺激他们的话。

“去看看。那里全都是不太坚固的土地，尽是沟渠和洼地。要是你的一只脚落下时没留神，那么这次狩猎就结束了。你要明白，我把你留在这里，仅仅为了你，我才会给那群狼带话，这样他们就知道应该在哪里等着迎战猎狗了。我自己跟任何狼都没有关系。”

要是卡阿讨厌一个相识的丛林居民时，他的这种厌恶之情要甚于其他任何丛林居民，或许只有巴吉拉除外。他向下游游去，来到正在会议岩对面倾听夜晚丛林里动静的费奥和阿凯拉旁边。

“嘘嘘！两条狗，”他十分开心地说，“那些野狗会顺流而下，如果你们不害怕的话，可以在浅滩那里杀死他们。”

“他们什么时候会到达浅滩那里？”费奥问道。“我的人娃娃在哪里？”阿凯拉也问道。

“他们该来的时候就来了，”卡阿说，“一边等一边观望。至于说到你的人娃娃，你已经从他那里得到了誓言，如此一来就把他置于死神的控制之下，你的人娃娃会跟我在一起，要是他还没因错误而死去，也不是你的功劳，漂白的狗！在这里等着野狗到来，你该庆幸人娃娃和我都为了支持你而战。”

卡阿又一阵风似的朝上游游去，把自己的身体固定在峡谷中间的位置，仰头看着岩壁的边缘。没过多久，他就看到在星空的映衬下莫格里那移动的头，接着他听到“嗖”的一声，一个敏捷、干净的身体头朝上脚朝下落下来，片刻过后，男孩又躺在卡阿身体盘成的环圈中休息了。

“夜里可不是蹦跳的时候，”莫格里静静地说，“为了好玩，我只跳了两下；但上方真是一个凶险的地方——那些矮树丛中，以及深深的集水沟里，全都是小个居民。我已经找来一些大石头，一个压一个地垒起来，放在三条集水沟的旁边。我应该在奔跑时把这些石头扔进集水沟里，在我跑过去之后，那些小个居民就会飞起来，而且会非常愤怒。”

“人类真是诡计多端，”卡阿说道，“你很聪明，而小个居民始终是愤怒的。”

“而且，等到天黑以后，四面八方的小个居民暂时会休息一会儿。我天黑时要跟那群野狗玩一玩，因为那群野狗白天努力追猎来着。他们尾随温托勒的血迹，一直追踪到现在。”

“鸢鹰奇尔不会放过一头死公牛，野狗也不会放过一个带血的踪迹。”卡阿评论道。

“那么，要是可以的话，我要把他们自己的血变成一个新的带血踪迹，并且给他们来个嘴啃泥。你会一直等到我带着野狗群再回到这里的时候吧？”

“唉，要是他们在丛林里把你杀死，或者在你跳入河中之前小个居民就把你杀了，该怎么办呢？”

“等明天来临，我们就会为明天猎杀，”莫格里引用了一句丛林谚语来回答他；接着又说，“等我死了，就是该唱《死亡之歌》的时候了。狩猎愉快，卡阿！”

莫格里松开搂住蟒蛇脖子的手，跳入峡谷之间的水中，像一块洪水中的浮木一样，划着水朝远端的河岸游过去，等到他处于缓慢流动的水中时，全然处于开心中，他大笑起来。没有任何事情能够比得上，用莫格里自己的话说就是“拔死神的胡须”更让他喜欢了，这样就能够让所有丛林居民明白，他才是他们的最高首领。他经常在巴卢的协助下，劫掠树上的单个蜂巢，所以他知道小个居民不愿意闻野蒜的气味。于是他采集了一小束野蒜，用树皮编成的绳子把它捆在身上，然后循着温托勒带血的踪迹，从狼群的巢穴一路向南跑出去大约五英里，一边歪着头查看旁边的树，一边咯咯地笑出声来。

“我一直是青蛙莫格里，”他自言自语着，“我也曾说过我是狼族莫格里。如今，在我成为雄鹿莫格里之前，我必然要做人猿莫格里。最后，我应该成为人类莫格里。哈！”一边说，一边用大拇指在他那十八英寸长的刀片上滑动着。

布满了暗红色的血点的温托勒的踪迹，从一个树木近乎挨在一起的密林里穿过，这片树林一直朝东北方向延伸，延伸到距离野蜂岩不足两英里的地方，树木逐渐变得越来越稀疏。树林最边上的一棵树与野蜂岩上的矮树丛之间，是一片开阔地，那里几乎藏不了一只狼。莫格里在树下一路小跑着，判断着树枝之间的间距，有时爬上一棵树干，沿着树顶路线，从一棵树跳到另一棵树上，就这样一直来到开阔地，在那里非常细心地观察打量了一个钟头。随后他返身回来，从刚才离开的地方重新找到温托勒的踪迹，最后在一棵树上距离地面八英尺高的超长的树枝上落了脚。他静静地坐下来，一边在自己的脚底板上磨刀，一边自顾唱起歌来。

快到中午的时候，阳光晒得非常暖和，莫格里听到哒哒的脚步声，也闻到野狗群那令他憎恶的气味，他们正冷酷地沿着温托勒的踪迹一路追来。从树上往下看，红毛野狗还不及狼一半大，不过莫格里知道他们的腿脚和上下颚有多么强壮。莫格里看到野狗头领的尖鼻子正沿着踪迹往前嗅着，于是冲他喊了一声“狩猎愉快”！

那个畜生抬起头来，他身后的同伴都停住脚步，几十只乃至上百条红毛狗都长着低垂的尾巴，有力的肩背，瘦削的后半身，以及血红的嘴巴。通常说来，野狗群是一个十分沉默的种群，他们即使在自己的丛林里也没什么规矩可言。肯定足足有二百多条猎狗聚集到莫格里下方，不过他看到那些带头的狗渴望地嗅着温托勒的踪迹，试图带着野狗群向前冲去。可不能让他们那么做，否则的话，他们在大白天就能抵达狼群的巢穴，莫格里有意把他们拖在树下，一直拖到黄昏。

“你们到这里来，经过谁的同意啦？”莫格里问道。

“所有的丛林都是我们的丛林。”这就是他得到的答案，而且说这句话的野狗还龇出了白牙。莫格里笑呵呵地望着下方，惟妙惟肖地模仿起德干高原跳鼠奇凯喋喋不休的吱吱声来，就是想让这群野狗明白，他认为他们跟跳鼠一样糟糕。野狗群把那棵树围起来，他们的头领凶猛地叫起来，还把莫格里喊作树猿。作为回应，莫格里耷拉下一条赤裸的腿，就在那个头领的头顶上扭动着裸露的脚趾头。那就足够了，够得不能再够了，这个动作激惹得狗群愚蠢地群情激奋起来。那些脚趾缝里长毛的家伙很在意别的生灵提起这事。那个头领跳起来时，莫格里把脚躲到一旁，轻快地叫道："野狗，红毛狗！回到德干高原去吃蜥蜴去。回去找你的跳鼠兄弟——猎狗，猎狗，红毛的，红毛狗！每个脚趾间都长着毛！"说完，他再次玩弄起自己的脚趾头来。

"在我们把你围困得饿死之前，赶快下来，没毛的树猿！"野狗群尖声吼道，这正中莫格里下怀。莫格里的身体顺着树枝的方向躺下来，脸颊紧贴着树皮，就在那里告诉野狗群，他是如何看待他们的，并告诉野狗自己知道跟他们，他们的风俗，他们的习惯，他们的配偶，以及他们的狗崽有关的所有事情。在这个世界上，没有什么语言像丛林居民表达轻蔑和藐视的话那么恶毒，那么刺耳。如果你回忆一下，就知道肯定是这样的原因了。就像莫格里跟卡阿说的那样，他的舌头底下有许多小刺，就这样慢慢地，他故意迫使这群野狗从静默变成低吼，从低吼变成尖叫，从尖叫变成声嘶力竭的怒吼。他们试图回击他的嘲笑，不过，一个幼崽也有可能试图回击生气的卡阿；这段时间里，莫格里的右手一直弯曲着放在体侧，准备伺机而动，他的两腿紧紧盘在树枝上。那个长嘴巴的头领已经向上跳起来好多次了，然而莫格里不敢冒险鲁莽出击。最后，大大超出了他原本的实力，他跳到离地面七八英尺高的空中。说时迟那时快，莫格里的手像盘绕在树上的蛇那样猛然弹射出，牢牢抓住那个头领的后脖颈，随着那个头领的体重带着莫格里下坠，树枝剧烈地摇动起来，差一点将莫格里拉到地上。但是莫格里始终没有松手，一英寸一英寸地，他逐渐把那个畜生拉了上来，就像一只溺水的豺狗一样，被莫格里提溜到树枝上来。莫格里伸出左手够到刀子，砍掉了他那毛茸茸的红尾巴，然后把那条野狗扔回地面。这就是他要做的全部事情。如今，在野狗群杀死莫格里，或者莫格里杀死他们之前，他们是不会循着温托勒的踪迹前进了。莫格里看到他们纷纷一屁股坐下来，围成几圈，摆明了他们要留下来，于是莫格里向上爬到一个更高的树杈上，让自己背靠得舒舒服服的，睡着了。

三四个钟头过去后，莫格里醒了过来，他数了数野狗群的数量。他们都在树下，默不作声，口干舌燥，目光坚定。太阳开始落山了。用不了半个小时，小个居民就会结束一天的劳作，并且像你知道的那样，在昏暗的光线下，野狗不可能处于最佳战斗状态。

“我可不需要你们这些忠诚的看守，”莫格里站在一根树枝上，非常礼貌地说，“不过我会记住这些的。你们真是忠诚的野狗，但是我的想法远不止这一个。出于这个原因，我不会把这条尾巴还给那个吃蜥蜴的大个子。你不高兴了吗，红毛狗？”

“我一定要亲自撕破你的肚子！”那个头领一面尖叫着，一面狂躁地抓挠树根部。

“不过，你要考虑一下，来自德干高原的聪明老鼠。很快就会有更多丢掉尾巴的小红毛狗，没错，趁着沙土还是热的时候，就把鲜红的树桩插进去。回家吧，红毛狗，哭喊着说一个人猿做的这件事。你不想走吗？那么，来吧，跟上我，我要让你们学得非常聪明！”

莫格里开始行动起来，像狭鼻猴群那样，跳上另一棵树，然后就这样一棵接一棵地跳跃着前进，那群野狗渴望地仰着头在下方紧追不舍。莫格里不时地假装要掉下来，那些急于赶上前来目睹猎杀的野狗，不断被其他野狗绊倒。这真是一个奇怪的场面——那个男孩佩戴着在斜阳里闪闪发光的刀子，在上方的树枝中穿行而过，沉默的野狗群的红皮毛也闪烁着火焰一样的光，杂乱地挤作一团，在树下紧紧追赶。当莫格里跳到丛林最边缘的那棵树上时，他取下野蒜，仔细地在身体的所有部位擦上这种植物的气味，与此同时，那群野狗尖声嘲笑他，“会说狼话的人猿，你难道想盖住你的气味吗？”他们说道，“我们至死都要追踪你。”

“接住你的尾巴，”莫格里嚷嚷着，猛地把那条尾巴朝他刚走过的路上扔过去。野狗群本能地冲过去追赶那条尾巴。“现在去追吧——一直追到死。”

莫格里已经顺着那棵树的树干滑下来，还没等那群野狗弄明白他到底要干什么，就像一阵风一样，朝着野蜂岩方向跑去。

他们发出一阵低吼声，随后安定下来，开始拉长步子蹒跚地慢跑起来，这种慢跑可以最终追赶上任何他们想要追上的猎物。这群野狗确信，这个男孩最终会落入他们口中，而那个男孩确信，自己掌控了他们，可以随心所欲地玩弄他们。男孩唯一担心的事情，就是如何让他们一直群情激奋地追赶他，以免他们太快调转方向。他利索、平稳地跳跃着前进；紧随其后的野狗群头领距离他还不足五码远；后面追来的野狗群覆盖了四分之一英里的空地，带着屠杀的激动情绪，疯狂而盲目地追赶着。因此莫格里依靠听力保持着这种距离，并且为快速冲过野蜂岩的最后努力积蓄着力量。

天刚擦黑，小个居民们就早早进入了梦乡，因为还没到夜里的花开放的季节；但是当莫格里刚在凹地上踏出听起来有些空洞的脚步声，他就听到了一阵声音，似乎所有地方全都响起了嗡嗡声。随后，莫格里以今生最快的速度奔跑起来，用脚把一堆——两堆——三堆石头踢落到散发着甜蜜气味的幽深集水沟中；听到从一个洞中传来一阵像大海怒号的声音；他透过眼睛的余光看到，身后的天空逐渐变成黑色；莫格里看到下方韦恩根格河的水流，也看到水中那个扁平的菱形脑袋；莫格里拼尽全力往前一跳，此时那个没了尾巴的野狗猛然跳到半空中，去扑咬他的肩膀。莫格里第一个落入安全的河中，虽然气喘吁吁，却得意洋洋。莫格里一下也没被叮到，因为从小个居民中间穿过时，野蒜的气味阻挡了他们几秒钟。当他从水中升上来时，卡阿盘了几圈，把他稳稳地固定住。与此同时，那些家伙正跃出悬崖的边缘——看上去，似乎是大团大团成群的野蜂像铅垂一般向下落；不过在任何一团触到水面之前，所有野蜂都向上飞起来，而一具野狗的尸体便打着旋向下游漂去。他们可以听到上方狂怒的短促尖叫声，旋即被一阵犹如海浪拍岸的怒吼声给淹没了，那是岩石丛中小个居民扇动翅膀发出来的声音。有些野狗落入与地下洞穴连通的集水沟里，呼吸困难地在被他们压烂的野蜂巢之间奋战、乱咬，即使他们死了，也被水沟表面的某个洞里蜂拥而出的野蜂托举起来，将他们翻倒在黑色的垃圾堆上。也有些野狗跳得不够远，落入崖壁表面的树丛中，野蜂们立即遮盖了他们的全身；然而更多的野狗被野蜂叮咬得发了疯，猛地跃入河中；正如卡阿之前说过的那样，韦恩根格河是条饥饿的河流。

卡阿牢牢地把莫格里固定住，直到这个男孩呼吸恢复了正常。

“我们不应该待在这里，”他说道，“小个居民的确被惹毛了。快走！”

莫格里像往常那样，低头潜入水中，手中拿着刀子，顺着水流向下游游去。

“慢点，慢点，”卡阿叫道，“一颗牙杀不死一百个，除非它是眼镜蛇的牙，而且很多野狗看到小个居民飞起来后，纷纷迅速跳入水中了。”

“那么说，我的刀子有更多的活可干喽。呸！小个居民居然跟来了！”莫格里说着，再次潜入水中。河面上仿佛铺了一层野蜂的毯子，他们愠怒地嗡嗡叫着，正在叮咬他们发现的所有东西。

差不多有一半的野狗发现他们冲入的是一个圈套，于是急着转向一旁，从陡峭崖壁的崩塌处跳入河中。他们愤怒的吼声，他们威胁令他们蒙羞的“树猿”的啸叫声，与那些已经被小个居民惩罚的野狗的尖声号叫混杂在一起。留在岸边就是个死，每条野狗都知道这个道理。野狗群被水流冲向下游，一直冲到和平石那个深潭的旋涡里，但是愤怒的小个居民甚至尾随到了这里，迫使他们不得不再次潜入水中。莫格里能听到那个没了尾巴的头领正在发布命令，让他的同伴们坚持住，还让他们杀光西奥尼狼群中所有的狼。但是，莫格里可不光把时间浪费在听上。

“我后面的一条狗在黑暗中被杀死啦！”一条野狗咬牙切齿地说，“这里的水被血玷污了！”

莫格里像一只水獭一样向前潜游着，猛地一把扯过在水中挣扎的一只野狗，在野狗还来不及张嘴之前，暗红色的水便随着他下坠时的旋涡升了上来，在他旁边打着旋。野狗群试图转头逃走，但是湍急的水流阻挡了他们，那些小个居民朝着他们的头和耳朵冲过来，而在逐渐浓重的夜色中，他们也能听到西奥尼狼群越来越大、越来越猛烈的挑战声。莫格里再次潜入水中，一条野狗又沉入水中，等再次露出水面时，已经成了一条死狗，于是，野狗群后部的喧闹声又起，有些野狗号叫着说最好上岸去，另一些向他们的头领呼吁，让他带领他们返回德干高原，还有一些叫嚣着让莫格里现身受死。

“野狗们带着两条心和几种呼声去作战了，”卡阿说道，“接下来的事情就由你和你那些远在下游的兄弟们处理了，小个居民都回去睡觉了。他们已经追出来好远了。如今，我也要回去了，因为我不跟任何狼一条心。狩猎愉快，小兄弟，要记住野狗专咬低处。”

一只狼依靠三条腿沿着河岸跑过来，他上下跳跃着，歪头贴着地面，弓起后背，然后猛地跳到高空中，仿佛他正在跟幼崽嬉戏一般。他就是温托勒，那个外来者，他一言不发，但是继续在野狗群旁边做着这种恐怖的举动。野狗们已经在水里游了好长时间，一个个筋疲力尽，他们的毛皮又湿又重，尾巴像吸饱水的海绵一样耷拉着，疲倦之极，不住地发抖，然而他们仍旧沉默地观察着岸上那双与他们齐头并进的闪着凶光的眼睛。

“这可不是一次愉快的打猎。”其中一条野狗喘息着说。

“狩猎愉快！”莫格里说着，一边大胆地从那个畜生的旁边冒出来，把长刀整个插入了他的后背，同时使劲推了一把，避开了他那拼死一咬。

“是你吗，人娃娃？”河对岸的温托勒问道。

“对着那些死去的野狗问问题吧，外来者，”莫格里答道，“难道没有一具尸首顺水漂下来吗？我已经往这些野狗的嘴中填满了泥；我已经在大白天里捉弄了他们，而他们的头领也丢了尾巴，不过仍给你留了几条。我该把他们往哪里赶呢？”

“我会等的，”温托勒说，“黑夜就在我面前。”

西奥尼狼群的吼叫声越来越近了。“为了狼群，为了狼群里的所有狼，我们要迎战！”河流的一处拐弯迫使野狗们纷纷从水里出来，散布在狼群巢穴对面的沙地和浅滩上。

此时，他们明白自己犯了个错误。他们应该在半英里外的上游上岸，在那里干燥的地面上向狼群发起猛攻。然而，此时再想什么都晚了。岸上密密麻麻排满了闪闪发光的眼睛，除此之外，那种令人毛骨悚然的“吠嗷”声自打太阳落山就一直没有停止过；“转过身，冲啊！”野狗头领发出了号令。整个野狗群趟着水穿过浅水区，朝岸边扑过去，直到韦恩根格河的水面全都被扯破，激起一片白色的水花，巨大的波纹像一条船头激起的水浪一样，在水中荡来荡去。等野狗聚集到一起，向岸上发起第一波冲击时，莫格里紧紧跟随着他们，用刀子在野狗群中又刺又砍。

与此同时，一场拉长时间的大战开始了，他们有些在发红的潮湿沙地上，有些在虬结的树根上，有些在树根之间，有些穿过树丛，有些滚入树丛之中，还有的在草丛中钻进钻出，彼此拖来拉去，分散开来，缩小阵形，又扩大战线；因为即使眼下，野狗的数量也要比狼多出来一倍。但是野狗们遇到了能为狼群所战的所有狼的迎击，不仅有高矮不等、胸肌发达、龇着白牙的狼群猎手们，还有眼神急切的拉黑尼[①]们——狼穴里的那些母狼，就像谚语说的那样——她们为自己的幼崽而战，不时有一只一岁大的小狼崽——他的第一身毛皮上还覆盖着一半绒毛——跟在母狼身边拖拽着，扭打着。你肯定知道，一只狼会扑向

---

① 拉黑尼（lahini），发“*Lar-hee-ney*”的音，重音在“*hee*”上，是编造的称呼母狼的名称。——原注

对手的咽喉，或者抓咬对手的腰窝，而一条野狗则最先去咬对手的肚子；因此当野狗挣扎着从水中上岸时，他们只得仰起头来，于是狼群占得了先机。在干土地上，狼群就遭罪了；但是在河中或岸边，莫格里的刀子来来回回地刺杀着，一直没有停手。那四只狼兄弟奋力拼杀到他身边。灰兄弟蹲伏在莫格里两膝之间，保护着莫格里的肚子，而其他三只狼守住他的后方和左右两侧，或者在一条跳起来尖叫着的野狗全速朝那个镇定从容的刀手冲过来时，挡在他身前，把对手击败。至于其他那些狼和野狗，全都混战成了一团——一堆纠缠在一起摇来摆去的动物，在岸边从右侧移动到左侧，再从左侧移动到右侧；同时围着中心区缓慢地旋转着。这里会出现一个逐渐叠起来的一堆，像一个漩涡中心的水泡一样，这堆动物也会像水泡那样破裂，抛出四五条皮开肉绽的野狗，每个都力争要回到中心区去；这里会有一只落了单的狼，被两三条野狗压倒在地，费力地拖住他们，一会儿工夫又被压倒在地；那里有一只一岁大的狼崽会被周围的力量保护着，尽管他早已被杀死了，而他的妈妈，带着难以言说的怒气，滚过来，滚过去，猛烈地撕咬着，发泄着怒气；也许在最拥挤的混战中心，一只狼和一条野狗，忘记了周围的一切，自打扑到一起就一直扭打着，直到被更凶猛的斗士冲散为止。有一次莫格里看到了阿凯拉，他的两侧各躺着一条野狗，而他那几乎没有牙的上下颚正死死咬住第三条野狗的腰部；有一次莫格里看到了费奥，他的狼牙刚好插入一条野狗的咽喉，拖拉着那条挣扎的畜生前进，直到一岁的狼崽都能结果他的性命为止。但是大部分的战斗都是在夜幕的掩盖下紧张地进行着；在他的前后左右、四面八方，到处都是冲撞，摔倒，翻滚，尖叫，呻吟，以及撕咬——撕咬——不停撕咬的场面。随着夜里的时间慢慢过去，剧烈的、旋转木马般的动作越来越多。那些野狗被吓坏了，不敢去攻击比较强壮的狼，但是又不敢逃走。莫格里感到这场战斗即将结束，他很满意自己在此战中的突出作用，自己只是有点瘸。那些一岁大的狼崽都敢大胆地嗥叫了；他时不时地还可以喘口气，跟一个朋友交谈一句，仅仅是刀子反射的闪闪寒光，有时就令一条野狗退避三舍。

“这肉已经非常接近骨头啦。”灰兄弟尖叫着。他身上有十多处皮肉伤，伤口正在淌血。

“只剩下骨头，也要咬碎。”莫格里说道，“哟哇哇！这才是我们丛林兽民的行事方式！”被血染红的刀片像火焰一般，插入一条野狗的体侧，那畜生的后腿和臀部正被一只坚持不懈的狼死死压住。

“他是我的猎物！”那只狼起皱的鼻孔喷着鼻息说道，“把他留给我。”

“你的肚子还是空的吗，外来者？”莫格里问道。温托勒伤得很厉害，但他死死压住那条野狗，让对方浑身瘫软，无法转过头来够到他。

“凭着赎买我的那头公牛发誓，”莫格里苦笑着说，“这是那条没尾巴的野狗！”的确，它正是那条大个的赤红毛色头领。

“猎杀狼崽和拉黑尼是不智之举，”莫格里一边擦掉刀片上的血，一边富有哲理地评论道，“除非你也把外来者一同杀死；我早就料到这个温托勒会杀死你的。”

一条野狗跑过来想要帮助他的头领；但是在他的牙还没有找到温托勒的腰窝之前，莫格里的刀子就刺入了他的咽喉，剩下的就交给灰兄弟去处理了。

“这才是我们丛林兽民的行事方式。”莫格里又说了一遍。

温托勒一句话也没说，只是随着他的生命逐渐衰竭，他咬住那条狗脊骨的嘴却越来越紧。那条野狗浑身战栗，头垂了下去，躺在那里不动了，而温托勒也倒在他的身上。

“哈！血债得偿了，”莫格里说着，“歌唱吧，温托勒。”

“他不能再打猎了。”灰兄弟说道，“还有阿凯拉，也在这次拉长时间的战斗后沉默了。”

“骨头已经咬碎！”费奥，也就是费奥纳的儿子吼声如雷。“他们跑了！杀呀，把他们杀光，噢，自由狼民的猎手们！”

野狗们一条接一条地从那些沾满暗红色血迹的沙滩溜走，想要逃到河中，逃入浓密的丛林中，等他们能看清路以后，纷纷向上游或下游逃去。

“血债血偿！血债血偿！”莫格里大吼着，“血债血偿！他们杀死了那只孤狼！不要让一条野狗逃走！”

他飞身跳入河中，手中拿着刀，拦住任何胆敢跳入水中的野狗，就在这时，从一堆尸体下面，阿凯拉抬起了他的上半身，莫格里跪在这只孤狼身边。

“难道我没说过这是我的最后一战吗？”阿凯拉喘息着说，“这是一次很好的狩猎。你怎么样，小兄弟？”

“我活着，杀死了许多野狗。”

“的确如此。我要死了，我要——我要死在你的身边，小兄弟。”

莫格里把那个带着伤疤的可怕脑袋放到自己的膝盖上，用双手搂住他那被撕裂的脖子。

“从谢尔汗出现以及人娃娃在土里打滚的那些日子算起，已经过去好长时间了。”

“不是，不是，我是一只狼。我跟自由狼民一条心，”莫格里哭喊着，“我绝不愿意做一个人类。”

“你是一个人类。小兄弟，是我看着长大的狼崽。你是一个人类，要不是你，狼群会在跟野狗的大战中灭亡。我能活到今天也全是你的功劳，今天，你挽救了狼群，就像你曾经挽救我一样。难道你忘了吗？所有的债都还清了。回到你自己的族群中去吧。我要再次告诉你，看着我的眼睛，这次狩猎行动结束了。回到你自己的族群中去吧。”

“我永远不会走。我要独自在丛林里狩猎。我早就说过了。”

“夏天过后就是雨季，雨季过后就是春天。在你被驱逐之前，回到人群中去吧。”

“谁会驱逐我呢？”

“莫格里会驱逐莫格里。回到你的族群中去。回到人群中去。”

“要是莫格里果真驱逐莫格里了，我会走。”莫格里回答说。

“我没什么话要说了。”阿凯拉说，“小兄弟，你能扶我站起来吗？我也是自由狼民的一个头领呢。”

非常小心，非常轻柔，莫格里把那些尸体搬到一旁，帮助阿凯拉站起身来，并用两只手臂搂住他，此时那只孤狼深吸了一口气，开始唱起一个狼群的头领临死时应该唱的《死亡之歌》来。他一边唱一边积蓄力量，声音越升越高，一直远远地传到河对岸，唱到最后一句“狩猎愉快”时，阿凯拉晃了晃身子，瞬间摆脱了莫格里的手臂，然后跳到空中，后背朝下摔在地上，死于他的最后也是最令人敬畏的猎杀行动。

莫格里把孤狼的头放在自己的膝盖上，对所有其他事情都不关心了，与此同时，那些残余的野狗在快速奔逃时，被那些失去幼崽的拉黑尼追上并杀死了。渐渐地，叫喊声逐渐消失，那些狼也一瘸一拐地回来了，等到他们的伤口结痂后，开始评估狼群的损失。狼群里的十五只猎手，以及六只拉黑尼死在了河边，活下来的狼也全都受了伤。莫格里坐在那里看着这一切，一直坐到寒意袭人的黎明，此时费奥用带血的湿淋淋的鼻子碰了碰莫格里的手，莫格里抽回手来，让他看阿凯拉那骨瘦如柴的尸体。

“狩猎愉快！”费奥打着招呼，仿佛阿凯拉还活着一般，然后转过他那伤痕累累的后背，对其他狼民说：“哀嚎吧，众狼们！一只伟大的狼在今夜死去了！”

而野狗群中所有两百条好战的野狗，曾吹嘘所有丛林都是他们的丛林的野狗，没有一条能活着站到狼群面前，也没有一条能够把消息带回德干高原。

奇尔之歌

（这是那场大战结束后，鸢鹰一只接一只朝河床俯冲下去时，鸢鹰奇尔唱的一首歌。奇尔是所有丛林兽民的好朋友，但是他是一只内心有些冷酷的动物，因为他明白，丛林里的所有兽民，最终都会落入他的口中。）

这些是我的伙伴，他们在夜里进军——
（为了奇尔！你们要当心，为了奇尔！）
现在轮到我啸叫着宣布他们战斗的结束。
（奇尔！奇尔的先锋们！）
他们对盘旋在新屠戮猎物上方的我说话，
我对平原上雄鹿脚下的他们说话。
这里是每个踪迹的尽头——他们不会再开口说话！

他们高呼着狩猎口号——他们紧紧追随——
（为了奇尔！你们要当心，为了奇尔！）
他们命令黑鹿转身，或者在他路过时叮他——
（奇尔！奇尔的先锋们！）
他们落后于气味——他们跑在前面，
他们避开水平的鹿角——他们要压服。
这里是每个踪迹的尽头——他们不再追随。
这些是我的伙伴。可惜他们全都死了！
（为了奇尔！你们要当心，为了奇尔！）
现在我来安慰他们，我知道他们正值肥美的季节。
（奇尔！奇尔的先锋们！）

扯烂的腰窝，深陷的眼窝，大张着的嘴一片血红，
他们躺着不动，瘦长而孤独，他们的死尸叠压在一起。
这里是每个踪迹的尽头——这里我的主人们都被喂饱了。

第八章

春季奔跑

人就该回到人群中去！整个丛林响起挑战般的呼喊！
他，也就是我们的兄弟，他走了。
那么，先听，然后判断，噢，你们这些丛林兽民——
回答，谁能令他回头——谁能让他留下来？

人就该回到人群中去！他正在丛林中哭泣；
他，也就是我们的兄弟，他在痛哭不止！
人就该回到人群中去！（噢，他们多希望他留在丛林里！）
我们可能再也无法追随这个人的足迹。

大战红毛狗和阿凯拉死后的第二年，莫格里想必快到十七岁了。他看上去比实际年龄还要成熟，因为他艰苦训练，吃最好的食物，也因为每当感到有一丝热或有一点脏的时候，他都会洗澡，这种生存状况赋予了他强健的体魄，他的发育也远远超过同龄人。当他有必要沿着树顶路线观望时，他能用一只手从一根树梢荡开，就这样一口气荡上半个钟头。他能阻住一头飞奔的青壮雄鹿，把那头鹿举过头顶扔到一旁。他甚至能扳倒一头住在北方沼泽里的大个青色野猪。以往惧怕他的智慧的丛林兽民，如今也惧怕他的体力，每当他因自己的私事悄悄地在丛林中走动时，仅仅听到他到来的细小声音，就会为他闪开一条穿过树林的道路。然而，他的目光向来温和。即使在他战斗的时候，他的双眼也不像巴吉拉那样闪着凶光。只不过他的双眼变得越来越有兴致，越来越兴奋；那也是巴吉拉无法理解的一件事情。

他就此事问过莫格里，那个男孩笑着回答："我狩猎失手时，我会生气。我必须饿着肚子走上两天的路时，我会很生气。难道我的眼神没有表露出来吗？"

"那张嘴是饥饿的，"巴吉拉回答说，"但是你的眼神没有泄露任何事情。无论是打猎、吃东西，还是游泳，你的眼神都一样——就像在干旱和潮湿天气里都一样的石头那样。"莫格里透过长长的睫毛懒洋洋地望着巴吉拉，于是像往常那样，这只黑豹垂下了头。巴吉拉了解他的主人。

他们俩正露天躺在最靠近山顶的斜坡上，远眺着韦恩根格河，晨雾悬浮在他们下方，形成了白绿相间的环带。等到太阳升起来以后，晨雾变成了纯金色的欢乐海洋，翻滚着溜走了，让低斜的晨曦将莫格里和巴吉拉身底下的干草染上了条纹。这是寒冷天气即将结束的时节，树叶和树木看上去枯萎而倦怠，一阵风吹过，四处响起干燥、凌乱的沙沙声。一片小小的树叶啪嗒—啪嗒—啪嗒地猛烈拍打着一根小树枝，因为单片树叶被一股气流的意志所左右。那声音惊动了巴吉拉，因为他深深吸了一口清晨的空气，深沉地咳嗽了一声，仰面躺倒，用两只前爪去击打上方那片不断摆动的树叶。

"新旧年交替了，"巴吉拉说道，"丛林又迈进了一步。'新歌唱季'就快到了。那片叶子知道这些。真好。"

"草还是干枯的，"莫格里回答说，一面拔出一把羊胡子草，"'春天之眼'（一种绯红色的小喇叭花，混杂在草丛中开放）——甚至连'春天之眼'还没开花，况且……巴吉拉，你仰面躺着，好像一只丛林猫一样让四只爪子在空中抓挠，对一只黑豹来说，这种举止得体吗？"

"嗷呜？"巴吉拉表示疑问地叫了一声。他好像正在想着别的事情。

"我说的是，对一只黑豹来说，像这样怪声咳嗽，又号叫又打滚的，得体吗？要记住，我们是丛林的头领，你和我。”

“的确是这样；我听你的，人娃娃。”说着巴吉拉连忙翻身坐起来，他那参差不齐的黑皮毛腰窝处沾满了尘土。（他处在褪毛期，正在褪掉冬季的毛。）“我们当然是丛林的头领！还有哪个像莫格里这么强壮？谁能像你这么聪明？”他的话带着一种懒洋洋的奇怪语调，促使莫格里转过头来，看看这只黑豹是不是在取笑自己，因为丛林里尽是一些听着像一种意思，实际上表达了另一种含义的话。“我的意思是说，我俩毫无疑问是丛林的头领，”巴吉拉重复道，“难道我错了吗？我还不知道人娃娃不再仰面躺在地上。那么，他接下来要飞吗？”

莫格里坐在那里，两肘撑在膝盖上，望着阳光照耀下的对面山谷。下方林中的某个地方，一只鸟正操着沙哑、尖细的嗓音，试唱他的“春之歌”的前几个音符。这只不过是他稍后流畅地婉转而鸣的预示，但是巴吉拉还是听到了。

“我就说‘新歌唱季’临近了嘛，”黑豹摆着尾巴咕哝了一声。

“我也听到了，”莫格里回答说，“巴吉拉，你为什么浑身颤抖？阳光很暖和呀。”

“是菲罗[①]，那只猩红背啄木鸟在试唱，”巴吉拉说，“他没忘。我也不会忘，我肯定也记得我的歌。”说着，他开始自顾自地咕哝、低吟着，不甚满意地一遍遍从头开始哼唱。

“也没有要猎杀的猎物啊。”莫格里说道。

“小兄弟，难道你的两耳都被塞住啦？那不是狩猎口号，而是我的歌，我有必要准备一下。”

“我忘了。我应该知道‘新歌唱季’什么时候到来，因为每到那个时候，你和其他兽民都会跑开，只剩下我一个。”莫格里相当恼怒地说。

---

① 菲罗（Ferao），猩红背啄木鸟，发“*Feer-ow*”的音，一个虚构的名字，像春回大地一样，表达了“再次回来”的意思。——原注

“可说实话，小兄弟，”巴吉拉开口争辩，“我们并非总是——”

“我说你们跑开了，”莫格里生气地竖起食指说，“你们就是跑开了，而我呢，这个丛林的大头领，那段时间非得在丛林里独自生活。去年这个时候，我想从一群人的田地里采甘蔗时发生了什么事？我派了一个信使——我派的是你！——去找哈蒂，命令他当天晚上过来，用他的象鼻子给我拔出那种很甜的草。”

“只不过他是两夜之后过来的，”巴吉拉有些胆怯地说，“说到那些高高的甜草，就是因为你喜欢，所以他在雨季的所有夜晚，拔出了好多，任何一个人类娃娃都吃不了。那可不是我们的错。”

“我下命令的当晚，他并没有来。没错，他那天晚上趁着月色，又是嘶鸣，又是奔跑，又是咆哮的，声音传遍了所有山谷。他踩踏出的痕迹，就像三个大象一起踩出来的，因为他不再躲藏在树林里。他在月光下跳舞，就在人类的房屋前面。我看见他了，可他并没有来到我身边；而我还是丛林的大头领呐！”

“那时是‘新歌唱季’。”黑豹说，说到这事，他总是低声下气的。“小兄弟，也许你当时没有用‘号令语’叫他前来吧？听听菲罗的歌声，高兴起来！”

莫格里的坏脾气仿佛已经在体内完全蒸发了。他又躺回去，头枕着双臂，闭上了眼睛。“我不知道——我也不在意，”他睡意蒙眬地说，“我们睡觉吧，巴吉拉。我的肚子沉沉的。让我的脑袋想要睡觉。”

黑豹躺下来，叹了口气，因为他听见菲罗一遍又一遍地练习着他的歌，为动物们常说的“春天的歌唱季”做着准备。

在印度的丛林中，季节不知不觉地从一个变换到另一个，几乎没有多大差别。似乎只有两个季节——雨季和旱季；然而，如果透过骤雨、烧焦一般的云朵和尘土的表象来留心查看，你会发觉四季全都按着规律的周期正常运转。春天是最奇妙的季节，因为她在用新生叶子和花朵遮盖完全裸露的旷野之前，已经提前发动，把那些经受住温和的冬季、坚持不懈地活下来的半绿色杂物整理好，还让部分覆盖着植被的陈腐泥土再次感受到新生和年轻的气息。她把这一切打理得非常好，以至于世上其他地区的春天都比不上这片丛林的春天。

有那么一天，一切事物都疲倦了，就连漂浮在沉重的空气里的所有气味都老旧过时了。没有谁能够解释清楚，但就是有这种感觉。随后又迎来另外的一天——从表面来看，没有一种东西发生过改变——此时此刻，所有的气味既新鲜又欢快，丛林兽民们的胡须从梢到根全都在颤动，长期纠缠不去的冬季旧毛终于从他们身体两侧脱落了。接下来，也许下了一场小雨，所有树木、灌木、竹子、苔藓和多肉植物都苏醒了，发出你几乎可以听得见的成长噪音，受这种噪音影响，一种低沉的嗡嗡声整日整夜地响了起来。那就是春天的声音——一种震荡的隆隆声，既不是蜜蜂的声音，也不是瀑布的声音，更不是春风吹拂树梢的声音，而是温暖、欢乐世界的嗡鸣声。

今年之前，莫格里在每个季节交替时都非常快乐。以往总是他首先看见深藏在草丛中的第一朵“春天之眼”和第一团春天的云朵，这两种东西与丛林中其他东西都不一样。在所有潮湿、闪着星光开着花的地方，都能听到莫格里的声音，要么协助大个青蛙们唱完他们的大合唱，要么嘲弄那些整夜不眠不休地胡乱枭叫的小猫头鹰。像他带领的所有丛林兽民一样，春天也是他愿意跑来跑去的季节——仅仅因为开心，温暖天气里，他就会在黄昏到黎明这段时间里，一口气快速跑上三十、四十或五十英里，然后头戴奇特的花编成的花环，气喘吁吁地大笑着跑回来。那四只狼兄弟并不跟他一起在丛林里疯狂地奔跑，而是离开他，跟其他狼一起唱歌去了。春季里，丛林居民都非常繁忙，莫格里能听到他们咕噜着、尖叫着、轻啸着他们各自种群的声音。此时他们的声音与一年中其他时节的叫声都不相同，这也是为啥春季在丛林里被称为“新歌唱季”的其中一个原因。

但是今年春天，正如莫格里告诉巴吉拉的那样，他的肚子在体内起了变化。自从竹子上长出了黄斑开始，莫格里一直盼望着这个气味开始变化的清晨的到来。可当这个早晨当真到来，孔雀莫尔展示着他那青铜色、蓝色和金色相间的耀眼羽毛，在整个丛林里大声炫耀时，莫格里也想张大嘴巴喊上一声，可叫声在他的上下牙之间阻住了，一种感觉猛然袭来，从脚尖一直传送到发梢——是一种没有任何缘由的忧愁感，于是他把自己从头到脚查看了一遍，确信自己没有踩到带刺的植物。孔雀莫尔为了这些新气味而鸣叫，其他鸟类也纷纷效仿，他听到，从韦恩根格河畔的山岩那里，传来了巴吉拉嘶哑的尖叫声——大约介于鹰的尖啸和马的嘶鸣之间的叫声。从新发芽的林木之间，传来狭鼻猴群零星的叫嚷声，莫格里站在那里，胸腔吸满气，想要回应莫尔的叫声，最终却沦为一声吃力的喘息，因为他吸进去的气已经被他的忧愁赶了出来。

他环顾四周，但是除了树上推来挤去嘲笑他的狭鼻猴群，再就是孔雀莫尔，他的尾翎绽放出了全部的色彩，正在下方的山坡上跳舞。

“气味已经改变了。”莫尔尖声叫着，“狩猎愉快，小兄弟！你怎么不回应啊？”

“小兄弟，狩猎愉快！”鸢鹰奇尔和他的同伴们一起枭叫着俯冲下来。其中两只紧贴着莫格里鼻子下方飞过，蹭掉了两撮白色的绒毛。

一阵轻柔的春雨——丛林居民们称其为“大象雨”——以半英里宽的降雨范围横穿丛林，新长出的树叶被打湿了，往下滴着水，小雨在两条彩虹和一阵电闪雷鸣中逐渐止住了。春天的嗡鸣声响了一会儿，然后沉寂下来，但是所有丛林居民似乎立刻开始喊叫起来。所有丛林居民，只有莫格里除外。

“我刚吃的食物都是上好的，”莫格里自言自语道，“我喝过的水也是好的。我的嗓子眼没有变小，也没有火烧火燎的，就像我上次嚼过带蓝点的根那样，当时乌龟奥欧还说那是干净的食物。但我的肚子里沉沉的，我曾对巴吉拉和其他丛林居民，以及我的族群说了难听的话。刚才我感到又热又冷，这会儿既不感到热，也没感到冷，但又对那些我看不见的东西生气起来。嚯嚯！我该跑上一遭啦！今天夜里，我要翻山越岭；没错，我要来上一次春季奔跑，一直跑到北方的沼泽，然后再跑回来。长时间以来，我打猎都太容易了。那四只狼兄弟应该跟我一起跑，因为他们跟白色的蛴螬一样胖了。”

他开始呼喊，但是四只狼没有一只应答。他们都不在能听到呼喊的范围之内，他们在远处跟狼群一起唱“春之歌”——《月光和黑鹿之歌》呢；因为在春天的这段日子里，丛林居民几乎不在乎是白天还是黑夜。莫格里发出尖利的号叫声，但是回应他的仅仅是一只身上带斑纹的小丛林猫嘲弄的“喵呜”声，那东西正在树之间绕进绕出地搜寻早起鸟儿的巢。对此，他几乎愤怒得浑身颤抖，都快要拔出刀来了。继而他变得异常傲慢，尽管这里没有哪个会看他，他还是高视阔步、怒气冲冲地朝山下走去，下巴抬得比眉毛还要高。但是没有一个他手下的丛林居民会问他问题，因为他们为了自己的事情实在太忙了。

“没错，”莫格里自语道，尽管在内心深处，他知道自己没有理由这么想，“让那群来自德干高原的红毛狗，或者让红花在竹林里跳舞吧，那样的话，所有的丛林居民都会跑过来向我莫格里乞怜，用称呼历代头领大象的名称来称呼我。说老实话，刚才就因为‘春之眼’变红了，孔雀莫尔就一定要在春天的舞蹈中展示他裸露的腿吗？丛林居民都像塔巴基一样犯了疯病……凭着赎买我的那头公牛发誓！我是丛林的大头领，难道不是吗？都给我闭嘴！你们都在干些什么？”

狼群里两只年轻狼沿着一条路慢跑着，他们正在寻找一块能够打架的开阔地。（你应该记得，丛林法则禁止每一只狼在狼群可以看到的地方打架。）他们脖子上的鬃毛硬挺得如钢丝一般，他们狂躁地嗥叫着，蹲伏下来，为第一回合的扭打做好了准备。莫格里见状跳上前去，两手分别抓住两条狼突出的咽喉部位，想要把两个家伙向后抛出去，就像他往常在游戏时，或者跟狼群狩猎时做的那样。不过在此之前，他从未干涉过一场春天的打斗。两只狼向前冲过来，把他撞到一旁，他们没说一句废话，紧紧扭到一起，翻来滚去。

莫格里刚一倒地，马上就站起身来，他拿出刀子，也露出了白牙，在那种情形下，仅仅因为他想让他们保持安静，而他们却在打架这个理由，他就可以杀死他们俩，尽管丛林法则规定，每条狼充分享有打架的权利。他压低上背部，抖动着一只手，围着两条狼跳跃着，单等第一回合的混战结束，他就送上双重打击。然而在他等待期间，他体内的力量似乎逐渐衰退，刀尖也耷拉下来，于是他把刀子放入鞘中，在一旁观战。

“我肯定吃了有毒的东西。”最后，他叹了口气说，“自打我用红花驱散了参加狼群大会的狼——自打我射死了谢尔汗——狼群中从没有一只狼能把我撞到一旁。何况这两个只是狼群中排位靠后的小猎手！我的力量正在离开我的身体，用不了多久，我就会死去。噢，莫格里，你为啥不杀死他们俩呢？”

这场打斗一直持续到其中一只狼逃走为止，只剩下莫格里一个人，站在血迹斑斑、混乱不堪的空地上，一会儿看看自己的刀，一会又瞅瞅自己的胳膊腿，就像洪水淹没了一段木头一样，一种前所未有的忧愁感完全将他包围起来。

当天晚上，他早早猎到了猎物，但吃得不多，因为这样他能以良好的状态进行春季奔跑，他独自一人吃的晚饭，因为所有丛林居民都外出唱歌、打架去了。按照丛林居民的叫法来看，这真是一个理想的不眠之夜。自打清晨开始，所有绿色的植物在一天之内似乎长了一个月似的。头一天还挂着黄叶的树枝在莫格里折断它时，滴下了树液。地上的苔藓爬得更厚了，他双脚踩上去，感受到了温暖。新生的草叶还没有长出锋利的边缘，丛林里的所有声音，仿佛被月光拨动了竖琴弦一般，全都隆隆地响了起来。“新歌唱季”的月亮，将她的光洒遍山岩和池塘，让它溜到树干和爬藤之间，穿透上百万的树叶洒落下来。当莫格里开始惯常的跨步行走时，他彻底忘记了忧愁，高兴地歌唱起来。他的这种行走更像是飞行，因为他挑选了一条通往北方沼泽的很长的下坡路，这条路穿过丛林腹地，那里富有弹性的地面缓和了他落地时的冲力。要是一个人类教养出来的男人，走在这种月光有可能愚弄人的路上，就算小心谨慎，也难免磕磕绊绊，但是莫格里的肌肉经过多年的艰苦训练，使得他走起路来就像轻飘飘的羽毛一样。突然踩翻一段烂木头或者一块隐蔽的石头，莫格里会安然无恙，丝毫不会减慢步速，根本不费力气，也根本不用考虑。如果厌倦走地面，他会像猴子一样用双手抓住离他最近的上方藤蔓，仿佛向上飘起而不是爬上树枝的梢头，然后沿着树顶路线前进，直到他的心情再次改变，向下荡出一道长长的弧线，落到地面为止。一路上也要穿过闷热的山谷，两旁都是潮湿的山岩，夜里的花和藤蔓植物上新芽散发出的浓烈气味，几乎让莫格里无法呼吸了；月光在幽暗的道路上投下像教堂走廊多变的大理石花格一样的条带状光影；他周围及胸高的新生灌木湿漉漉的，伸展的枝条不断缠绕在他的腰上，小山顶上布满大大小小的碎裂山岩，他从一块石头跳到另一块石头上，惊吓到了石头下方巢穴里的几只小狐狸。莫格里可以听见，远处的什么地方传来公野猪在树干上磨牙的“嘎吱嘎吱”声；偶尔碰到一头形单影只的巨大灰色野兽正在撕扯一棵大树的树皮，那畜生的嘴角淌着白沫，两眼红得像火炭一样。或者，他听到兽角冲撞和蔑视的咕噜声，也会避让开来，从两头抵着角顶来撞去的雄鹿身旁冲过去，两头雄鹿身上的斑斑血迹在月光下是黑色的。或者，在某条急流的浅滩，他听到鳄鱼雅克拉像一头公牛似的吼叫，要不就是惊扰了两条扭在一起的有毒蛇民，然而在他们袭击他之前，他已经飞快地跨过闪着银光的鹅卵石，再次隐没在幽深的丛林之中。

莫格里就这样一路奔跑着，有时候大吼几声，有时候自顾歌唱，做的都是当晚丛林中最快乐的事情，直到花的芬芳提醒他已经接近沼泽了，也就是跑得比他以往最远的狩猎地还要远了。

我还要说，要是一个人类教养出来的男人，在这里还没走上三步，就会陷入沼泽里，没了顶，而莫格里的脚上也像长了眼睛，他从一丛草跳到另一丛草，从一个树丛跳到另一个树丛，根本不用他头上那双眼睛帮忙。他奔到这片湿地的中央，一路上惊扰了这里栖息的鸭子，坐到一个矗立在浑水中包裹着一层苔藓的树干上面。莫格里周围的这片湿地被惊醒了，因为在春日里，鸟类的睡眠非常浅，他们的同伴也整夜飞进飞出的不太安宁。可是没有一只鸟注意到坐在芦苇丛中哼唱着没有歌词的调子的莫格里，后者怕万一忽略掉那根刺，正在仔细查看自己棕色的坚硬脚底板。所有忧愁的情绪似乎都被留到身后他自己的丛林中，正当他亮开了嗓门开始歌唱时，那种情绪又回到了体内——比刚才还要糟糕十倍。

这一回莫格里吓坏了。“它又来了！”他几乎喊出声来，“它一直跟踪我。”一边说，一边回头看看它是不是就站在身后。“这里什么都没有啊。”湿地里夜晚的吵嚷声持续着，可没有哪只鸟或者野兽跟他讲话，新来的这股忧愁感在他体内逐渐增强。

“我肯定吃了有毒的东西，”他以一种畏惧的口吻说道，“肯定是我不小心吃了有毒的东西，我的体力正从我身体里面离开。我担心——可不是现在的我在担心——是刚才看着两条狼打架的莫格里在担心。要换作阿凯拉，甚至费奥都能让他俩安静下来；然而莫格里却要担心。那是我吃了有毒东西的确凿征兆……可丛林里的那些家伙会在意什么呢？他们唱歌、狂吠、打架，成群结队地在月亮地奔跑，而我呢——嗨呀！——就因为吃了有毒的东西，快要死在沼泽里了。”他替自己感到十分难过，几乎要哭出声来了。“而后，”他继续自语道，“他们会发现我死在浑浊的水中。不，我要赶回我的丛林居民身旁去，我要死在会议岩上，而我深爱的巴吉拉，要是他那时不在山谷里尖叫的话——也许巴吉拉会留心让鸢鹰给我留下一点尸首，以免他们像处理阿凯拉的尸体一样把我的尸体全都吃光了。”

一大颗带着体温的泪珠滴在他的膝盖上，尽管非常悲伤，莫格里却因自己能够如此悲伤而感到愉快，要是你们能理解他那种颠倒的快感就好了。“就在鸢鹰奇尔吃光阿凯拉的时候，”他重复着，“也就是我从红毛狗手中救下狼群的那个夜晚。”他静默了片刻，思索着那只孤狼说的最后几句话，读者们，你们当然也记得。“当时，阿凯拉在临死的时候跟我说了许多愚蠢的话，因为我们要死的时候，肚子里会发生一些变化。他当时说……尽管如此，我依然属于丛林！”

极度兴奋中，他回忆起了韦恩根格河畔的那场大战，不自觉地脱口大喊出了最后那句话，芦苇丛中的一头母野水牛惊得跪起身来，喘息着哼了一声，“人类！”

“哞！”野水牛头领麦瑟开口说（莫格里能够听到他打滚的声音），“那不是人类，他只不过是西奥尼狼群里那只没毛的狼。一般会在这样的夜晚跑过来，再跑回去。”

“喔！”母牛了解般地应了一声，低头继续吃着草，“我还以为是人类呢。”

“我都说了不是。喂，莫格里，有啥危险吗？”麦瑟低声问道。

“喂，莫格里，有啥危险吗？”那个男孩嘲弄般地喊了回去，“你麦瑟考虑得都是：有啥危险吗？但是，对于夜里在丛林里跑个来回的莫格里，看着我，你关心我什么呢？”

“他叫喊起来声音可真大！”母牛评论说，“他们都这样叫喊，”麦瑟轻蔑地回应道，“他们只会把草撕碎，却不知道如何吃草。”

“还不止这些呢，”莫格里哼了一声自语道，“不止这些，就在上个雨季，我还把麦瑟从打滚的泥坑里赶出来，给他套上一个灯心草编成的笼头，骑着他穿过湿地来着。”说着，莫格里伸出手折断了一株带着芦花的芦苇，可把手收回来时却叹了口气。麦瑟继续有规则地反刍着，母牛吃草的高草丛被撕开了一个口子。“我才不会死在这里呢！”莫格里生气地说，“麦瑟跟雅克拉和野猪是同一货色，只会看我笑话。我要穿越湿地，瞧瞧接下来会发生什么事情。我从没进行过这样一次春季奔跑呢——又冷又湿。快起来，莫格里！”

他难以抑制住偷偷绕过芦苇丛，跑过去用刀尖刺麦瑟的念头的诱惑。那头湿淋淋的庞大公牛宛如炮弹发射一般，从刚才打滚的地方逃开了，莫格里始终大笑着，一直等公牛坐下。

“现在就让你瞧瞧西奥尼狼群那只没毛的狼是如何再度牧牛的，麦瑟！”莫格里大叫道。

“狼！说的是你吗？”那头公牛喷着鼻息，在泥浆中跺着蹄子。“丛林里的所有居民都知道，你是一个家养牛群的放牧者——一个在耕地那边呼来喝去的乳臭未干的人类小孩。居然说你属于丛林！一个像一条蛇一样在水蛭中间爬来爬去的猎手，用一句含混不清的笑话——一只豺狗讲的笑话来说，为啥要在我的母牛面前让我蒙羞呢？跟我一起到硬土地上，我要——我要……”麦瑟口里喷着白沫，因为他几乎是丛林里脾气最坏的居民。

莫格里面不改色地看着他喷着鼻息，瞪着牛眼。等到自己的声音能够盖过泥浆里的“啪嗒啪嗒”声以后，他问道：“沼泽地旁边那座人类巢穴是怎么回事，麦瑟？那对我来说，是一片新‘丛林’。”

“那么，你就往北跑，”那头发怒的公牛咆哮着，因为莫格里刚才把他刺得太厉害了。“那是一个赤身裸体的放牛娃的笑话。跑去跟沼泽地边上的村庄里的人讲讲这个笑话。”

“人类不喜欢丛林里的故事，我认为我也不喜欢，麦瑟，在你的牛皮上多多少少划上一道，我在狼群大会也能交代过去。不过，我要去看看这个村庄。没错，我要去。现在平静下来吧，这可不是丛林大头领想要放牧你的夜晚。”

他快步走在沼泽边缘颤动的土地上时，清楚地知道麦瑟永远无处发泄这股怒火，于是大笑起来，就这样，他一边想着公牛的愤怒，一边奔跑着。

“我体内的力量还没有完全失去，”莫格里说着，“有可能那种毒并没有浸入骨头。那边有一颗低矮的星星。”他透过半开的指缝望过去。“凭着赎买我的那头公牛发誓，那是红花——我小时候躺在它旁边的那种红花——就在我第一次来到西奥尼狼群之前！既然我看到了，我就要完成这次奔跑。”

沼泽的尽头是一片开阔的平原，平原上有一处灯火闪耀的地方。莫格里不再关心人类的活动已经很长一段时间了，但是今天夜里，那处闪烁的火光吸引着他向前跑去。

“我要去看看，”他自语道，“就像我以往那样，我倒要看看人类改变了多少。”

莫格里忘了他并非在自己可以随心所欲做事的丛林里，大咧咧地踏着结满露珠的草地，一直走到亮灯的小屋前面才止住脚步。两三条狗叫了起来，因为他已经身处一个村庄的外围了。

“嗬！”莫格里发出了一声低沉的狼嗥，让那几条恶狗住了嘴，然后悄无声息地坐了下来。“该来的总会来。莫格里，你又跟人类的巢穴有什么关系呢？”他摩挲着嘴角，记起多年前另一群人把他驱逐出去时，曾用一块石头砸在他的嘴角上。

那个小屋的门开了，一个女人朝屋外的黑夜窥望了一下。屋里传来一个孩子的哭声，那个女人回头说道，“睡吧。不过是一条豺狗惊醒了那些狗。再过一会儿就天亮了。”

坐在草丛里的莫格里像发烧一般哆嗦起来。他太熟悉这个声音了，不过为了万无一失，他轻声叫道，“梅丝瓦！亲爱的梅丝瓦！”令他惊讶的是，他居然能回想起人类的语言。

“是谁在叫我？”那个女人询问，语音中带着一丝颤抖。

“你已经把我给忘了吗？”莫格里回应说，同时嗓子有些发干。

“如果真的是你，我给你起过什么名字？你说！”她已经半掩上了门，一只手使劲抚在胸口上。

“纳索！噢，纳索！”莫格里回答说，因为你应该记得，那是莫格里

第一次回到人群中时，梅丝瓦给他取的名字。

“过来，我的儿子，”她喊道，莫格里站到灯光里，全神贯注地看着梅丝瓦，这个女人一直待他很好，很久以前，他也曾从一群人中救过她的性命。她变老了，头发已经花白，但是她的眼睛和嗓音都没变。像所有女人一样，她希望莫格里还跟他们分别时一个样，她的眼睛充满疑惑地从莫格里的胸膛向上打量到头部，他的头已经触到了小屋的屋顶。

“我的儿子，”她结结巴巴地说道；随后，扑倒在他的脚下说：“然而，他不再是我的儿子。他是一个丛林之神！哎呀！”

此时莫格里站在油灯散发出的红光里，健壮、高大、俊美，长长的黑发披散在双肩上，那把刀子在脖子下面摆动着，头上戴着一个白茉莉花环，很容易让人误以为他是一个丛林传奇中的野外神灵。睡在一张轻便小床上的孩子跳了起来，惊恐地尖叫着。梅丝瓦转过身去安抚他，莫格里仍旧站在那里，望着那些水罐和蒸煮用的锅，以及谷仓和其他所有与人类有关的物品，他发觉自己依然记得相当清楚。

“你想吃些什么，喝点什么吗？”梅丝瓦低声说道，“一切都是你的。我们的命也是你的。但是你真是被我唤作‘纳索’的那个孩子，还是一个神灵？”

“我是纳索。”莫格里回答说，“我远远地离开了属于我的地盘。我看到这里的灯火，就到这里来了。我并不知道你住在这里。”

“我们去了坎伊瓦勒之后，”梅丝瓦怯生生地说，“那里的英国人原本打算帮助我们去对付那些想要烧死我们的村民。你还记得吗？”

“记得，我一直没忘。”

“可是，等那些英国人制定好了法律，我们前往那些恶民居住的村庄时，却再也找不到那个村庄了。”

“我也记得那件事。”莫格里说着，鼻翼颤动了一下。

“于是，我的男人去军队里服役了，而最后——说实话，他真是一个强壮的男人——我们在这里拥有了一小块土地。虽说不像在原来的村子里那么富有，但是我们要的不多——我们俩都是。”

“那天夜里害怕地在土里挖东西的那个男人在哪里？”

“他死了——一年前死的。”

“那么他是谁？”莫格里指着那个孩子说。

“我的儿子，两个雨季之前出生的。如果你是一个神灵，就赐予他丛林的宠爱，那么他在你的——你的丛林居民中间就安全了，就像我们那天夜里一样安全。”

她把那个孩子举起来，小孩忘记了害怕，伸出手去玩弄莫格里胸前挂的那把刀，莫格里非常小心地把孩子的手指推到一旁。

“要是你是那只老虎叼走的纳索，”梅丝瓦声音哽咽地接着说，“他就是你弟弟。赐予他长兄的祝福吧。”

“嗨呀！我们怎么知道那个叫做‘祝福’的东西是啥呀？我既不是神灵，也不是他的哥哥，而且——亲爱的妈妈，妈妈，我的内心很沉重。”他把那个孩子放下时哆嗦着。

“多半因为，”梅丝瓦一边说着，一边在蒸煮用的锅边忙活着，“你夜里在沼泽地里奔跑带来的后果。毫无疑问，你全身都在发烧。”莫格里对这种丛林里有东西可以伤害他的念头报以微笑。“我要生上火，你应该喝些热牛奶。把那个白茉莉花环拿出去；对于这么小的一个屋子来说，它散发的味道太重了。”

莫格里咕哝着坐下来，把脸埋在手里。一种前所未有的奇怪感觉传遍了他的全身，他就像中了毒一样，感到头晕目眩，外加一点恶心。他一口气喝光热牛奶，梅丝瓦时不时地拍拍他的肩膀，不太确定他是很久以前的纳索，还是什么奇异的丛林生物，不过很高兴能感受到他是有血有肉的东西。

“儿子呀，”最终，她开了口，眼神中满含着骄傲，“有哪个人告诉过你，你是所有男人中最英俊的一个吗？”

“啊？”莫格里表示疑问地说道，因为他自然从未听说过这类的话。

梅丝瓦开心而温柔地笑了。只要能看着他的脸，她就满足了。

“那么，我是第一个说的喽？没错，尽管这种情形很少见，但是作为一个妈妈，应该把这种好事告诉她的儿子。你十分英俊。我还从未见过这么英俊的男人呢。”

莫格里把头扭来扭去，努力想要顺着自己结实的臂膀看遍全身，梅丝瓦见状又笑了，虽然莫格里不知她为什么要笑，不得已也陪着她一起笑起来，那个孩子一会儿跑向莫格里，一会儿跑向梅丝瓦，也一直笑着。

“不，你一定不像你的哥哥，”梅丝瓦说着，把孩子搂入怀中。“要是你能有哥哥一半英俊，我们就会让你娶国王的小女儿，那样你就能骑上高头大象啦。”

这些话莫格里只能听懂三分之一。长跑之后，刚刚喝下的热牛奶对他起了作用，于是不消片刻他就蜷缩着身子沉沉地睡着了。梅丝瓦把盖住他的脸的头发拨开，随便找了件衣服给他盖上，心里感到十分满足。莫格里以丛林的作息方式，睡过了那一夜余下的时间和第二天一整天；因为他那从来不会彻底睡着的本能告诉他，在这里睡觉没啥可担心的。他终于醒了，纵身跳了起来，把整个小屋都撼动了，因为那件衣服盖住了他的脸，使他梦到了陷阱；他站在那里，一只手放在刀上，转动的眼睛里满是沉沉的睡意，却准备随时作战了。

梅丝瓦笑了，把晚饭摆在他的面前。只有几片在火上熏烤过的粗制糕饼，一些米饭和一小堆酸角酱——这点食物仅能撑到他晚上打猎的时候。沼泽地里露水的气味让他饥渴难耐，坐立不安。他想要完成自己的春季奔跑，可那个孩子坚持要坐在他的怀里，梅丝瓦也一定要把他那一头青黑色的长发梳理好。因此她一面梳头，一面哼着可笑的哄孩子的歌谣，一忽儿称呼莫格里为“她的儿子”，一忽儿乞求他把他的一些丛林魔力赐给那个孩子。小屋的门关着，但是莫格里听到了一个熟悉的声音，并且看到梅丝瓦的嘴巴因惊恐而大张着，与此同时，一只巨大的灰爪子从门下面伸了进来，门外的灰兄弟焦急而担心地发出压抑而悔过的呜呜声。

“到外面等着！我不叫你，你不准进来。”莫格里头也不回地用丛林语说道，那只大灰爪子立即消失了。

“不——不要把你的——你的仆人一同带进来，”梅丝瓦结结巴巴地乞求着，“我——我们一向与丛林和平共存。”

“不要担心。”莫格里说着站起来。“还记得那一夜在前往坎伊瓦勒的路上发生的事情吧。你们前后都有几十只这样的兽民。不过在我看来，即使在春季，丛林兽民也不会忘了这件事。妈妈，我走了。”

梅丝瓦谦恭地退到一旁——他的确是个丛林之神，她想到；但是当他的手碰到门时，梅丝瓦体内的母性因素让她追上去，一再搂住莫格里的脖子。

“一定要回来！”她耳语般地说着，“不管你是不是我的儿子，都要回来，因为我爱你——你瞧，孩子也很伤心。”

那个孩子看到胸前挂着闪亮刀子的男人要走了，便大哭起来。

“一定要再回来啊，”梅丝瓦一遍遍地说着，“无论是黑夜还是白天，这扇门永远为你敞开着。”

莫格里的喉咙动了起来，仿佛里面的神经被拉紧了一般，等他开口回答时，声音好像从喉咙里拉出来一样，“我一定会回来的。”

“而现在，”莫格里说着，把手放在等在门边那只摇尾乞怜的狼头上，“我有个小事要责备你，灰兄弟。我在很久之前呼唤你们，为啥你们四个没有全过来？”

“很久之前？只不过是昨天夜里。我——我们——正在丛林里唱新歌呢，因为现在是‘新歌唱季’。难道你不记得了吗？”

“是的，是的。”

“只等一唱完歌，”灰兄弟热切地接着说，“我就开始追踪你的踪迹。我从其他那些狼中间跑出来，追踪着你尚未变凉的足迹。但是，亲爱的小兄弟，瞧你都做了些什么，居然跟人群一起吃饭、睡觉。”

“要是我呼唤你的时候，你能来，这种事情永远也不会发生。”莫格里说着跑得更快了。

“现在我们要干什么去？”灰兄弟询问。莫格里刚要回答，一个身穿白衣的少女沿着从村外通往村子的路走了过来。灰兄弟立马没了踪影，莫格里悄无声息地退到一片很高的春季庄稼地中。在他像一个鬼魂一样躲藏起来，庄稼地里绿色的秸秆在他面前闭合之前，他的手差一点就碰到了那个少女。少女尖叫起来，因为她认为自己刚才见到了一个神灵，随后她深深地叹了口气。莫格里用两手分开秸秆，一直望着她，直到她消失不见了。

“现在我还是不知道，”莫格里说，这回轮到他叹了口气，“为什么我呼唤的时候你们没有出现？”

“我们追随你——我们追随你，”灰兄弟舔着莫格里的脚后跟喃喃诉说着，“除了在‘新歌唱季’，我们始终追随着你。”

“你们会跟我到人群中去吗？”莫格里小声问道。

“在老的狼群把你驱逐出去那个晚上，难道我没有追随你吗？是谁把睡在庄稼地里的你叫醒的？”

“没错，但是你还会再次跟我到人群中去吗？”

“难道我今天晚上没有追随你吗？”

“是的，但是也许还有下一次，你会一次又一次地追随着我吗，灰兄弟？”

灰兄弟沉默了片刻，然后他对自己咕哝着，“那个黑家伙说的是实话。”

“他说了什么？”

“人终归要回到人类中间去。拉克舍，我们的妈妈说过——”

“大战红毛狗那一夜，阿凯拉也曾这样说过。”莫格里咕哝了一句。

“卡阿也这样说过，他比我们所有兽民都聪明。”

"你的看法是什么呢，灰兄弟？"

"他们曾经恶言恶语地把你驱逐出去。他们还用石头砸伤了你的嘴。他们派布尔迪欧前来杀你。他们还打算把你扔进红花里。是你，而不是我，说过他们既无情又邪恶这种话。是你，而不是我——我追随我自己的族群——做了让丛林进入他们村庄的事。是你，而不是我，编了那首反对他们的歌，甚至比我们反对红毛狗的歌还要刻薄。"

"我问你的看法是什么？"

他们一边走一边交谈。灰兄弟没有答话，慢跑了一会儿，然后他开了口——从某种程度上说，是在每次跳跃之间说出了下面这番话——"人娃娃——丛林的大头领——拉克舍的儿子，我的同窝兄弟——尽管我春季会忽略你一小会儿，你的踪迹就是我的路，你的巢穴就是我的窝，你的打猎就是我的杀戮，你的最后一战就是我的殊死一搏。我的话也代表了其他三只狼的想法。但是你该如何跟丛林里的其他兽民说这件事呢？"

"你考虑得很周到。在观察和猎杀之间，最好不要等待。你先回去，叫所有兽民都到会议岩集合，我要告诉他们我心里是怎么想的。可是他们也许不会来——在'新歌唱季'里，他们也许都把我给忘了。"

"那么，难道，你，什么都没忘吗？"灰兄弟放开脚步疾速奔跑时，回头快速说道，莫格里跟在后面，思索着。

在任何其他季节，这则消息会让所有丛林居民鬃毛倒立，全都汇集到一处，然而在这个季节，他们忙于打猎，忙于打架，忙于猎杀和唱歌。灰兄弟从一个兽民奔到另一个兽民那里，高喊着，"丛林的大头领要回到人群中间去了！都到会议岩上来集合。"可是那些开心、热情的丛林兽民反而这样对他说，"等到炎热的夏季，他就会回来。雨季会把他赶回自己的巢穴。跟我们一同奔跑、唱歌吧，灰兄弟。"

"但是丛林的大头领要回到人群中间去了。"灰兄弟会这样重复道。

"哦——哟喂？难道'新歌唱季'不比回到人群中更甜美吗？"他们

盈、强壮、骇人的巴吉拉，站在了莫格里面前。

“所以呀，”他伸展着湿淋淋的右爪开口说，“那就是我没来的原因。真是一次超时的猎杀，不过他现在躺在树丛中死去了——一头两岁的公牛——这头公牛让你重获自由了，小兄弟。现在，所有的债都还清了。至于其他我要说的话，巴卢刚才都说了。”他舔了舔莫格里的脚。“记住，巴吉拉爱你，”他大叫着，纵身一跃，离开了。走到山脚那里，巴吉拉长声叫喊，“祝你在新道路上狩猎愉快，丛林的大头领！记住，巴吉拉爱你。”

“你都听到了，”巴卢接着说，“没有别的债了。现在走吧；但是先到我身边来。亲爱的聪明小青蛙，请到我身边来！”

“蜕掉旧皮可真艰难啊！”卡阿评论道。莫格里不住声地哭泣着，头靠着那只老眼昏花的棕熊的一侧，两只手臂搂住了他的脖子，此时巴卢徒劳地想去舔莫格里的脚。

“星星已经稀疏了，”灰兄弟嗅了嗅凌晨的风，说了一句，“我们今天在那里设巢？因为从现在开始，我们要追随你走上新路了。”

这是莫格里故事集中最后一个故事。

送别之歌

（这就是在莫格里再次返回梅丝瓦家的路上，身后的那些丛林兽民唱的那首歌。）

巴卢：

为了他，那个指引
丛林之路的聪明小青蛙，

为了你那瞎眼的老巴卢——
要遵守人类制定的法律!
无论清白还是腐败，新鲜还是陈腐，
要受它的约束，就当它是道路一样，
无论白天还是黑夜，
不要向左也不要向右探求。
为了那些他爱的兽民，
你要超越所有活动的东西，
要是你的族人让你受苦，
就捎信说:“塔巴基又在歌唱。”
要是你的族人让你受罪，
就捎信说:“谢尔汗仍在等待猎杀。”
拔出刀子杀戮时，
要遵守法律，走自己的路。
(无论根茎还是蜂蜜，棕榈树还是佛焰苞，
都会保护人娃娃免受伤害!)
无论木头还是水，树还是风，
丛林的宠爱永远追随你!

卡阿:

愤怒是恐惧的卵——
只有无睫毛的眼睛才能看得清。
眼镜蛇的毒汁永远不能榨取干净，
即使动用蛇的号令语也不能。
应该对你大声坦言，
力量，是谦恭的伙伴。

莫要让刺穿透你的身体；
莫要把力量给予腐烂的树枝。
用雄鹿和山羊测量你的大张的嘴巴，
以免你的观察力哽住你的喉咙。
吃饱以后，你会睡觉吗？
留心你的洞穴是否又深又隐蔽，
唯恐有被你疏忽的错误，
把你的天敌吸引过来。
无论是东西，还是南北，
清洗你的皮，闭上你的嘴。
（无论深渊、裂隙，还是碧水的边缘，
丛林的中坚势力都会追随他！）
无论木头还是水，树还是风，
丛林的宠爱永远追随你！

巴吉拉：

我的生命始于一个牢笼；
我十分清楚人类的价值。
凭着我获得自由时砸开的那把锁起誓——
人娃娃，留心人娃娃的训练！
无论芬芳的露珠，还是星光的苍白，
挑选不会与丛林猫混淆的路行走。
无论狼群还是狼群大会，打猎还是窝在巢穴里，
永远不要与豺民休战。
当他们说："跟我们过一种自由的生活，"
用沉默来回应他们。

当他们说让你帮忙伤害弱小，
用沉默来回应他们。
不要学狭鼻猴的吹嘘技巧；
猎杀时要保持安静。
不要让呼喊、唱歌或打手势
暴露了你的狩猎路线。
（无论清晨的雾，还是黄昏的晴空，
服从他，鹿群的监护人！）
无论木头还是水，树还是风，
丛林的宠爱永远追随你！

其余三只狼兄弟：

沿着你必然要走的道路，
抵达让我们畏惧的门口，
那里的花开得火红；
在你该睡觉的那些夜晚，
把我们母亲的天空关在外面，
听着我们，你爱的兄弟，在外面走动的声音；
等到你应该醒来的黎明，
你已经落入无法摆脱的圈套，
因为属于丛林的缘故，会感到痛苦：
无论木头还是水，树还是风，
丛林的宠爱永远追随你！

一则帝国主义、种族政治的寓言[①]

◎永井香织

《丛林故事》这两本书创作起来非常困难。我必须费尽心思把丛林语言和动物语言转化成简单易懂的英语，就像《爱丽丝镜中奇幻记》中憨扑地–蛋扑地[②]对爱丽丝说的那些话一样，动物也用同一个词表达多种意思，所以需要做大量语言转化的工作。当一只老虎或者一只熊高声说出“哇呜”的时候，跟他小声说出“哇呜”时所表达的意思大不相同，要是他像我们问问题时那样，说出“哇呜?”那么这个词语又传达了一种意思，同样，他说“哇呜–呜”时，中间停顿了一下，则又表达了另一种不同的意思。

我目前住在美国，这里有大量的动物，不过他们都不是丛林动物。我们有几只狐狸，一只熊偶尔会杀死一头小牛或者一头猪……[③]

---

① 此文译自英国企鹅经典《漂亮冤家》导论，译文标题另起。

② 憨扑地–蛋扑地（Humpty Dumpty），一首英国童谣中的蛋形矮胖子，童谣讽刺了这个蛋形矮胖子从墙上摔下来后跌得粉碎的情形。——译注

③ 这段节选自吉卜林1895年11月28日写给鲍尔先生的信。见《两封圣诞回信》（*Two Christmas Letters*），大卫·艾伦·理查兹选编（私人印刷，2011年）。这封信是大卫·艾伦·理查兹·吉卜林搜藏的一部分，现藏耶鲁大学的拜内克古籍善本图书馆。我在此感谢理查兹先生和拜内克图书馆允许我引用这封信中的内容。

（一）

《丛林故事全书》包括两个故事集，一个是《丛林故事》，一个是《丛林故事续篇》，这两本书是吉卜林在美国居住期间（1892—1896）的主要成果。在美期间，吉卜林住在新婚妻子卡罗琳（昵称为“卡丽”）的故乡——佛蒙特州布莱特尔博罗小镇。吉卜林在他的自传《我的一些重大事件》（吉卜林去世后的1937年出版）中回忆到，自己“在一八九二年冬天举棋不定、毫无进展的状态下”，他的守护神，也就是他的创作灵感如何在创作《丛林故事全书》的整个过程中与他“合而为一”，引领他创作完成了《莫格里的兄弟们》：“头脑中完成了主题大纲的草拟工作以后，我的笔就接管了控制权，我眼瞅着它开始写作莫格里和动物们的故事，这些故事后来扩展成为《丛林故事全书》。”[①] 尤为重要的是，创作《丛林故事全书》与他奇妙的新家庭生活相契合，也是这种新生活自然开花结出的灵感之果。在他妻子卡丽怀上他们的第一个孩子约瑟芬期间，吉卜林获得了创作这两本书的最初灵感；而当他们的二女儿埃尔希一八九六年出生的时候，他刚刚完成《丛林故事续篇》。与此同时，以美丽的自然景色和有益健康的气候闻名的佛蒙特州山区的宁静生活，使他的创作力大大增强，他在那里建造了自己的第一所房子“瑙拉克哈”，正是在这所房子中，吉卜林写作和编辑了《丛林故事》中的绝大部分故事。

正是在他一生中这段最幸福、最多产的日子里，有人赞扬吉卜林将创作才能融入了“他写作的人物和事件”中，[②] 冒险进入动物世界，把

① 《我的一些重大事件》（*Something of Myself and Other Autobiographical Writings*），鲁德亚德·吉卜林著，托马斯·平尼编辑，剑桥大学出版社，1990年，第67—68页、122页。

② 《为孩子们写作的吉卜林》（*Kipling for Children*），罗斯玛丽·萨克利夫著，《吉卜林杂志》，156期（1965年12月），第25页。

自己置于它们的兽爪之下。罗斯玛丽·萨克利夫本人也是一位著名的童书作家，她回忆在童年阅读《丛林故事》的过程中，总是感到诧异，“任何一个既不用四条腿走路，也没包裹在柔软光滑的黑丝绒般的毛皮里的人，怎么能够真真切切地知道一只黑豹的感觉呢？”[①] 上文中引用的吉卜林一八九五年给一个英国男孩崇拜者的回信中，记录了如何把动物语言转化为英语时，他的话听上去几乎就是一个动物的语言，吉卜林通过憨扑地-蛋扑地这个人物，把《丛林故事全书》和《爱丽丝镜中奇幻记》中的世界结合到一起，而吉卜林深信那个男孩一定读过《爱丽丝镜中奇幻记》。把自己当成动物，以动物的口吻写作，吉卜林通过这种方式，试图找到重新被儿童读者这个神奇而有特权的团体所接纳的途径；有关这一点，也可以从他用兄弟般的语气给那个男孩回信这件事上看出来。《丛林故事》中一些较早的故事，是为《圣尼古拉斯》杂志撰写的稿件。《圣尼古拉斯》是美国很受欢迎的一本儿童刊物，玛丽·梅普斯·道奇曾是该杂志的主编，吉卜林小时候很喜欢阅读这本杂志。为孩子写故事的挑战给他带来了极大的兴趣，他把孩子看成比成人“更重要、更有鉴赏力的”读者。[②]

吉卜林有着“帝国主义吟游诗人”的名声，指的是两本《丛林故事》在大英帝国权力鼎盛时期创作完成，无可避免地招致人们把其中的某些篇章比喻为帝国主义观念的寓言。尽管如此，就连那些因吉卜林的这些帝国主义观念而憎恨他的人，往往也对他的两部最广为人知的童书——《丛林故事全书》和《原来如此故事集》（1902 年）另眼相

---

① 《为孩子们写作的吉卜林》（*Kipling for Children*），罗斯玛丽·萨克利夫著，《吉卜林杂志》，156 期（1965 年 12 月），第 25 页。

② 出自吉卜林写给玛丽·梅普斯·道奇的一封信，日期为 1892 年 2 月 21 日，选自托马斯·平尼编著的《鲁德亚德·吉卜林书信集》（*The Letters of Rudyard Kipling*），六卷本，贝辛斯托克：麦克米伦出版社，1990—2004 年，第二卷，第 49 页。

看，认为它们是吉卜林的全部作品中唯一“值得阅读”的两部。[①]尤其是《丛林故事全书》，它有可能是吉卜林那些杰作中最著名的作品，而且他在书中创造的狼孩莫格里对我们的想象力产生了深远的影响。从两本书的结构上看，吉卜林把莫格里的传说故事穿插放入其他一些更加写实的动物故事篇章中间，上演了一出梦想与现实相结合的好戏；在这里，吉卜林试图以莫格里的丛林形式，划出一个有别于成人作品的、孩子专属的玩耍和想象的空间。甚至随着大英帝国霸权在二十世纪前半叶的衰落，吉卜林写给“成人”作品迅速丧失声望的时候，两部《丛林故事》依然摆在孩子们的书架上；它们几乎成了童年快乐和阅读快乐的代名词。当代读者可能是通过迪斯尼电影动画片（1967 年）和两本书的衍生作品首次接触到了它们，尽管这些衍生作品很难把握吉卜林原作的复杂性，不过在传播莫格里神话，使有野生动物影像的陪伴成为幸福童年整体的必要组成上扮演了重要的角色。

一页早期的《莫格里和他的兄弟们》草稿表明，吉卜林最初把丛林的位置定在阿拉瓦利岭，该地位于印度西北拉贾斯坦邦的梅卧儿地区。[②]吉卜林十分熟悉这个地区，早在一八八七年，他曾作为《先锋报》的特约记者在那里逗留过一段时间，那时他正在为这家印度报纸工作。不过，他很快把这处丛林的地点挪到了他从没去过的印度中部的“西奥尼群山”，据说，他主要是从罗伯特·阿米蒂奇·斯滕代尔的《西奥尼：或在索德布尔岭的营地生活》（1877 年）一书中了解到该地的详细信息。[③]因

---

① 《吉卜林和孩子们》（*Kipling and the Children*），罗杰·兰斯林·格林著，伦敦：Elek Books，1965 年，第 9 页。

② 《〈莫格里的兄弟们〉中的一页手稿》（*Manuscript page form "Mowgli's Brother"*），1893 年 2 月，露西尔·罗素·卡朋特的《鲁德亚德·吉卜林：一个友善的人》（*Rudyard Kipling: a Friendly Profile*），芝加哥：Argus Books，1942 年。

③ 关于吉卜林把莫格里的丛林地点从梅卧儿换到西奥尼的更多讨论，见《莫格林的另一个丛林》（*Mowgli's Other Jungle*），《吉卜林杂志》167 期（1968 年 9 月），第 2—3 页；以及约翰·斯莱特的文章《西奥尼：莫格里的丛林所在地？》等。

此，在创作《丛林故事全书》的过程中，吉卜林经过深思熟虑之后，决定通过把莫格里的丛林地点改换到别的地方，把自己的创作内容和自己在印度的经历区分开来，这个决定似乎也受到他刚刚移居美国的影响。通过这种方式，吉卜林本人在印度的经历和见闻得到了重新整理，形成各种全新的表现形式，在这些表现形式中，印度风景成为美国风景的表层，这两个国家都以拥有“大量动物”而闻名于世。

颇为意味深长的是，印度的背景以及创作出一个男孩主人公，使吉卜林能够再次体验自己在印度殖民地的童年时代，他在那里度过了人生的最初几年时光。正如莫格里一样，吉卜林作为一个印度出生的英国孩子，总觉得自己是两个世界的居民。他属于英国父母那个世界，他本人作为英国小孩的权利是从他们那里继承下来的，同时，他也喜欢有印度本地仆人陪伴的生活，通过这些仆人，他能够探究多彩和具有异国情调的印度社会“强光和黑暗并存”的状态。① 约翰·麦克布雷尼称这种状态为童年的“幸福时段”，在这个短暂的时间里，一个印度出生的英国小孩沉浸在印度本土语言和文化的熏陶之中，得以享受与印度本地人的真正友谊，这种友谊还没有被成人世界的种族等级差异的政治观念玷污。② 与此同时，《丛林故事全书》最终以莫格里成年以后离开丛林，进入人类世界生活结尾，显示丛林是一个怀旧地方，是成年人喜爱回忆的遗失已久的童年。吉卜林五岁时被送往英国接受教育，他本人在印度的快乐童年也就以这种形式突然结束了。被迫离开印度的心理创伤，以及在养父母位于南海城住所里那段不快乐的日子，都被写进他的半自传性质的小说《黑羊咩咩》（1888年）中，他曾形容养父母的住所为“孤独屋”。然而，在《丛林故事全书》中，吉卜林对印度往事的珍视，以

---

① 《我的一些重大事件》，吉卜林著，第5页。

② 《帝国霸权的主题，帝国霸权的空间：鲁德亚德·吉卜林的土著人小说》（*Imperial Subjects, Imperial Space: Rudyard Kipling's Fiction of the Native-born*），约翰·麦克布雷尼著，哥伦布市：俄亥俄州立大学出版社，2002年。

及再也没能重拾这段失去的童年的无法挽回感，被完美地精炼成一部包罗万象的童年神话。

佛蒙特州是吉卜林新发现的“伊甸园”，莫格里的丛林在很多方面真实反映了佛蒙特州的状况。在那里的幸福生活让他没有意识到即将发生在他身上的灾难和不幸；结果，吉卜林在佛蒙特州这种田园牧歌式的生活甚至比他在印度的童年生活还要短命。与他妻弟以及邻居比蒂·巴莱斯蒂尔的紧张关系逐步升级，迫使他于一八九六年八月携家人一同离开了美国。等到一八九九年他与女儿重返美国时，父女俩在途中患上严重的疾病，虽然吉卜林在逐步康复，但他的女儿却病死了。这场悲剧过后，他再也没有踏上美国的土地，因此佛蒙特州成了他另一个失去的乐园。

（二）

吉卜林早期的声誉建立在他作为一个讲述印度人故事的角色之上：他不仅写下了来自不同民族、不同行业的各种各样印度本地人的故事，而且写下了在印度任职的英裔印度人的故事。吉卜林用充满温情和强烈的友谊意味称呼所有这些人为“我国臣民”。这极好地体现在他为《生活的阻碍》(1891年）写的引语中：“在通往德里的路上，我遇到上百个人，他们全都是我的同胞。”[①] 在《丛林故事全书》中，吉卜林把视角转到动物身上，可以被看做他对在印度和其他国家旅行途中遇到的人的更为广博的爱。正如《生活的阻碍》叙述者说的他“从各种地方，各式各样的人”那里收集到了这些故事一样，《丛林故事全书》的讲述者在该书的前言中，对给他提供这些精彩故事第一手资料的动物们表达了“他

---

① 这是印度人的一句格言，吉卜林在小说《生活的阻碍：我国臣民的故事》（*Life's Handicap: Being Stories of Mine Own People*），P.N.弗班克编辑，伦敦：企鹅图书公司，1987年，第3页中引用了这句格言。

的谢意”，这些动物包括许多大象、一只猴子、一头豪猪、一只熊、一只猫鼬，以及“希望严格保守他们的身份秘密”的许多其他动物；在书中，吉卜林仅仅把自己置于这些令人惊叹的故事的编辑者的地位。因此，《丛林故事全书》可以被视为一部动物版的《生活的阻碍》；的确，冬鶊鶊林默尔辛，那只“会说实话”，“离奇有趣的鸟儿”，被认为是《白海豹》一章的故事讲述者，他让我回忆起了戈宾德，就是《生活的阻碍》里那个讲故事的人，后者一向为讲述者提供“真实”的故事，不过那些故事未必适合出版。①

《丛林故事全书》首先是动物们的故事，而且将这些动物的生活与人类社会和大英帝国的事务密切地联系起来。比如，《大象们的图梅》让我们深入了解了卡拉·纳格的生活，在它四十七年漫长的服役生涯中，“用一头大象所能提供的服务，为印度政府尽职尽责地服务”，《大象们的图梅》也让我们深入了解了忠于印度政府的四代象夫，他们悉心照看着卡拉·纳格。吉卜林小说中的许多动物角色，都基于他在印度遇到的那些动物。例如，“一只完美至极的野生猫鼬”，吉卜林这样写道，“习惯来到我在印度的办公室，坐在我的肩膀上”，它成了与故事主角“里基–蒂基–塔维”齐名的模特。② 那些爱恶作剧的狭鼻猴，也就是莫格里故事中的“猴群”，让人想起吉卜林写的一篇有关西姆拉市一群猴子的文章——“山坡上充斥着他们的喧闹声”——它们派了一个“代表团”进入吉卜林那座有露台的平房，打断了他的写作。③ 吉卜林本人养

---

① 前引书，第 26 页。

② 《作者对〈丛林故事全书〉中名称的注释》(*Author's Notes on the Names in The Jungle Books*)，鲁德亚德·吉卜林著，选自《苏克塞斯版鲁德亚德·吉卜林散文、诗歌全集》(*The Sussex Edition of the Complete Works in Prose and Verse of Rudyard Kipling*)，第 12 卷，《丛林故事全书》，伦敦：麦克米伦出版社，1937 年，第 267 页。

③ 《西姆拉笔记》(*Simla Notes*)，鲁德亚德·吉卜林著，载于《军民公报》(*Civil and Militray Gazette*)，1885 年 6 月 24 日。

的猎狐犬“雌狐”，也以叙事者的狗的身份出现在《女王陛下的仆人们》一章中；它跑遍整个营地寻找它的主人，再现了吉卜林和它在印度度过的那段快乐时光。

在很多方面，吉卜林的《丛林故事全书》可以被看做是对他父亲的《印度的动物和人》(1891年)一书充满想象力的改写，他父亲的那本书中有大量有关印度动物“与人类关系”的描画。① 约翰·洛克伍德·吉卜林是一位天才画家和插画家，在一八六五年至一八九三年间，作为艺术学院教授和博物馆馆长，曾先后在印度的孟买和拉合尔工作过。父亲和儿子具有相似的洞察力，都喜欢盯着动物看，他们的作品内容有相当大的部分是交叠在一起的。吉卜林曾为他父亲的作品贡献过九篇韵文体引语和两首序诗，内容与猴子、驴、公牛等动物相关。② 他那位引以为荣的父亲通过引用吉卜林发表在报纸上的文章中的大段文字的方式，还通过出版吉卜林的“营房诗歌”中一首名为《骆驼！》(1890年)全诗的方式，进一步展示儿子的作品；他父亲认为这首诗“生动而真实”，体现了英军士兵与骆驼之间的关系。③

作为回报，吉卜林随意取用了他父亲书中的灵感和素材，用来创

---

① 《印度的动物和人》(*Beast and Man in India: A Popular Sketch of Indian Animal in Their Relations with the People*)，约翰·洛克伍德·吉卜林著，第二版，伦敦：麦克米伦出版社，1904年。

② 吉卜林为他父亲的书的如下章节创作了韵文体引语：《猴子》、《驴》、《山羊和绵羊》、《水牛和猪》、《大象》、《骆驼》、《爬虫》、《动物的吼叫》和《动物和神灵》。吉卜林还为《母牛和公牛》一章贡献了序诗(后来收录到《书中的诗歌》[Songs from Books]，1912年，标题改为《公牛》)，还用先前的一首诗《萨德尔市场》(*The Sudder Bazaar*，1884)中的一节作为《马和骡子》一章的序诗，这节诗描述了一匹矮马拉单座马车的情景。《母牛和公牛》一章中还特别插入了约翰·洛克伍德·吉卜林的两幅插画，一幅名为《在干旱时节》，另一幅名为《在雨水充沛的季节》，两幅插画都配上了他儿子写的四行诗。其中《在雨水充沛的季节》的题画诗节选自吉卜林那首名为《人们说过什么》(*What the People Said*)的诗。

③ 《印度的动物和人》，约翰·洛克伍德·吉卜林著，第250页。

作他自己的动物故事。此外，约翰·洛克伍德·吉卜林还为《丛林故事》绘制了插图，继而成为《丛林故事续篇》的唯一一位插图作者。因此，《丛林故事全书》也像众多帝国工程一样，成为家族通力合作的成果。

在十九世纪，随着探险和开拓活动成为英国殖民扩张的必要组成部分，用“自然历史著作”的形式或“狩猎文学”的形式来表现野生动物也广受欢迎。吉卜林在创作《丛林故事全书》的过程中，从以往这些优秀作品中汲取了大量的营养；他的资料来源之一，就是 R.A. 斯滕代尔的《印度和锡兰哺乳动物自然史》(1884 年)，莫格里迎战老虎谢尔汗的主题也与“狩猎文学”相一致，“狩猎文学”以追逐大型猎物的刺激为乐。在那个时代，也有众多与动物有关的“奇幻”故事，比如刘易斯·卡罗尔的《爱丽丝奇境历险记》，和它的续篇《爱丽丝镜中奇幻记》，这两部小说也与莫格里的那些故事一样，把一个孩子成长历程的背景设定在一个会说话的动物世界。吉卜林在《我的一些重大事件》中提到，“对(他的)童年时代杂志上那些共济会的狮子的记忆”，成为创作《丛林故事全书》的一个灵感来源，除此之外，刺激他灵感的还有赖德·哈格德的《百合娜达》中的“一个短语”，这部小说中包含两个男人成为幽灵狼群的国王的情节。[①]前一个灵感来源已经被确认为詹姆斯·格林伍德的《狮王》，这部小说从一八六四年一月到十二月，曾在《男孩杂志》上进行连载。[②]

在《丛林故事全书》里，吉卜林把殖民时期深受大众欢迎的具有异国情调的动物报道，与“虚构的”会说话的动物世界结合起来，并且通过这种结合，将旧有的动物故事流派提升到一个新高度。他对于动物栩栩如生的描写尤其受到人们的赞扬，这种描写方式帮助读者通过想象

---

① 《我的一些重大事件》，吉卜林著，第 67—68 页。

② 《吉卜林和孩子们》，兰斯林·格林著，第 117 页。

力体会到动物的自然本性，[①] 并且他提倡用可辨识的名字，以及讲述许多跟动物有关的故事的方法，把动物作为作品中的角色来表现。在此之前，安娜·休厄尔创作了《黑骏马》(1877年)，通过一匹马的视角，形象地刻画了人类残酷对待马匹的状况，然而，先前还没有哪个作家曾提议，要以同情的态度对待野生动物。《丛林故事全书》开创了这类故事的市场和需求，为后来的博物学家、自然主义作家欧内斯特·汤普森·西顿、查尔斯·G.D. 罗伯兹等人铺平了道路，逐步发展出了写实主义动物小说的流派，与此同时，描写会说话的动物的魔幻小说也由此萌芽，这包括毕翠克丝·波特的《彼得兔》系列丛书(1902—1912)，肯尼思·格雷厄姆的《柳林风声》(1908年)。就像吉卜林在《我的一些重大事件》中回忆的那样，《丛林故事全书》"催生了众多(效仿者)的动物园"；吉卜林认为《人猿泰山》(1912年)的作者，美国作家埃德加·赖斯·巴勒斯就是效仿者之一，他"把《丛林故事全书》的主题配上了更加活泼的爵士乐，并且，我猜想，他完全乐在其中"[②]。

对吉卜林的那些动物主角的评价往往不准确，或者"带有明显的教化倾向"[③]。就像西顿说的那样，"因为吉卜林不具备自然史的知识，而且根本没在表现自然史上下过任何工夫，还因为他笔下的动物都像人一样说话和生活，那么从写实主义角度来看，他写的不是动物故事；他的故事都是一些奇妙而美丽的童话"[④]。然而，《丛林故事全书》真正的独创性在于，把始于现代世界的写实主义动物故事与历史悠久的动物寓言传统结合到了一起。在一则动物寓言中，尤其在西方文学传统的动物

---

① 《丛林故事》(*The Jungle Book*)，原载《星期六评论》77期，第639页。

② 《我的一些重大事件》，吉卜林著，第127页。

③ 《野生宗族：一本关于动物生活的书》，查尔斯·G.D. 罗伯兹著，波士顿：L.C. 佩奇出版公司，1907年，第27页。

④ 《一个艺术家兼博物学家的足迹》(*Trail of an Artist-Naturalist*)，欧内斯特·汤普森·西顿著，纽约：查尔斯·斯克里布纳父子出版公司，1948年，第353页。

寓言中，动物都被描写成人类的化身，并且那些动物故事也都含蓄地对人类社会的方方面面作出了评价，或者对其加以讽刺。动物形象的这种双重作用，使我们在阅读《丛林故事全书》时，可以把它看成是一则寓言，比如说，当成一则帝国主义、种族政治、童年时代，或者任何一种我们想从作品中读出的意义的寓言。通过出版《丛林故事全书》，吉卜林立即赢得了当代“伊索”的赞誉。

除此之外，进入十九世纪以后，“动物寓言”，比如东方和非洲民间传说中的动物寓言，都被视为至关重要的人类学文献，被认为清楚明白地显示了人类起源的历史。人们认为，最初讲述这些动物寓言的是那些原始人类，他们尚未把自己与其他动物区别开来，在他们看来，“这种半人类的野兽绝不是虚构的动物”，而是真实存在的。[①] 吉卜林在创作这些丛林故事时，头脑中就想着动物寓言的概念，这个概念对他来说，“似乎是新想到的，然而它却是一个最古老而长久以来被人们忘记的概念”。[②] 吉卜林深受“佛本生”故事，即佛教寓言故事的影响，它讲述了佛陀前生化身为各种人和动物的传说，也受到“印度当代土著猎人”故事的影响，据吉卜林回忆，他们中大多数人的想法“几乎跟动物们的思路一致”；他“毫不客气地‘抄袭’了他们的故事”。[③] 另一个灵感来源是约耳·钱德勒·哈里斯的《瑞摩斯大伯》(1881 年)，这本书搜集了美国南方各州黑人中流传的动物寓言，刻画了著名的诡计多端的“兔兄弟”。吉卜林上学时，《瑞摩斯大伯》是一本畅销书；在写给哈里斯的一封信中，他说，《瑞摩斯大伯》里“那些高贵的小动物的格言”，“大约

---

① 《原始文化》(*Primitive Culture: Researches into the Development of Mythology, Philosophy, Religion, Language, Art, and Custom* [*1871*])，爱德华·B. 泰勒著，第四版，伦敦：John Murray，1903 年，第 409 页。

② 这句话引自吉卜林写给爱德华·埃弗雷特·黑尔的信，1895 年 1 月 6 日，见平尼编著的《书信集》，第二卷，第 168 页。

③ 同上。

在我十五岁的时候，像野火一样传遍了我所在的英国公立学校”。[①]

吉卜林从古代动物寓言流派借用的东西，给他《丛林故事全书》中的故事增添了神话色彩，他创作这些故事的目的就是为了探索和证明J.M.S. 汤普金斯那个“远古的野性而奇异的世界”。[②]《丛林故事全书》带领我们返回了人类的原始起源，回归了“无法言说的各种古老而充满野性的东西”，[③] 通过野生动物，为人类的动物本能和原始阶段之间提供了本质的联系，而莫格里就是人类回归和探索古代社会的代表。此外，通过把《丛林故事全书》的背景设定在印度，吉卜林就把他的故事置于四海之内皆兄弟的东方传统文化之中。在吉卜林生活的时代，人们普遍认为，在印度或佛教动物故事中“动物得以像真正的动物一样行动”，是因为东方人信仰灵魂可以转世轮回，这种信仰“消融了人类与动物的差别，将所有生物都视为兄弟”，[④]《苦行者普伦的奇迹》就是一个很好的例证：一个苦修圣人与众多野生动物建立了友谊，后来，野生动物们对苦修圣人发出了即将滑坡的预警，苦行者因此救了全村的人。这位苦修圣人称呼他的动物朋友为“兄弟”，这种将人与动物联系起来的称呼贯穿着莫格里故事的始终，在故事里，动物们都把莫格里当做兄弟看待。

印度古代的《五卷书》，一个最古老的著名动物寓言集的故乡，被广泛传播到世界其他地区，在传播过程中被改编成新的形式：比如说，拉封丹就承认，他创作的寓言故事就曾受到古代印度资料的有益影

---

① 《写给约耳·钱德勒·哈里斯的信》，1895 年 12 月 6 日，见平尼编著的《书信集》，第 2 卷，第 217 页。

② 《鲁德亚德·吉卜林的艺术》，J.M.S. 汤普金斯著，第二版，伦敦：Methuen，1965 年，第 69 页。

③ 前引书，第 69 页。

④ “动物寓言”词条，《钱伯斯百科全书》（*Chambers's Encyclopaedia: A Dictionary of Universal Knowledge*），第一卷，伦敦：威廉 & 罗伯特·钱伯斯出版社，1908 年，第 821—822 页。

响。[①] 可以从《里基–蒂基–塔维》一篇中看出《丛林故事全书》与印度动物寓言的直接联系，这篇故事让人想起了《五卷书》中的《王室猫鼬》那则寓言故事，在这则寓言中，猫鼬也杀死了一条蛇，保护了主人家的婴儿。此外还有《国王的象棒》，故事中，莫格里眼瞅着人们为了争夺一根镶满宝石的赶象刺棒彼此追杀，让人想起了乔叟的《"宽恕者"的故事》，据说这则故事的原型是佛本生故事中的《盗贼和埋在地下的宝藏》。事实上，吉卜林在一九〇五年写的一封信中，否认自己那篇《国王的象棒》效仿了乔叟的《"宽恕者"的故事》，因为他非常熟悉印度版本的故事："我不记得什么时候知道的这则故事。我想大概是从一个孟买的本地保姆那里听来的这个神话故事。"在吉卜林看来，"乔叟是靠着源自印度的古代寓言传说起家的，他直接从这些寓言中获取了灵感"。[②]

《丛林故事全书》通过动物寓言的传播传统与世界其他地区联系起来，营造了一种强烈的四海一家、世界大同的感觉，关于这一点，还可以用吉卜林一九一七年故事集的标题《生物的多样性》来证明，不同生物共同存在和分享着同一个世界。吉卜林就是想表明，看似虚构的永恒动物王国实际上与一个现代化、全球化的世界密切相关。举例来说，在《责任承担者》中，印度一条河畔的鹳鹤描述了它吞下"来自韦纳姆湖、重达七磅的冰块"经历时，说那块冰是一艘美国运冰船刚从马萨诸塞州运来的，还说不知道那块冰是什么玩意儿。同样，在《夸昆》中，巴芬岛上的一个因纽特人村庄也被当做范围更为宽泛的国际社会的一部分来表现："比罕迪市场（比罕迪市场位于当时最国际化的印度孟买）附近

---

① 《论寓言的迁徙》(*On the Migration of Fables*)，弗雷德里希·马克斯·缪勒著，原载《来自一个德国车间的碎片》(*Chips from a German Workshop*)，第四卷，伦敦：朗文出版社，1875 年，第 146 页。

② 《写给布兰德·马修斯的信》，1905 年 2 月 7 日，见平尼编著的《书信集》，第三卷，第 176 页。

船上的一个厨子，在做完一天的活计以后，很有可能把水壶放到来自北极圈附近的某个寒冷地方的鲸油灯上面加热”。这个故事里还讲述了科图克和一个因纽特女孩的探险故事，女孩是来自北极圈内另一个地区的外来者，她与科图克一同出发，为科图克他们村饥饿的村民寻找食物。在故事的结尾，女孩通过与科图克结婚，最后融入了他的社会。使这对少年探险返程加速的狗拉雪橇的动能，含蓄地与当时为轮船提供动力的蒸汽机相对照，而且记载科图克历险事件的象牙片几经易手，最终被轮船带到了科伦坡，故事讲述者正是在那里发现了这个象牙片。这种整个世界相互联系的感受，和人与自然万物合而为一的关系相呼应，后面一种关系直接体现在科图克与他的狗共用一个名字这个事实上，这条狗成长的轨迹与它主人的成长轨迹并行，实际上，这条狗是主人这个整体不可分割的一部分。

（三）

人类孩子被狼或者狼群抚养长大的故事，有着古老而神话般的历史，比如在创造了罗马的双胞胎兄弟罗慕路斯和瑞摩斯的传说中，两个人还在襁褓之中便被遗弃，扔到台伯河中顺水漂流，不过后来两个婴儿被一只母狼救起，还给他们喂奶，使他们恢复了健康。在这则神话传说中，其中一个被逐出人类社会，后来被母狼哺育长大的“狼孩”，最终成了罗马皇帝。而在《丛林故事全书》中，一个被狼家庭收养的人类孩子，遭到印度本地人的排斥，最后为英帝国充当了相似的角色。莫格里最终主宰的那片丛林，成了一个具有公平竞争精神的法治帝国的缩影。吉卜林也把丛林表现为这样一个地方，在这里，一个较高级的社会法则需要通过自然万物相互影响、相互融合创造出来。狼孩莫格里使这个新法则更加具体而形象，那些对丛林抱有敌对和迷信态度的村民，不被纳入这个丛林新法则体系之内。

十九世纪晚期，人们对狼孩故事的兴趣再次勃兴，对于探索人类起源——界定人类与动物、文化与自然的界限至关重要，这种探索受到查尔斯·达尔文的《物种起源》（1859年）这部人类学研究著作的刺激和影响。一八五二年，《狼群在巢穴里养育孩子的报道》这个小册子一经印刷，作为狼孩故事的“摇篮”，[①]使印度成为人们关注的中心。小册子是一个名叫威廉·亨利·斯利曼（1788—1865）的英军军官兼英印政府官员写成的，里面列举了几个印度狼孩的例子。[②]这些被村民“解救”回来的孩子，走路四肢着地，吃生肉，被抓回来后不久便死去了。整个十九世纪晚期，斯利曼小册子上的“证词”被世界各地的人不断引用，一再付梓，而且进一步得到其他目击此类事件人的报道的印证。然而，人类学家很难确定这些故事有几分是真实的，又有多少是虚构的，于是他们呼吁要仔细审查这些证据。举个例子，当弗雷德里希·马克斯·缪勒（1823—1890），一位杰出的比较文学专家、神话学家，写下一篇标题为“狼孩”的短文时，他强调这些所谓的报道是由神话故事和当地迷信故事改编而来的可能性，尽管他表示衷心地接纳受人尊敬的“英国绅士和官员”提供的这些证据。缪勒甚至把狼孩比做神话中的“大海蛇”这类怪物：“尽管被弄伤或被杀死，他们仍会一再现身，每一次现身后会更加精力十足，从而获得更多有力的目击者的支持”。[③]于是，狼孩这一形象，为人们的研究提供了广阔的领域，在这个领域里，事实与想象，神话以及西方人对于人在大自然中位置的焦虑交织在一起，这种焦

---

① 《印度的动物和人》，约翰·洛克伍德·吉卜林著，第281页。

② 《狼群在巢穴里养育孩子的报道》（*Account of Wolves Nurturing Children in Their Dens. By an Indian Official*），普利茅斯：Jenkin Thomas，1852年。斯利曼这个小册子，最初是从他写给英印政府的长篇官方报道中节选出来、匿名出版的，在他死后，又更名为《奥德王国之旅》（*A Journey through the Kingdom of Oude* [*1858*]）。

③ 《狼孩》，弗雷德里希·马克斯·缪勒著，原载《学术》（*The Academy*），1874年11月7日，第512—513页。

虑又被害怕印度本地人是野蛮动物的殖民恐惧而强化了。这也许就是吉卜林的父亲在《印度的动物和人》中避开对细节内容的探讨，只是说狼是“超越素描这个狭窄领域”的动物的原因，① 可他的儿子却连忙将这迷人的素材抓入手中，用这些素材创造出了一个莫格里，并成为最非同寻常的文学人物形象之一。

在《丛林故事全书》中，吉卜林重新营造了狼孩的神话环境。一方面，像丹尼尔·卡林指出的那样，莫格里“几乎跟斯利曼笔下具有典型意义的狼孩完全相反”，斯利曼笔下的狼孩“不会说话、野蛮、肮脏而恶劣”，无法加以改变，使自己适应人类的生活状态。② 而莫格里干净整洁，机智聪明，能很快学会村里人的生活方式，包括他们的语言。此外，莫格里的那些冒险精彩而奇妙，与本地居民对丛林动物和狼孩的“迷信”观念形成了鲜明的对比。莫格里驳斥村里的猎手布尔迪欧讲的那些丛林故事是“异想天开，瞎编乱造”：“整个晚上我都躺在这儿听，布尔迪欧说的关于丛林的事情，除了一两句以外，其他都不是真的。可丛林就在他家门口呀。这样的话，我怎么能够相信他说他见过的其他那些鬼呀，神呀，和妖怪的故事呢？”相反，当布尔迪欧亲眼目睹莫格里给一只狼下命令，便污蔑他是一个“丛林恶魔”，还扇动村民们起来反对莫格里。考虑到布尔迪欧是一位颇有技巧的讲故事的人，可以用他的精彩故事迷住村里的孩子，那么在讲故事这门艺术上，他与吉卜林或许可以视为竞争对手关系：通过创造莫格里这个人物，他对丛林的熟悉程度，以及他的丛林知识，让人们对印度本地人的故事的真实性产生了怀疑，吉卜林通过用布尔迪欧替代了印度一个真正的擅长讲故事的人的方法，巧妙地把印度丛林转变成了英帝国的空间。

---

① 《印度的动物和人》，约翰·洛克伍德·吉卜林著，第 281 页。

② 丹尼尔·卡林为鲁德亚德·吉卜林的《丛林故事全书》(伦敦：企鹅经典，2000 年）写的导读，第 17—18 页。

除此之外，莫格里也有别于典型的狼孩，在莫格里的故事中，狼不仅仅是与他共有一些特征的“象征性的”动物。就像他的动物朋友亲切称呼的那样，莫格里也是一只“青蛙”，这体现在他动作的跳跃特性和轻盈特性上面。青蛙莫格里是“狼妈妈”为他取的名字，因为他还是个人类小娃娃时，浑身赤裸，易受攻击，也有号召丛林动物保护他的意思。具有讽刺意味的是，这个名字同时也代表了他作为人类娃娃的特权：他的两个世界的属性，以及他往来于丛林和人类世界的能力，正如青蛙是个水陆两栖动物一样。事实上，莫格里首先是一个“人娃娃”，天生一副有魅力的外表，同时赢得了大多数有能力动物的支持；就像哈利·里基特颇为幽默地评论那样，“一长队自以为是的养父，争先恐后地想要照顾他”。[①] 他与巴卢、巴吉拉、卡阿组成了强大的同盟，它们中间的每一个都可以充当莫格里的导师。对莫格里来说，公牛也是一种特殊的动物，因为他留在狼群里的权利，就是巴吉拉用一头公牛生命的代价赎买来的。因此受丛林法则的约束，他“千万不能杀死或吃掉任何一头牛，不管是小牛还是老牛”，在他丛林历程的结尾，需要另一头公牛的生命来让他获得离开丛林的权利。有些动物被描写为威胁者和敌人，需要莫格里这个小主人公在成长的过程中去战胜。比如说，在富有戏剧性的故事《红毛狗》中，莫格里与狼群并肩作战，一同抵抗入侵的凶残亚洲野狗群。野狗群代表着一股威胁丛林的势力，与它们的战争帮助莫格里成长为一个维护丛林法则和公平的卫士。

通过凸显莫格里与两个社群的关系，吉卜林在莫格里作为狼孩的混杂性上又增加了一个维度。就像我们读到的那样，莫格里的故事交织着两个相互冲突的童年主题：一个孩子在宠爱的环境下的喜悦，以及他被

---

① 《不饶人的时间：鲁德亚德·吉卜林的一声》(*The Unforgiving Minute: A Life of Rudyard Kipling*)，哈利·里基特著，伦敦：Chatto & Windus，1999年，第207页。

遗弃的心理创伤，这两个主题都是吉卜林本人童年经历的反映。尽管全书的基调充满了幸福感，莫格里一直有动物朋友的陪伴，但是即便在他最终离开丛林之前，就曾有过被“莫格里的兄弟们”逐出狼群的遭遇，而在《老虎！老虎！》一篇中，他又被从一个印度村庄驱逐出来。莫格里从属于两个世界，同时也被这两个世界所排斥，这精准地解释了他的双重身份。这种身份以简洁的方式体现在他在狼群大会上唱的那首歌中：

（……）丛林对我关闭了大门，
村庄也对我关闭了大门。为什么？

就像芒带着兽类、鸟类的特征飞来飞去，
那么我也将在丛林和村庄之间奔来奔去，为什么？

莫格里的两个家园的极端对立性体现在他的两位养母身上，也就是丛林里的“狼妈妈”和村庄里的梅丝瓦。正是通过他与这两位妈妈的关系，莫格里获得成为她们各自群体的成员资格。她们给莫格里喝的奶，不仅代表了妈妈的爱，也作为一种“魔药”，帮助他从一个家迁移到另一个家：就像简·蒙蒂菲奥里指出的那样，人类妈妈和狼妈妈给莫格里的食物，奶，“消融了人类与丛林的隔阂”。[①] 具有讽刺意味的是，两位妈妈也象征着莫格里本质上并不属于被他当成家园的地方。狼妈妈，在所有孩子中最爱的就是莫格里，也痛苦地意识到，莫格里不属于她，他注定要回到人类中间。另一方面，梅丝瓦给他起名叫“纳索”，半信半

① 《作为童书作家的吉卜林与〈丛林故事全书〉》（*Kipling as a children's writer and the Jungle Books*），简·蒙蒂菲奥里著，见霍华德·布斯编著的《剑桥文学指南：吉卜林》（*The Cambridge Companion to Rudyard Kipling*），剑桥：剑桥大学出版社，2011 年，第 106 页。

疑地认为他是很久以前被老虎叼走的儿子。莫格里是一个樵夫的孩子，鉴于梅丝瓦是一个富有村民的妻子，所以他极不可能是梅丝瓦的儿子。然而，故事讲述者从头至尾都没否认这种可能性。[①] 莫格里和梅丝瓦的会面持续但不确定地让人们注意到这些可能的后果，其中之一就是莫格里可能真是她的儿子，原文中这种不确定性就把莫格里变成了"纳索"的鬼魂，同时也妨碍他真的长住在梅丝瓦的家里。在《春季奔跑》中，莫格里终于不再受这种不确定身份的约束，因为他发现梅丝瓦新近生了一个男婴，这个男婴恰好填补了先前"纳索"离去的空虚。

重要的是，莫格里杀死老虎谢尔汗的时间，与他被迫意识到自己的双重身份相一致。谢尔汗是《丛林故事全书》中主要的反面角色，代表不遵守丛林法则的势力，因为它不断违反丛林里的大忌，也就是它不断猎杀和吃掉人类；莫格里最初就是作为谢尔汗捕猎失手的对象进入丛林的。莫格里与谢尔汗这种敌对，是吉卜林对传统狼孩神话的最大创新。他们在构成上惊人地相似：正如莫格里一样，谢尔汗作为一个吃人的老虎，也代表丛林与村庄，文明社会和自然界，人类和动物之间的一种联系。通过莫格里与谢尔汗的战争，吉卜林探索了这种联系，戏剧化地展现了两个世界的紧张关系。谢尔汗，是莫格里的主要敌人，同时也是莫格里的影子：就像这只老虎一样，莫格里根本就是一个外来者，同时被因他的存在而建立联系的两个世界所惧怕和排斥。

根据埃利奥特·L. 吉尔伯特的评论，从某种意义上来说，吉卜林把狼孩神话转变成一部教育小说，他的故事涉及"一个年轻人的内心成长历程——努力地了解这个世界，并客观地对它进行了解的同时，他也发现了自己真实的本性"。[②] 从这种角度来说，狼孩形象可以被看成一

---

① 我们会感兴趣地注意到，在吉卜林的《丛林戏剧》的注释中，清楚地说明了莫格里不是"纳索"。

② 《吉卜林短篇小说研究》(*The Good Kipling: Studies in the Short Story*)，埃利奥特·L. 吉尔伯特著，曼彻斯特：曼彻斯特大学出版社，1972 年，第 71 页。

个处于青春期的少年，他始终作为一个外来者，被迫踏上寻找他的真实身份以及他在这个世界位置的旅程。对于莫格里来说，他的这个旅程最终采取意识并理解到自己是人类的现实而结束。从而，莫格里的伊甸园般的丛林，神奇的动物寓言世界，就成为我们衡量他稳定进步的一个固定不变的参照点。当莫格里最终成为一个具有三种含义（成年–男性–人类）的人，他的教育旅程就结束了。他离开丛林时，带上了那几个“狼兄弟”，其意义仿佛是说，指挥和命令狼（或者狗）是他人性中必不可少的组成部分。

（四）

莫格里的丛林由“丛林法则”约束和规范着，用讲故事人的原话说，丛林法则是“世上迄今为止最古老的法则”。它由一系列法规和实用的指南组成，规范着丛林生活的方方面面。尽管丛林法则强调传统和习俗，但法则中的具体规定显然非常灵活，完全可以根据新情况随时调整。举例来说，我们读到，丛林法则禁止丛林兽民吃人的“真正原因”，就是那会招来“骑着大象、带着枪支的白人，以及数百个手持铜锣、投掷式烟花和火把的褐色皮肤的人”，这显然指的是英国统治印度的那个时代。丛林法则通过形成适应生存在大英帝国这一现实的新法规，成功地处理了传统与现代的关系。此外，巴吉拉重新解释了丛林法则，从而莫格里才能以狼群成员的形式被狼群接受，这一点可以被当做英国人把自己的方式引入印度，并最终达到统治印度这片广阔土地的隐喻。

丛林法则非常突出的一个方面，就是它异常强调秩序和服从的美德：“法则的头和脚，法则的腰和背，就是——服从”。在第一部《丛林故事》最后一章《女王陛下的仆人们》中，吉卜林认为印度军队的准则也是服从：

> （动物）跟人一样服从命令。骡子、马、大象、阉牛，都服从他们的驱赶者或骑手的命令，驱赶者或骑手服从他的士官的命令，士官服从他的陆军中尉的命令，陆军中尉服从他的陆军上尉的命令，陆军上尉服从他的陆军少校的命令，陆军少校服从他那指挥三个团的陆军准将的命令，陆军准将服从他的陆军上将的命令，陆军上将服从总督的命令，总督是女王的仆人。

这个故事的灵感来源于发生在拉瓦尔品第的一次接见活动，也就是一八八五年印度总督达弗林伯爵与到访的阿富汗埃米尔的一次会面，当时吉卜林作为特约记者报道过此事。当时阿富汗是英国的保护国，而阿富汗的埃米尔是一场“巨大游戏”的关键玩家，这场游戏指的是英属印度和俄国对中亚控制权的争夺。上面的引文表明，吉卜林希望把阿富汗埃米尔看做大英帝国支配链条的一个环节，在文中，动物们以及它们各自附带的东西效忠于它们的主人，被看成大英帝国团结一致的表现。通过“服从”的指令，吉卜林把生活在印度的两类动物的代表拉到了一起，甚至是等同起来——一类由遵守丛林法则的野生动物组成，另一类被刻画为希望服从军团的驯养动物。吉卜林把英国对于印度的统治权表现为不同时空的汇合点，这些时空虽然不同，却共有同一种法则，与此同时，莫格里的丛林与英属印度这种怪诞的亲和关系，让我们可以把丛林看做大英帝国的一个换喻词，从而体现了吉卜林的帝国理念。

有趣的是，在《女王陛下的仆人们》一章中，安排了英国人和土著酋长对话的场面，这让我们想到了之前提到的拉贾普达那土邦（今天的拉贾斯坦邦），也就是莫格里的丛林的灵感发源地。举例来说，那处“寒穴”，也就是《卡阿的狩猎》和《国王的象棒》中故事的发生地点，就是以废弃的安伯古城和奇陶加尔古城为原型的，一八八七年，吉卜林前往拉贾普达那途中，曾经游历过这两座古城。废弃的印度古城特别能够激发英国人的想象力，成为深受游客欢迎的目的地；就像史蒂芬·蒙塔古·伯罗斯在他一八八七年的一篇文章中说的那样："印度两座巨大的废弃古城，拉贾普达那的安伯古城，和阿格拉城附近的法泰赫普尔西克里古城，每年都吸引越来越多的游客蜂拥而至"[①]——而吉卜林就是其中之一。因此，这些土邦代表着根植在大英帝国这片土地上的充满异国情调的奇幻空间。除此之外，它们还是大英帝国不得不"驯养"和保留的有力同盟。故事中巴吉拉这个黑豹角色，在"乌代浦王宫"里出生，长大，它代表了印度土邦的权力、高贵和异国情调，同样也是土邦残忍对待野生动物事实的体现。巴吉拉是以吉卜林在乌代浦王宫的兽栏里看到的一只真正黑豹为原型的，也是在这个土邦中，令吉卜林感到恐怖的是，他亲眼见到仅仅为了好玩就追赶和肆意猎杀那些黑豹，并把这种在王家猎物保护区内的狩猎视为显示土邦权利的活动。[②]虽然根据各自与英国缔结的和约与协议，这些土邦服从英国的统治，不过它们对于自己王国境内的动物的性命，有着绝对生杀予夺的权利。在莫格里系列故事中，吉卜林将黑豹从王家的牢笼里释放出来，由此也从土邦的控制权中解放出来，探索一种与让大英帝国引以为傲的野生动物之间的更加"自然的"关系。通过这种方式，英属印度政府就维护了自己作为这些动物，以及它们繁衍生息的印度这片广袤土地的保护者的权利，通过这种方式，那些土邦王公们被刻画成野生动物的角色，那么这些强大的同盟者自然也就被降服了。

《丛林故事全书》主要展现了一个男孩的运动场，这个运动场里居住着年轻的主角们，比如莫格里、小图梅、猫鼬里基–蒂基–塔维、白海豹科蒂克、少年科图克。《丛林故事全书》与帝国主义意识形态之间

---

① 《一座花岗岩的城市》(*A City of Granite*)，S. M. 伯罗斯著，原载《麦克米伦杂志》56 期（1887 年），第 354 页。

② 《马克的信》(*Letters of Marque*)，鲁德亚德·吉卜林著，收入《从海洋到海洋及其他短篇作品》(*From Sea to Sea and Other Sketches: Letters of Travel*)，伦敦：麦克米伦出版社，1900 年，第一卷，第 72 页。

的亲密关系，也可以从莫格里系列故事中极好地为“幼童军”，也就是“男童子军运动”中年龄较小的那部分人提供了平台这一点看出来，“幼童军”创建于一九一六年。“男童子军”起源于大英帝国，一九〇七年由陆军中将罗伯特·贝登堡创建，他就是在第二次布尔战争中，解了梅富根之围的那个英雄，创建男童子军的目的，就是通过野外活动和游戏，训练男孩为未来的军事行动做准备。经过吉卜林的允许，贝登堡在他的著作《幼童军手册》(1916年)中，大量引用了《丛林故事全书》中的内容。[①] 少年童子军们跟莫格里一样，需要成长为有着强健体魄的“成年狼”，丛林法则教会了他们日常生存的实用规则和必要技能，以及纪律和秩序。这些童子军们具有“我们帝国较为蛮荒地区上的边疆开发者”的精神，并被期望最终变成边疆开发者，这些人包括“边疆居民、猎人、探险者、绘制地图的人、我们的士兵和水手、北冰洋航海者，以及传教士”；“全世界范围内所有我们本民族那些为了尽到自己的义务正过着野外生活，面临着艰难险阻，忍受着艰辛，只能自己照顾好自己，因其勇敢、善良、正义而没有辱没‘不列颠人’名声的人——他们是当今国家的守望者——他们是‘成年狼’”。[②] 当贝登堡写下这些句子时，大英帝国正遭受着第一次世界大战的蹂躏，但是《丛林故事全书》可以始终为新生力量、帝国成年男人的源泉提供鼓舞和希望。

莫格里的丛林被表现为一个友谊和敌对并存的空间，在这里，不同的民族和种族在白人的最高权力管理下和谐共存。因此，莫格里的动物朋友代表着守法的殖民地臣民，他们不会，也不能不服从作为人类的莫格里所代表的白人。就像约翰·麦克卢尔说的那样，“既是帝国的一员，

---

① 有关吉卜林与“男童子军运动”之间关系的内容，参见休·布罗根的《莫格里的后代们：吉卜林和贝登堡的童子军》(*Mowgli's Sons: Kipling and Baden-Powell's Scouts*)，伦敦：Cape，1987年。

② 《幼童军手册》(*The Wolf Cub's Handbook*)，基维尔的贝登堡勋爵著，第九版，伦敦：C. Arthur Pearson，1938年，第23页。

又高高在上，既像一个神那样被服从，又像一个兄弟那样友爱，这就是吉卜林梦想中的帝国的统治者，这个梦在莫格里身上实现了”。[①] 使用动物这一角色，动物可以被驯服，还不会用语言顶撞人类，使殖民幻想的构建更加便利，也更能长久。

莫格里系列故事，因其对印度本地人的人物塑造具有种族主义色彩，遭受到了大量的批评。故事中，不仅对村民的描写是负面的，而且在村民和莫格里那些被描述成恶魔的敌人之间，也存在一种令人不安的地位贬损。用“狭鼻猴群”举例来说，莫格里拿这个“猴群”比喻印度村民：“你说啊——你接着说啊！人类是狭鼻猴的同族。”这些猴子遭到丛林社会的排斥，“被描述为游手好闲而愚蠢的动物，因为它们没有任何组织纪律，没有任何社群共同遵守的法令”，就像马克・帕法德说的那样，猴群的举止几乎跟《格列佛游记》(1726 年）中的“野胡”一个样。[②] 引述格林的话来说，“狭鼻猴群”应该被当成是“美国人和自由主义者，或者像‘没有法律约束的少数群体’这种吉卜林在写作时渴望凌辱的人”的政治讽喻来看待。[③] 从殖民背景来看，“狭鼻猴群”代表着殖民主体中的破坏分子，以及殖民主体不驯服的一面：“一种殖民地精神，一种正在发疯，或者已经疯狂的个体形态，威胁着殖民统治的稳定性”。[④] 在孟加拉著名作家尼拉德・C. 乔杜里看来，“狭鼻猴”只不过是孟加拉知识分子或略懂英文的印度人的讽刺画，在吉卜林眼中，令人担忧的是，这帮已经英国化的印度人想要寻求独立。乔杜里指出，把猴群描述成“邪恶、肮脏、无耻”的家伙，它们唯一的愿望就是引起“丛

---

① 《吉卜林与康拉德》(*Kipling and Conrad: The Colonial Fiction*)，约翰・A. 麦克卢尔著，剑桥、马萨诸塞州、伦敦：哈佛大学出版社，1981 年，第 60 页。

② 《吉卜林的印度小说》(*Kipling's Indian Fiction*)，马克・帕法德著，伦敦：麦克米伦出版社，1989 年，第 93 页。

③ 《吉卜林和孩子们》，兰斯林・格林著，第 120 页。

④ 《从吉卜林到库切的后殖民主义动物故事》(*Postcolonial Animal Tale from Kipling to Coetzee*)，约皮・尼曼著，新德里：大西洋出版社，2003 年，第 44 页。

林兽民的注意”，在这里，“丛林兽民”自然代表了英国人，他认为“狭鼻猴群”缺乏领袖、原则和耐性，暴露了吉卜林对“孟加拉人”在争取独立的运动中“所扮演的角色”的警觉和嘲讽。[①]

“狭鼻猴群”，数量众多，也代表了对印度本地人将会变成一群难以统治的暴民的恐惧，而卡阿——用它那魅惑的“狩猎舞”，能够迫使猴群走入它的口中——就作为一个可以抵抗这种恐惧的守卫的形象被虚构出来。印度的村庄被刻画成另一个“狭鼻猴”社群，一个地狱般的地方，与丛林的伊甸园或乌托邦式的特性截然相反。村民们被刻画得比“狭鼻猴群”还要“野蛮”，恰恰因为他们是“人类”，所以不像丛林动物那样，村民们由于迷信尤其是为了金钱，就会彼此下套，相互折磨，甚至杀死对方。人类的贪婪是《国王的象棒》一篇的中心思想，而在《让丛林进入》一章中，村民们把梅丝瓦和她丈夫困在屋中，打算杀死他们，就是为了得到他们家的牛群和土地。当莫格里动员丛林兽民占领这个村庄时，吉卜林把自己厌恶和反对人性中野蛮和贪腐一面的思想，与把印度本地人从眼前赶走的殖民幻想结合起来，而他正是让印度本地人代表了人性中野蛮和贪腐的一面。无论怎样，这种对印度本地人的带有种族主义倾向的表现手法，是为体现白人有理由作为法制、公平甚至是人性的化身而服务的。

一八五七年的“印度兵变[②]”，是英国统治印度的历史上印度本地人起来反抗英国统治最重大的一次事件，标志着英国殖民统治的一个重要的转折点：成功镇压巩固了英国在印度的统治，因为英国政府迅速

---

① 《你的手，伟大的无政府主义者！ 1921—1952 年间的印度》(*Thy Hand, Great Anarch! India: 1921—1952*)，尼拉德 · C. 乔杜里著，伦敦：Chatto & Windus，1987 年，第 672 页。

② 这里英国人口中的“印度兵变（Indian Mutiny）”，指的是“印度民族起义”，是 1857 年到 1858 年间，在印度北部和中部地区，由在英属东印度公司服役的印度士兵发动的反对英国殖民统治的民族大起义。 ——译注

从东印度公司手中接管了印度政府的管理权，把印度置于英国女王的直接统治之下。唐·兰德尔把《丛林故事全书》评价为“后兵变时代的帝国寓言”是非常恰当的；[①] 在这种背景下，老虎谢尔汗的猎杀，可以看做是镇压印度兵变的一次重演或重述，可以当做一种帝国主义神话，考虑到老虎在十九世纪代表了印度人野蛮和不驯服的一面时，尤其如此。[②] 根据哈蒂在《恐惧的由来》一章中讲述的传说故事，莫格里与老虎谢尔汗的战斗被提升到人类与动物永恒之争的高度上来，是由第一只老虎（始祖虎）杀死人类开的头，就像印度兵变向来被描述成英国对印度本地人的暴行的“报复”一样。哈蒂的故事不动声色地删除了所有对英国人（人类）可能有不适当的行为激惹了印度人（老虎）起而进攻的联想。

如果《丛林故事全书》中的许多故事似乎在公开赞扬大英帝国的功绩，然而令人感兴趣的是，在《丛林故事续篇》里的《责任承担者》这个故事中，暗示有许多非官方的故事在印度本地人乃至动物中传播，这些应该使用一切可能的手段予以压制。故事采用生活在英国统治的边缘地带的三个食腐动物对话的方式展开：泽鳄，一种吃人的鳄鱼，以及豺狗和鹳鹤。这个版本的印度兵变，是通过那条泽鳄回顾往事的方式表现出来的，在兵变发生时，泽鳄曾在受兵变影响地区巡游，饱餐了死去士兵的尸体。它为在兵变期间错失吃掉一个白人孩子的机会而感到后悔的事实，代表着仍然有不服从或反抗英国统治的潜在力量，以及有再发生下次兵变的可能。故事的结局是，先前提到的白人孩子已经长大成人，

---

① 《吉卜林的帝国男孩》(*Kipling's Imperial Boy: Adolescence and Cultural Hybridity*)，唐·兰德尔著，贝辛斯托克：Palgrave Macmillan，2000 年，第二章的副标题。

② 在兵变期间，老虎的隐喻不断被提及，用来把那些兵变的人描述成残暴和血腥的坏人。比如说，一期《笨拙》杂志上漫画标题就是《英国狮子对孟加拉虎的报复》(*The British Lion's Vengeance on the Bengal Tiger*)，表现了一只代表英国的雄狮突袭一只捕食一个抱着孩子的白人妇女的场面（《笨拙》33 期，1857 年 8 月 22 日，第 76—77 页）。

并成为一名桥梁建筑者，他带人射杀了那条泽鳄，从而以这种方式“安全地”终结了印度本地人迁延不断的威胁。然而，另外两个食腐动物仍然活着，通过它们，泽鳄曾经讲述的故事仍会在印度本地下层民众之间流传。这则故事应该与吉卜林另一个故事集里的一个故事关联着来阅读，故事的名字是《桥梁建筑者》(收入故事集《白天的工作》中)，其中泽鳄被表现为“恒河之母”，恒河的化身，它痛恨被英国人建造的桥梁束缚了手脚。泽鳄是印度本地人力量的化身，它也像那次印度兵变一样，必然会遭到英国人的镇压，因为英国人要巩固自己的统治。

人们经常拿莫格里与吉卜林的另一本小说《基姆》(1901年)的主人公作比较，基姆是一个爱尔兰孤儿，被印度本地人抚养长大，成了一名印度人。正如莫格里一样，基姆也过着双重生活：一方面，他是自己深爱的喇嘛的门徒，在喇嘛的要求下，他陪伴着喇嘛摆脱轮回；另一方面，作为一个“英国”男孩，他喜欢自己在这场“大游戏”中的密探角色。莫格里和基姆都享有特权地位，是他们的“族人”宠爱的孩子，基姆的白人身份和莫格里是一个人类的现实，使他们具有天生的优越性；由于这种双重效忠关系，两个主人公在成长的过程中都经历了一次身份认同的危机。然而，两人也有一个很大的区别，那就是，基姆不像莫格里，他没有经历来自他所属的两个世界的公开反对。爱德华·赛德已经注意到《基姆》中“这种冲突的缺位”，他认为这反映了吉卜林绝对相信英国统治的公正性：“并不是因为吉卜林不能面对冲突，而是因为在吉卜林看来，(英属印度)没有任何冲突”。[①] 比较而言，《丛林故事全书》故事是围绕着冲突而展开的，这种冲突被移植到丛林这个背景中，在这里动物们为了生存彼此战斗，任何争端都用武力来解决。也许正是成功利用了会说话的动物角色，才使得故事既展现了英国统治印度期间

---

① 《文化与帝国主义》(*Culture and Imperialism*)，爱德华·W. 萨义德，伦敦：Vintage，1994年，第176页。

存在着矛盾冲突，又可以不用直接承认这种冲突的存在。比如说，莫格里既被村庄也被丛林驱逐出来，可以被解读为对英国统治有可能被大多数民众拒斥的担忧和焦虑。尽管莫格里在丛林里有许多有力的支持者，但是他离开丛林时，仅有少数丛林兽民来给他送行，而梅丝瓦是村庄里他唯一信任的人。

（五）

莫格里这个文学形象第一次露面要早于《丛林故事全书》，那是在一篇名叫《在鲁克地区》的故事里，最初收入故事集《许多发明创造》。讲述了长大成人的莫格里如何遇到了印度林务官员，以及莫格里对丛林动物全面的知识如何给林务官们留下了深刻印象的故事；也因此，印度林业部门给他提供了一个职位，使莫格里得以结婚并组建家庭。对于后殖民时期的读物《丛林故事全书》来说，《在鲁克地区》的内容非常关键，故事清楚地表明了莫格里在帝国秩序中的位置。这个故事也为《丛林故事全书》提供了历史与意识形态背景，而这种背景在《丛林故事全书》中被故意模糊化了，这个故事同时也让莫格里这则帝国神话传奇有了终结感。另一方面，像 W.W. 罗布森指出的那样，许多学者感觉《在鲁克地区》并不像其他莫格里的故事那样，“真正属于虚构或半人半神般的冲动故事”，“不必把它们之间的关联性解释清楚”。[①] 例如，J.M.S. 汤普金斯感到《在鲁克地区》里面的莫格里并非与《丛林故事全书》里的莫格里形象完全吻合，[②] 而卡林同样认为，《在鲁克地区》中的莫格里是《丛林故事全书》中莫格里的“半生不熟的胚子”，应该仅仅

① W.W. 罗布森为鲁德亚德·吉卜林的《丛林故事全书》（牛津：牛津大学出版社，1992 年）撰写的前言，见该书第 xiv 页。

② 《鲁德亚德·吉卜林的艺术》，汤普金斯著，第 68 页。

被看做是所有“为创造莫格里这个人物作出贡献的其他所有平凡作品”之一。[①]

《在鲁克地区》自然可以被当做独立于《丛林故事全书》之外的作品来阅读，我们也没必要接受莫格里未来会成为一个帝国护林员的角色。说真的，那些喜欢《丛林故事全书》营造的神奇世界的读者，可能宁愿不想了解莫格里与养老金有关的这类世俗事情。但是，又很难拒绝接受吉卜林认为《在鲁克地区》中的莫格里就是我们在《丛林故事全书》中读到的那个莫格里的事实。故事在一八九六年《麦克卢尔杂志》上再版时，吉卜林在旁注中把《在鲁克地区》描述为“最早成文的莫格里故事，尽管它描写了莫格里的人生经历中最后一段故事——也就是把他介绍给白人，描述了他的婚姻和教化过程的一段故事”。[②]随后，在一八九七年“拓展”版本的《丛林故事全书》中，把《在鲁克地区》也合并进去，这样所有与莫格里有关的故事就被合编入第一卷中，而那些与莫格里无关的故事被合编成了第二卷。[③]《在鲁克地区》也作为莫格里传奇故事的最后一部分，出现在一九三三年的《莫格里故事全书》中。

事实上，《在鲁克地区》更像一个与莫格里无关的故事——《大象们的图梅》，两个故事中都展现了英印政府的全部运作过程。《大象们的图梅》的背景设定在英印政府每年派人到伽罗群山围捕野象为政府服役这段时间。故事的主人公是印度本地男孩小图梅，他是一个看象人的儿

---

① 丹尼尔·卡林为鲁德亚德·吉卜林的《丛林故事全书》(伦敦：企鹅经典，2000年)写的导读，第13页。

② 《在鲁克地区：莫格里被引介给白人的故事》(*In the Rukh: Mowgli's Introduction to White Men*)，鲁德亚德·吉卜林著，原载《麦克卢尔杂志》第七期(1896年6月)，第23页。

③ 值得说明的是，“拓展”版不包括《许多发明》故事集，因为这个集子中包括《在鲁克地区》在内的所有故事，都分散在不同的卷册中，与“按照主体把故事(组合到一起)”(见《鲁德亚德·吉卜林散文、诗歌作品集》[*The Writings in Prose and Verse of Rudyard Kipling*]，第一卷，纽约：查尔斯·斯克里布纳父子出版公司，1897年的前言，见第一卷，第vii页)的编辑策略一致。

子，小图梅与大象卡拉·纳格的特权关系，可以与莫格里同丛林动物的密切关系相媲美。小图梅骑在卡拉·纳格的后背上，进入丛林深处，亲眼目睹了一次大象的舞蹈，在此之前人类从来没有见过这种舞蹈，这正如莫格里掌握了任何一个白人从不知道的全部丛林知识一样。英印政府的成功，很大一部分要依靠这些野生动物愿意服从的本地男孩的归顺和臣服。

《大象们的图梅》含蓄地把英国人刻画成努力改善与印度自然世界关系的仁慈而勤勉的统治者。特别展示了把一群野象赶入一个围场的新围捕技术，这是乔治·佩雷斯·桑德森在十九世纪七十年代开始倡导使用的一种新技术。英国人的围捕大象方式不仅非常壮观，而且被认为比印度传统上常用的方法更加人道，印度传统上常用的方式是用圈套或者陷阱单独捕猎象群中的一头大象；比如在《让丛林进入》中，大象哈蒂曾经落入一个陷阱中，被陷阱中的尖木桩伤得很厉害，这也是它带着自己的三个儿子“让丛林进入”了五个印度村庄，把那里的村民赶走的原因。英国殖民者作为大自然的保护者的新身份，也是《在鲁克地区》的中心主题。其中鲁克（*rukh*）一词，在吉卜林曾经当记者的旁遮普政府管辖地内，是“一片森林保护区”的意思，是政府特别保留出来，作为生长充当燃料的草木的区域。这个词最初源于旁遮普语“*rakkhna*”，是“保留”或者“留出”的意思，而另一个词“*rakkha*”是“保护者”或“守护人”的意思。这个词浓缩了英印政府对于自然的新的保护态度。到十九世纪中叶，由于采伐速度过快，自然资源明显锐减，无法满足由于建造新铁路体系以及随之而来的发展对于燃料日益增长的需求。因此，政府划出了“小块用地”，或称“鲁克”，用于退耕还林。因此，在《在鲁克地区》中，“大自然”和作为大自然的监护人的帝国主观性同时被虚构出来。狼孩莫格里不可思议地出现在这个鲁克地区，并在他赞成的真实文件上签字盖章，从而赋予了他新的人类管理能力的特性。更重要的是，莫格里是人与自然的新关系的体现：因为在一片保护区的封闭空间里，人类可以守护和持续不断地凝视自然。当吉卜林强调莫格里真正和高贵的来源是《在鲁克地区》时，想必是带着相当大的骄傲和兴奋之情的。

《丛林故事全书》记录了同时代与自然资源减少和动物活动有关的事情，我们也应该在这个背景下阅读这本书；一个早期的评论者注意到，“随着世界上的野生动物越来越稀少，受过教育的人对野生动物的兴趣变得越来越强烈”。[①] 在吉卜林创作《丛林故事全书》的时候，自然界有丰富的动物资源的神话，促进了殖民地侨民对狩猎活动的疯狂崇拜。因此，在整个十九世纪，帝国主义能够被刻画成英勇的力量，然而随着过度猎杀动物、过度使用畜力的现实越来越多地被人们所关注，这种力量也逐步被消解。[②] 吉卜林通过莫格里这个人物，美化了一种新型猎手，如非必要，他从不猎杀。“祝狩猎愉快”是丛林里的标准问候语，而丛林法则规定，一个丛林兽民应该“为了食物打猎，但不要为了好玩而狩猎”。吉卜林用另一种方式证明了，只有在个体生命或一个族群受到威胁的前提下，狩猎才是正当的，正如在谢尔汗和印度野狗“红毛狗”的例子中所体现的那样。吉卜林笔下的主人公是一个掌握自然法则的新型人类。

吉卜林意识到人类加诸动物身上的以人类为中心的暴力行为，以及这种行为的破坏性，有关这一点，可以从《白海豹》故事中清楚地看出来，在这个故事中，他抨击了国际范围内的捕猎海豹行径，这种对于海豹的猎杀行为，几乎使长皮毛的海豹灭绝了。它讲述了白海豹科蒂克的

---

① 《丛林故事》评论，原载《星期六评论》第 77 期，第 639 页。

② 举例来说，狩猎在帝国主义背景中的重要性，参见约翰·M. 麦肯齐《自然帝国》([*The Empire: Hunting, Conservation and British Imperialism*]，曼彻斯特、纽约：曼彻斯特大学出版社，1988 年)，以及麦肯齐编著的文集《帝国主义和自然世界》([*Imperialism and the Natural World*]，曼彻斯特、纽约：曼彻斯特大学出版社，1990 年)。

故事，它是一座岛上土生土长的海豹，在看到人类残忍地用木棒把它的朋友杖杀之后，它下定决心，要为它的族人寻找一处完美的藏身地。这个故事是从一个海豹的视角对亨利·伍德·埃利奥特的《阿拉斯加的海豹岛》(1881年)的改写，里面列举了一长串海豹繁殖地，在这些繁殖地上，长毛的海豹几乎因为人类的猎杀行为而灭绝了。吉卜林邀请我们跟随科蒂克的脚步，游历了世界各大洋，一个接一个地拜访海豹的繁殖地，就是为了让我们听到同一个可怕的消息："人类已经把他们全都杀光了"。在海牛的带领下，科蒂克最终找到了一处完美的避难所，然而，这种快乐的结局可以被解读成海豹最终会灭绝的讽刺性的暗示，因为海牛就是一种已经灭绝的水生哺乳动物，在十八世纪欧洲人发现它们之后不久，它们就灭绝了。正如卡林非常到位的评论一样，"拯救行动已经成为海豹最终灭绝的隐喻"。①

创作《白海豹》这则故事，最初是对十九世纪九十年代初英国和美国在捕猎白令海的海豹权利之争问题的响应，在此期间，先前倡导在阿拉斯加地区捕猎海豹的埃利奥特，此时以对不加限制地随意捕猎海豹行为的猛烈批评者身份现身，因为在过去的十年中，他目睹了一度丰富的海豹数量急剧减少。② 在这场论争中，吉卜林显然与埃利奥特站在同一战线，这一点可以从预示着海豹灭绝的威胁即将到来的感觉论者的语调中读出来。这个故事适时地出现在《国际评论》上，就在这个争端最终在一八九三年通过国际仲裁的手段解决的前几周。注意到科蒂克的"白色"的象征意义也很重要，它曾带领族群抵达安全地点。"白色"象征着英美意见一致最终解决争端的重要性，也象征着白人在捍卫自然的过

---

① 丹尼尔·卡林为鲁德亚德·吉卜林的《丛林故事全书》(伦敦：企鹅经典，2000年)写的导读，第11页。

② 《1890—1891年间英美在白令海的危机》(*The Anglo-American Crisis in the Bering Sea, 1890—1891*)，查尔斯·S. 坎贝尔爵士著，原载《密西西比河谷历史评论》(*The Mississippi Valley Historical Review*)第48卷，第3期，第393—394页。

程中起到领导作用，改正了以往他们在破坏自然的活动中作为首要力量的重要性。

在《丛林故事全书》中，我们之所以深入了解到人类以往与大自然这种复杂而经常是矛盾的关系，尤其是因为这两本书让我们关注这种人类是动物的绝对主宰的以人类为中心的想象，这两本书也正是构筑在这个想象之上，同时也因为这两本书表现出了人类制服动物的暴力和残忍性。莫格里作为一个人类的力量被大大压缩，表现为他盯视的力量，当他盯着他那些动物朋友们看时，它们不敢正视它的目光。如果说第一个人类亚当通过给动物命名的方式，获得了对动物的控制权力，那么莫格里通过盯视和熟知动物，将恐惧深植入它们的心中，从而获得了同样的控制力。莫格里与动物的关系也与上帝对诺亚的承诺相呼应："凡地上的走兽和空中的飞鸟，都必惊恐、惧怕你们"(《创世记》9:2)，《恐惧的由来》中大象哈蒂所讲述的丛林创建神话，就传达了上帝这个承诺的含义，也解释了动物"所有生物中，……最怕的就是人类"的原因。在《让丛林进入》中那个戏剧化的时刻，莫格里借助人类语言和凝视的力量，迫使难以自制的巴吉拉变得驯服起来。这使巴吉拉恢复了常态，变回了莫格里的忠实伙伴（"我只是一只黑豹，但是我爱你，小兄弟。"），同时也成功地巩固了人类在动物世界的特殊地位（"你是这个丛林里的一员，但又不是这里的成员"）。尽管这个场景被直截了当地解读为对殖民者和被殖民者之间的殖民关系的一种讽喻描述，它也可以看做是人类和动物关系的根本画面，因而可以作为任何殖民关系的核心，都是人类如何掌控动物王国的另一个证据。在这里，我们看到吉卜林梦想人类与动物建立一种兄弟关系所暴露出的局限性，这种梦想受到了东方宗教传统的启发：只有在《圣经》框架下，人类对动物的完全支配才能起作用，这就使巴吉拉对它"小兄弟"的恳求变得空洞而讽刺。

吉卜林的《丛林故事全书》是一个独特的文本空间，在这个空间里，冲突的领域和言论并存：其中，印度与英国，人类与自然，人性的原始起源与我们的现代性，一个孩子梦中的丛林与成年人运转的世界，对东方的由衷崇拜与粗鲁的种族主义并存。莫格里处在这些冲突的交点上，被标上了“二元性”这一特性：通过狼孩这个形象，吉卜林创造了一个现代人的新神话。此外，吉卜林承认，无论真实的还是虚构的动物世界，都是他的帝国整体的一部分，我们与这个动物世界建立了亲密的联系。这两本书基本上是对十九世纪英国统治印度期间人与动物关系的宝贵记录。等到吉卜林为苏塞克斯版《丛林故事全书》编辑注释资料的时候，书中的一些描述已经过时了，吉卜林去世后，这个版的《丛林故事全书》在一九三七年出版。他对“阉牛们和大象们的发射四十磅重炮弹的大炮的大炮连”的注释，提醒我们，“既然机械动力已经盛行，连电池都早已废弃不用，今天已经不再需要”这些大炮。[①] 吉卜林在印度遇到的那些动物，如今已经绝迹，逐渐成为过往，成为想象中的东西。

（杨立新　译）

① 《作者对〈丛林故事全书〉中名称的注释》，鲁德亚德·吉卜林著，第478页。

企鹅经典丛书书目

第一辑

长夜行　【法】塞利纳
大都会　【美】唐·德里罗
纪伯伦经典散文诗　【黎巴嫩】纪伯伦
磨坊文札　【法】都德
去吧，摩西　【美】福克纳
人间失格　【日】太宰治
苏菲的选择　【美】威廉·斯泰隆
丧钟为谁而鸣　【美】海明威
神曲　【意大利】但丁
人间天堂　【美】菲茨杰拉德

第二辑

我是猫　【日】夏目漱石
看不见的人　【美】拉尔夫·艾里森
流浪的星星　【法】勒克莱齐奥
微物之神　【印度】阿兰达蒂·洛伊
漂亮冤家　【美】菲茨杰拉德
玻璃球游戏　【德】赫尔曼·黑塞
绿房子　【秘鲁】马里奥·巴尔加斯·略萨
炼金术士及其他鬼故事　【英】蒙塔古·罗兹·詹姆斯
老虎！老虎！　【英】吉卜林
小王子　【法】圣埃克絮佩里